I0597673

EIN RETTER FÜR CARYN

Das Bergungsteam vom Eagle Point, Buch 4

SUSAN STOKER

Besuchen Sie Susan im Netz!
www.stokeraces.com
facebook.com/authorsusanstoker
twitter.com/Susan_Stoker
bookbub.com/authors/susan-stoker
instagram.com/authorsusanstoker
Email: Susan@StokerAces.com

Die Rettung von Rayne
Die Rettung von Emily
Die Rettung von Harley
Die Hochzeit von Emily
Die Rettung von Kassie
Die Rettung von Bryn
Die Rettung von Casey
Die Rettung von Wendy
Die Rettung von Sadie
Die Rettung von Mary
Die Rettung von Macie
Die Rettung von Annie

Delta Team Zwei

Ein Held für Gillian
Ein Held für Kinley
Ein Held für Aspen
Ein Held für Jayme
Ein Held für Riley
Ein Held für Devyn
Ein Held für Ember
Ein Held für Sierra

SEALs of Protection:

Schutz für Caroline
Schutz für Alabama
Schutz für Fiona
Die Hochzeit von Caroline
Schutz für Summer
Schutz für Cheyenne
Schutz für Jessyka
Schutz für Julie
Schutz für Melody
Schutz für die Zukunft

KAPITEL EINS

Caryn Buckner öffnete leise die Tür zum Schlafzimmer ihres Großvaters zum gefühlt sechzigsten Mal, seit sie gestern nach Hause gekommen waren. Sie konnte nicht aufhören, nach ihm zu sehen. Als sie gehört hatte, dass er verletzt war, dass er niedergestochen worden war, hatte sie sich sofort beurlauben lassen und war von New York City nach Roanoke gefahren.

Der örtliche Feuerwehrkommandant hatte ihr gesagt, dass sie ihren Job vielleicht nicht mehr haben würde, wenn sie zurückkäme, aber das war Caryn egal. Ihr einziges verbliebenes Familienmitglied war ihr wichtiger als ihr Job.

Einst hatte sie gehofft, dass ihre Kollegen bei der Feuerwehr und deren Frauen ihre neue Familie sein könnten, aber diese Hoffnungen wurden schon bald nach ihrem Arbeitsantritt auf ihrer ersten Feuerwache zunichtegemacht. Es war nicht so, dass die Männer nicht nett waren, das waren sie, aber es gab zu viel Politik bei der Feuerwehr und zu viele Leute, die ihr die Arbeit nicht zutrauten, nur weil sie eine Frau war.

In der heutigen Zeit war das zwar Blödsinn, aber das Netzwerk der guten alten Jungs war in New York City immer noch genauso stark wie überall sonst auch.

Deshalb war es Caryn auch egal, ob der Chef jemanden

einstellte, der ihren Platz einnahm. Sie war der Stadt überdrüssig. Zutiefst überdrüssig. Am Anfang war New York aufregend und neu gewesen. Sie hatte die Vielfalt und all die ethnischen Restaurants geliebt, die Tatsache, dass die Stadt niemals schlief und all die verschiedenen Kulturen nebeneinander existierten. Es war so anders als Fallport, Virginia, wo sie die Sommer mit ihrem Großvater verbracht hatte.

Aber irgendwann hatte der Alltag sie zermürbt. Die Kommentare hinter ihrem Rücken, das Gespött vor ihr, die Tatsache, dass die Leute ihr nicht zutrauten, einen Schlauch zu tragen, Infusionen zu legen oder *irgendetwas* so gut zu machen wie ihre männlichen Kollegen. Langsam sehnte sie sich nach dem einfacheren, langsameren Kleinstadtleben.

Der einzige Mensch, der sie jemals hundertprozentig unterstützt hatte, war ihr Großvater. Ihre Mutter hatte sie nie verstanden und hatte auch nicht viel Zeit gehabt, sich um eine Tochter zu kümmern. Sie hatte sie jeden Sommer zu ihrem Großvater nach Fallport geschickt, und das waren die besten Zeiten in Caryns Leben gewesen. Dann konnte sie genau so sein, wie sie war – ein Wildfang, der es liebte, sich schmutzig zu machen und in den Wäldern hinter dem Haus ihres Großvaters herumzustreunen.

Das waren die drei Monate im Jahr, die sie frei sein konnte.

Die meisten Leute waren sicher davon überzeugt, Fallport sei stinklangweilig. Ein Provinzstädtchen in Virginia in den Ausläufern der Appalachen, in welchem die Zeit stehen geblieben war. Und da lagen sie nicht ganz falsch. Aber mit einundvierzig hatte Caryn entdeckt, dass es genau die Art von Ort war, in der sie leben wollte. Wo jeder den Namen des anderen kannte und wo deine Nachbarn es bemerkten – und es ihnen nicht egal war –, wenn du erst fünf Stunden nach Ende deiner Schicht nach Hause kommst und zu erschöpft bist, selbst zu kochen.

Kopfschüttelnd stellte Caryn fest, dass sie schon viel zu

lange in der Tür zum Schlafzimmer ihres Großvaters gestanden hatte. Art schlief tief und fest.

Die Stichwunde hätte ihn fast getötet, was sie sehr beunruhigte. Er hatte gesagt, dass er sich in letzter Sekunde weggeduckt hatte, was ihm wahrscheinlich das Leben gerettet hatte. Wenn er das nicht getan hätte, wäre die Klinge mit ziemlicher Sicherheit in sein Herz eingedrungen. Oder zumindest in seine Lunge. So aber hatte sie beides verfehlt und stattdessen einige Muskeln und die Haut zerfetzt. Er hatte stark geblutet, und das war genauso schlimm. Mit seinen einundneunzig Jahren war er ziemlich gebrechlich, auch wenn er es nicht zugeben wollte.

Nachdem sie sich vergewissert hatte, dass es Art im Moment gut ging, schloss sie die Tür und ging durch sein kleines Haus. Sie war eine Frühaufsteherin, das war sie schon immer gewesen. Und sie war es nicht gewohnt, tatenlos herumzusitzen. Also nahm sie sich morgens ein oder zwei Stunden Zeit für sich, bevor ihr Großvater aufwachte. Caryn verbrachte die Zeit damit, Fallport wieder kennenzulernen. Manchmal ging sie joggen. Oder sie machte im Park Sit-ups, Liegestütze und was sonst noch zum Herz-Kreislauf-Training dazugehört. Ein richtiges Fitnessstudio gab es in Fallport nicht. Und auch kein Gebäude, das hoch genug war, damit sich das Treppensteigen für sie lohnte. In ihrem Job war es Pflicht, sich fit zu halten, aber es gab immer noch Tage, an denen sie jeden einzelnen Tag ihrer einundvierzig Jahre spürte. An solchen Tagen machte sie einfach einen Spaziergang im Wald, um den Kopf freizubekommen.

Caryn vergewisserte sich, dass die Tür verschlossen war, und ging zu ihrem Hyundai Sonata. Es war kein schicker Wagen, da es ein älteres Modell war, aber er brachte sie dorthin, wo sie hinwollte. In New York hatte sie fast überall die öffentlichen Verkehrsmittel benutzt, aber jetzt war sie froh, dass sie ihren Wagen nicht verkauft hatte, denn so hatte sie die Möglichkeit, nach Virginia zu kommen, um sich um ihren Großvater zu kümmern.

Wie gewöhnlich überholte sie so früh am Morgen niemanden auf ihrem Weg zum *Rock Creek Trail*. Es war nicht der schwierigste Weg in der Umgebung von Fallport, aber er hatte genügend Höhenunterschiede, um ihr ein gutes Training zu verschaffen.

Als sie am Ausgangspunkt des Weges ankam, rümpfte Caryn die Nase. Dort war bereits ein anderes Fahrzeug geparkt, ein schwarzer Jeep Wrangler.

Und der einzige Mensch, den sie kannte, der so einen Wagen hatte, war der Mann, dem sie heute Morgen auf keinen Fall begegnen wollte. Drew Koopman. Aus irgendeinem Grund fühlte sie sich bei diesem Mann unwohl. Vielleicht weil er sich nicht allzu sehr für sie zu interessieren schien ... was sie mehr verletzte, als sie zugeben wollte.

Es war verrückt, Caryn hatte ihr ganzes Leben lang versucht, sich anzupassen. Zuerst bei ihrer weitgehend abwesenden Mutter, dann als Außenseiterin in Fallport, gefolgt von jedem Feuerwehrjob, den sie angenommen hatte. Ihr ganzes Leben lang hatte sie das Gefühl, sich beweisen zu müssen. Sie war nicht weiblich genug, nicht stark genug oder nicht das richtige Geschlecht, um bei der Feuerwehr arbeiten zu können. Also hatte sie doppelt so hart geschuftet wie ihre Kollegen, um zu beweisen, dass sie ihre Arbeit genauso gut machen konnte wie alle anderen, wenn nicht sogar besser.

Aber tief in ihrem Inneren ahnte sie, dass sie in den Augen der meisten Menschen nie gut genug sein würde. Es würde ihr immer an etwas fehlen. Und sie wünschte sich, sie könnte die Meinung der anderen ignorieren. Sie wünschte sich, sie könnte mit dem zufrieden sein, was sie war. Aber es war schwer, ein Leben lang zu versuchen, Anerkennung zu finden, und dabei zu scheitern.

Und da konnte sie jetzt auf keinen Fall einen Mann gebrauchen, dessen Meinung über sie ihr wichtig war ... aber trotzdem war das jetzt irgendwie der Fall.

Caryn überlegte, ob sie sich einen anderen Wanderweg für

den heutigen Morgen suchen sollte. Aber mit einem Kopf-schütteln presste sie die Lippen zusammen und straffte die Schultern. Nein, sie war hier, und sie hatte genauso ein Recht darauf, diesen Weg zu gehen wie Drew. Außerdem würde sie ihn vielleicht gar nicht sehen. Und wenn doch, würde er ihr wahrscheinlich nur zunicken, so wie er es meistens tat, wenn ihre Wege sich kreuzten, und fröhlich von dannen gehen. Das war für sie in Ordnung. Eigentlich sogar perfekt.

Nachdem sie sich selbst ein bisschen Mut gemacht hatte, stieg Caryn aus dem Wagen und steckte ihren Schlüssel in die versteckte Tasche am Bund ihrer Radlerhose. Sie steckte ihr Handy in die Seitentasche und machte ein paar Dehnübungen, bevor sie loslief. Sie wusste so gut wie jeder andere, dass ihr Handy auf der Strecke wahrscheinlich nicht funktionieren würde, aber sie fühlte sich besser, wenn sie es dabeihatte. Und wenn sie auf etwas stoßen würde, das sie fotografieren wollte, würde sie es auch tun können.

Etwa drei Kilometer lang war Caryn allein mit ihren Gedanken und der Wildnis. Erst als sie den Gipfel eines steilen Abhangs erreichte und um eine Ecke bog, traf sie endlich auf den Mann, vor dem sie sich gefürchtet hatte.

Drew saß auf einem Felsen und starrte nachdenklich in den Wald.

Sie blieb stehen und musterte den Mann. Er hatte ihr Kommen nicht bemerkt, was überraschend war. Sie hatte die Erfahrung gemacht, dass er als ehemaliger Polizeibeamter seine Umgebung immer besonders aufmerksam beobachtete. Er war wachsam, fast schon paranoid ... wodurch er sich in nichts von vielen anderen Polizisten unterschied, die sie kannte. Ihr Ex war auch so gewesen.

Caryn hatte sich bemüht, sich von Drew fernzuhalten, weil sie jeden Tag von Männern wie ihm umgeben war. Männern, die sie abschätzig behandelten. Misstrauisch waren. Typischen Machos. Sie dachte, er würde sich nicht von den machohaften, voreingenommenen Idioten unterscheiden, die sie im Laufe der Jahre kennengelernt hatte. Aber ihr Großvater hatte eine andere Meinung, ebenso wie die Bewohner von Fallport.

Und als sie ihn jetzt sah, in Gedanken versunken, die Stirn in Falten gelegt und so, als laste das Gewicht der Welt auf seinen Schultern, verspürte sie überraschenderweise einen Anflug von ... Mitgefühl.

Sie wusste, dass er fünfundvierzig war, aber das hätte sie bei seinem Anblick nie vermutet. Er hatte keine grauen Strähnen im Haar, nur wenige Falten im Gesicht und er war so fit wie jeder der Mittzwanziger, mit denen sie bei der Feuerwehr gearbeitet hatte. Er hatte einen gut gestutzten Bart und Schnurrbart und drehte gerade einen Stock zwischen seinen Händen, während er in den Wald starrte.

Die plötzliche Erkenntnis, wie attraktiv der Mann war, traf Caryn wie ein Schlag. Sie war nicht der Typ Frau, der sich allzu sehr um das Aussehen eines Menschen kümmerte. Sie interessierte sich mehr für die Art von Mensch, die er war. Und nach allem, was sie über Drew erfahren hatte – zumindest aus der Sicht der Einheimischen –, war er fleißig, freundlich, selbstlos und immer der Erste, der sich freiwillig meldete, wenn es darum ging, jemandem in Not zu helfen.

Aber sie hatten keinen guten Start gehabt. Als sie sich das erste Mal im Krankenhaus in Roanoke begegnet waren, nachdem sie ihren Großvater besucht hatte, waren sie aneinandergeraten – und zwar heftig. Sie war gestresst gewesen, weil Art ziemliche Schmerzen hatte, und sie hatte es an Drew ausgelassen, als er unschuldigerweise vorbeigekommen war, um ihren Großvater zu besuchen.

Es war nicht hilfreich gewesen, dass Art ihr erzählt hatte, Drew sei früher Polizist gewesen. Es war falsch von ihr, aufgrund seines früheren Berufs Rückschlüsse über ihn zu ziehen, aber angesichts ihrer Erfahrung ... konnte sie einfach nicht anders.

Als sie ihn im *Sunny Side Up*, dem Restaurant in Fallport, gesehen hatte, wurde ihre Chance, die Fronten zwischen ihnen zu klären, zunichtegemacht, als ein Gast zu würgen begann ... und Drew versuchte, sie aus dem Weg zu drängen, als sie ihm helfen wollte. Wieder einmal hatte ihre Vergangenheit ihr Verhalten diktiert und sie hatte sich ihm gegenüber wie eine Zicke verhalten – nachdem sie dem verzweifelten Mann geholfen hatte, sich zu erholen, versteht sich.

Caryn war nicht stolz auf die Art und Weise, wie sie sich verhalten hatte. Ganz und gar nicht. Aber Drew hatte etwas an sich, das sie in die Defensive drängte. Vielleicht erinnerte die Tatsache, dass er früher Polizist gewesen war, sie einfach zu sehr an ihren Ex, aber das war nicht fair. Nach allem, was sie über Drew gehört hatte, war er ganz anders als Jonah.

Caryn weigerte sich, über ihre katastrophale Ehe nachzudenken, trat von einem Bein aufs andere und musste dabei wohl ein Geräusch gemacht haben, denn Drew hob den Kopf und wandte sich in ihre Richtung, woraufhin sich ihre Blicke trafen.

Einen Moment lang war Caryn wie gelähmt. Die Aufmerksamkeit in seinen hellbraunen, fast bernsteinfarbenen Augen und die Art und Weise, wie seine Hand sofort zu seiner Hüfte wanderte, als würde er nach einer Waffe greifen, ließen sie erstarren, um nicht als Bedrohung wahrgenommen zu werden.

Aber Drew trug keine Schusswaffe, und die Intensität in seinem Blick verflüchtigte sich, als er erkannte, wer sie war.

»Guten Morgen«, sagte er leise.

Caryn reagierte so, wie sie es immer tat, wenn sie sich nicht wohlfühlte oder unruhig war. Sie hob ihr Kinn und sagte etwas zu defensiv: »Dieser Wanderweg gehört nicht dir allein.«

Drew zog eine Augenbraue hoch, als er antwortete: »Ich weiß, dass das nicht der Fall ist.«

Caryn holte tief Luft. Mist, sie benahm sich schon wieder wie eine Zicke – und sie hasste sich dafür. »Es tut mir leid«, erklärte sie sofort. »Das war unhöflich.«

Drew quittierte ihre Entschuldigung mit einem leichten Nicken. »Es ist ein schöner Morgen für eine Wanderung.«

»Allerdings«, stimmte sie zu. Sie blieb stehen, wo sie war, und war sich unschlüssig. Sollte sie an ihm vorbei weitergehen oder die Wanderung einfach vergessen und zu ihrem Wagen zurückkehren?

Drew nahm ihr die Entscheidung ab. »Ich beiße nicht, weißt du.«

»Ich weiß«, antwortete sie ein wenig zu hastig.

Drew seufzte und wandte sich von ihr ab.

In dem Moment, in dem seine allzu wissenden Augen nicht mehr auf sie gerichtet waren, hatte Caryn das Gefühl, wieder voll durchatmen zu können. Dieser Mann ging ihr wirklich unter die Haut, und sie hatte keine Ahnung warum. Er gab ihr das Gefühl, defensiv sein zu müssen, als wäre sie nicht gut genug, um dieselbe Luft wie er zu atmen. Was dumm war. Er hatte nichts getan oder gesagt, was eine solche Reaktion gerechtfertigt hätte. Es war nur ihre Unsicherheit, die die Oberhand über sie gewann. Und daran musste Caryn arbeiten. Sie zwang sich, ein paar Schritte auf ihn zuzugehen.

»Alles in Ordnung bei dir?«, platzte sie heraus.

Er drehte sich wieder in ihre Richtung und neigte fragend den Kopf.

»Ich ... du sitzt einfach nur so da. Hast du dir den Knöchel verstaucht oder so?«

»Nein, mir geht es gut. Ich genieße nur die Stille des Morgens«, entgegnete er.

Caryn hatte sofort ein schlechtes Gewissen. »Und ich störe dich dabei. Tut mir leid. Ich gehe am besten direkt weiter.«

»Möchtest du dich vielleicht einen Moment lang zu mir setzen?«, fragte Drew.

Caryn war von dieser Einladung wirklich schockiert. »Warum?«

Ein leises Lachen entwich seinen Lippen. »Bin ich wirklich *so* schlimm? Ich meine, ich weiß, dass du mich aus irgendeinem Grund nicht magst, aber ich versichere dir, ich bin harmlos. Ich dachte nur, du könntest vielleicht mal eine Pause gebrauchen. Um innezuhalten und deine Umgebung zu genießen. Das hier ist ganz anders als New York, so viel steht fest.«

Caryn reagierte reflexartig und war sauer. *Sie* mochte *ihn* nicht? Es war eindeutig andersherum. Dann holte sie tief Luft. Sie hatte weder Herablassung noch Verärgerung in seinem Tonfall vernommen. Er war einfach nur höflich.

Sie sollte wirklich weitergehen. Ihn dem überlassen, was auch immer in seinem Kopf vorging. Doch bevor sie wusste, was sie tat, war sie hinübergegangen und hatte sich auf einen Felsen links von ihm gesetzt.

Drew hatte ein kleines Lächeln auf dem Gesicht und Caryn hätte ihn gern gefragt, was er dachte, hatte aber zu viel Angst, dass er sie auslachen könnte. Sie schüttelte den Kopf und runzelte die Stirn. Sie hasste es, dass sie sich so sehr darum scherte, was andere von ihr dachten. Sie hatte ihr ganzes Leben lang versucht, sich das abzugewöhnen ... allerdings erfolglos.

»Dir gehen gerade viele Gedanken durch den Kopf«, bemerkte Drew. »Dies ist nicht der richtige Ort, um zu viel nachzudenken. Mach die Augen zu und genieße einfach den Augenblick, Caryn.«

Überraschenderweise tat sie, was er vorgeschlagen hatte. Mit jedem Tag, den sie in Fallport verbrachte, spürte Caryn, wie sie sich mehr und mehr entspannte. Jahrelang hatte sie sich ununterbrochen bemüht, sich zu beweisen, die Beste zu sein, besser als die Menschen um sie herum. Es tat gut, sich einen Moment Zeit zu nehmen und über nichts nachdenken zu müssen.

Drew sprach nicht, und mit geschlossenen Augen konnte Caryn den Waldboden unter ihren Füßen riechen, die Vögel zwitschern hören und die Feuchtigkeit in der Luft praktisch schmecken. Es hatte in der Nacht zuvor geregnet und sie konnte die Feuchtigkeit in den Bergen riechen. Ihr kurzes blondes Haar klebte ihr wahrscheinlich von der Anstrengung des Aufstiegs hierher am Kopf, aber zum ersten Mal seit Langem dachte sie nicht darüber nach, wie sie aussah oder was

Drew von ihr denken könnte. Sie ließ den Frieden dieses ruhigen Moments auf ihre Seele wirken.

Das war genau *das*, was sie an diesem Morgen brauchte.

»Wie geht es Art?«, fragte Drew, nachdem einige Minuten vergangen waren.

Anstatt sich darüber zu ärgern, dass er die friedliche Stille unterbrochen hatte, freute Caryn sich, dass er aufmerksam genug gewesen war, sie zu fragen.

»Es geht ihm gut«, entgegnete sie, öffnete die Augen und wandte sich Drew zu. Er hatte eine abgeschnittene Cargohose und ein einfaches rotes T-Shirt an. Sein Haar war zerzaust und stand irgendwie auf seinem Kopf ab. Er stützte sich mit den Ellbogen auf den Knien ab und drehte seinen Kopf in ihre Richtung. »Er fühlt sich ein wenig eingesperrt. Ich glaube, er spürt auch seine eigene Sterblichkeit ein wenig mehr, als ihm lieb ist. Ja, er ist einundneunzig, aber ich glaube, tief in seinem Inneren hat er das Gefühl, dass ihm noch eine Menge Zeit bleibt. Zurzeit braucht er etwas Hilfe beim Gehen ... und das gefällt ihm ganz und gar nicht. Er hat sein Alter nie gespürt, bis dieser Angriff geschehen ist.«

»Das ist durchaus verständlich«, entgegnete Drew mit einem leichten Nicken. »Zum Teufel, ich habe noch nie einen einundneunzigjährigen Mann kennengelernt, der so rüstig ist wie er, und er ist ausgesprochen stolz auf dich, weißt du.«

Caryn blinzelte überrascht über den unvorhergesehenen Themenwechsel. Aber sie hatte keine Gelegenheit, etwas zu erwidern, als Drew fortfuhr.

»Er spricht mit jedem, den er kennt, über dich. In der Woche, bevor er verletzt wurde, hat er mich auf der Post in die Enge getrieben und mir alles über das Feuer erzählt, das du im vierundzwanzigsten Stock eines Wohnhauses bekämpft hast. Er hat mir detailliert beschrieben, wie du eine Frau die Treppe hinuntergetragen hast und dann wieder nach oben gegangen bist, um ihre Schwester zu holen. Beeindruckend.«

Caryn konnte den Anflug von Stolz nicht unterdrücken, der

sie überkam. Jener Tag war die Hölle gewesen. Der Rauch war in ihrem Stockwerk so unheimlich dick gewesen, und die beiden Frauen waren behindert und konnten es nicht allein nach unten schaffen. Während ihre Feuerwehrkollegen das Feuer im Stockwerk über dem der Schwestern bekämpften, war sie geschickt worden, um dafür zu sorgen, dass alle evakuiert wurden. Es gab sonst niemanden, der den Frauen helfen konnte, also hatte sie einfach getan, was getan werden musste. Sie hatte es Art gegenüber eines Abends beiläufig erwähnt, als sie miteinander telefoniert hatten, und auch er war beeindruckt gewesen.

»Obwohl ich vermute, dass der Teil, in dem er sagte, dass die Flammen den ganzen Weg über an deinen Füßen geleckt haben und du durch eine Feuerwand gesprungen bist, eine leichte Übertreibung gewesen sein könnte.«

Caryn brach in Gelächter aus. »Da hast du allerdings recht«, erklärte sie lächelnd. »Im Treppenhaus war eine Menge Rauch, aber als wir unterhalb des zwanzigsten Stockwerks waren, hatte auch der sich verzogen. Nirgendwo waren Flammen zu sehen.«

»Er hat Glück, dass er dich hat«, erwiderte Drew einen Moment später ernst.

»Falsch. Ich habe Glück, dass ich *ihn* habe«, konterte Caryn sofort.

Sie schwiegen noch ein paar Minuten, bevor Caryn den Mut aufbrachte zu fragen: »Ich habe gehört, du warst Polizist.«

Drew nickte.

Sie wartete darauf, dass er mehr erzählte. Sie wartete darauf, dass er ihr alles über seine Auszeichnungen erzählte und wie sehr er seine Arbeit liebte ... aber Drew sagte kein weiteres Wort.

Caryn runzelte die Stirn, während sie sich ein anderes Gesprächsthema einfallen ließ. Sie war nicht gut in sozialen Situationen, und das war nur der Beweis dafür. Sie war eine Niete im Small Talk. Sie hatte ehrlich gesagt gedacht, dass

Drew die Gelegenheit nutzen würde, um über seine Arbeit zu sprechen, aber stattdessen schien ihm die Erwähnung seiner früheren Karriere unangenehm zu sein, was überhaupt nicht ihre Absicht gewesen war.

»Möchtest du weitergehen?«, fragte Drew und deutete den Weg hinunter.

Caryn blinzelte überrascht. »Mit dir zusammen?«

Drews Lippen zuckten amüsiert. »Ja, mit mir. Ich habe nicht angedeutet, dass ich genug von deiner Gesellschaft habe, falls du das gedacht hast.«

Caryn hatte ein schlechtes Gewissen, weil sie *genau das* gedacht hatte, und versuchte, nicht zu erröten. »Nun ... ich ... du magst mich nicht einmal.«

»Doch, ich mag dich«, erwiderte Drew, ohne zu zögern, und klang dabei aufrichtig.

Caryn wusste nicht, was sie sagen sollte. Sie hatte buchstäblich nichts getan, damit dieser Mann sie mochte. Das Gegenteil war der Fall. Die wenigen Male, die sie miteinander gesprochen hatten, war sie geradezu unhöflich gewesen.

»Wenn du lieber nicht mit mir zusammen wandern möchtest, verstehe ich das. Nur weil ich dich mag, heißt das nicht, dass du mir gegenüber das Gleiche empfindest.«

Caryn fühlte sich unwohl und nicht in ihrem Element und platzte heraus: »Glaubst du, du kannst mit mir mithalten?«

Drew lachte leise. »Wahrscheinlich nicht, aber ich kann es zumindest versuchen.«

Wow! Die meisten Männer hätten nicht einmal in einer Million Jahren zugegeben, dass eine Frau besser sein könnte als sie selbst. Doch Drew schien nicht im Geringsten beunruhigt darüber zu sein, dass sie vielleicht besser in Form war als er.

Unwillkürlich nickte Caryn. »Ja, also dann, okay.«

Es war nicht gerade ein begeistertes Ja, aber Drew schien es nicht zu bemerken.

»Großartig.« Er stand auf. »Möchtest du die Führung über-nehmen oder soll ich das machen?«

Caryn stand auf und war wieder einmal überrascht von seiner Frage. Sie hatte die Erfahrung gemacht, dass Männer nicht fragten, ob sie die Führung übernehmen wolle. Sie taten es einfach selbst, ohne zu zögern. Sie wies mit einer Geste auf den Weg. »Bitte sehr.«

»Wenn ich dir zu langsam bin, sag mir einfach Bescheid.«

»Ich werde nicht lügen, ich bin hier, um zu trainieren, aber ich versuche nicht, einen Weltrekord aufzustellen«, entgegnete sie mit einem kleinen Grinsen.

Er erwiderte es. »Gut so. Ich bin ein bisschen aus der Form.«

Caryn bezweifelte das ernsthaft. »Na klar.«

Er warf ihr einen letzten Blick zu, dann drehte er sich um und ging den Weg entlang.

Caryn atmete tief durch, hoffte, dass sie keinen Fehler machte, und folgte ihm.

KAPITEL ZWEI

Drew fragte sich, was zum Teufel er da tat. Er hatte Caryn impulsiv gefragt, ob sie mit ihm wandern wolle, aber er hatte ehrlich gesagt nicht erwartet, dass sie Ja sagen würde. Er war sogar verärgert gewesen, als sie aufgetaucht war und seinen friedlichen Morgen mit ihrer vorhersehbaren Schroffheit gestört hatte. Und ihr erster Satz schien genau das zu beweisen.

Aber … als sie mit geschlossenen Augen neben ihm saß und die Ruhe ihrer Umgebung in sich aufnahm, hatte er mehr gesehen, als ihm zuvor aufgefallen war.

Die Stressfalten um ihre Augen. Die dunklen Augenringe, als hätte sie nicht gut geschlafen. Die Art und Weise, wie ihre Schultern gebeugt waren, als würde das Gewicht der Welt auf ihren Schultern lasten.

Nichts davon hatte ihm gefallen. Nein, sie hatten sich nicht gerade gut verstanden, seit sie sich kennengelernt hatten. Aber sie hatte nicht wirklich etwas Schlimmes getan, das ihn dazu gebracht hätte, sie nicht zu mögen. Und sie brauchte die Heilung, die der Wald ihr bieten konnte, mehr als jeder andere, den er seit Langem getroffen hatte.

Als er damals nach Fallport gekommen war, hatte er viel

Zeit damit verbracht, auf den Pfaden zu wandern. Er hatte versucht, ein Gleichgewicht zu finden. Versucht, sich selbst wiederzufinden. Es gab immer noch Tage, an denen er die Stille des Waldes brauchte, um sich zu sammeln, so wie heute Morgen.

Er hatte in der vergangenen Nacht einen Traum gehabt – eher eine Erinnerung – und der hatte ihn ganz durcheinandergebracht. Er war auf einer großen Demonstration ... und er war im Dienst gewesen. Eigentlich war er mit dem Anliegen der Demonstranten einer Meinung gewesen, aber das war den Unruhestiftern in der Gruppe egal gewesen. Für sie waren alle Gesetzeshüter der Feind. Er hatte in dieser Nacht so viel Schlimmes gesehen, dass es ihn bis heute verfolgte.

Er war in den Wald geflüchtet, sobald die Sonne aufgegangen war. Er hatte versucht, die Bilder aus der Vergangenheit zu verdrängen, als Caryn ein Geräusch gemacht und ihn aufgeschreckt hatte. Für einen Moment war er wieder dort gewesen, als die Demonstration in einen Aufruhr umgeschlagen war. Jemand war auf ihn zu gestürmt und hatte vor, ihn zu verletzen. Er hatte nach seiner Waffe gegriffen, nur um feststellen zu müssen, dass sie nicht da war.

Ihm war sofort klar, wo er war und dass Caryn keine Bedrohung darstellte. Dennoch ... Drew fand es schlimm, dass nach all diesen Jahren seine erste Reaktion darin bestand, nach seiner Waffe zu greifen.

Er widerstand dem Drang, nach der Frau hinter ihm zu sehen. Er konnte hören, dass sie ihm dicht auf den Fersen war. Sie war mehr als fähig, sich hier draußen zu behaupten. Wahrscheinlich sogar fähiger als er. Außerdem war sie eindeutig in Form. Ihre Muskeln bewiesen das. Und die Tatsache, dass sie nicht einmal schwer atmete.

Sie in den figurbetonten Shorts zu sehen, die ihre muskulösen Oberschenkel perfekt in Szene setzten, war *definitiv* nicht abtörnend. Drew konnte sich nur mit Mühe davon abhalten, sie anzustarren, als sie sich neben ihn setzte. Sie trug ein Trägerhemd, das auch ihren kräftigen Bizeps zur Geltung brachte.

Ja, sie war definitiv eine Frau, die körperlich mithalten konnte. Aber irgendwie wusste er, dass sie mental nicht ganz so stark war.

Er warf einen kurzen Blick über seine Schulter. Ihr blondes Haar umrahmte ihr Gesicht, ein paar feuchte Strähnen klebten an ihren Wangen, und trotz des Schweißglanzes, der sie zum Glühen brachte, fühlte sich Drew zu ihr hingezogen. Er wusste aus dem Gespräch mit Art, dass Caryn einundvierzig war, aber wenn sie nicht so gestresst aussah, konnte sie durchaus als jemand Anfang Dreißig oder sogar Ende Zwanzig durchgehen. Sie waren gleich groß und es war schön, ihr in die Augen schauen zu können, wenn sie einander gegenüberstanden.

Er hatte nichts gegen zierliche Frauen ... wie Rockys Freundin Bristol, die nicht sonderlich groß war. Aber er hatte sich schon immer zu größeren Frauen hingezogen gefühlt.

Als sie weitergingen, wurde das Schweigen zwischen ihnen länger. Drew wusste, dass er mit ihr reden sollte, aber ihm fiel nichts ein, was er sagen konnte, und er wollte nicht riskieren, sie zu verärgern. Er hatte ein schlechtes Gewissen, weil er ein furchtbarer Gesprächspartner war, drehte den Kopf und sagte: »Tut mir leid, ich bin nicht gut im Small Talk.«

Zu seiner Überraschung antwortete sie: »Das ist schon in Ordnung. Ich bin es auch nicht.«

Er grinste daraufhin ein wenig. Für einen Moment musste er daran denken, wie sie sich beim Essen gegenübersaßen und sich beide auf ihre Mahlzeit konzentrierten und nicht redeten. Aus irgendeinem Grund vermutete er, dass es sich nicht seltsam anfühlen würde. Einfach nur angenehm.

Es vergingen noch ein paar Minuten, bevor Drew sagte: »Auf die Gefahr hin, dich zu verärgern, was nicht meine Absicht ist, ganz und gar nicht, ich bin nur neugierig ... wann musst du denn nach New York zurückkehren?«

Sie seufzte und er war erleichtert, dass sie nicht sauer auf ihn war, weil er gefragt hatte. »Ich weiß es noch nicht genau.«

Drew sah sie wieder an. »Hast du tatsächlich so viel Urlaub aufgespart?« Er zuckte zusammen, sobald die Worte aus seinem Mund kamen. »Tut mir leid, du musst nicht darauf antworten.«

»Eigentlich schon ... aber je länger ich hier bin, desto weniger möchte ich zurückkehren.«

Drew blieb mitten auf dem Weg stehen und drehte sich zu ihr um.

Caryn zuckte verlegen mit den Schultern. »Verrückt, nicht wahr?«

Er war überrascht, dass sie sich ihm gegenüber so öffnete, aber er freute sich darüber, er konnte einfach nicht anders. Wahrscheinlich lag es nicht daran, dass sie ihre Gedanken mit *ihm* teilen wollte, sondern vielmehr an den Umständen. Er hatte die Erfahrung gemacht, dass der Wald Barrieren zu überwinden vermochte. Er konnte nicht mehr zählen, wie oft vermisste Personen, die er im Wald wiedergefunden hatte, ihm alle möglichen persönlichen Dinge erzählt hatten, während er sie zurück in die Zivilisation brachte.

»Eigentlich nicht«, antwortete er schließlich. »Fallport hat eine besondere Art, den Menschen ans Herz zu gehen.«

Sie lächelte daraufhin. »An manchen Tagen kann ich es kaum erwarten, hier wegzukommen und zu meinem Leben in der Stadt zurückzukehren, und an anderen Tagen ... an den meisten Tagen ... kann ich mir nicht vorstellen, jemals wieder dorthin zurückzugehen.«

»Und was würdest du machen, wenn du nicht nach New York zurückkehrst?«, fragte Drew.

Caryn legte den Kopf schief und starrte ihn an. »Was? Du willst mir doch wohl nicht sagen, dass es hier keine Jobs gibt? Dass die Arbeit bei der Feuerwehr in New York ein Traumjob sein sollte?«

»Warum sollte ich? Es ist nur ein Traumjob, wenn es das ist, was du wirklich willst. Jeder Job hat seine Höhen und Tiefen, Vor- und Nachteile, und ich bin nicht du, also wäre es arrogant und vermessen von mir, Vermutungen darüber anzustellen, was du magst und was nicht.«

»Ich ... danke. Es ist nur ... ich liebe die Arbeit bei der Feuerwehr. Ich liebe es, Menschen zu helfen. Aber ich hasse die Politik, die mit diesem Job einhergeht. Ich hasse es, mich tagein, tagaus vor den Menschen beweisen zu müssen, die mir eigentlich vertrauen sollten. Du hast ja keine Ahnung, wie es ist, wenn man ständig aufgefordert wird, die Schläuche zu bedienen. Oder dafür zu sorgen, dass ein Gebäude evakuiert wird, anstatt die Führung am Einsatzort zu übernehmen. Ich bin genauso gut wie die anderen in meiner Feuerwache, aber wegen meines Geschlechts werde ich als weniger kompetent angesehen.«

»Du hast recht, bei dem zweiten Teil weiß ich es nicht, aber ich kann gut verstehen, dass du den Menschen helfen möchtest, die Politik in deinem Job jedoch hasst. Und obwohl ich dich noch nicht in Aktion gesehen habe, habe ich von Art genügend Geschichten über deine Fähigkeiten gehört, um zu glauben, dass die Leute, mit denen du arbeitest, Idioten sein müssen.«

Sie standen in der Mitte des Weges und Drew musterte die Frau vor sich. »Wenn du auf der Welt machen könntest, was du willst, egal was, was wäre das?«, fragte er.

»Hier in Fallport bleiben. Mich um meinen Großvater kümmern. Ich weiß, dass ihm wahrscheinlich nicht mehr viel Zeit bleibt, und er ist der einzige Mensch in meinem Leben, der mich immer unterstützt hat. Hundertprozentig. Er ist immer für mich da gewesen. Ich möchte jetzt auch für ihn da sein. Natürlich würden wir uns gegenseitig in den Wahnsinn treiben, sobald er wieder auf den Beinen ist. Und ich würde mich zu Tode langweilen. Es ist eine dumme Idee und ...«

»Tu das nicht«, unterbrach Drew sie.

»Was soll ich nicht tun?«, wollte Caryn wissen.

»So tun, als würde es nicht zählen, was du möchtest. Ich bin mir sicher, dass Art und du euch gegenseitig verrückt machen würdet, auch wenn ihr *nicht* zusammenlebt. Und wir alle langweilen uns gelegentlich, egal ob wir in einer Kleinstadt oder in der aufregendsten Stadt der Welt leben.«

»Stimmt auch wieder«, entgegnete sie leise.

»Würdest du auch weiterhin bei der Feuerwehr arbeiten wollen?«, fragte er. Drew wusste, dass er sie ein wenig unter Druck setzte, aber er konnte nicht anders.

»Ich weiß es nicht.«

»Fallport hat eine hauptamtliche Feuerwehr«, bemerkte er. »Was hält dich davon ab, zu sehen, ob es eine freie Stelle gibt?«

»Paul Downs.«

»Oh ja, dieser Typ. Ich hatte schon ein paarmal mit ihm zu tun.«

»Ja. Er ist der Hauptmann und er hasst mich. Er hat mich schon immer gehasst. Jeden Sommer, egal wie alt ich war, hat er alles getan, um mir das Leben zur Hölle zu machen. Er hat mich gehänselt, mich schikaniert und mir das Gefühl gegeben, eine Außenseiterin zu sein.«

»Ist es das? Das Einzige, was dich davon abhält, ganz nach Fallport zu ziehen?«

Caryn presste die Lippen zusammen und starrte ihn an. In ihrer Frustration reagierte sie ein wenig zu aggressiv. »Warum sollte ich in eine Stadt ziehen wollen, die wahrscheinlich genauso voreingenommen ist wie New York? Oder sogar noch schlimmer? Und ich bin eine Außenseiterin. Das ist in kleinen Städten wie Fallport eine große Sache.«

»Da hast du nicht ganz unrecht«, erwiderte Drew geduldig. Er wusste nicht genau, ob sie wirklich glaubte, was sie da sagte, oder ob sie sich einfach nur in die Enge getrieben fühlte. »Aber die Leute hier haben auch ein großes Herz. Wie viele Leute haben bei Art zu Hause vorbeigeschaut, um nach ihm zu sehen? Wie viele haben ihm einen Auflauf gebracht? Oder angeboten, seine Wäsche zu machen und zu putzen? Wie viele haben dich, ohne zu zögern, wieder willkommen geheißen?«

Caryn seufzte. »Okay, da hast du natürlich auch wieder recht.«

»Ich will damit nur sagen, dass das Leben kurz ist. Es mit einem Job zu verbringen, den du nicht magst, ist es nicht wert.«

»Ist es das, was du gemacht hast? Gekündigt, weil es dir keinen Spaß mehr gemacht hat, Polizist zu sein?«

Drew wollte sich nicht auf dieses Thema einlassen, aber ihre Frage war nur fair. »So etwas in der Art.«

»Und jetzt bist du Steuerberater.«

»Genau.«

»Und gefällt es dir wirklich, in einem Büro zu sitzen und mit Zahlen zu jonglieren, anstatt den Adrenalinstoß zu haben, den man als Polizist erlebt?«, fragte sie.

Drew hörte keine Reizbarkeit in ihrer Frage. »Ja«, antwortete er, ohne zu zögern. »Die Arbeit mit dem Bergungsteam vom Eagle Point befriedigt das Bedürfnis in mir, anderen zu helfen. Das gibt mir ab und zu einen Adrenalinstoß.«

Er konnte den Blick in Caryns Augen nicht deuten. »Und ... was wäre, wenn ich dem Bergungsteam beitreten wollte?«

Drew blinzelte überrascht. Das hatte er nicht erwartet.

Caryn gab ihm keine Chance, sich zu sammeln. »Schon klar. Das habe ich mir auch gedacht. Für dich ist es in Ordnung, im Team zu sein, aber für eine Frau? Das geht nicht. Und es ist dasselbe, egal wo ich hingehe. Ich weiß, dass Paul ähnlich reagieren würde, wenn ich der örtlichen Feuerwehr beitreten wollte. Das gute alte Netzwerk der Männer ist immer noch überall stark vertreten. Danke für die Wanderung, aber ich glaube, ich werde umkehren. Ich möchte noch im Restaurant vorbeischauen und Art etwas zum Frühstück besorgen. Bis später.«

Bevor Drew protestieren konnte, hatte Caryn auf dem

Absatz kehrt gemacht und ging den Weg zurück, den sie gekommen waren. Zurück zum Ausgangspunkt des Wanderwegs und zum Parkplatz.

Drew starrte ihr nach, bis er sie nicht mehr sehen konnte, und seufzte dann. Er hatte sie nicht verärgern wollen. Sie hatte ihn nur überrascht.

Es stimmte zwar, dass er und der Rest seiner Teamkameraden im Such- und Bergungsteam sich nahestanden, aber das bedeutete nicht, dass sie nicht ein weiteres qualifiziertes Mitglied willkommen heißen würden. Dass Caryn eine Frau war, hatte damit nichts zu tun. Sie wäre sogar eine große Bereicherung. Mit ihrer Erfahrung in der Brandbekämpfung hätten sie einen Vorteil, wenn sie zu Waldbränden gerufen würden. Und sie war Sanitäterin, also eine weitere Bereicherung in medizinischen Notfällen. Sie war gut in Form, hatte keine Angst vor harter Arbeit und es war offensichtlich, dass sie die gleiche Motivation hatte wie er und der Rest des Teams, nämlich anderen zu helfen.

Drew seufzte erneut. Er hatte es vermasselt. Er hatte Caryn den Eindruck vermittelt, er sei genau wie die überheblichen Mistkerle, mit denen sie in der Stadt gearbeitet hatte. Und das konnte er nicht leiden.

Da er nicht wollte, dass sie dachte, er würde ihr nachstellen, ging Drew langsam zum Parkplatz zurück. Er würde ihr etwas Zeit lassen ... aber sie waren noch nicht fertig mit diesem Thema. Er würde nach Hause fahren, duschen und dann bei Art vorbeischauen, um nach ihm zu sehen – und vielleicht das Gespräch beenden, das er mit Caryn begonnen hatte.

Wenn sie nach Fallport ziehen wollte, sollte sie sich von niemandem aufhalten lassen. Nicht von Paul Downs. Nicht von ihm. Von niemandem. Er meinte, was er gesagt hatte: Das Leben war zu kurz. Und sie war offensichtlich nicht glücklich mit ihrem Job in New York. Hier würde sie viel mehr Anerkennung finden. Ja, das Leben war langsamer in einer Kleinstadt, aber das wusste sie. Sie hatte schon viele Sommer in der Stadt verbracht. Und auch wenn das Leben dort langsamer war, so war es doch genauso erfüllend, vielleicht sogar noch erfüllender als in der Stadt. Sie konnte wandern, wann immer sie wollte, die Einheimischen waren größtenteils wirklich freundlich ...

Drew hatte das Gefühl, dass Caryn besser hierherpassen würde, als sie dachte.

Eineinhalb Stunden später war Drew in seiner Mietwohnung. Er hatte geduscht und gefrühstückt und wollte sich gerade auf den Weg zu Art machen, um nach dem älteren Mann zu sehen und mit Caryn zu sprechen. Um sich zu entschuldigen. Um zu erklären, dass sie ihn überrascht hatte und dass er nicht wie die Idioten war, die dachten, sie könne ihren Job nicht so gut machen wie ein Mann. Aber dann klingelte sein Handy.

Er verkrampfte sich, denn in letzter Zeit schien es so, als brächten Anrufe mehr schlechte als gute Nachrichten, und nahm ab. »Koopman.«

»Hey, Drew, hier ist Ethan. Wir haben eine vermisste Person.«

Verdammt. So viel zu der Möglichkeit, sich bei Caryn zu entschuldigen. »Wo? Einzelheiten?«

»*Falling Water Trail.*«

Verdammter Mist. »Wie weit draußen?«

»Sehr weit«, entgegnete Ethan. »Wir haben einen Anruf vom Sohn des Wanderers erhalten. Er sagte, sein Vater, der um die fünfundsechzig Jahre, aber in guter Verfassung sei, mache eine mehrtägige Wanderung auf dem *Appalachian Trail*. Er sollte heute Morgen an ihrem Treffpunkt sein, aber er hat sich nicht gemeldet.«

»Wie lange ist er schon unterwegs?« Drew wollte gar nicht

erst darüber nachdenken, wie unklug es für den Mann war, allein zu wandern. Verdammt, er konnte nicht wirklich etwas sagen, denn er war schon oft allein im Wald gewesen. So auch an diesem Morgen. Allerdings war er nicht auf einer mehrtägigen Wanderung und er war zwanzig Jahre jünger als der vermisste Mann.

»Er ist vor zwei Tagen aufgebrochen. Er wollte sich heute Morgen mit seinem Sohn treffen, um neue Vorräte abzuholen, und dann noch zwei Tage weiterwandern.«

»Und es ist nicht möglich, dass er sich nur verspätet hat?«, fragte Drew.

»Nicht laut dem Sohn. Er sagte, er habe gestern mit ihm gesprochen und sie hätten die Zeit und den Ort für das Treffen heute Morgen bestätigt.«

»In Ordnung. Treffen wir uns am Ausgangspunkt des Wanderewegs?«

»Ja.«

»Wer kommt mit?«

»Ich, du, Brock und Tal. Die anderen stehen bereit, um uns bei Bedarf abzulösen.«

Drew nickte im Geiste. Er wusste, dass Bristols Bein immer noch nicht ganz verheilt war, und Rocky war nicht bereit, sie allein zu lassen. Nicht nach dem, was sie durchgemacht hatte. Raids Bluthund war am Vortag ebenfalls operiert worden, um eine Zyste zu entfernen, und er war noch nicht bereit für den langen Marsch. Und Tony hatte eine Halsentzündung, was bedeutete, dass Zeke seiner Frau Elsie – Tonys Mutter – helfen wollte, auf ihn aufzupassen, um sich davon zu überzeugen, dass es ihm nicht schlechter ging. Hoffentlich würden sie keinen von ihnen belästigen müssen.

»Klingt gut. Ich treffe euch dort, sobald ich kann.«

»Vergiss dein Satellitentelefon nicht«, erinnerte Ethan ihn.

»Als würde ich unser neuestes Spielzeug vergessen«, entgegnete Drew und verdrehte die Augen.

»Gut, ich wollte nur sichergehen. Bis gleich.«

Drew legte auf und überlegte, ob er Art anrufen sollte, verwarf den Gedanken dann aber. Obwohl ihm die Tatsache, dass er mit Caryn nicht ins Reine kommen konnte, nicht behagte. Man konnte nicht sagen, wie lange sie weg sein würden, da sie nicht wussten, wie weit der Vermisste entfernt war. Vielleicht hatten sie Glück und er wurde in der Nähe des Ausgangspunktes gefunden. Wenn er sich mit seinem Sohn treffen sollte, war es möglich, dass er kurz vor dem Ende dieser Etappe in Schwierigkeiten geraten war. Aber es war genauso gut möglich, dass gestern etwas passiert war, kurz nachdem er seinen Sohn das letzte Mal kontaktiert hatte.

Fluchend ging Drew in sein Schlafzimmer, um sich seine Wanderkleidung anzuziehen. Als er fertig war, schnappte er sich seinen Rucksack und verließ das Haus. Als er in seinen Jeep stieg, dachte er an diesen Morgen. Daran, wie wohl er sich beim Wandern mit Caryn gefühlt hatte. Sie hatte die Luft nicht mit unnötigem Geplapper gefüllt, und zu wissen, dass sie hinter ihm war, war ... beruhigend gewesen. Es gab nicht viele Menschen, denen er vertraute und von denen er wusste, dass sie ihm Rückendeckung geben würden.

Drew hatte keine Ahnung, was Caryn an sich hatte, das dieses Gefühl bei ihm hervorrief, vor allem in Anbetracht der Tatsache, dass sie sich ständig stritten. Vielleicht lag es einfach daran, dass sie ebenfalls zu einer Rettungseinrichtung gehörte, so wie er früher. Feuerwehrleute und Polizisten hatten manchmal eine feindliche Beziehung, aber Drew hatte das nie so empfunden. Er war dankbar für die Arbeit der Feuerwehrmänner und -frauen und er war auf jeden Fall froh, dass er nicht in brennende Gebäude laufen musste.

Er betete, dass sie den vermissten Mann so schnell wie möglich finden würden und er die Gelegenheit bekamt, sich so schnell wie möglich bei Caryn zu entschuldigen, bevor sich schlechte Gefühle verfestigen konnten. Wenn er allerdings nicht ganz bei der Sache war, konnten er oder seine Teamkameraden ziemlich schnell verletzt werden. Er musste sich erst einmal auf die anstehende Aufgabe konzentrieren. Aber wenn alles gesagt und getan war, war er mehr als bereit, auf Knien um Vergebung zu betteln, wenn er Caryn das nächste Mal sah.

Er hatte das Gefühl, dass sie es wert war, ein wenig zu betteln ... auch wenn er nicht ganz verstand warum.

KAPITEL DREI

Caryn war in schlechter Stimmung. Sie dachte, dass Drew vielleicht, nur vielleicht, anders sein würde als die meisten Männer, mit denen sie in ihrem Leben gearbeitet hatte. Sie dachte, er würde ihr Interesse an dem Such- und Bergungsteam unterstützen. Stattdessen redete er zwar viel, aber wenn es hart auf hart kam, war er genauso sexistisch wie die anderen Männer, die sie kannte.

Seufzend ließ sie den Kopf auf die Kopfstütze hinter sich zurückfallen. Sie war am Haus ihres Großvaters angekommen, war aber noch nicht aus ihrem Wagen gestiegen. Sie schloss die Augen und runzelte die Stirn.

Sie war nicht fair. Das wusste sie. Und doch war der Schmerz immer noch da.

Jetzt, da sie darüber nachdachte, was passiert war, hatte Drew eigentlich nichts gesagt, was ihre Reaktion gerechtfertigt hätte. Er hatte sich nicht über sie lustig gemacht. Er hatte sie nicht abblitzen lassen. Er hatte kein einziges verdammtes Wort gesagt. Sie hatte ihm keine Gelegenheit gegeben, etwas zu sagen. Sie hatte angenommen, sein Schweigen bedeutete, dass er sie nicht in seinem Team haben wollte.

Sie war einfach weggegangen, ohne ihn ausreden zu lassen,

nur um sich davor zu schützen, etwas zu hören, was sie nicht hören wollte. Irgendwelche Gründe, die dagegensprachen, dass eine Frau dem Team beitrat.

Es war nicht unbedingt der Job, nach dem sie sich sehnte, sondern vielmehr die Kameradschaft, die sie bei Drew und den anderen spürte. Ihr ganzes Leben lang hatte sie am Rande dieser Art von Zusammenhalt gestanden. Angefangen in der Schule und bis ins Erwachsenenalter hinein. Keine der Feuerwachen, auf denen sie gearbeitet hatte, wollte eine Frau in ihren Reihen haben. Sie vermutete, dass die meisten sich darauf einließen, weil sie keine andere Wahl hatten und weil ihre Aufnahme in den Dienstplan eine Art Checkliste für positive Maßnahmen erfüllte.

»Ich bin so eine Närrin«, murmelte sie, öffnete die Augen und starrte ausdruckslos vor sich hin. »Ich hätte mir anhören sollen, was er zu sagen hatte.«

Sie musste wirklich an ihren Kurzschlussreaktionen und ihrer Angewohnheit, das Schlimmste anzunehmen, arbeiten. Ja, sie hatte versucht, sich selbst zu schützen, aber sie war extrem unhöflich gewesen. Wenn Drew mitzählte, wie oft sie ihm grundlos den Kopf abgebissen hatte, musste Caryn zugeben, dass selbst sie ihr keine weitere Chance geben würde.

Bis zu diesem Moment hatte sie die Wanderung eigentlich genossen. Drew hatte eine beruhigende Ausstrahlung. Und obwohl sie feststellen konnte, dass er übermäßig wachsam war, war er nicht paranoid, obwohl sie früher das Gegenteil behauptet hätte.

Caryn seufzte tief und wusste, dass sie einen kolossalen Fehler gemacht hatte. Sie wollte wirklich wissen, was Drew darüber dachte, dass sie möglicherweise seinem Team beitreten würde. Nicht dass sie ernsthaft daran gedacht hätte, in Fallport zu bleiben ... oder doch?

Mit einem selbstironischen Lachen schüttelte sie den Kopf. Sie *wollte* es. Sie wollte bleiben. Hier bei Art. In der kleinen Stadt, in der sie praktisch aufgewachsen war. Sie hatte so schöne Erinnerungen an die Sommer hier, von Paul Downs einmal abgesehen. Die Menschen waren im Allgemeinen freundlich und sie liebte die Eigenarten des Ortes.

Außerdem, hatte ihr Chef in New York nicht praktisch gesagt, dass er ihren Job nicht für sie frei halten würde? Er hatte nach einem Grund gesucht, jemand Neues einzustellen, und sie hatte ihm die perfekte Gelegenheit geboten.

Aber wenn sie nach Fallport ziehen wollte, brauchte sie eine Möglichkeit, ihren Lebensunterhalt zu verdienen. Soweit sie wusste arbeiteten die Mitglieder des Bergungsteams vom Eagle Point ehrenamtlich. Sie *könnte* sich bei der örtlichen Feuerwehr erkundigen. Auch wenn sie und Paul Downs nicht miteinander auskamen, war es nichts Neues für sie, mit jemandem zusammenzuarbeiten, der sie nicht mochte. Aber wollte sie weiterhin bei der Feuerwehr arbeiten? Das war die Frage.

Sie war auch Sanitäterin. Sie könnte sich um einen Job beim Fallport Rettungsteam bemühen. Oder sich den Feuer-wehrleuten des Bezirks anschließen, den Männern und Frauen, die in die Wälder gingen, um Waldbrände zu bekämpfen.

Und dann war da noch dieser *andere* Job, den sie nebenbei machte ...

Caryn schüttelte den Kopf und verwarf die Idee. Sie glaubte wirklich nicht, dass man damit Geld verdienen konnte. Nicht genügend, um davon leben zu können. Sie tat es nur zum Spaß.

Abrupt stieß Caryn ihre Wagentür auf. Sie musste aus ihren Gedanken herauskommen. Ins Haus gehen und nach Art sehen. Ihm etwas zu essen bringen, das sie auf dem Heimweg mitgenommen hatte. Irgendwann würde sie Drew wiedersehen müssen ... und sich entschuldigen. Sie war wieder einmal unglaublich unhöflich gewesen, und sie hätte ihn nie einfach so stehen lassen dürfen. Sie war einundvierzig Jahre alt. Es war an der Zeit, dass sie nicht mehr zuließ, dass ihre Gefühle ihren gesunden Menschenverstand überlagerten.

Caryn schnappte sich die Tüte mit den Lebensmitteln und ging hinein. Art würde sie aufmuntern. Er hatte immer etwas Lustiges zu erzählen, irgendeine Geschichte über seine Freunde oder die Bewohner von Fallport, die sie zum Lächeln brachten und ihre Sorgen für eine Weile vergessen ließen.

Ein paar Stunden später waren Silas und Otto im Haus, um ihren Großvater zu besuchen und ihn über den Klatsch zu informieren, den er verpasst hatte, während er sich zu Hause erholte, anstatt vor dem Postamt zu sitzen – wie es seit Jahren die tägliche Routine des Trios war. Sie saß ruhig mit einem Buch in der Ecke des Wohnzimmers und hörte nur halb zu, als ihre Aufmerksamkeit durch Ottos Worte über eine vermisste Person in die Gegenwart zurückgerissen wurde. Laut dem Freund ihres Großvaters war das Such- und Bergungsteam vom Eagle Point vor ein paar Stunden zu einer Rettungsaktion aufgebrochen.

»Offenbar war ein älterer Mann, der den ganzen Staat durchqueren wollte, allein unterwegs und hat den Treffpunkt, den er mit seinem Sohn vereinbart hatte, nicht erreicht. Also ist das Team losgezogen, um ihn zu finden«, informierte Otto sie.

»Das würde ich auf jeden Fall schaffen«, erklärte Silas selbstbewusst.

»Was würdest du auf jeden Fall schaffen? Den ganzen Staat Virginia zu durchwandern?«, fragte Art deutlich skeptisch.

»Was, du glaubst, ich könnte das nicht?«, fragte Silas.

Daraufhin brachen sowohl Art als auch Otto in Gelächter aus.

Caryn tat ihr Bestes, um zu verhindern, dass ihre Mundwinkel sich nach oben verzogen.

»Ich könnte es sehr wohl!«, beharrte Silas. »*So* alt und altersschwach bin ich noch nicht!«

»Silas, du jammerst, wenn du mal über den Marktplatz gehen musst«, erwiderte Otto.

»Und deine Knochen knacken, wenn du dich hinsetzt«, warf Art ein.

»Ja, nun, ich sage nicht, dass ich hüpfen und springen würde, aber ich könnte es tun«, erwiderte Silas etwas mürrisch.

»Du wärst achtzig, bevor du damit fertig bist«, sagte Art mit einem Kopfschütteln zu dem Neunundsechzigjährigen. »Außerdem, warum solltest du das machen *wollen*? Du müsstest dich von Müsli und gefriergetrocknetem Zeug ernähren, das alles auf dem Rücken tragen, auf dem Boden schlafen und der Kaffee würde auch nicht gut schmecken.«

»Stimmt«, murmelte Silas.

»Außerdem würdest du den ganzen Klatsch und Tratsch hier verpassen«, erklärte Otto.

Caryn fand die Art und Weise, wie die drei Männer miteinander umgingen, irgendwie süß. Ja, sie machten sich übereinander lustig und waren sehr wettbewerbsorientiert, aber nichts wurde böswillig getan oder gesagt. Sie neckten sich gegenseitig, stellten aber gleichzeitig sicher, dass niemand wirklich verletzt wurde, wenn sie einander aufgezogen. Wie sie es gerade mit Silas getan hatten. Sie machten sich über ihn lustig, weil er dachte, er könne eine lange Wanderung durch die Wälder machen, und gaben ihm dann einen Ausweg, indem sie ihm sagten, was er alles verpassen würde, wenn er wegginge. Der Altersunterschied zwischen den beiden mochte ein Jahrzehnt betragen, aber sie waren wirklich die besten Freunde.

»Wie auch immer, ich habe gehört, dass nur vier Mitglieder des Bergungsteams auf die Suche gegangen sind«, erklärte Otto. »Vermutlich weil Elsies Junge krank ist und Bristol sich noch erholt. Es wird sicher noch eine Weile dauern, bis Rocky sich wohl damit fühlt, sie wieder allein zu lassen.«

»Raid und Duke sind nicht mitgegangen?«, fragte Art.

Silas zuckte mit den Schultern. »Ich denke nicht.«

Caryn hätte gern so viele Fragen gestellt, aber sie behielt sie aus Gewohnheit für sich. Zu eifrig zu sein hatte ihr in der Vergangenheit noch nie gutgetan. Ihre Kollegen bei der Feuerwehr nutzten das oft gegen sie oder verdrehten bei all den Fragen die Augen. Ihr Job war es, mitzumachen und das zu tun, was ihr gesagt wurde. Keine Fragen zu stellen.

Dennoch konnte sie ihre Neugierde nicht unterdrücken, wie das Suchteam vorging, um jemanden zu finden, der vermisst gemeldet worden war. Nach welchen Anzeichen sie in den Wäldern suchten, wie die übliche Vorgehensweise war, wenn sie tatsächlich jemanden fanden. Sie nahm an, dass sie die Person, wenn sie vollständig gehfähig war, aus dem Wald hinausbegleiteten. Aber was war, wenn die Person verletzt war? Wurde sie getragen? Wurde ein Hubschrauber gerufen? Es gab so viele Dinge, die sie wissen wollte.

Sie blendete die drei Männer wieder aus, als sie begannen, sich über den Stand ihrer Schachpartien zu streiten. Aber es war schön zu sehen, dass Art wieder mehr Farbe in den Wangen hatte und die Kraft, so lange im Wohnzimmer zu sitzen und sich mit seinen Freunden zu unterhalten. Direkt nach dem Angriff hatte es Momente gegeben, in denen Caryn ernsthaft dachte, sie würde ihn verlieren. Aber zum Glück war Art ein zäher, sturer alter Kauz, und er erholte sich bemerkenswert gut.

Sie war auch sehr dankbar, dass Doc Snow, der örtliche Arzt, bereit war, jeden Tag vorbeizukommen, um nach seinem Patienten zu sehen.

Ihre Gedanken schweiften zurück zu jenem Morgen, so wie sie es während der letzten Stunden häufig getan hatten. Je mehr sie darüber nachdachte, was sie getan hatte, desto mehr schämte sie sich. Sie war buchstäblich losgestampft wie ein Kleinkind, das einen Wutanfall hat. Sie hatte Drew offensichtlich mit ihrem Vorschlag überrascht, im Such- und Bergungsteam mitzuarbeiten, und anstatt ihm die Chance zu geben, die

Idee zu verdauen, hatte sie angenommen, sein Schweigen bedeutete, dass er nicht einverstanden war.

Sie musste sich entschuldigen. Vielleicht wollte er es nicht hören, vielleicht wollte er nichts mit einer Frau zu tun haben, die solche Kurzschlussreaktionen hatte, aber sie musste sich trotzdem entschuldigen. Sie *mochte* Drew ... was etwas überraschend war. Nach ihrer Scheidung und nachdem sie mit einigen wirklich schlechten Polizisten zusammengearbeitet hatte, hatte sie nicht gedacht, dass sie jemals wieder freiwillig Zeit mit einem verbringen würde.

Caryn wusste, dass das nicht fair war. Es gab einige hervorragende Polizisten in New York und auf der ganzen Welt. Die Arbeit bei der Polizei war nichts, was sie persönlich machen wollte, aber sie hatte großen Respekt vor dem Mist, den die Beamten jeden Tag durchmachen mussten. Trotzdem hatte das Zusammenleben mit ihrem Ex sie gelehrt, dass die meisten Polizisten wirklich suspekt waren.

Vor allem Jonah war ständig auf der Hut und wartete darauf, dass jeden Moment etwas passierte. Das war anstrengend. Und wie sich herausstellte, war er auch nicht gerade ein netter Mensch. Er schimpfte mit ihr, wenn sie zu spät von einer Schicht nach Hause kam, obwohl er selbst oft zu spät kam. Er schimpfte über die Unordnung in der Wohnung oder über ihre »Faulheit«, wenn sie kein Abendessen kochte – obwohl er selbst nie einen Finger krumm machte, um zu kochen oder aufzuräumen. Er warf ihr vor, ihre – und seine – Sicherheit zu vernachlässigen.

Sie hatten sich schnell auseinandergelebt, ihre Ehe hielt nur zwei Jahre, bevor sie sich einvernehmlich getrennt hatten.

Sie konnte den gleichen ... *Argwohn*, in Ermangelung eines besseren Wortes, in Drew sehen, aber er schien nicht übermäßig nervös oder voreingenommen zu sein. Vielleicht lag das daran, dass er schon seit einiger Zeit keine Uniform mehr trug. Oder vielleicht hatte er einfach einen besseren Charakter. Auf jeden Fall schien Drew, außer der Tatsache, ständig in Alarmbereitschaft zu sein, nicht viel mit Jonah gemein zu haben.

Das Klingeln ihres Handys im Nebenzimmer riss sie aus ihren Gedanken und sie stand auf, um den Anruf entgegenzunehmen. Die drei Männer schienen nicht einmal zu bemerken, dass sie das Zimmer verließ, was ein Schlag für ihr Ego gewesen wäre, wenn Caryn nicht so dankbar dafür gewesen wäre, dass Silas und Otto ihren Großvater so gut unterhielten.

»Hallo?«, sagte sie, als sie den Anruf annahm. Sie kannte die Rufnummer nicht.

»Caryn? Ich bin's, Drew.«

Caryn blinzelte verwirrt, als sie Drews tiefe Stimme in ihrem Ohr hörte. »Woher hast du meine Nummer?«, fragte sie.

Drew lachte leise und das Geräusch jagte ihr einen angenehmen Schauer über den Rücken. Hatte er schon immer so eine sexy Stimme gehabt? Vielleicht war es nur eine Sache des Telefons.

»Das liegt an Fallport.«

Caryn nahm an, dass damit eigentlich schon alles gesagt war. Dennoch war sie überrascht, dass er sie nach ihrem Auftritt an diesem Morgen anrief. »Was gibt's?«

»Ich habe mich gefragt, ob du uns auf dem *Falling Water Trail* helfen könntest.«

Jetzt war sie sprachlos. Aber das spielte keine Rolle, denn Drew fuhr fort: »Du hast vielleicht schon gehört, dass wir zu einer Suche gerufen wurden. Wir haben den Mann gefunden, den wir gesucht haben, aber er ist in keiner guten Verfassung. Er hat die Orientierung verloren, als er versuchte, den Weg zurück zum Pfad zu finden, dann war er dehydriert und ihm ist schwindelig geworden und er ist im Moment ziemlich neben der Spur. Außerdem hat er sich eine kleine Verletzung zugezogen, sodass wir ihn auf einer Trage abtransportieren müssen, und wir könnten etwas Hilfe gebrauchen. Zeke, Raiden und Rocky haben Bereitschaftsdienst, aber sie haben alle persönliche Gründe, wenn möglich in der Stadt zu bleiben. Ich möchte sie lieber nicht belästigen, wenn es nicht sein muss.«

Als sie immer noch nichts sagte, sprach Drew weiter. Vielleicht, um sie zu überzeugen.

»Der Wanderer ist gestürzt und hat sich das Knie verletzt. Wir glauben, dass es sich um eine Patellaluxation handelt, und er kann es nicht belasten. Wenn du nicht kannst oder wenn du bei Art bleiben musst, verstehe ich das. Ich dachte nur, nachdem du heute Morgen dein Interesse bekundet hast, dass du vielleicht bereit wärst, uns zu helfen.«

Caryn fand endlich ihre Stimme wieder. »Ja! Natürlich. Ich kann in ein paar Minuten losfahren. Wie weit seid ihr entfernt?«

»Im Moment haben wir noch etwa fünfzehn Kilometer vor uns. Der Mann war nicht weit von der Stelle entfernt, an der der *Falling Water Trail* auf den *Appalachian Trail* trifft. Wenn du hier bist, können wir uns angesichts des Weges zum Ausgangspunkt wahrscheinlich an der Sieben-Kilometer-Marke treffen. Normalerweise kommen wir mit einem Wanderer allein zurecht, aber ... dieser Kerl ist kein Leichtgewicht. Etwas zusätzliche Hilfe wäre willkommen.«

Vorfreude, Aufregung und Genugtuung durchfluteten Caryn. Sie war auch erleichtert, dass Drew keine Anzeichen zeigte, dass er über ihr kindisches Verhalten von vorhin verärgert war. »Es tut mir leid wegen heute Morgen«, platzte sie heraus.

»Das braucht dir nicht leidzutun«, entgegnete er ruhig. »Also, bis gleich?«

»Ja. Ich werde so schnell wie möglich da sein.«

»Danke. Pass auf dich auf. Bitte zieh dir auf dem Weg zu uns keine Verletzungen zu.« Wann hatte ihr das letzte Mal jemand gesagt, sie solle vorsichtig sein? Sie konnte sich nicht erinnern. »Ich werde aufpassen.«

»Bis gleich.«

»Tschüss.«

Caryn legte auf und stand für den Bruchteil einer Sekunde mitten in Arts Küche, bevor sie sich umdrehte und in das kleine Gästezimmer ging, das sie während ihres Aufenthalts benutzte. Sie zog sich eine Cargohose, Wanderschuhe und ein Trägerhemd an, bevor sie zu ihrem Großvater zurückkehrte.

»Ich muss für eine Weile weg. Könnt ihr bei Art bleiben?«, fragte sie Otto und Silas.

»Natürlich«, antworteten beide wie aus einem Mund.

Gleichzeitig fragte Art: »Wo willst du denn hin?«

»Drew hat angerufen und gefragt, ob ich bei der Bergung des vermissten Wanderers helfen würde.« Sie konnte das unmittelbare Interesse in den Augen der älteren Männer sehen. Sie wusste, wenn sie ihnen eine Chance gab, würden sie ihr so viele Informationen wie möglich entlocken, um ihre klatschsüchtigen Herzen zu füllen. »Ich habe Ja gesagt, aber ich möchte nur sichergehen, dass jemand bei dir bleibt.«

»Wir bleiben hier«, versicherte Otto ihr.

»Unter einer Bedingung«, fügte Silas hinzu. »Dass du uns alle Einzelheiten minutiös erzählst, wenn du zurückkommst.«

»Wer sagt denn so was wie *minutiös*?«, fragte Otto.

»Mir geht es gut«, brummte Art. »Ich brauche keinen Babysitter.«

»Das weiß ich doch«, beruhigte Caryn ihn, während sie neben seinen Sessel trat und ihn auf die Stirn küsste. »Aber als ich das letzte Mal für eine Stunde wegging, haben sich ein paar der Stiche wieder geöffnet, weil du beschlossen hast, allein im Haus herumzuwandern.«

»Weil ich Hunger hatte«, protestierte Art.

»Und deshalb möchte ich, dass deine Freunde bleiben. Ist das wirklich so schlimm? Ihr könnt euer Schachbrett herausholen und versuchen, den Spielstand ein wenig auszugleichen.«

Art setzte sich bei diesem Vorschlag etwas aufrechter hin. »Du meinst, meinen Vorsprung weiter auszubauen.«

»Sicher, genau das meine ich«, entgegnete Caryn

beschwichtigend und wandte sich dann an seine Freunde. »Danke, Jungs. Ich weiß das zu schätzen.«

»Das ist kein Problem«, versicherte Silas ihr.

Otto zwinkerte ihr zu. »Ich kann es kaum erwarten, alle Details zu hören, wenn ihr zurückkommt«, bemerkte er.

Caryn konnte sich ein Lächeln nicht verkneifen. »Alles klar. Ich muss jetzt gehen. Ich rufe an, wenn es zu spät wird.«

»Allerdings nicht auf deinem Handy«, gab Silas zu bedenken. »Normale Handys funktionieren da draußen nicht. Aber die Jungs haben schicke neue Satellitentelefone, die Bristol für das Team gekauft hat, also kannst du eins davon benutzen.«

»Natürlich«, entgegnete Caryn. »Ich muss jetzt los.«

»Viel Spaß beim Stürmen des Schlosses!«, rief Art ihr zu, als sie den Raum verließ.

Caryn grinste über seine Anspielung auf den Film *Die Braut des Prinzen*. Als sie jung war, war sie von dem Film besessen gewesen, und ihr Großvater hatte sich nie darüber beschwert, dass er ihn jeden zweiten Abend mit ihr anschauen musste, als sie mehrere Sommer hintereinander bei ihm war.

Sie stieg in ihren Wagen und machte sich eilig auf den Weg zum *Falling Water Trail*.

KAPITEL VIER

Als Caryn am *Falling Water Trail* ankam, war sie etwas überrascht, als sie feststellte, dass die einzige Person dort Simon Hill war, der Polizeichef von Fallport.

»Hey, Caryn«, sagte er, als sie aus ihrem Wagen ausstieg.

»Hi. Wo sind denn alle?«

»Was meinst du damit?«

Sie runzelte verwirrt die Stirn. »Nun, als ich klein war, waren vermisste Personen eine große Sache. Alle waren da, um zu helfen. Wo ist die Feuerwehr? Die Ehrenamtlichen?«

Simon zuckte mit den Schultern. »Die Feuerwehr taucht bei Suchaktionen nicht mehr auf. Es gab eine lange Sitzung über die Zuständigkeiten, als das Such- und Bergungsteam vom Eagle Point gegründet wurde, und ich schätze, es wurde beschlossen, dass die Feuerwehr in ihrem Bereich bleibt ... du weißt schon, Brände und medizinische Einsätze ... und das Team übernimmt die Suche nach Vermissten.«

»Das ist aber dumm«, murmelte Caryn. Sie hatte noch nie etwas so Lächerliches gehört. Wenn das Leben eines Menschen auf dem Spiel stand, spielte es keine Rolle, welche offiziellen Zuständigkeiten jemand hatte. Sie halfen alle mit. Punkt. »Was ist mit Ehrenamtlichen?«

»Der Bürgermeister hat entschieden, dass es für Ungeübte zu unsicher ist, im Wald herumzustreifen und sich womöglich selbst zu verirren«, erklärte Simon achselzuckend.

In Caryn stieg erneut Verärgerung empor. In ihrer Abteilung in New York war sie Ausbildungsbeauftragte und von jedem wurde erwartet, dass er so viel wie möglich über jeden einzelnen Aspekt der Arbeit eines Ersthelfers lernte. Sie trafen sich auch häufig mit jungen Feuerwehrleuten aus den örtlichen Schulen, um ihnen beizubringen, was man für den Job braucht. Der Gedanke, dass niemand Drew und seinem Team half, war kaum zu fassen.

Sie wollte noch mehr Fragen darüber stellen, warum sich die Dinge in Fallport so sehr verändert hatten und warum die Mitglieder des Such- und Bergungsteams vom Eagle Point offensichtlich auf sich allein gestellt waren, aber sie musste sich auf den Weg machen und sich mit den Jungs und dem Opfer treffen. »Hast du etwas von ihnen gehört?«, fragte sie Simon und deutete mit einem Kopfnicken in Richtung des Pfades.

»Ethan hat vor nicht allzu langer Zeit angerufen. Er sagte, sie kämen voran, aber eben nur sehr langsam, da sie immer wieder Pausen einlegen müssten.«

Caryn nickte. Das Schlimmste, was bei einer Rettungsaktion wie dieser passieren konnte, war, dass einer aus dem Team verletzt wurde. Wenn sie das Opfer nicht heraustragen konnten, saßen sie alle fest.

»Gut, dass man dich gerufen hat. Hast du so was schon einmal gemacht?«, fragte Simon.

Caryn konnte die Skepsis in seinem Tonfall hören und sie spürte ein vertrautes Kribbeln der Verärgerung. »Fragst du das, weil ich eine Frau bin?«, fragte sie etwas schärfer, als sie beabsichtigt hatte.

Aber der Polizeichef nahm es ihr nicht übel. »Ganz und gar nicht. Ich frage, weil ich annehme, dass du noch nicht allzu viele Zehn-Kilometer-Wanderungen mit einem Opfer auf einer Trage mitten im Wald und über unwegsames Gelände hast hinter dich bringen müssen«, entgegnete Simon.

Caryn konnte sich ein kleines Lachen nicht verkneifen. »Was, willst du etwa damit behaupten, dass der *Central Park* nicht genauso ist?«, scherzte sie. »Und du hast natürlich recht. Aber ich habe auch schon bewusstlose Opfer über zwanzig Stockwerke hinuntergetragen und bin dann dieselben zwanzig Stockwerke wieder hinaufgelaufen, um ein Feuer zu bekämpfen.«

»Ich habe verstanden«, entgegnete Simon unbekümmert. »Dann leg mal los, ich warte auf den Krankenwagen. Wir sehen uns, wenn du wieder rauskommst.«

Sie nickte ihm zu und wandte sich dann dem Pfad zu. Sie machte sich in schnellem Tempo auf den Weg, um so schnell wie möglich zu Drew und den anderen zu gelangen. Es war ein gutes Gefühl, gebraucht zu werden und sich zum zweiten Mal an einem Tag körperlich zu betätigen. Sie war ein wenig zu faul gewesen, seit sie in die Stadt gekommen war. Caryn schwor sich im Stillen, das so bald wie möglich zu ändern. Auch wenn sie und Paul nicht das beste Verhältnis hatten, würde sie vielleicht bei der Feuerwehr von Fallport vorbeischauen und fragen, ob sie mit den anderen Feuerwehrleuten trainieren könnte.

Caryn schätzte, dass sie etwa neun Kilometer gewandert war, als sie Stimmen vor sich auf dem Pfad hörte. Ihr Herz schlug schneller, denn sie wusste, dass sie das Bergungsteam und den Verunglückten endlich gefunden hatte. Sie weigerte sich, sich selbst einzugestehen, dass sie ein wenig nervös und aufgeregt war, Drew wiederzusehen.

Sie bog um eine Ecke und entdeckte die Gruppe, die sich im Schatten einer der Bäume am Wegesrand ausruhte.

»Hey!«, sagte sie, als sie sich näherte.

Vier Augenpaare drehten sich in ihre Richtung und sie konnte nicht anders, als bei der Intensität all dieser Blicke, die auf sie gerichtet waren, ein wenig die Fassung zu verlieren.

»Die Verstärkung ist da!«, scherzte Tal.

Sie lächelte. Sie hatte alles über die Männer im Team von Art erfahren, der ihr gern viel Klatsch und Tratsch über sie alle erzählte, nämlich alles, an das er sich erinnern konnte. Tal stammte aus dem Vereinigten Königreich, was leicht an seinem britischen Akzent zu erkennen war. Er war Friseur in der Stadt und sah auch jetzt noch sehr gepflegt aus, obwohl er sich mitten im Wald auf einer Rettungsmission befand.

Brock war nur ein paar Zentimeter größer als sie. Er hatte kurzes braunes Haar und einen freundlichen Ausdruck in seinen dunklen Augen. »Schön, dich zu sehen, Caryn«, erklärte er mit tiefer Stimme.

Ethan war de facto der Anführer der Gruppe. Sie wusste, dass er unsterblich in seine Verlobte Lilly verliebt war, für die Ethan laut Art ein totales Weichei war. Aber er sah trotzdem wie ein harter Kerl aus. Caryn wollte auf keinen Fall auf seiner schlechten Seite stehen. Er war ein ehemaliger Navy SEAL, und sie konnte sich gut vorstellen, dass er das war. Er nickte ihr respektvoll zu und ließ sie wissen, dass er für ihre Anwesenheit dankbar war, bevor er sich mit der Hand durch sein zerzaustes schwarzes Haar fuhr.

Caryn konnte in keinem der Gesichter der Männer Zweifel oder Anzeichen von Feindseligkeit erkennen, was sie zu schätzen wusste. Sie hatte schon so viele Zweifel an ihren Fähigkeiten erlebt, dass es ihr in Fleisch und Blut übergegangen war, sich beweisen zu müssen, bevor jemand auch nur ein Wort gesagt hatte. Aber nicht bei diesen Männern. Alles, was sie sah, waren Respekt und echte Erleichterung darüber, dass sie da war, um zu helfen.

Schließlich richtete sie den Blick auf Drew. In seiner Gegenwart empfand sie alle möglichen widersprüchlichen Gefühle. Aus irgendeinem Grund machte er sie misstrauisch. Sie hatte keine Ahnung warum. Außerdem war sie seinetwegen nervös. Und defensiv. Und heiß und erregt.

Gerade das Letzte brachte sie aus dem Konzept. Wann hatte

sie sich das letzte Mal zu jemandem so hingezogen gefühlt? Vor Jahren. Wenn das überhaupt reichte. Der intensive Blick des Mannes schien ihren aufgesetzten Mut direkt zu durchschauen. Als ob er ihre Gedanken lesen könnte, irgendwie wusste, wie unwohl sie sich die meiste Zeit unter Menschen fühlte. Sie verbarg es gut, aber sie hatte das Gefühl, dass sie ihm nichts vormachen konnte.

»Danke, dass du gekommen bist«, sagte Drew zu ihr.

»Aber natürlich. Wie sieht der Plan aus?«, fragte sie und versuchte, ihre Gedanken auf die anstehende Aufgabe zu lenken ... nämlich, den verletzten Mann zu evakuieren.

»Wenn du meinen Platz hier zu Mr. Pierce' Füßen einnimmst, können wir wieder loslegen«, erklärte Ethan. »Wir können uns alle fünf Minuten oder so abwechseln. Wir sind bisher je fünfzehn Minuten gelaufen und haben uns dann zehn Minuten ausgeruht. Mit deiner Hilfe müssen wir nicht so viele Pausen einlegen und können schneller zum Ausgangspunkt zurückkehren.«

Caryn nickte, aber anstatt sofort zu Ethan zu gehen, der bei den Füßen des Verletzten stand, wandte sie sich dem Kopf der Trage zu. Sie kniete sich auf den Boden und lächelte den älteren Mann an.

»Hallo«, sagte sie leise. »Ich bin Caryn. Wie heißen Sie?«

»Gunner. Gunner Pierce«, antwortete der Mann mit zittriger Stimme.

»Das ist ein ungewöhnlicher Name«, bemerkte Caryn, als würden sie sich auf einer gesellschaftlichen Veranstaltung befinden und nicht im Wald, mitten in einer Rettungsmission.

»Es ist ein skandinavischer Name. Meine Großeltern sind nach Amerika eingewandert.«

»Fantastisch. Er ist einzigartig. Mein Name wird meistens benutzt, um sich über weiße Frauen aus der Mittelschicht lustig zu machen, die sich privilegiert verhalten ... obwohl er anders geschrieben wird, wofür ich immerhin schon mal dankbar bin.«

Der Mann lachte leise. »An Ihrem Namen ist nichts auszusetzen. So wie ich das sehe ... äh ... sehe ich, dass Sie das genaue Gegenteil einer zickigen ›Karen‹ sind.«

»Danke. Das bin ich wirklich. Obwohl die ganze Sache lächerlich ist ... Ich hasse es, wie die Gesellschaft einen Namen benutzt, um sich über Menschen lustig zu machen. Das ist dumm. Aber wie dem auch sei ... bevor wir wieder loslegen, können Sie du mir sagen, wie Sie sich fühlen? Was tut Ihnen weh? Und gibt es irgendetwas, was wir tun können, um Ihnen die Sache zu erleichtern?«

Caryn spürte die Aufmerksamkeit des Teams auf sich, aber sie konnte auf keinen Fall loslegen, ohne zumindest mit Gunner gesprochen zu haben. Sie hatte die Erfahrung gemacht, dass der Aufbau einer Beziehung zu demjenigen, dem sie half, viel dazu beitrug, ihre Arbeit und die des Opfers reibungsloser zu gestalten.

»Ich habe mir das Knie ziemlich verrenkt«, erklärte Gunner. »Es tut mir so leid, dass ich nicht selbst aus dem Wald rauswandern kann. Ich habe mich verlaufen und bin dummerweise herumgelaufen, um die Orientierung wiederzuerlangen, als ich gestolpert und gefallen bin.«

»Das muss Ihnen nicht leidtun. So etwas kommt vor, und dafür sind Drew, Ethan, Tal und Brock da. Wahrscheinlich haben Sie ihnen den Tag versüßt ... Sie haben sie in die Natur gelockt, damit sie einen kleinen Spaziergang machen können.«

Diesmal hörte sie, wie nicht nur Gunner, sondern auch die anderen lachten.

»Und jetzt, da wir Verstärkung haben, sind Sie umso schneller wieder mit Ihrem Sohn vereint. Gut, dass Sie dafür gesorgt haben, dass er weiß, wo Sie wann sein sollten. Sonst hätten Sie vielleicht viel länger hier draußen liegen müssen.«

»Sind Sie Single?«, fragte Gunner.

Sie hörte, wie einer der anderen etwas sagte, das sich wie ein Protest anhörte, aber sie ließ den Blick nicht von Gunner ab. »Ich fühle mich geschmeichelt, aber Sie sind vielleicht ein bisschen zu alt für mich.«

Gunners Lächeln wurde breiter. »Nicht für mich, junge Dame. Für meinen Sohn. Er ist Single und ich mag Sie jetzt schon.«

»Ich mag Sie auch«, entgegnete Caryn. »Sie jammern und beschweren sich nicht, und ich habe das Gefühl, dass ich dank Ihnen den Rest des Weges über immer wieder etwas zum Lachen habe.« Die Erwähnung seines Sohnes ignorierte sie. Sie war in ihrem Job schon so oft angemacht worden, dass sie inzwischen ziemlich gut darin war, das Interesse von jemandem abzulenken. »Bereit, von hier zu verschwinden?«, fragte sie.

Gunner nickte.

»Großartig. Wenn sich etwas an Ihrem Befinden ändert, müssen Sie uns das sofort mitteilen. Wenn Ihre Schmerzen zunehmen oder Sie an irgendeiner Stelle Ihres Körpers zu viel Druck verspüren. Wir können anhalten, Sie untersuchen und Sie auf der Trage umlagern, damit Sie es bequemer haben, okay?«

»Okay«, stimmte er zu. »Ich kann nicht behaupten, dass dies das bequemste Bett ist, auf dem ich je gelegen habe, aber es ist um einiges besser, als auf dem Boden zu liegen und mich zu fragen, ob ich jemals wieder nach Hause komme.«

»Auf jeden Fall. Ich werde genau hier neben Ihrem Kopf sein. Und ich neige dazu, viel zu reden. Wenn Sie ein Nicker-chen machen wollen oder so, ist das in Ordnung. Ansonsten sind Sie verpflichtet, über meine albernen Witze zu lachen und so zu tun, als wäre ich der faszinierendste Mensch, den Sie je getroffen haben.«

Gunner lachte wieder. »Ich denke, das wäre nicht sehr weit hergeholt.«

Caryn stand auf und zwinkerte dem älteren Mann zu. »Doch, eigentlich wäre es das. Ich bin nämlich ausgesprochen langweilig.«

»Ja, klar«, entgegnete Gunner lachend.

Caryn drehte sich um, um sich bei Ethan dafür zu entschuldigen, dass sie sich nicht, wie von ihm befohlen, die Trage bei den Füßen nahm – doch der intensive Blick, mit dem die vier einschüchternden Männer sie bedachten, verschlug ihr für einen Moment die Sprache.

»Was?«, fragte sie schließlich, da es ihr unangenehm war, im Mittelpunkt der Aufmerksamkeit zu stehen.

Ethan schüttelte nur den Kopf.

»Unglaublich«, murmelte Brock.

»*Beeindruckend*«, fügte Tal hinzu.

Caryn wusste nicht genau, was sie meinten. Sie drehte sich zu Drew um. Er trat näher und hob eine Hand, als wollte er ihr Gesicht berühren, ließ sie aber wieder sinken, bevor er sie tatsächlich berührt hatte.

»Danke«, sagte er schließlich.

Sie wusste nicht, wofür er sich bei ihr bedankte, aber Caryn nickte trotzdem.

»Seid ihr bereit loszugehen?«, fragte Brock.

Alle stimmten zu und nahmen ihre Positionen rund um die Trage ein.

»Bei drei ... eins, zwei, *drei*.«

Caryn, Drew, Tal und Brock standen gleichzeitig mit der Trage in der Hand auf. Ethan ging vor der Gruppe her und sorgte dafür, dass der Weg frei war.

Während sie gingen, überwachte Caryn Gunners Zustand und beobachtete sein Gesicht, während sie gleichzeitig auf den Weg achten musste. Wenn auch nur einer von ihnen stolperte, könnte das für den armen Gunner katastrophale Folgen haben. Er war ihnen ausgeliefert, und sie nahm seine Sicherheit sehr ernst.

Während sie gingen, erfuhr sie, dass er bis vor einem Jahrzehnt Marathons gelaufen war. Er hatte damit aufgehört, als er sich bei seinem letzten Rennen am Knie verletzt hatte, und hatte das Wandern als eine alternative Form der sportlichen

Betätigung aufgenommen. Seine Frau war vor fünf Jahren verstorben, und obwohl sein Sohn von seinen Soloabenteuern nicht gerade begeistert war, nahm er sie in Kauf, weil sein Vater seine Zeit auf den Wanderwegen so offensichtlich genoss.

»Heißt das, dass Sie es sich jetzt zweimal überlegen werden, ob Sie alleine wandern gehen?«, fragte Caryn ihn.

»Auf keinen Fall«, entgegnete Gunner. »Aber ich werde mir eines dieser Satellitentelefone besorgen, die ihr Jungs habt.«

»Die sind ausgesprochen nützlich«, erklärte Drew vor Caryn. Sie trugen den Mann mit den Füßen voran, als sie durch den Wald gingen. »Obwohl wir sie noch nicht lange haben. Das hat den Job früher ein bisschen schwieriger gemacht.«

Diese Bemerkung führte dazu, dass Tal Gunner – und Caryn, da sie noch nicht die ganze Geschichte gehört hatte – davon erzählte, wie ihr Teamkamerad Rocky Bristol kennengelernt hatte und wie die dankbare Frau ihnen anschließend die Satellitentelefone geschenkt hatte.

Das Gespräch flaute danach etwas ab, aber Caryn ließ es sofort wieder aufleben, um Gunners Gedanken auf etwas anderes zu lenken als auf seine derzeitige missliche Lage und die Schmerzen aufgrund seiner Verletzung. »Haben Sie hier draußen Bigfoot gesehen?«, fragte sie ihn.

Er lachte. »Nein, diesmal nicht.«

»Diesmal?«, hakte sie nach.

Die Gruppe hielt kurz auf dem Weg an, damit Ethan mit Drew den Platz tauschen konnte. Sie begannen sofort wieder weiterzugehen.

»Ja. Ich kann es nicht beweisen, aber als ich vor ein paar Sommern in Alaska wandern war, hätte ich schwören können, dass ich einen in der Ferne gesehen habe. Er blieb etwa hundert Meter weiter auf dem Weg stehen und starrte mich an. Ich starrte ihn an. Und dann verschwand er zwischen den Bäumen.«

»Vielleicht war es ein Elch«, schlug Brock vor.

Gunner schnaubte. »Ich kenne den Unterschied zwischen einem Elch und Bigfoot«, erwiderte er.

»Dann glauben Sie also an ihn«, bemerkte Caryn.

»Offensichtlich«, entgegnete der Mann mit einer gewissen Nachdrücklichkeit.

Sie war froh, das zu hören. Er hatte wieder etwas Farbe auf den Wangen und schien aufmerksamer zu sein als zu dem Zeitpunkt, an dem sie zur Gruppe gestoßen war.

»Ich nehme an, Sie glauben nicht an ihn?«, fragte Gunner Brock.

»Nein«, entgegnete Brock, ohne einen Moment zu zögern.

»Das ist ein Haufen Schwachsinn«, meldete sich Tal zu Wort.

»Ich muss zustimmen«, fügte Ethan hinzu.

Caryn konnte nicht umhin, zu Drew zu blicken, der jetzt vor ihnen ging und sich vergewisserte, dass der Weg frei war.

Er warf einen Blick auf Gunner und zuckte mit den Schultern. »Ich habe nie irgendwelche Bigfoots gesehen. Bigfeet? Und ich war schon oft in den Wäldern.«

»Das ist wirklich eine ausweichende Antwort«, erklärte Gunner. »Was ist mit Ihnen, Caryn?«

»Ich weiß nicht, ob ich an Bigfoot glaube oder nicht«, erwiderte sie achselzuckend, »aber ich glaube, dass es zahllose Arten gibt, die ein glückliches Leben führen, ohne dass wir wissen, dass sie existieren, vor allem in den Ozeanen. Mutter Natur entwickelt sich ständig weiter, sodass ich vermute, dass jeden Tag neue Hybride geboren werden, von denen die Wissenschaftler keine Ahnung haben, dass sie da draußen leben. Im Regenwald des Amazonas leben ganze Gruppen von Menschen, die noch nie Kontakt zur modernen Gesellschaft hatten. Warum sollte es also nicht auch große humanoide Kreaturen geben, die dort leben?«

»Sehr diplomatisch«, bemerkte Gunner.

»Danke«, erwiderte Caryn mit einem Lächeln.

Der Fußmarsch zurück zum Parkplatz ging erstaunlich

schnell vorbei. Caryn wechselte sich ein paarmal mit den anderen ab, unterhielt sich aber ständig mit Gunner. Die Jungs mischten sich hier und da ein, aber sie schienen damit zufrieden zu sein, ihr die Führung zu überlassen, wenn es darum ging, mit ihrem Patienten zu kommunizieren.

Ethan übernahm wieder einmal die Führung, als sie sich dem Ausgangspunkt des Weges näherten.

»Wir sind da«, sagte Caryn aufgeregt zu Gunner. Ihre Hand schmerzte an der Stelle, an der sie die Tragbahre umklammert hatte, aber sie weigerte sich, auch nur einen Funken Unbehagen zu zeigen. Sie hatte viel Übung darin, ihre Schmerzen zu verbergen, damit niemand sie später gegen sie verwenden konnte. Und das war definitiv passiert. Einmal.

Das war, als sie ein Neuling war, nach einem besonders zermürbenden Brand mit fünf Feueralarmen. Sie hatten die ganze Nacht hindurch gekämpft, und als sie fertig waren, fühlte sie sich schlapp wie ein nasser Sack. Auf dem Rückweg zur Feuerwache machte sie eine Bemerkung darüber, wie müde sie war – und die anderen im Wagen begannen sofort, sie zu verspotten. Sie nannten sie schwach und sagten ihr, sie müsse härter werden, wenn sie bei der Feuerwehr mit den richtigen Kerlen mithalten wolle.

Es spielte keine Rolle, dass sie sie zuvor selbst darüber jammern gehört hatte, was sie für Muskelkater hatten und dass das Feuer sie völlig fertiggemacht hatte. Sie hatte ihre Lektion gelernt. Sie musste doppelt so hart sein wie die Männer, um nur halb so viel Respekt zu bekommen. Das war ärgerlich, aber sie hatte gelernt, damit zu leben.

Und nicht nur das, denn auf keinen Fall wollte ein Patient sehen oder hören, dass sich jemand, der für sein Leben verantwortlich war, darüber beklagte, dass er müde war oder Muskelkater hatte. Sie mussten vollstes Vertrauen in ihre Fähigkeit haben, sie sicher durch die Krise zu bringen, die sie gerade durchmachten. Also verbarg sie ihre Schmerzen, bis sie allein war.

»Ihr Sohn wartet bereits in der Arztpraxis auf Sie«, versicherte Ethan Gunner. »Er wollte eigentlich direkt herkommen, aber als ich vorhin mit unserem Polizeichef gesprochen und ihm versichert habe, dass es Ihnen gut geht, erwiderte er, er würde Ihren Sohn zu Doc Snow schicken, damit er schon mal den Papierkram erledigt.«

»Danke«, entgegnete Gunner.

Als die Gruppe die Lichtung des Parkplatzes betrat, wartete dort ein Krankenwagen auf sie. Sie gingen geradewegs zu den hinteren Türen, die sich öffneten, als sie sich näherten. Sie legten Gunner ohne großes Aufsehen auf die Trage.

Bevor er in den hinteren Teil des Krankenwagens gerollt wurde, streckte Gunner seine Hand aus und ergriff Caryns Hand.

»Danke«, sagte der ältere Mann.

»Ich mache nur meinen Job«, antwortete sie. Worte, die sie schon öfter gesagt hatte, als sie zählen konnte, wenn sich jemand bei ihr bedankte.

Aber Gunner schüttelte den Kopf. »Ich war wirklich ziemlich durch den Wind. Ich habe mich selbst bemitleidet und mich gefragt, was zum Teufel ich da mache. Ich bin zu alt, um allein in der Wildnis herumzuwandern.«

»Das ist nicht wahr«, protestierte Caryn. »Wenn Sie eine kaputte Hüfte hätten und auf eine Gehhilfe angewiesen wären, würde ich Ihnen vielleicht zustimmen. Aber Sie sind wirklich großartig in Form und kennen Ihre Grenzen. Sie hetzen die Wege nicht entlang, sondern gehen sie in einem vernünftigen Tempo. Jeder hätte einen Sturz erleiden können. Ich gehe davon aus, dass Sie in kürzester Zeit wieder auf den Beinen sind.«

Gunner lächelte. »Das sehe ich auch so. Ich wollte gerade sagen, dass ich mich selbst bemitleidet habe, weil ich in Gedanken versunken war, bis Sie aufgetaucht sind und mich zum Lachen gebracht haben. Dafür wollte ich mich bedanken.«

»Gern geschehen«, erklärte Caryn leise. »Nun ... wie ich meinem einundneunzigjährigen Großvater während der letzten Wochen schon zu oft gesagt habe – lassen Sie es vorläufig erst mal ein wenig ruhiger angehen. Ihr Körper wird sich nicht mehr so schnell erholen wie früher, als Sie noch zwanzig Jahre jünger waren. Nach einer Weile können Sie wieder ganz normal Ihrem Alltag nachgehen, aber nur, wenn Sie es am Anfang nicht übertreiben.«

»Ja, Ma'am«, sagte Gunner zu ihr.

Caryn spürte, wie jemand eine Hand auf ihren Arm legte, und drehte sich um und stellte fest, dass Drew neben ihr stand. Ethan, Tal und Brock standen ein paar Meter hinter ihm. »Der Krankenwagen muss jetzt los«, sagte er sanft.

»Ach ja«, entgegnete Caryn und drehte sich wieder zu Gunner um. Nachdem Drew seine Hand von ihrem Arm hatte sinken lassen, hätte sie schwören können, das Kribbeln noch immer auf ihrer Haut zu spüren, dort, wo er sie berührt hatte. »Geben Sie gut auf sich acht«, sagte sie zu Gunner. »Und vergessen Sie nicht, sich bei Ihrem Sohn zu bedanken, dass er so schnell Hilfe geholt hat.«

»Oh, keine Sorge, das werde ich. Er macht sich immer Sorgen, aber in diesem Fall bin ich dankbar. Er ist wirklich Single, also bleibt das Angebot bestehen, Sie ihm vorzustellen, wenn Sie möchten«, entgegnete Gunner mit einem Grinsen.

»Sie sind wirklich unverbesserlich«, bemerkte sie mit einem leichten Kopfschütteln. »Werden Sie schnell wieder gesund.«

»Das werde ich, dank Ihnen und Ihrem Team.«

»Oh, das ist nicht mein ...«

Aber die Sanitäter waren bereits dabei, die Türen zu schließen, sodass sie keine Zeit mehr hatte zu erklären, dass sie nur vorübergehend in Fallport war. Dass sie nicht zu dem Such- und Bergungsteam gehörte, sondern nur aushalf.

Sie trat zurück und sah zu, wie der Krankenwagen vom

Parkplatz fuhr. Simon ging hinüber und schüttelte allen die Hand, auch ihr, und bedankte sich noch einmal.

Dann waren nur noch sie und die anderen vier Männer auf dem Parkplatz.

Sie fühlte sich in ihrer Gegenwart etwas unbehaglich, obwohl sie keinen einzigen Grund dafür hatte. Bevor sie etwas sagen konnte, kam Ethan ihr zuvor.

»Du warst wirklich unglaublich«, erklärte er.

Caryn blinzelte und zuckte mit den Schultern. »Ich habe nur geholfen. Ihr habt die ganze harte Arbeit geleistet, indem ihr Gunner überhaupt erst gefunden und ihn so weit geschleppt habt.«

»Machst du das immer?«, fragte Tal.

»Was meinst du?«, fragte Caryn aufrichtig verwirrt.

»Ein Kompliment abwehren.«

Caryn hatte gar nicht bemerkt, dass sie es tat, aber jetzt, da er sie darauf aufmerksam gemacht hatte, musste sie zustimmen, dass es genau das war, was sie tat. Jedes Mal. Und sie wusste auch warum ... wegen der ungerechten Umgebung, in der sie arbeitete.

Sie liebte ihre Arbeit – Brände zu löschen, Menschen in medizinischen Notfällen zu helfen, sogar die eine oder andere Katze von einem Telefonmast zu retten –, aber es war anstrengend, durch das Minenfeld der Politik zu navigieren und zu versuchen, auf dem Radar der Feuerwache nicht aufzufallen. Sich unauffällig zu verhalten bedeutete, jedes Lob herunterzuspielen. Darauf zu bestehen, dass sie nur ein kleiner Teil einer größeren Gruppenarbeit war.

Es war verrückt, aber in Wahrheit war die Wahrscheinlichkeit groß, dass sie beschuldigt wurde, sich eine Beförderung erschleichen zu wollen, wenn einer ihrer männlichen Kollegen Wind davon bekam, dass sie für eine Belobigung anstand, oder wenn sie einfach nur zu viel gelobt wurde. Das war völliger Blödsinn, aber es passierte Frauen in fast jedem Bereich. Vor allem in Berufen, die traditionell als »Männerarbeit« galten.

Sie versuchte immer, im Hintergrund zu bleiben, um als durchschnittlich zu erscheinen, das war eine Überlebensstrategie. Aber als ihr klar wurde, wie tief sie gesunken war, um den Status quo zu erhalten und die Aufmerksamkeit von sich fernzuhalten, schämte Caryn sich plötzlich.

»Du warst unglaublich mit Gunner«, erklärte Ethan mit Nachdruck. »Zeke ist unser Spezialist, wenn es darum geht, mit unseren Patienten zu plaudern. Der Rest von uns ist nicht so gut im Small Talk. Und es ist offensichtlich, dass du ein Talent dafür hast, dass sich Menschen in deiner Nähe beruhigen. Ich konnte förmlich sehen, wie der alte Mann ruhiger wurde, je mehr er redete. Ich wette alles, was ich habe, dass sein Blutdruck zwischen dem Zeitpunkt, an dem du aufgetaucht bist, bis zu dem Zeitpunkt, an dem er in den Krankenwagen geladen wurde, wahrscheinlich wahnsinnig gesunken ist.«

Das Kompliment gab Caryn ein gutes Gefühl. Der Drang, sein Lob abzuwehren, war immer noch da, aber sie schluckte ihn hinunter. »Danke«, erwiderte sie stattdessen. »Ich spreche eigentlich gern mit Menschen. Baue eine Verbindung zu ihnen auf. Wenn ich ihnen helfen kann, weniger Angst zu haben, habe ich das Gefühl, meine Aufgabe erfüllt zu haben.«

»Also, dafür hast du definitiv ein besonderes Händchen. Aber ich habe noch eine Frage.«

Caryns Magen krampfte sich zusammen, als sie sich auf das vorbereitete, was Ethan sie fragen wollte. »Ja?«

»Glaubst du wirklich an Bigfoot?«

Sie war so erleichtert, dass sie lauthals loslachte. Als sie sich wieder unter Kontrolle hatte, erklärte sie: »Hey, wenn Gunner sich sicher ist, dass er Bigfoot gesehen hat, wer bin ich, ihm zu widersprechen?«

Die vier Männer lächelten sie an ... und es war eine so seltene Erfahrung, von Wohlwollen umgeben zu sein und nicht von Verachtung oder Männern, die das Gefühl hatten, mit ihr konkurrieren zu müssen, dass es fast unwirklich war.

»Caryn spielt mit dem Gedanken, in Fallport zu bleiben,

und sie hat ihr Interesse bekundet, dem Such- und Bergungsteam vom Eagle Point beizutreten«, erklärte Drew ganz lässig.

Sie drehte sich zu ihm um, schockiert und nicht gerade erfreut darüber, dass er den anderen von ihrer spontanen Bemerkung, in der Kleinstadt zu bleiben, erzählt hatte.

Bevor sie auf den Mann losgehen konnte, meldete sich Brock zu Wort.

»Ja.«

Ein Wort, das war alles, was er sagte. Aber sie spürte es bis in die Zehenspitzen.

»*Verdammt*, ja«, stimmte Tal zu. »Du warst heute da draußen unglaublich ... und du bist auch noch viel schöner anzusehen als wir.«

»Wir können immer ein gut ausgebildetes zusätzliches Mitglied im Team gebrauchen«, sagte Ethan etwas weniger überschwänglich, aber nicht weniger herzlich.

»Ich weiß nicht, wie man vermisste Personen auffindet«, gab Caryn zu bedenken.

Ethan zuckte mit den Schultern. »Das können wir dir beibringen. Und da wir nie allein in die Wälder gehen – nun ja, fast nie; Rocky war die Ausnahme und er hat seine Lektion gelernt –, ist ein zusätzliches Paar Augen bei der Suche nach jemandem sicherlich willkommen.«

»Ähm ... danke. Aber ich habe noch nicht entschieden, ob ich hierherziehen werde«, entgegnete sie ehrlich.

»Das solltest du«, erklärte Brock. »Art vermisst dich wahnsinnig. Er gibt vor jedem, der ihm zuhört, mit dir an. Er wäre überglücklich, wenn du hierbleibst.«

»Überglücklich? Wer sagt denn so etwas?«, fragte Tal.

»Ich anscheinend gerade«, entgegnete Brock, ohne im Geringsten verärgert zu klingen.

Caryn konnte nicht anders, als darüber zu lachen. »Ich weiß, dass er mich gern hier hätte, aber ich muss einen Weg finden, meinen Lebensunterhalt zu verdienen.«

»Ich habe gehört, dass bei der Feuerwehr eine Stelle frei ist«, erklärte Ethan.

»Tatsächlich?«, fragte Caryn.

»Wirklich?«, sagte Drew zur gleichen Zeit.

»Soweit ich weiß, ja. Es ist nicht leicht, qualifizierte Bewerber zu finden. Anscheinend ist Fallport für die meisten Leute zu weit ab vom Schuss und die Bezahlung ist nicht gerade auf dem Niveau der großen Städte«, erwiderte Ethan.

Caryn nahm an, dass er sie ebenso sehr warnte, wie er eine allgemeine Bemerkung machte. Sie zuckte mit den Schultern. »Die Lebenshaltungskosten sind hier auch viel niedriger als in einer Großstadt«, entgegnete sie.

»Stimmt«, antwortete er mit einem Nicken.

»Wirst du dich bewerben?«, drängte Brock.

Caryn konnte nicht anders, als ihn anzulächeln. »Ich weiß es nicht. Paul und ich kommen nicht gerade gut miteinander aus.«

Tal schnaubte. »Er ist ein Vollpfosten.«

»Ein was?«, fragte Caryn verwirrt.

»Ein Trottel. Ein Knallkopf. Ein Hirni. Ein Affenkopf.«

Die anderen Jungs fingen an zu lachen.

»Und die Übersetzung ... er ist ein Vollidiot«, schloss Brock, immer noch lachend.

Caryn stimmte ihm zu, hielt es aber nicht für höflich, das zu sagen. »Ich kenne ihn nicht besonders gut, aber wir sind nicht miteinander ausgekommen, als wir jünger waren und ich im Sommer hier war.«

»Und du gehst davon aus, dass er viele seiner idiotischen Vorurteile mit ins Erwachsenenalter genommen hat«, fasste Brock zusammen.

»Eigentlich schon.«

»Nun, er mag ein Idiot sein, aber er ist der Hauptmann der Feuerwehr und hat wahrscheinlich ein großes Mitsprache-recht, wer eingestellt wird«, sagte Ethan.

Caryn warf Drew einen Blick zu. Er war bisher ziemlich

schweigsam gewesen, aber irgendwie war sie nicht überrascht, als sie bemerkte, dass er sie ansah.

»Er wäre ein Idiot, dich nicht einzustellen«, erklärte er im Brustton der Überzeugung.

Caryn errötete. Irgendwie hatte sich ihre Beziehung nach einem holprigen Start dazu entwickelt, dass er sich bemühte, sie davon zu überzeugen, nach Fallport zu ziehen. Sie war sich nicht sicher, was sie damit anfangen sollte.

»Wie auch immer, wenn es dir ernst damit ist, unserem Team beizutreten, können wir uns später zusammensetzen und weiter darüber sprechen. Ich kann dir erklären, was es bedeutet, wie das Training abläuft und wie oft wir zu Einsätzen gerufen werden ... solche Dinge«, sagte Ethan.

»Danke.«

»Oder Drew«, erklärte er mit einem Augenzwinkern. »Richte bitte Art unsere Grüße aus, ja?«

Caryn weigerte sich, in Drews Richtung zu schauen, weil sie plötzlich schüchtern war. Und sie war nicht gerade ein schüchterner Mensch. »Das mache ich.«

»Nochmals vielen Dank für die Unterstützung. Du warst wirklich eine große Hilfe«, sagte Brock zu ihr.

»Dito«, sagte Tal mit einem Lächeln.

Wenige Augenblicke später standen nur noch sie und Drew auf dem Parkplatz.

»Hast du Hunger?«

Überrascht schaute Caryn auf ihre Armbanduhr. Es war fast Zeit zum Abendessen. »Ähm, ja. Aber ich sollte nach Hause fahren und nach Art sehen.«

»Ich dachte, wir könnten vielleicht im *On the Rocks* vorbeischauen. Zeke ist mit Tony zu Hause, aber Elsie arbeitet und ich wollte euch einander vorstellen. Wir könnten etwas für Art mitnehmen, während wir dort sind. Es ist zwar nicht Sandras Küche aus dem Restaurant, aber es ist bestimmt trotzdem lecker.«

»Warum?«

»Warum es lecker ist? Weil Zeke einen tollen Koch eingestellt hat. Er ist …«

»Nein, warum willst du mich Elsie vorstellen?«

Drew runzelte die Stirn. »Warum nicht? Sie ist fantastisch. Und sie ist mit Zeke verheiratet. Und Zeke ist im Bergungsteam.«

Caryn runzelte die Stirn. »Ich verstehe das immer noch nicht.«

»Wir sind eine Familie«, erklärte Drew leise. »Wir stehen uns sehr nahe. Als Zeke mit Elsie zusammengekommen ist, hat sich diese Verbundenheit auch auf sie und ihren Sohn ausgeweitet. Dasselbe gilt für Lilly und Bristol. Zum Bergungsteam zu gehören bedeutet, Zeit mit den Teammitgliedern *und* ihren Lebensgefährten zu verbringen. Wir sind Leute, die aufeinander achtgeben, und wenn einem von uns oder denen, die wir lieben, etwas zustößt, lassen wir alles stehen und liegen und tun das, was nötig ist, um ihnen zu helfen.«

Caryn konnte ihn nur anstarren. Er beschrieb, was sie sich einst erträumt hatte, als sie ihren ersten Job bei der Feuerwehr angenommen hatte. Sie hatte sich vorgestellt, bei ihren Kameraden abzuhängen, mit ihren Familien befreundet zu sein und sich auch außerhalb des Dienstes nahezustehen. Aber das war nicht der Fall, auf keiner der Feuerwachen, auf denen sie gearbeitet hatte.

Mittlerweile erwartete sie nicht mehr, dass sie zu der Art von eng verbundener Gruppe gehören würde, die Drew und seine Freunde offensichtlich waren. Trotzdem sehnte sie sich danach.

Obwohl sie das Gefühl hatte, dass es nicht klug war und sie ihr Herz besser schützen sollte, ertappte sie sich dabei, dass sie sagte: »Hört sich wirklich gut an.«

Drew starrte sie an, als könnte er den Aufruhr sehen, der in ihr vorging. Aber er sagte nur: »Gut. Wir sehen uns dann dort.«

Caryn nickte und als er sich umdrehte, um zu seinem Jeep

Wrangler zu gehen, platzte sie heraus: »Warum hast du mich angerufen?«

Ohne zu fragen, was sie meinte, drehte Drew sich zu ihr um und sagte: »Weil ich wusste, dass du Ja sagen würdest. Und dass du das auch tatsächlich hinbekommst.« Dann nickte er in Richtung ihrer Hand, die sich vom Halten der schweren Trage verkrampft hatte, und sagte: »Wir besorgen dir etwas Eis, wenn wir in der Kneipe sind. Kannst du fahren?«

Sie war schockiert, dass er bemerkt hatte, dass sie ihre Hand schonte, und noch überraschter, dass er sie darauf ansprach, also nickte sie einfach.

»Okay. Und nur, damit du es weißt ... als ich das erste Mal eine Tragbahre durch den Wald geschleppt habe, hat meine Hand sich so sehr verkrampft, dass ich sie vierundzwanzig Stunden lang nicht benutzen konnte. Bis später.« Und damit drehte er sich um und ging zu seinem Wagen.

Reflexartig ballte Caryn ihre Hand zu einer Faust und spürte, wie die schmerzenden Muskeln in ihrer Handfläche und ihren Fingern protestierten. Aber erstaunlicherweise fühlte sie sich so leicht wie schon lange nicht mehr.

Sie zog ihren Wagenschlüssel heraus und stieg auf den Fahrersitz.

Heute war ein guter Tag gewesen. Ein verwirrender Tag ... einer, der sie etwas aus dem Gleichgewicht gebracht hatte ... aber trotzdem gut. Sie hoffte nur, dass das Abendessen mit Drew und das Treffen mit Elsie mit dem gleichen Hochgefühl enden würden.

KAPITEL FÜNF

Drew atmete tief durch, während er im Wagen saß. Er war heute eine Menge Risiken eingegangen, und bisher schien alles zu funktionieren. Er glaubte nicht, dass seine Teamkameraden etwas dagegen hätten, wenn er Caryn um Hilfe bat, und das hatten sie auch nicht gehabt. Und sie war unglaublich gewesen.

Keiner von ihnen hatte sich mit Mr. Pierce gut verstanden. Er war mürrisch und hatte Schmerzen und es hatte all ihr Zureden gebraucht, um ihn überhaupt dazu zu bringen, sich aus dem Wald tragen zu lassen. Der Rückweg war größtenteils schweigend verlaufen und daher unangenehm gewesen ... bis Caryn eingetroffen war.

Sie hatte den älteren Mann innerhalb weniger Minuten irgendwie gezähmt und seine Einstellung völlig verändert. Als sie wieder auf dem Parkplatz ankamen, hatte er gelacht und sich trotz seiner Tortur viel besser gefühlt.

Caryn bei der Arbeit zu sehen hatte ihm die Augen geöffnet. Er hatte geahnt, dass sie gut in ihrem Job war, aber ihm war nicht klar gewesen, wie gut. Er bedauerte, dass er seinen Freunden verraten hatte, dass sie überlegte, in Fallport zu bleiben. Er hatte nicht gefragt, ob das vertraulich war oder nicht, aber als er die Katze sozusagen aus dem Sack gelassen hatte, war es zu spät gewesen.

Seine Freunde hatten ihn unglaublich unterstützt, und er hatte ohnehin gewusst, dass sie das tun würden. Nachdem sie sie mit Mr. Pierce gesehen hatten und wie sie, ohne zu murren, ihren Teil zum Tragen der Bahre beigetragen hatte, obwohl sie sehen konnten, wie sehr ihre Hand schmerzte, bestand kein Zweifel daran, dass sie eine Bereicherung für die Gruppe sein würde.

Aber sie hatte recht, da das Bergungsteam auf ehrenamtlicher Basis arbeitete, musste sie einen Weg finden, um ihren Lebensunterhalt zu verdienen. Soweit Drew wusste war sie keine heimliche Millionärin, aber andererseits kannte er sie auch nicht wirklich gut.

Sie hatte erwähnt, dass sie und Paul Downs nicht miteinander auskamen, und das überraschte ihn nicht. Tals Aussage war nicht unangebracht. Der Mann war ein Vollidiot. Aber sicher würde er sich die Chance nicht entgehen lassen, einen Profi wie Caryn in die Reihen der Feuerwehr von Fallport aufzunehmen. Die Zeit würde es zeigen.

Die Einladung an Caryn, sich ihm im *On the Rocks* anzuschließen, war impulsiv erfolgt, aber er bedauerte es nicht, ganz und gar nicht. Normalerweise würde er nach einem Job den Heimweg antreten und sich entspannen, aber aus irgendeinem Grund wollte er mehr Zeit mit Caryn verbringen. Er wollte sie besser kennenlernen. Sie gab sich oft schroff und gereizt, aber in ihren Augen schwammen Gefühle, die sie zu verbergen versuchte. Und er merkte, dass sie sich mit Komplimenten unwohl fühlte, was schade war.

Aber er erinnerte sich daran, dass sie nur Freunde sein konnten, egal wie sehr sie ihn faszinierte. Er war keine gute Wahl für eine Beziehung. Er war launisch und abweisend. Außerdem war sie bereits mit einem Polizisten verheiratet gewesen und nach allem, was er gehört hatte, war sie nicht gerade scharf darauf, sich wieder auf eine Beziehung mit einem Polizisten einzulassen.

Kopfschüttelnd fuhr Drew auf den Parkplatz hinter dem *On the Rocks*. Warum dachte er überhaupt über eine Beziehung nach? Die einzige Beziehung, die er mit der hübschen Feuerwehrfrau haben würde, war eine berufliche.

Schon bei diesem Gedanken wusste Drew, dass er sich etwas vormachte. Er war interessiert. Zu interessiert. Für den Bruchteil eines Augenblicks erwog er, das Abendessen in der Kneipe sausen zu lassen, aber er verwarf diesen Gedanken ebenso schnell wieder. So ein Typ war er nicht. Außerdem wollte er Caryn unbedingt Elsie vorstellen. Sie sehnte sich nach tieferen Beziehungen zu Menschen, das konnte jeder sehen. Die Sehnsucht in ihren ausdrucksstarken blauen Augen war leicht zu erkennen, als er davon gesprochen hatte, dass er mit seinen Teamkameraden und deren Partnern eine Familie bildete.

Ehe er sichs versah, stand Drew vor der Kneipe auf dem Platz und sah zu, wie Caryn vom Hintereingang um die Ecke bog. Sie war auf dem Weg hierher nicht allzu weit hinter ihm gewesen. Er konnte nicht anders, als das zu bewundern, was er sah, als sie auf ihn zukam. Ihr kurzes blondes Haar passte zu ihrem Gesicht und ihrer unkomplizierten Art. Sie ging mit einem selbstbewussten Schritt und das Trägerhemd, das sie trug, betonte ihre muskulösen Arme.

Man konnte mit Sicherheit sagen, dass sie definitiv sein Typ war.

Er schob diesen Gedanken beiseite und lächelte, als sie sich ihm näherte und nach dem Türgriff langte. »Warst du schon einmal hier?«, fragte er, als er die Tür öffnete.

»Ja, aber es ist schon eine Weile her. Trinken ist nicht wirklich mein Ding«, erklärte sie.

Es kostete Drew alles, was er hatte, um nicht seine Hand auf ihren Rücken zu legen, als er ihr in die Kneipe folgte.

Normalerweise war er kein zärtlicher Mensch, aber bei Caryn fühlte sich das Bedürfnis ganz natürlich an.

Hank Blackburn stand hinter der Theke und nickte Drew zur Begrüßung zu, als sie eintraten. Valerie McGee, eine der Stammkellnerinnen vom *On the Rocks*, rief ihm ebenfalls einen Gruß zu. Aber Drews Blick wurde von der Frau angezogen, die auf sie zukam. Elsie.

Ihr braunes, gelocktes Haar umrahmte unordentlich ihr Gesicht und sie sah ein wenig zerzaust aus. »Hallo!«, sagte sie, als sie auf sie zukam. »Ich gehe davon aus, dass ihr ihn gefunden habt?«

Drew war nicht überrascht, dass sie wusste, wo sie gewesen waren. Auch wenn Zeke nicht an der Suche teilgenommen hatte und auch jetzt nicht da war, hielt er seine Frau offensichtlich auf dem Laufenden.

»Hey. Ja, wir haben ihn gefunden und er ist jetzt bei Doc Snow.«

»Sehr gut. Und du musst Caryn sein. Ich habe schon so viel von dir gehört«, bemerkte Elsie und das Lächeln auf ihrem Gesicht wurde nicht weniger, als sie sich an die Frau an Drews Seite wandte.

»Das bin ich. Und ich bin nicht überrascht, dass du schon von mir gehört hast.«

Elsie lachte leise. »Eine Sache, in der Fallport gut ist, ist Klatsch und Tratsch. Nicht dass ich über dich getratscht hätte, aber es ist schwer, nicht zuzuhören. Und Art redet die ganze Zeit von dir ... er gibt richtig mit dir an. Ich meine, wer würde das nicht tun? Vor allem, wenn es seine Enkelin ist, die am Ende eines Seils sechzehn Stockwerke über dem Boden hängt und eine Frau rettet, die vor ihrem Fenster hängt.«

Caryn machte große Augen. »Du hast davon gehört?«, fragte sie.

»Wer hat das nicht? Ich schwöre, Art hat diese Geschichte eine ganze Woche lang jedem erzählt, der zufällig ins Postamt kam.«

»Du bist in der Seilrettung ausgebildet?« Drew konnte sich die Frage nicht verkneifen.

Caryn zuckte mit den Schultern. »Ja.«

»Das habe ich nicht gewusst.«

»Du hast ja auch nicht gefragt«, entgegnete sie mit einem kleinen zufriedenen Lächeln.

Drew konnte nicht anders, als das Grinsen zu erwidern. Sie hatte recht. Er hatte es nicht getan. Er hatte das Gefühl, dass es eine Menge gab, was diese Frau konnte, ohne darüber zu sprechen. Sie war keine Angeberin. Sie machte ihren Job und dachte wahrscheinlich nicht, dass sie etwas Außergewöhnliches tat. »Das Team könnte jemanden gebrauchen, der Seilrettungsfähigkeiten in seinem Repertoire hat«, bemerkte er.

»Moment, spielst du etwa mit dem Gedanken, dem Bergungsteam beizutreten?«, fragte Elsie und machte große Augen.

»Ich denke darüber nach. Ich meine, ich muss vorher noch andere Entscheidungen treffen ... nämlich, ob ich überhaupt ganz hierherziehen möchte.«

»Das wäre großartig!«, erklärte Elsie. »Im Ernst! Ich weiß, dass Zeke in letzter Zeit wirklich hart arbeitet, mit der Kneipe und der Hilfe für Tony, und es kommt mir so vor, als hätte das Team in letzter Zeit mehr Einsätze, und das wird sich auch so bald nicht ändern, da die Bigfoot-Episode bald ausgestrahlt wird. Es wäre großartig, dich mit deinen Fähigkeiten hier zu haben.«

Caryn war überrascht, dass Elsie ihren Wunsch, dem Such- und Bergungsteam beizutreten, so schnell und von Herzen akzeptierte.

»Ähm ... danke.«

»Ich bin selbst kein Naturmensch ... da kannst du gern Zeke fragen. Nun, wenn du ihn siehst, da er heute Abend nicht hier ist. Ich bin zwar zum Aussichtsturm von Eagle Point gewandert, aber ich glaube, das war es dann auch schon für mindestens ein Jahr. Ich meine, dass er den Turm so hergerichtet hat, dass wir dort oben schlafen konnten und nicht auf dem Boden in einem Zelt übernachten mussten, war großartig, aber der fünfzehn Kilometer lange Marsch dorthin hat mir weniger gefallen. Und ich weiß, dass wir auch sehr langsam gewandert sind. Oh, und ich will gar nicht erst damit anfangen, dass wir zum Pinkeln all diese Stufen hinuntersteigen mussten. Wie auch immer, ich glaube, du wärst eine große Hilfe für die Jungs.«

Drew konnte sehen, dass Caryn von Elsies Überschwänglichkeit und all den Informationen ein wenig überwältigt war, also sagte er sanft: »Könnten wir uns vielleicht hinsetzen? Es war ein ziemlich langer Nachmittag.«

»Oh! Ja! Es tut mir so leid. Ich stehe hier und plaudere und ihr habt wahrscheinlich Hunger und Durst.« Elsie gab ihnen ein Zeichen, ihr zu folgen, und sprach weiter, während sie sie zu einem Tisch führte. »Was kann ich euch zu trinken bringen? Drew, möchtest du ein Bier?«

»Heute nicht. Ich denke, ich nehme eine Erdbeerlimonade.«

Er spürte, wie Caryn ihn anstarrte, und drehte sich um, sodass er ihren überraschten Gesichtsausdruck sehen konnte.

»Was? Darf ein Mann keine Limonade bestellen?«

»Das ist es nicht«, protestierte sie. Dann zuckte sie verlegen mit den Schultern. »Okay, das ist es.«

Drew nahm es ihr nicht übel. Es brauchte viel, um ihn zu beleidigen. Er hatte eine extrem dicke Haut. Er schmunzelte. »Du hast eben die Erdbeerlimonade vom *On the Rocks* noch nicht probiert.«

Sie nickte zustimmend und wandte sich dann an Elsie, als sie neben einem Tisch stehen blieben. »Ich denke, ich nehme auch die Erdbeerlimonade.«

Elsie strahlte. »Gute Wahl. Ich komme gleich mit einem Krug und den Speisekarten zurück. Ich weiß, dass ihr wahrscheinlich sehr durstig seid.«

»Danke, Elsie«, sagte Drew.

»Keine Ursache.« Dann drehte sie sich um und machte sich auf den Weg zur Theke.

Als sie sich setzten, sagte Caryn: »Sie scheint nett zu sein.«

»Das ist sie«, erwiderte Drew, ohne zu zögern.

»Art hat mir erzählt, was mit ihr und ihrem Sohn passiert ist. Es scheint ihr gut zu gehen.«

Drew war nicht überrascht. Sie wusste wahrscheinlich mehr über die Bürger von Fallport als sonst irgendjemand. Wenn man mit einem der Könige des Klatsches zusammenlebt, hatte das diesen Effekt.

»Ja, aber das bedeutet nicht, dass sie keine schlechten Momente hat. Sie macht sich Vorwürfe, weil sie ihrem Ex vertraut hat. Es gibt Momente, in denen sie sich für die schlechteste Mutter der Welt hält und es hasst, dass sie ihm eine zweite Chance gegeben hat, sich wie ein anständiger Vater zu benehmen, nachdem er die meiste Zeit seines Lebens kein Interesse an Tony gezeigt hatte.«

»Das verstehe ich. Im Nachhinein ist man immer schlauer und so weiter. Es ist nicht dasselbe, aber ich habe mich auch schon so gefühlt, nach anstrengenden Einsätzen, die nicht gut ausgegangen sind«, erklärte Caryn, nachdem sie sich auf dem Stuhl gegenüber von Drew niedergelassen hatte.

»Was zum Beispiel?«, fragte er und zuckte zusammen. »Tut mir leid, das musst du nicht beantworten.«

»Nein, ist schon in Ordnung. Zum Beispiel gab es einmal eine riesige Massenkarambolage auf der Schnellstraße. Es war neblig und eine Person fuhr mit ihrem Wagen auf einen anderen auf und das löste einen Ketteneffekt aus. Es müssen fünfunddreißig Autos und Lastwagen beteiligt gewesen sein. Wir versuchten, die Leute, die in ihren Fahrzeugen eingeklemmt waren, zu zählen und herauszufinden, wer zuerst herausgeholt werden musste. In einem Wagen saß eine Frau, die mit den Ersthelfern an ihrer Tür sprach und in ihrem Wagen eingeklemmt war. Da sie wach und bei klarem Verstand war, wurde beschlossen, mit ihrer Befreiung zu warten. Ich hatte das Gefühl, dass wir das nicht tun sollten, aber ich konnte dem verantwortlichen Feuerwehrhauptmann nicht widersprechen ...« Sie sprach nicht weiter.

Drew konnte nicht anders, als nach ihrer Hand zu greifen. Er schlang seine Finger um ihre und drückte sie leicht. »Was ist passiert?«

»Sie ist gestorben. Sie ist verblutet. Ihre Oberschenkelarterie war durchbohrt worden und da ihre Sitze schwarz waren, hat während der ersten Untersuchung niemand die Blutung bemerkt. Sie klagte nicht über ihre Schmerzen, verlangte nicht, herausgeholt zu werden ... ich weiß nicht einmal, ob sie wusste, wie schwer ihre Verletzung war. Sie sagte den Rettern einfach, sie sollten jemand anderem helfen, der es dringender nötig hätte als sie. Ich denke immer noch über diesen Tag nach und was ich hätte anders machen können.«

»Bei mir war es ein Notruf«, entgegnete Drew leise und fühlte sich gezwungen, ihr von einem seiner größten Fehler zu erzählen. »Die Disponentin dachte, es sei ein Kind am anderen Ende der Leitung, konnte sich aber nicht sicher sein. Sie sagte nur, dass sie Hilfe braucht. Ich wurde losgeschickt, um den Fall zu untersuchen. Als ich am Haus ankam, war der Rasen makellos ... Blumen an den Seiten, das Gras gemäht. Es lag in einer relativ guten Gegend. Ich klopfte an die Tür und eine Frau machte auf. Sie war gut gekleidet, hatte ihre Haare frisiert und Make-up aufgelegt. Ich sagte, dass wir einen Notruf von dieser Adresse erhalten hätten, und sie sah völlig schockiert aus. Sie sagte, dass nur sie und ihre fünfjährige Tochter zu Hause seien und dass alles in Ordnung sei. Wie es das Protokoll vorsieht, bestand ich darauf, ihre Tochter zu sehen. Sie stimmte bereitwillig zu und brachte das kleine Mädchen an die Haustür. Sie war unglaublich schüchtern und wollte mir nicht in die Augen sehen, aber sie sah gesund aus. Sie trug Jeans und ein süßes rosa geblümtes Oberteil. Ihr blondes Haar war ordentlich gebürstet, und Mutter und Tochter schienen wohlauf. Ich bedankte mich bei ihnen und verabschiedete mich.«

Jetzt war Caryn an der Reihe, seine Finger zu drücken.

»Als ich am nächsten Tag zur Arbeit kam, erfuhr ich, dass das kleine Mädchen von ihrer Mutter ermordet worden war. Ich vermute, dass sie eine ganze Weile missbraucht worden war, aber ihre blauen Flecke waren alle unter ihrer Kleidung versteckt. Nachdem das Mädchen den Notruf gewählt hatte, nahm die Mutter ihre Tochter mit nach oben, ließ ein Bad einlaufen und ertränkte das kleine Mädchen. Ich hätte mehr Fragen stellen sollen. Mit dem Kind unter vier Augen sprechen sollen. *Irgendetwas.* Mir mehr Mühe geben.«

»Es war nicht deine Schuld«, erklärte Caryn leise.

»Ich bin sicher, dass es dir mit der Frau bei dem Verkehrsunfall genauso geht«, entgegnete Drew mit einem leichten Schulterzucken.

Sie tauschten einen langen, mitfühlenden Blick aus. Sie hatten zwar unterschiedliche Berufe, aber offensichtlich hatten sie einige Dinge gemeinsam.

»Hier ist die Limonade!«

Elsies fröhlicher, frecher Tonfall riss Drew zurück in die Gegenwart. Er ließ Caryns Hand los, als Elsie den Krug und zwei volle Gläser auf den Tisch stellte.

»Und Speisekarten, obwohl ich vermute, dass du keine brauchst, Drew«, bemerkte sie.

Er schüttelte den Kopf. Im *On the Rocks* gab es gutes Essen, aber nicht annähernd die riesige Auswahl, die Sandra im *Sunny Side Up* hatte. Er kannte die Speisekarte schon längst auswendig.

»Was ist hier gut?«, fragte Caryn.

»Alles«, entgegnete Elsie selbstbewusst. »Aber ich würde den Cheeseburger empfehlen. Ich weiß, das klingt langweilig, ist es aber nicht. Ich weiß nicht, wie Max es macht, aber er würzt das Fleisch mit etwas, bevor er es auf dem Grill brät. Es ist supersaftig, aber nicht zu trocken. Oh, und unsere Spezialsoße ist sozusagen das Tüpfelchen auf dem i.«

Caryn lächelte. »Wie kann ich mir das entgehen lassen?«, fragte sie. »Das nehme ich.«

»Mit allem Drum und Dran?«

»Natürlich.«

»Großartig. Und für dich, Drew?«, fragte Elsie.

»Ich nehme das Gleiche.«

»Keine Tomaten, richtig?«

»Richtig.«

»Großartig. Ich bringe das weg und bin bald zurück.«

»Danke«, sagte Drew zu ihr. Dass Elsie sich die Vorlieben aller Gäste merkte, machte sie zu einer hervorragenden Kellnerin, ebenso wie ihre positive Einstellung. Sie war definitiv ein Favorit im *On the Rocks*, und das nicht nur, weil sie mit dem Besitzer verheiratet war.

»Jetzt trink schon von deiner Limonade«, sagte Drew, nachdem Elsie gegangen war.

Daraufhin beugte Caryn sich vor und legte ihre Lippen um den Strohhalm in ihrem Glas. Sobald das zuckersüße Gebräu ihre Geschmacksknospen berührte, wurden ihre Augen groß.

Drew lachte, als er einen großen Schluck von seinem eigenen Getränk nahm.

»Du meine Güte!«, rief Caryn aus, als sie sich zurücklehnte.

»Stimmt's? Sagte ich doch.«

»Das ist *erstaunlich* lecker. Genau die richtige Kombination aus säuerlich und süß.«

»Davon kann man wirklich kaum genug bekommen«, stimmte Drew zu.

»Davon brauche ich einen ganzen Liter zum Mitnehmen. Ich glaube, das ist meine neue Besessenheit.«

Drew konnte sich ein Lächeln nicht verkneifen. Er hatte genauso reagiert wie Caryn, als er das Getränk zum ersten Mal probiert hatte. Er hatte es nicht einmal gewollt, aber Elsie hatte ihn dazu genötigt und er hatte nachgegeben, um nicht wie ein Idiot dazustehen. Und natürlich war er vom ersten Schluck an süchtig geworden.

»Weißt du, Art hat mir so viel über Fallport erzählt, über die Geschäfte, wer mit wem zusammen ist und all den Klatsch und Tratsch, an den er sich erinnern kann, dass ich dachte, nichts in der Stadt könnte mich überraschen ... aber ich merke, dass es mehr gibt, als ich dachte.«

»Wie die tolle Erdbeerlimonade?«, fragte Drew.

»Hm-hm. Zum Beispiel. Und dich.«

»Mich?«

»Ja. Art hat dich im Laufe der letzten Jahre ein paarmal erwähnt, aber ich habe so ziemlich alles abgetan, was er über die alleinstehenden Männer von Fallport gesagt hat. Vor allem über einen gewissen Polizisten. Ich hätte nicht in einer Million Jahren gedacht, dass ich dich tatsächlich mögen würde.«

Ein erschrockenes Lachen brach aus Drews Mund hervor.

Caryn errötete. »Mist, das klang laut ausgesprochen viel schlimmer als in meinem Kopf. Tut mir leid.«

»Du brauchst dich nicht zu entschuldigen. Wenn ich ehrlich bin, ging es mir jedes Mal genauso, wenn Art endlos von *dir* gesprochen hat. Ich dachte mir, dass du auf keinen Fall so toll sein könntest, wie er es immer wieder behauptet.«

»Ich glaube, unsere vorgefassten Meinungen übereinander haben nicht gerade zu einem guten Start beigetragen, als wir uns im Krankenhaus in Roanoke kennengelernt haben, oder?«, fragte sie.

»Nein. Aber ich muss zugeben, dass ich mich geirrt habe. Du bist ziemlich erstaunlich, Caryn.«

»Das bin ich. Und das ist ein großes Lob, wenn es von einem Polizisten kommt«, scherzte sie.

Drew zog eine Augenbraue hoch und legte den Kopf schief.

Sie grinste. »Ich nehme an, du wartest darauf, dass ich dasselbe über dich sage, oder?«

»Na ja, du weißt schon. Mein Ego könnte sich nie wieder erholen, wenn du es nicht tust. Ich könnte in eine tiefe Depression fallen und mein Haus nicht mehr verlassen. Meine Kunden würden sauer werden, weil ich ihre Buchhaltung vernachlässige, und das Finanzamt wird anrufen, weil ich die Steuererklärungen vermasselt habe. Ich werde aus der Stadt gejagt, bin obdachlos und muss Kleingeld aus Getränkeautomaten stehlen, um etwas zu essen zu bekommen.«

»Oh Gott, wie dramatisch. Na gut, schön. Du bist nicht so schlecht.«

Drew konnte sich nicht erinnern, sich jemals besser mit einer Frau verstanden zu haben. Caryn war nicht nur verdammt gut in ihrem Job, sie war auch witzig und bodenständig, und sein Respekt für sie wuchs sprunghaft an.

Sie ist nicht an einer Beziehung interessiert, rief er sich ins Gedächtnis.

»Gar nicht so schlecht. Du bist brutal, junge Dame«, entgegnete er schließlich.

»Ich bin harmlos«, erwiderte sie.

»Stimmt. Fürs Protokoll ... es macht mir nichts aus, dass du schonungslos bist. Wie ich bereits sagte, es ist nicht leicht, mich zu beleidigen.«

»Das kommt daher, weil du ein ehemaliger Polizeibeamter bist, oder?«, fragte sie.

»Ja, ich denke schon. Ich wurde mit allen möglichen Namen beschimpft und mir wurden viele Dinge vorgeworfen, aber ich war ein guter Polizist. Aufrichtig. Ich habe alles getan, um den Menschen zu helfen, wo ich nur konnte. Ich weiß, was ich bin und was ich nicht bin, also bedeutet das, was andere über mich denken, gar nichts.«

»Ich wünschte, mir ginge es genauso«, erklärte Caryn leise. »Ich mache mir viel zu viele Gedanken darum.«

Drew hatte Mitleid mit ihr, fand aber, dass dies weder der richtige Zeitpunkt noch der richtige Ort war, um ein tiefes Gespräch über ihre Psyche und ihr Selbstvertrauen zu führen, zumal sie sich gerade erst kennengelernt hatten.

»Nun, ich denke, du bist eine Eins plus«, erklärte er ihr. »Und ich weiß es zu schätzen, dass du uns heute geholfen hast. Ich wusste, dass du sauer auf mich warst, als du heute Morgen einfach abgehauen bist, aber ich hatte gehofft, dass du trotzdem helfen würdest.«

»Ich war grundlos sauer«, entgegnete Caryn. »Du hast nichts Falsches getan oder gesagt. Ich habe überreagiert und dir nicht einmal Zeit gegeben, auf meine plötzliche und aus heiterem Himmel abgegebene Erklärung, dem Such- und Bergungsteam beitreten zu wollen, zu reagieren. Ich war zu besorgt darüber, was du vielleicht sagen *könntest*, also habe ich dir keine Chance gegeben, überhaupt etwas zu sagen. Ich sollte diejenige sein, die sich entschuldigt.«

»Ich denke, wenn man ständig darauf achten muss, was man sagt und tut, um jede Kritik zu vermeiden, gewöhnt man sich daran, sich vor jeder Art von möglicher Gegenreaktion zu schützen. Dafür musst du dich nicht entschuldigen.«

»Danke, aber ich glaube trotzdem, dass ich das muss. Ich versuche, meine Fehler zu erkennen und besser mit ihnen umzugehen.«

»Sich selbst zu schützen ist kein Fehler«, erklärte Drew mit Nachdruck.

»Trotzdem.«

»Gut, also ... nochmals danke, dass du heute rausgekommen bist. Und du warst wirklich fantastisch mit Mr. Pierce.«

»Er war verängstigt. Und verärgert über sich selbst. Ich musste ihn einfach nur dazu bringen, sich zu entspannen.«

»Das sehe ich auch so. Und genau das hast du getan, nicht wir. Wie geht es deiner Hand?« Es war ein abrupter Themenwechsel, aber Caryn schien es weder zu stören, noch schien sie es zu bemerken.

»Ganz gut. Ich wusste gar nicht, wie schwer es ist, so eine Trage zu schleppen.«

»Ganz gut? Und was bedeutet das, dass du sie ein paar Stunden lang nicht mehr bewegen kannst, oder ganz gut, weil es ein bisschen wehtut, aber mit ein paar Schmerztabletten geht es dir morgen wieder gut?«, fragte Drew.

Sie grinste. »Letzteres.«

»Gut. Wenn du sie jetzt nicht kühlen möchtest, solltest du auf jeden Fall heute Abend ein wenig Eis drauflegen. Das hilft wirklich.«

»Das hatte ich mir bereits vorgenommen.«

»Gut.«

Drew betrachtete Caryn, die ihm gegenübersaß. Sie teilten viele der gleichen Erfahrungen. Sie war unkompliziert. Offensichtlich lag ihr ihr Großvater sehr am Herzen; dass sie alles stehen und liegen gelassen hatte, um nach Fallport zu kommen, bewies das. Sie hatte keine Angst, ihre Schwächen zuzugeben, und sie war bescheiden.

Kurzum ... er mochte sie. Und er hatte das Gefühl, je mehr Zeit er mit ihr verbrachte, desto mehr Zeit würde er mit ihr verbringen wollen.

»Du meine Güte« keuchte Caryn, als sie Elsie auf sie zugehen sah. »Diese Teller sind größer als unsere Köpfe.«

Drew lächelte. Sie hatte nicht unrecht. Zeke und seine Mitarbeiter sparten nicht an der Größe der im *On the Rocks* servierten Mahlzeiten. Elsie stellte die Teller auf dem Tisch ab.

»Bitte sehr. Zwei Cheeseburger, deiner mit allem Drum und Dran. Drew, deiner ohne Tomaten. Dazu Pommes frites und grüne Bohnen, denn ich dachte mir, dass es nicht schaden kann, wenn ihr neben den Kohlenhydraten und dem Eiweiß auch etwas Grünzeug zu euch nehmt. Ich bringe euch einen neuen Krug Limonade, wenn ihr fertig seid. Und zum Nachtisch gibt es heute Abend Schokoladenkuchen, also lasst ein bisschen Platz in eurem Magen.«

Dann drehte Elsie sich um, um zurück zum Tresen zu gehen und ihnen mehr Limonade zu holen.

»Im Ernst, das ist eine riesige Mahlzeit.«

»Willst du etwa behaupten, dass du nach der langen Wanderung heute Nachmittag keinen Hunger hast?«, fragte Drew.

»Ich bin am Verhungern. Aber trotzdem«, protestierte sie.

Daraufhin hob Drew seinen Burger auf und nahm einen großen Bissen. Er grinste sie an, während er kaute. Nachdem er heruntergeschluckt hatte, bemerkte er: »Wenn du erst einmal angefangen hast, wirst du sehen, dass du nicht mehr aufhören kannst. So lecker ist das nämlich.«

Caryn folgte seinem Beispiel und nahm einen Bissen von ihrem Cheeseburger. Ihre Augen wurden groß, als sie kaute, und Drew freute sich darüber, dass ihre Reaktion auf den Burger die gleiche war wie die auf die Limonade.

»Also gut, ich glaube, es war wirklich dämlich von mir, nicht früher hier zu essen«, erklärte sie, nachdem sie geschluckt hatte. »Ich habe dummerweise angenommen, dass die Gerichte hier typische Kneipensnacks sein würden. Aber ich wurde eines Besseren belehrt.«

Drew lachte leise. »Ich nehme an, Zeke hat das schon oft gehört.«

Sie aßen ihre Cheeseburger, während sie sich über Belangloses unterhielten. Caryn erkundigte sich nach einigen Einheimischen, die sie aus ihrer Zeit, in der sie hier die Sommer verbracht hatte, kannte. Drew erzählte, dass es eine Weile gedauert hatte, bis die Stadtbewohner ihn und den Rest des Eagle Point Such- und Bergungsteams akzeptiert hatten, als sie vor fünf Jahren hier angekommen waren, aber jetzt behandelten die meisten Leute sie, als hätten sie schon immer hier gelebt.

Sie hatten beide ihre Mahlzeit bereits beendet, als sich die Tür zur Kneipe erneut öffnete. Seit sie sich hingesetzt hatten, war ein ständiges Kommen und Gehen zu beobachten, aber als Drew diesmal aufblickte, um zu sehen, wer eingetreten war, sah er Lilly. Sie war in Begleitung von Davis Woolford, einem obdachlosen Veteranen, der in Fallport sein Zuhause gefunden hatte.

Sie gingen bis zur Theke, wo Elsie mit Davis redete. Nach einem kurzen Gespräch klopfte Lilly dem Mann auf die Schulter und er nahm Platz. Dann, als hätte sie bereits gewusst, dass er und Caryn da waren, machte sie sich auf den Weg zu deren Tisch.

Drew war ein wenig enttäuscht. Er hatte die Zeit allein mit Caryn genossen. Nun, immerhin hatte er … allein war nicht wirklich das richtige Wort, aber mit ihr unter vier Augen reden können.

Aber er mochte Lilly. Und vielleicht würde sie ihm helfen, mehr über die Frau zu erfahren, die ihm gegenübersaß.

KAPITEL SECHS

»Hallo!«, grüßte eine Frau fröhlich, als sie auf ihn zukam, und zog den Stuhl neben Drew heran, bevor sie sich setzte.

»Setz dich doch, Lilly«, bemerkte er trocken.

Caryn unterdrückte das Lachen, das in ihrer Kehle aufstieg. Drew gab zwar vor, verärgert darüber zu sein, dass die Frau sich selbst eingeladen hatte, sich zu ihnen zu setzen, aber es war offensichtlich, dass er nicht wirklich verärgert war.

Lilly ignorierte ihn und lächelte Caryn an.

Auf dem Weg hatte sie mit Ethan nicht über Persönliches gesprochen. Sie waren alle damit beschäftigt gewesen, Gunner sicher aus dem Wald zu bringen. Aber als die anderen kurz seine Verlobte erwähnten, konnte sie aus seinem Tonfall heraushören, dass er wahnsinnig in sie verliebt war. Es war schon eine ganze Weile her, dass sie mit Männern zu tun gehabt hatte, die sich nicht scheuten zu zeigen, dass sie ihren Frauen völlig ergeben waren. Die Feuerwehrleute auf ihrer Wache galten als Machos und es galt nicht als männlich, offen zuzugeben, wie sehr man seine Frau oder Freundin liebte.

Was ihrer Meinung nach dumm war. Die Tatsache, dass Ethan kein Problem damit hatte, liebevoll über Lilly zu sprechen, weckte in ihr den Wunsch, die Frau kennenzulernen.

»Oooh, Erdbeerlimonade!«, bemerkte sie enthusiastisch.

Gerade als sie das sagte, erschien Elsie mit einem sauberen Glas, einem Strohhalm und einem vollen Krug des köstlichen Getränks.

»Du bist eine Lebensretterin«, entgegnete Lilly glücklich.

»Ich gebe mein Bestes«, erklärte Elsie.

»Wie geht es Tony?«

»Er ist auf dem Weg der Besserung. Ich glaube, Zeke hat sich mehr erschrocken als wir beide. Es ist das erste Mal, dass er krank ist, seit wir zusammen sind, und er ist ein bisschen überfürsorglich«, erwiderte Elsie.

»Das ist süß«, sagte Lilly zu ihr.

»Das ist es wirklich. Wie auch immer, lass dir die Limonade schmecken und wenn du etwas essen möchtest, sag mir einfach Bescheid.«

»Das mache ich. Danke.«

Nachdem Elsie gegangen war, fragte Drew: »Wie geht es dir, Lilly? Gibt es schon etwas Neues in Bezug auf die Hochzeitspläne?«

»Mir geht es gut«, erwiderte sie achselzuckend. »Rocky arbeitet hart daran, die Scheune auf dem Land, das er für Bristol gekauft hat, rechtzeitig für unsere Zeremonie auf Vordermann zu bringen. Ehrlich gesagt ist es mir egal, wo wir heiraten. Solange ich Ethans Frau werde, ist mir alles recht. Aber ... ich bin nicht gekommen, um über mich zu sprechen. Ich wollte Caryn kennenlernen und ihr sagen, wie beeindruckt Ethan heute von ihr war und wie sehr er sich darüber freut, dass sie dem Team beitreten wird.«

Caryn war von dieser Bemerkung überrascht. »Ich freue mich auch, dich kennenzulernen, aber ich glaube, Ethan hat einen falschen Eindruck. Ich habe mich eigentlich noch nicht dazu entschieden, nach Fallport zu ziehen.«

Lilly sah niedergeschlagen aus. »Tja, schade.« Dann wurde sie wieder fröhlicher. »Aber das bedeutet immerhin, dass wir dich noch überzeugen können.«

Caryn lachte. »Ich denke schon.«

»Also ... Art ist dein Großvater, also weißt du wahrscheinlich ohnehin schon alles Gute und Schlechte über die Stadt. Das Schlechte zuerst – Whip Johansen«, bemerkte Lilly und beugte sich in ihrem Sitz vor.

Drew sah amüsiert aus, als er sich zurücklehnte und Lilly das Reden überließ.

»Der Typ, dem die Billardhalle gehört?«, fragte Caryn.

»Ja, genau der. Er ist ein Idiot. Er ist der Einzige auf dem ganzen Platz, der an seinem Geschäft keine Weihnachtsbeleuchtung aufhängt, nicht an der Halloween-Sammelaktion mit den Kindern teilnimmt und nicht für die Parade am Vierten Juli geschlossen hat. Ganz zu schweigen davon, dass er es mit der Sicherheit in seinem Lokal nicht so genau nimmt. Solange die Leute für den Alkohol bezahlen, ist so gut wie alles erlaubt. Simon und seine Leute mussten schon viel zu oft spät in der Nacht hinfahren, um Schlägereien zu beenden. Und dann ist da noch der Bürgermeister. Er ist ein *ziemlicher* Idiot. Ich meine, ich möchte kein Politiker sein, auf keinen Fall, und ich beneide ihn nicht um seinen Job, aber ja, es wäre schön, wenn er sich ein bisschen mehr für unsere Jungs einsetzen würde. Bristol hat die Satellitentelefone gespendet, um ihnen die Arbeit zu erleichtern und sicherer zu machen, weil er sich immer noch über die Kosten und das Budget aufgeregt hat.«

»Das war sehr nett von ihr«, erklärte Caryn.

»Ja, das war es. Nachdem Rocky sie gerettet hatte und er keine Möglichkeit hatte, um Hilfe zu rufen, und sie fast zehn Kilometer weit tragen musste, um sie aus dem Wald zu holen, hat sie aus erster Hand erfahren, wie wichtig es ist, eine Möglichkeit zu haben, mit anderen zu kommunizieren, wenn man auf den Wanderwegen unterwegs ist.«

»So wie ihr es heute getan habt«, entgegnete Caryn und sah Drew an.

»Ja. Ich muss zugeben, dass es schön war, einen Anruf

tätigen zu können, während wir so tief im Wald waren«, sagte er.

»Das ist cool«, erklärte Caryn.

»Das ist es«, stimmte Lilly zu.

»Paul Downs ... eine weitere Nullnummer«, warf Drew ein.

»Wer?«, fragte Lilly mit einem Stirnrunzeln.

»Der Hauptmann der Feuerwehr«, erwiderte Caryn für ihn. »Wenn ich hierherziehe, werde ich einen Job brauchen. Ich würde ja gern bei der Feuerwehr arbeiten, aber Paul hasst mich, also wird er mich wohl nicht einstellen wollen.«

»Das ist aber dumm«, bemerkte Lilly. »Ich meine, ich kenne ihn nicht, aber warum sollte er dich nicht mögen?«

»Ich weiß es ehrlich gesagt nicht. Ich habe ihm nichts getan. Und es ist schon lange her, dass wir Kinder waren ... seitdem kennen wir uns schon.«

»Nun, wie dem auch sei. Wenn du den Job nicht bekommst, findest du sicher etwas anderes«, erklärte Lilly unbekümmert. »Ich wusste auch nicht, was ich machen wollte, als ich hierherzog, und ich habe etwas gefunden, das ich liebe.«

»Sie ist die Fotografin und Videofilmerin hier in der Stadt«, erklärte Drew Caryn.

»Und ich habe viel mehr zu tun, als ich dachte. Ich treffe mich ständig mit Leuten, um über neue Projekte, ihre Wünsche, Bedürfnisse und Budgets zu sprechen. Ethan ermutigt mich, meine Preise zu erhöhen, aber ich habe ein schlechtes Gewissen dabei. Hey, ich könnte eine Assistentin gebrauchen ...«, sagte sie mit einem verschmitzten Lächeln, hielt dann aber inne.

Caryn lächelte entschuldigend. »Ich weiß nicht recht, ob ich dafür geeignet bin. Ich bin wirklich kein bisschen kreativ.«

»Das ist schon in Ordnung«, entgegnete Lilly. »Ich bin sicher, dass du etwas finden wirst. Was machst du gern in deiner Freizeit?«

Caryn lachte. »Lesen. Obwohl ich mir nicht sicher bin, ob ich damit meinen Lebensunterhalt bestreiten kann.«

»Vielleicht nicht, aber du könntest irgendwas machen, was damit zu tun hat.«

Caryn dachte sofort an Thomas Robertson.

Er war ein sehr erfolgreicher Thrillerautor, der auf der ganzen Welt bekannt war und dessen Bücher in über zwei Dutzend Sprachen übersetzt wurden. Jedes Mal wenn ein neues Buch herauskam, stand er wochenlang an der Spitze der Bestsellerlisten. Sie hatte ihn vor etwa zehn Jahren kennengelernt, als er in New York war. In dem Buchladen, in dem er eine Signierstunde gab, war ein Feuer ausgebrochen und sie hatte die Aufgabe, ihn und seine Dutzende von Fans in Sicherheit zu bringen.

Er hatte ihr seine Visitenkarte gegeben und sie gefragt, ob er sie kontaktieren könne, wenn er Fragen über die Feuerwehr habe. Sie hatte Ja gesagt … und sie hatten danach einige Telefonate geführt und über ihren Job gesprochen. Er hatte ihr eine Million Fragen gestellt, um einen der Charaktere, nämlich einen Feuerwehrmann, authentisch zu machen.

Zu ihrem Entsetzen hatte er sie, als er das Buch fertig geschrieben hatte, gefragt, ob er es ihr schicken könne, damit sie ihm Vorschläge machen könne. Natürlich hatte sie Ja gesagt – und sich *schrecklich* gefühlt, als sie unzählige sachliche Fehler und sogar das eine oder andere Handlungsloch in der Geschichte gefunden hatte.

Aber Thomas war sehr dankbar gewesen. Er hatte ihr erklärt, dass so viele Beta-Leser darauf schworen, dass seine Arbeit fantastisch und makellos sei, obwohl sie es nicht war, entweder weil sie Fans waren oder weil sie ihn nicht verärgern wollten.

Das hatte dazu geführt, dass er sie bat, seine nachfolgenden Bücher zu lesen, und nun war sie seine offizielle Beta-Leserin. Sie war sozusagen in den Job hineingestolpert, aber sie machte ihn gern. Thomas hatte darauf bestanden, sie für ihre Arbeit zu bezahlen, und das Geld konnte sie gut gebrauchen, aber da er nicht der schnellste Autor war, waren die paar

Tausend Dollar im Jahr eher ein Bonus als ein echter Gehaltsscheck.

Er hatte ihr im Laufe der Jahre immer wieder gesagt, dass er mehrere befreundete Autoren hätte, die ihre Manuskripte gern von ihr prüfen lassen würden, bevor sie an ihre Verlage gingen, sollte sie Vollzeit als Beta-Leserin arbeiten wollen. Sie hatte immer abgelehnt ... aber jetzt, da Lilly die Möglichkeit ansprach, ihr Hobby zum Beruf zu machen, konnte sie nicht umhin, sich zu fragen, ob Thomas' Angebot vielleicht die Chance wäre, die sie suchte.

»Ich sehe, dass du darüber nachdenkst«, bemerkte Lilly mit einem breiten Lächeln.

Caryn zuckte mit den Schultern. Sie war noch nicht bereit, den Gedanken überhaupt in Erwägung zu ziehen. Sie war eine Feuerwehrfrau, kein Verlagsprofi. Sie war sich nicht sicher, ob sie ihre Ausbildung und das, was sie fast ihr ganzes Leben lang gemacht hatte, einfach aufgeben konnte.

»Wie auch immer ... wir haben über das Schlechte gesprochen, aber es gibt so viele gute Menschen in Fallport. Davis Woolford zum Beispiel. Er ist ein erstaunlicher Mensch und die Einwohner bemühen sich wirklich, sich um ihn zu kümmern. Die Stadt baut ihm sogar ein kleines Haus hinter dem Restaurant. Sandra hat zugestimmt und wird helfen, ihn im Auge zu behalten.«

»Das ist großartig«, entgegnete Caryn und meinte es auch so.

»Ist es auch. Und Finley macht die tollsten Zimtrollen in ihrer Bäckerei hier auf dem Platz. Sie heißt *Sweet Tooth*, was absolut angemessen ist. Und da du gesagt hast, dass du gern liest, es gibt hier sowohl die Bibliothek als auch den Antiquariatsshop. Und natürlich das Restaurant. Und wenn du dich langweilst, kannst du kegeln gehen oder im *Caboose Park* abhängen. Und Doc Snow ist wunderbar. Oh, und wir haben kein reguläres Kino, aber wir haben das *Starry Skies Drive-in*, das Spaß macht. Ethan hat mich neulich mal mitgenommen.

Dort gibt es hauptsächlich zweitklassige Filme, aber das scheint niemanden zu stören. Die Schulen gehören zu den besten im ganzen Bundesstaat, wenn man die Testergebnisse und all das in Betracht zieht. Aber am meisten gefällt mir, dass Fallport zwar klein ist, aber trotzdem sehr vielfältig.«

Caryn konnte sich ein Lachen nicht verkneifen.

»Was ist?«, fragte Lilly.

»Hast du überhaupt Luft geholt, während du das alles aufgezählt hast?«, fragte sie.

Lilly errötete ein wenig. »Nein, aber im Ernst, ich wusste nicht, was ich verpasst hatte, bis ich hierherkam. Obwohl du ja nicht wirklich neu hier bist, also weißt du das wahrscheinlich sowieso schon alles.«

»Ja, aber es ist interessant, den Ort mal aus einer anderen Perspektive zu sehen«, beruhigte Caryn sie. »Und du bist wirklich eine großartige Fallport-Botschafterin. Es ist offensichtlich, dass du den Ort liebst.«

»Das tue ich wirklich. Aber nicht wegen der Kegelbahn oder dem Buchladen. Es liegt an den Menschen. Die meisten sind großzügig und würden alles in ihrer Macht Stehende tun, um jemandem zu helfen, der Hilfe braucht.«

»Das habe ich bei meinem Großvater gesehen«, bemerkte Caryn.

»Oh ja. Wie voll ist seine Kühltruhe mit Lebensmitteln, die die Leute vorbeigebracht haben?«

»Übervoll«, erklärte Caryn mit einem kleinen Lachen. Und das war keine Übertreibung. Sie hatten viel mehr Lebensmittel, als sie essen konnten – und schon hatte Caryn ein schlechtes Gewissen, weil sie heute Abend auswärts essen gegangen war.

»Mach dir keine Vorwürfe«, bemerkte Drew und unterbrach ihre Gedanken.

Lilly drehte sich zu ihm um und sah ihn mit einem Stirnrunzeln an. »Ein schlechtes Gewissen weswegen?«, fragte sie.

»Caryn denkt an die überquellende Kühltruhe und jetzt

bereut sie, dass sie heute Abend hier gegessen hat, anstatt etwas von den Lebensmitteln zu essen, die die Leute mitgebracht haben.«

Caryn hatte keine Ahnung, woher er das wusste.

Drew zuckte mit den Schultern, als könnte er wirklich ihre Gedanken lesen, und sagte: »Ich würde dasselbe denken, also dachte ich mir, dass du vielleicht deshalb so konsterniert aussiehst.«

»Ich sollte mich wahrscheinlich wirklich auf den Heimweg machen. Ich habe Otto und Silas bei Art gelassen, als du angerufen hast, und die beiden haben entweder den Dritten Weltkrieg wegen einer Schachpartie begonnen oder sie haben ihn entgegen Doc Snows Empfehlung aus dem Haus geholt und richten in diesem Moment in der ganzen Stadt Chaos an.«

Drew und Lilly lachten.

»Wenn es dir langweilig wird, was ich bezweifle, denn du scheinst eine Frau zu sein, die immer etwas zu tun hat, ruf mich doch einfach an und ich gehe mit dir in die Bibliothek oder in den Buchladen. Ich kann dich mit Khloe bekannt machen. Sie arbeitet mit Raiden in der Bibliothek. Nach außen hin ist sie ein wenig kratzbürstig, aber eigentlich ist sie sehr nett. Und Raids Bluthund liebt sie abgöttisch, sehr zum Leidwesen seines Besitzers. Und den Besitzer des Buchladens kenne ich nicht, aber das muss ich wohl ändern. Oh, und Bristol wird sich darüber aufregen, dass Elsie und ich dich schon kennen, sie aber noch nicht, also kannst du schon mal damit rechnen, dass du dich irgendwann mal mit uns allen zusammen treffen musst. Wie lange willst du in der Stadt bleiben?«

Da war sie wieder, die Frage. Caryn zuckte mit den Schultern. »Ich weiß es nicht genau. Ich warte darauf, dass Art ein wenig selbstständiger und mobiler wird. Ich verlasse mich darauf, dass Doc Snow mir Bescheid gibt, wenn er glaubt, dass er alleine zurechtkommt. Aber ich mache mir Sorgen, dass das nie der Fall sein wird, weil er schon so alt ist.«

»Art ist zäh«, entgegnete Drew mit Nachdruck.

»Ich weiß, aber er ist auch einundneunzig«, fügte Caryn hinzu. »Ich meine, wie viele Einundneunzigjährige kennst du, die noch alleine leben, ohne dass sie auch nur ein bisschen Hilfe brauchen?«

»Nun, ich habe heute einen über sechzigjährigen Mann kennengelernt, der immer noch allein auf dem *Appalachian Trail* wandert«, konterte Drew.

Caryn konnte sich ein Lächeln nicht verkneifen. »Stimmt. Der Punkt geht an dich.«

»Ich bin mir sicher, Art würde sich unglaublich freuen, wenn du nach Fallport ziehst. Aber wie du und Lilly gerade besprochen habt, auch wenn du das nicht tust, wird es ihm an nichts mangeln. Es wird eine Menge Leute geben, die bereit sind, nach ihm zu sehen. Und ich kann dir versichern, dass die Bürger der Stadt nach dem, was passiert ist, mehr auf ihre Freunde und Nachbarn achten, und wenn sie während der letzten zwölf Stunden nichts von ihnen gehört oder sie gesehen haben, werden sie nach ihnen sehen.«

Drew hatte recht, das wusste Caryn, aber das änderte nichts an dem Gefühl, dass ihr und ihrem Großvater die Zeit davonlief. Er würde nicht ewig leben und sie wollte so viel Zeit wie möglich mit ihm verbringen. Er war der einzige Mensch in ihrem ganzen Leben, dessen Liebe zu ihr stets ungebrochen war. Egal was sie tat, welchen Job sie annahm, er war immer da und unterstützte sie.

Sie weigerte sich, an ihre Mutter zu denken – nicht jetzt, da sie sich satt gegessen hatte und nach ihrer ersten erfolgreichen Such- und Bergungsaktion ziemlich gut fühlte –, und nickte Drew zu. »Und ich weiß das zu schätzen.«

»Drew soll dir meine Nummer geben«, sagte Lilly. »Und die von Bristol und Elsie auch. Wollen wir uns morgen früh im *Sweet Tooth* zum Frühstück treffen? Ich kann dir Finley vorstellen und du kannst dich davon überzeugen, dass ihre Zimtröllchen zum Sterben gut sind.«

»Dreht sich hier alles um das Essen?« Caryn konnte sich die Frage nicht verkneifen.

»Ja, so ungefähr.«

»Ja.«

Lilly und Drew antworteten gleichzeitig, und alle lachten.

»So sind Kleinstädte nun mal.«

»Ich werde so zunehmen wie sonst noch was, wenn ich nicht anfange, regelmäßiger zu trainieren«, beschwerte sich Caryn und starrte auf den leeren Teller vor sich. Sie konnte sich gar nicht vorstellen, wie viele Kalorien sie gerade zu sich genommen hatte. Trotz des Schokoladenkuchens hatten sie und Drew abgelehnt, als Elsie fragte, ob sie zum Nachtisch bereit seien.

»Gehst du joggen?«, fragte Drew.

Caryn nickte. »Ja.«

»Ich versuche, jeden Morgen zu trainieren und auch ein paarmal pro Woche zu joggen, zumindest wenn ich nicht gerade in der Steuersaison stecke. Wenn du dich mir anschließen möchtest, hätte ich nichts dagegen.«

Wollte sie das? Sie fühlte sich bereits mehr zu Drew hingezogen, als ihr lieb war. Andererseits wäre es vielleicht ganz gut, wenn sie sich in seiner Gegenwart den Hintern abschwitzen würde. Er würde schnell merken, dass sie nicht wie die meisten Frauen war. Sie trug kein Make-up und machte sich nichts aus Designerklamotten. Die meiste Zeit trug sie nicht einmal eine Handtasche bei sich. Und wenn sie mehr Zeit mit dem Mann verbrachte, würden sicherlich auch einige seiner Schwächen ans Licht kommen.

Sie nickte, bevor sie ihre Entscheidung noch einmal überdenken konnte.

»Gut. Wir könnten uns vor Arts Haus treffen. Ist sechs Uhr zu früh?«

»Das ist in Ordnung. Normalerweise stehe ich um fünf Uhr dreißig oder so auf.«

»Jeden Morgen?«, fragte Lilly.

»Fast.«

»Nun, das ist verrückt. Genau wie Aufstehen, um zu trainieren«, erklärte sie mit einem Lächeln. »Oder überhaupt zu trainieren.«

»Als wäre das Herumschleppen dieser schweren Kameras und Taschen kein Training«, entgegnete Drew und verdrehte die Augen. »Wie viel hat die Kamera gewogen, die du mit dir rumgeschleppt hast, als du die Sendung gedreht hast?«

»Ist doch egal«, entgegnete Lilly lachend, ohne weiter auf seine Frage einzugehen. »Jedenfalls hat es mich gefreut, dich kennenzulernen, Caryn, und ich wollte mich wirklich mit dir treffen. Also ... Zimtschnecken morgen?«

»Gern. Nach dem Joggen?«

»Auf jeden Fall. Wie wäre es mit zehn Uhr? Ich weiß, dass das ein bisschen spät ist, aber du könntest joggen gehen und dich anschließend um deinen Großvater kümmern, bevor wir uns treffen.«

Caryn gefiel es, dass sie an Art dachte. »Hört sich super an.«

»Sehr gut. Danke für die Limonade, Drew. Bis später.« Damit stand Lilly auf.

»Wenn Ethan oder Rocky bei irgendetwas in Rockys neuem Haus Hilfe brauchen, sag mir Bescheid. Ich bin zwar nicht der beste Handwerker, aber ich bin ziemlich gut, wenn es darum geht, Sachen zu tragen und festzuhalten.«

»Ich werde es ihnen sagen.« Lilly winkte den beiden zu und ging hinüber zu Davis, der an der Theke saß und einen Hamburger aß. Sie sagte etwas zu ihm, bevor sie Elsie umarmte und zur Tür ging.

»Ihr scheint euch wirklich sehr nahezustehen«, bemerkte Caryn, ein wenig verlegen über die Sehnsucht in ihrer Stimme.

»Das tun wir«, bestätigte Drew. »Es sind gute Männer und Frauen und ich bin stolz darauf, sie meine Freunde zu nennen.«

Und das sollte er auch sein. Caryn fragte sich, wie viel anders ihr Leben – und ihr Beruf – wohl verlaufen wäre, wenn sie einen Rückhalt wie Drew und seine Freunde gehabt hätte. Aber es hatte keinen Sinn, die Vergangenheit ändern zu wollen. Sie war, wie sie war.

»Wollen wir gehen?«, fragte Drew.

Mit einem Blick auf die Uhr zuckte Caryn innerlich zusammen und nickte. »Ja.«

»Du brauchst dir keine Sorgen um Art zu machen, es geht ihm gut«, erklärte Drew, der wieder einmal ihre Gedanken gelesen hatte. »Wenn etwas passiert wäre, hätten Otto oder Silas einen der Jungs oder Simon angerufen und die hätten sich bei dir gemeldet.«

»Ich weiß. Ich habe einfach ein schlechtes Gewissen. Ich bin hierhergekommen, um bei Art zu sein, ihm dabei zu helfen, schnell wieder gesund zu werden, und es kommt mir so vor, als hätte ich bisher mehr Zeit damit verbracht, mein eigenes Ding zu machen.«

»Das würde er dir nie verübeln«, versicherte Drew ihr. »Er ist so froh, dass du hier bist. Und ... er *möchte* wahrscheinlich gar nicht, dass du ständig über ihn wachst. Wahrscheinlich ist es ihm sowieso lieber, dass du unterwegs bist und Fallport wieder kennenlernst. Vor allem wenn er wüsste, dass du es in Erwägung ziehst hierherzuziehen. Hast du es ihm schon gesagt?«

»Bist du verrückt?«, fragte Caryn, als sie auf die Tür zugingen. Drew hatte die Rechnung bezahlt, kurz bevor Lilly sich zu ihnen gesetzt hatte, und obwohl sie versucht hatte, ihre Hälfte zu bezahlen, hatte er ihr Angebot abgewinkt. Offensichtlich war sie schon zu lange in der Großstadt, denn bei ihren letzten beiden Verabredungen hatten die Männer erwartet, dass sie selbst zahlte. »Ich würde Art auf keinen Fall sagen, dass ich darüber nachdenke hierherzuziehen, ohne mir hundertprozentig sicher zu sein. Er würde sich Hoffnungen machen und wenn ich mich dagegen entscheide, wäre er enttäuscht.«

»Da hast du wahrscheinlich recht. Aber ich vermute, dass

er es früher oder später herausfinden wird. Du weißt ja, wie schnell sich die Dinge hier herumsprechen.«

»Mist, das stimmt natürlich.« Caryn seufzte, als Drew die Tür zum Lokal aufhielt. »Ich werde mit ihm reden. Ich möchte nur nicht, dass er enttäuscht ist.«

»Ich glaube nicht, dass er jemals von dir enttäuscht sein könnte«, sagte Drew. »Also ... wir treffen uns morgen um sechs zum Joggen. Wie viele Kilometer läufst du normalerweise?«

Caryn war froh über den Themenwechsel. Seine Komplimente gaben ihr ein zu gutes Gefühl. »Ich bin schon seit ein paar Wochen nicht mehr gelaufen, also sollte ich vielleicht langsam anfangen. Sind zehn Kilometer okay?«

Drew grinste. »Zehn Kilometer bedeutet für dich langsam anfangen?«

»Ja, schon«, erklärte sie mit einem Achselzucken.

»Gut. Dann laufen wir zehn Kilometer. Bis morgen. Wenn du noch etwas brauchst, ruf mich einfach an.«

»Ähm ... ich habe deine Nummer nicht«, sagte sie zu ihm.

»Verdammt. Tut mir leid. Hab ich vergessen.« Er griff in seine Vordertasche und holte sein Handy heraus.

Caryn holte ihr Handy ebenfalls aus der Tasche und sie tauschten Nummern aus. Dann gab er ihr die Nummern von Bristol, Lilly und Elsie sowie die der anderen Teammitglieder.

»Okay, ich denke, das reicht fürs Erste«, stichelte sie. »Ich meine, die Nummern der übrigen Einwohner von Fallport kann ich mir ja morgen besorgen.«

Er schmunzelte. »Ich sorge nur dafür, dass du die wichtigsten Nummern zuerst hast«, scherzte er. Dann sah er ihr in die Augen und sagte: »Das hast du heute toll gemacht, Caryn. Du warst genau das, was wir gebraucht haben. Ich danke dir.«

»Gern geschehen«, entgegnete sie leise und bemühte sich, sein Kompliment nicht sofort abzuschmettern, sondern es dankbar anzunehmen.

Sie gingen gemeinsam zum Parkplatz hinter dem *On the Rocks* und er blieb neben seinem Wagen stehen, bis sie in ihren

Sonata gestiegen war und den Parkplatz verlassen hatte. Das Haus von Art war nicht weit vom Stadtplatz entfernt und sie beobachtete in ihrem Rückspiegel, wie Drew in die entgegengesetzte Richtung abbog, als er wegfuhr.

In Drews Nähe zu sein war ... nervenaufreibend. Vor allem weil sie eine Anziehungskraft zu ihm verspürte, die sie nicht ganz verstand und die sie bei keinem anderen Menschen zuvor gespürt hatte. Sie hatte ihr Leben damit verbracht, eine ziemlich hohe Mauer aufzubauen, um sich zu schützen. Das fing schon in sehr jungen Jahren an ... sonst wäre sie nicht in der Lage gewesen zu funktionieren. Ihre Mutter war eine schreckliche Mutter gewesen und es war erstaunlich, dass Caryn so gut funktionierte.

Sie wusste, dass sie das ihrem Großvater zu verdanken hatte. Und der Stadt Fallport. Hier hatte sie einfach Kind sein können. Unbeschwert. Die Dinge, die sie hier erlebt und gelernt hatte, hatten sie durch ihr ganzes Leben begleitet.

Es sollte eigentlich einfach sein, sich für den Umzug nach Fallport zu entscheiden. Ihr Großvater wurde nicht jünger, und sie wollte so viel Zeit wie möglich mit ihm verbringen. Sie war mit ihrem Job in New York unzufrieden und wollte nicht länger in der Stadt leben. Und je mehr sie Drew und seine Freunde kennenlernte, desto mehr sehnte sie sich danach, in ihren inneren Kreis aufgenommen zu werden.

Und das war ein Teil des Problems. Was, wenn sie hierherzog und es nicht klappte?

Sie wollte dem Gedanken an eine Veränderung, an einen möglichen Umzug, positiv gegenüberstehen, aber ihre Ängste sorgten dafür, dass sie zögerte.

Caryn atmete tief durch und bemühte sich bewusst, alle negativen Gedanken zu verdrängen. Wenn sie hierherzog, würde Fallport ein Neuanfang für sie sein. Und den brauchte sie dringend.

Caryn beschloss, alles einfach auf sich zukommen zu lassen, auch das, was sich da zwischen ihr und Drew anbahnte, und fühlte sich leichter, als sie in die Einfahrt zum Haus ihres Großvaters abbog. Es fühlte sich richtig an, hier zu sein, und sie musste einfach mit dem Strom schwimmen ... zum ersten Mal in ihrem Leben.

Sie freute sich darauf, morgen joggen zu gehen. Und wenn sie ehrlich zu sich selbst war, beruhte ein Großteil dieser Vorfreude darauf, dass sie *mit Drew* unterwegs sein würde. Außerdem konnte sie die Zimtrolle, die sie danach essen würde, praktisch schon schmecken. Lilly war ausgesprochen freundlich gewesen, ebenso wie Elsie.

Ja ... hier in Fallport zu sein war schön. Caryn ließ es zu, dass sie sich ein klein wenig darauf freute, was ihre Zukunft bringen würde.

KAPITEL SIEBEN

Am nächsten Morgen klopfte Drew um fünf Uhr achtundfünfzig an Arts Haustür. Er hatte sich mehr auf diese Joggingrunde gefreut, als er gedacht hatte. Er hatte am Abend zuvor einige Zeit damit verbracht, genau zu analysieren, was ihn an Caryn faszinierte, und nachdem er viel zu lange gegrübelt hatte – und zu keinem Ergebnis gekommen war –, beschloss er, es vorerst einfach so hinzunehmen.

Sie war eine faszinierende Mischung aus verletzlich und hart. Sie war klug, fleißig und süß zugleich. Sie konnte genauso gut austeilen wie einstecken und ließ sich von niemandem unterkriegen. Aber er konnte trotzdem ihr Bedürfnis erkennen, akzeptiert und gemocht zu werden. Und er vermutete, dass sich das nicht nur auf ihre Kollegen bei der Feuerwehr bezog.

Die Tür ging auf – und Drew musste sich beherrschen, um sich nicht lächerlich zu machen, indem ihm der Mund offen stehen blieb, als er Caryn sah. Sie trug eine Radlerhose, die sich an ihre schlanken Oberschenkel schmiegte, ähnlich wie die, die sie beim Wandern getragen hatte. Das Trägerhemd war genauso eng. Sie war nicht dünn, aber sie war auch nicht dick. Sie war … athletisch. Und Drew gefiel jeder Zentimeter, den er sehen konnte.

Dann drehte sie sich um, um die Tür hinter sich zu schließen – und Drew verschluckte fast seine Zunge, als er einen Blick auf ihren umwerfenden Hintern erhaschte.

Caryn Buckner war verdammt sexy. Es kostete ihn alles, um nicht näher an sie heranzutreten und eine Hand auf ihren runden, prallen Hintern zu legen.

Sie drehte sich um und erwischte ihn sofort dabei, wie er sie anstarrte. Im Gegenzug ließ sie ihren eigenen Blick an seinem Körper auf und ab wandern, aber Drew war sich ziemlich sicher, dass seine Shorts und sein altes T-Shirt mit abgeschnittenen Ärmeln nicht annähernd so beeindruckend waren wie ihr Outfit.

»Ein bisschen früh, um mich so anzuglotzen, oder?«, fragte sie, während sie eine versteckte Tasche im Bund ihrer Shorts am Rücken öffnete und den Hausschlüssel darin verstaute.

»Ich kann nicht anders ... du bist definitiv gut in Form«, bemerkte Drew.

Zu seiner Überraschung lächelte Caryn. »Danke sehr. Ich habe das Gefühl, dass ich doppelt so hart arbeiten muss wie alle anderen auf dem Revier, um mitzuhalten. Ich schwöre, es war einfach, das Gewicht zu halten und die Trainingsübungen durchzuziehen ... bis ich vierzig wurde. Es war, als hätte mein Körper einen Schalter umgelegt und gesagt: ›Vielen Dank, aber ich bin fertig.‹«

Drew grinste. »Das Gefühl kenne ich. Aber da ich mit vierzig hierhergezogen bin, musste ich mir keine Sorgen darüber machen, mich zu qualifizieren oder mit den jüngeren Polizisten mitzuhalten.«

»Ganz zu schweigen davon, dass du keine bösen Jungs mehr jagen musst«, bemerkte Caryn mit einem Lächeln.

»Das auch. Dehnst du dich normalerweise, bevor du losläufst?«, fragte er.

»Nein. Ich bin bereit. Ich bin ein bisschen früher aufgestanden, um sicherzugehen, dass ich fertig bin, wenn du herkommst.«

»Gut. Ich dachte, wir bleiben heute Morgen in der Stadt. Laufen um den Platz, zum *Caboose Park*, vielleicht runter zur Highschool ... wenn das okay ist.«

»Das ist in Ordnung.«

»Beim nächsten Mal können wir auf der Main Street in Richtung Westen zu den Wanderwegen laufen. In dieser Richtung ist es allerdings etwas dünn besiedelt.«

Caryn nickte. »Ich hätte nichts dagegen, erst einmal näher bei Art zu bleiben. Nur für den Fall.« Sie hatte ihr Handy in einer Plastikhülle am Oberarm befestigt, die sie mit einem Klettverschluss um den Bizeps schloss.

»Wenn ich zu langsam oder zu schnell bin, sag mir Bescheid«, bat Drew sie, als sie in einem leichten Joggingtempo losliefen.

»Würde es dich nerven, wenn ich dir sage, dass du zu langsam bist?«, fragte sie.

»Nein«, erwiderte Drew sofort. »Ich weiß, dass ich nicht der schnellste Läufer bin, aber ich habe eine tolle Ausdauer.«

Sobald die Worte aus seinem Mund kamen, wurde ihm bewusst, wie zweideutig sie klangen. Er hatte sie nicht so gemeint, aber ... verdammt, was er gesagt hatte, traf sowohl auf seine Laufgeschwindigkeit als auch auf seine Fähigkeiten im Bett zu.

Caryn schmunzelte, als sie ein gemütliches Tempo anschlugen. »Ich versuche zu entscheiden, ob ich darauf eingehen soll oder nicht«, gab sie zu.

»Wenn du möchtest, kannst du mich deswegen gern ausschimpfen. Das halte ich aus.«

»Ich habe die Erfahrung gemacht, dass Ausdauer wahrscheinlich die wichtigste Eigenschaft ist. Heiß und schnell zu rennen ist schön und gut, aber manchmal ist es befriedigender, die Dinge langsamer angehen zu lassen.«

Drew konnte nicht verhindern, dass ihm ein schallendes Lachen entfuhr. Als er sich wieder unter Kontrolle hatte, sagte er: »Da stimme ich dir voll und ganz zu. Und nur damit du es weißt, in der Vergangenheit hat sich noch nie jemand über meine Leistung beschwert.«

Caryn grinste immer noch, als sie sich dem Platz näherten. »Reden wir immer noch über das Joggen?«, stichelte sie.

»Ich weiß nicht, tun wir das?«, schoss Drew zurück.

Die Frau schüttelte nur den Kopf. Sie joggten eine Weile schweigend, bevor sie sagte: »Du bist wirklich ganz anders, als ich erwartet habe.«

»Was hast du denn erwartet?«, wollte er wissen.

Caryn zuckte mit den Schultern. »Einen harten Kerl. Jemanden, der sich an Regeln hält. Keinen Sinn für Humor hat.«

»Hättest du mich kennengelernt, gleich nachdem ich bei der Polizei aufgehört hatte, hättest du genau das bekommen«, erklärte Drew ihr ehrlich. »Aber während der letzten fünf Jahre habe ich mich wirklich bemüht, diesen Menschen hinter mir zu lassen. Das Leben in der Kleinstadt anzunehmen. Das langsamere Tempo zu genießen. Ich bin mir nicht sicher, ob mir das gelungen ist, aber ich habe gelernt, dass es in Ordnung ist, ab und zu gegen die Regeln zu verstoßen. Aber glaub mir ... ich bin immer noch nicht besonders witzig.«

Sie lachte. »Ja, klar.«

»Ich meine es ernst.«

»Ich weiß, dass du dich nicht für witzig hältst, aber Drew, dank dir habe ich im Laufe der letzten Tage so oft gelacht wie schon lange nicht mehr.«

»Warum ist das so?«, fragte Drew und wollte es wirklich wissen. »Aus meiner Sicht und nach dem zu urteilen, was ich von deinem Großvater gehört habe, bist du erstaunlich gut in dem, was du tust. Du bist bodenständig, fleißig und bis jetzt bist du eine großartige Trainingspartnerin.«

»Wie lange joggen wir jetzt, zehn Minuten?«, fragte sie mit einem kleinen Lachen.

»Stimmt. Ich nehme das Letzte zurück ... ich werde dir sagen, was ich denke, wenn wir fertig sind«, scherzte Drew.

Sie joggten noch ein paar Minuten, bevor Caryn schließlich sagte: »Normalerweise bin ich nicht so.«

»Wie denn?«, fragte Drew.

»Freundlich.«

Er blinzelte überrascht. »Das glaube ich dir nicht. Ich meine, du hast ein paarmal etwas heftig reagiert, aber du hattest auch Gründe dafür.«

Sie lachte trocken, aber es klang nicht sehr humorvoll. »Du bist zu großzügig. Zu meiner Verteidigung: In New York bin ich ständig auf der Hut. Wenn ich bei der Arbeit etwas Falsches sage, kann das meiner Karriere tatsächlich schaden. Die Leute sind immer bereit, mich wegen irgendetwas anzugreifen. Bin ich zu liberal? Zu konservativ? Habe ich bei einer Großübung etwas falsch gemacht? Habe ich mich bei einem Einsatz beschwert? Habe ich einen meiner Feuerwehrkollegen in Gefahr gebracht? Bin ich zu langsam, zu schnell? Ehrlich gesagt, es ist anstrengend. Ich habe nicht den Luxus, mich zu entspannen.«

»Das ist wirklich schlimm«, bemerkte Drew.

»Ja«, stimmte Caryn zu. »Ich gebe es nur ungern zu, aber ich war erleichtert, dass ich eine Ausrede hatte, um mir Urlaub zu nehmen. Und das macht mich zur schlechtesten Enkelin der Welt ... froh, dass Art verletzt wurde, damit ich mir eine Auszeit von meinem Job nehmen konnte.«

»Ich denke, das ist durchaus menschlich«, konterte Drew.

Es verging eine ganze Minute, bevor sie fragte: »Möchtest du keinen Kommentar dazu abgeben? Mir sagen, dass ich kündigen soll, weil ich zu gut bin, um so behandelt zu werden?«

Drew schüttelte den Kopf: »Das muss ich gar nicht. Das ist dir ohnehin schon klar.«

Er hörte sie seufzen.

»Außerdem verstehe ich es. Ich war in genau derselben Position. Es ist heutzutage extrem schwierig, im Polizeidienst zu arbeiten, sogar noch schwieriger als vor fünf Jahren, als ich aufgehört habe. Aber selbst damals war es für mich eine tägliche Plackerei. Alles, was ich tat, wurde unter die Lupe genommen. Meine Körperkameravideos wurden bis ins kleinste Detail analysiert. Alles, was ich sagte oder tat, galt als Anlass für eine Abmahnung oder wurde zerpflückt. Versteh mich bitte nicht falsch, ich halte ein gewisses Maß an Überwachung für absolut notwendig. Zu viele Beamte kommen viel zu oft mit schrecklichen rassistischen Handlungen davon, aber für diejenigen von uns, die wirklich ihr Bestes getan haben, um ihre Arbeit gut zu machen und die Menschen zu schützen, ist es schwer. Ich glaube, ich habe mindestens ein Jahr lang nicht mehr gelacht, nachdem ich nach Fallport gezogen war. Also ... verstehe ich dich.«

»Bereust du es, gekündigt zu haben?«, fragte Caryn.

Drew wusste nicht, wie das Gespräch plötzlich so tiefgründig geworden war, aber es tat ihm nicht leid. Wenn er in den letzten Jahren als Polizist jemanden gehabt hätte, mit dem er hätte reden können, hätte er vielleicht länger durchgehalten, oder er hätte leichteren Herzens aufhören können. »Auf gar keinen Fall«, versicherte er ihr. »In den ersten paar Monaten habe ich mich gefragt, ob es richtig war, was ich getan habe, klar. Ich machte mir Sorgen um Geld, darum, was andere von mir denken würden, fragte mich, ob ich jemanden enttäusche ... aber jetzt, da ich fünf Jahre raus bin, kann ich sagen, dass es das Beste war, was ich je für mich getan habe. Viele Leute würden denken, dass es nicht gerade interessant ist, Steuerberater zu sein, aber ich bin es gern.«

»Und wie du schon gesagt hast, hast du das Such- und Bergungsteam, sodass du weiterhin deiner Berufung nachgehen kannst, anderen zu helfen.«

»Genau«, erwiderte Drew mit einem Nicken.

Wieder herrschte minutenlanges Schweigen zwischen den beiden, die einzigen Geräusche waren ihre Schritte auf dem Bürgersteig und das Zwitschern der Vögel in den Bäumen.

»Manchmal wünschte ich, jemand würde mir einfach

sagen, dass ich aufhören soll. Das würde mir die Entscheidung leichter machen«, erklärte Caryn.

Ohne zu zögern, sah Drew sie an und sagte: »Kündige. Zieh hierher nach Fallport und verbringe die Zeit, die deinem Großvater noch bleibt, mit ihm.«

Caryn lachte. »Sehr witzig. So einfach ist das nicht.«

»Natürlich ist es das nicht. Es gibt eine Million Details, die du ausarbeiten musst. Aber du hast gesagt, du willst jemanden, der dir im Grunde die Erlaubnis gibt zu kündigen. Also habe ich das getan.«

Dann sah sie ihn an, und Drew musste wieder einmal feststellen, wie hübsch Caryn war. Nicht im herkömmlichen Sinne, würde er sagen. Aber in diesem Moment, mit ihren geröteten Wangen, dem Schweiß auf ihrer Stirn und ihrer Brust, ihrem blonden Haar, das sich über das Stoffband auf ihrem Kopf kräuselte ... machte sie ihn definitiv an.

»Danke«, sagte sie schließlich.

Den Rest ihrer Runde unterhielten sie sich über weniger intensive Themen. Drew erzählte ihr, wie sehr er in den ersten vier Monaten des Jahres mit seiner Steuerarbeit ausgelastet war, aber danach hatte er einen lockeren Zeitplan. Er erzählte ihr ein paar Geschichten über ihre denkwürdigen Such- und Bergungsaktionen. Sie erzählte von der älteren Frau, die nebenan in ihrem Wohnhaus in New York wohnte und wie sie buchstäblich eine typische alte Katzenfrau war. Sie diskutierten über die Vorzüge verschiedener Kaffeesorten und die beste Sorte Eiscreme.

Als sie sich am Ende des Laufs ihrer Straße näherten, hatte Drew das Gefühl, sie viel besser zu kennen ... und hoffte, dass sie das Gleiche über ihn dachte. »Es tut mir leid, wenn ich bei unserem ersten Treffen etwas gesagt oder getan habe, das dich verärgert hat«, platzte er heraus.

Sie sah überrascht zu ihm hinüber. »Was?«

»Du warst gestresst, hattest gerade erfahren, was mit Art passiert ist, und ich hätte netter sein können.«

Sie schüttelte den Kopf. »Das ist schon vergessen. Ich war auch nicht gerade sonderlich freundlich zu dir.«

Das war eine weitere Sache, die Drew an ihr mochte: Sie war nicht nachtragend.

»Sollen wir morgen wieder zusammen joggen gehen?«

»Ja.« Ihre Antwort kam, ohne zu zögern.

»Klasse. Zur gleichen Zeit?«

»Wenn es dir passt, für mich ist es in Ordnung.«

»Ja, das passt.« Drews Kopf war voller Ideen, was sie sonst noch für ihr Training tun könnten. Joggen war gut, aber es könnte langweilig werden. »Wie wäre es, wenn wir morgen zusammen eine Wanderung machen? Ich kann dir die Hauptwege zeigen, auf denen wir normalerweise unterwegs sind, und dir einige der Dinge erklären, nach denen wir Ausschau halten, wenn wir auf der Suche nach jemandem sind.«

Ihre blauen Augen leuchteten vor Aufregung. »Ja! Das fände ich großartig.«

»Sehr gut. Ich denke, wir können den *Fallport Creek Trail* auslassen. Er ist einfach und nicht mal zwei Kilometer lang. Dann machen wir vielleicht morgen den *Barker Mill Trail*. Er ist knapp fünf Kilometer lang und es kommt immer wieder vor, dass unvorbereitete Wanderer ihre Fähigkeiten überschätzen und sich verletzen. Wir können uns bis zum *Rock Creek* und *Eagle Rock Trail* vorarbeiten.«

»Klingt gut. Aber ich nehme an, dass die Leute sich normalerweise verirren, wenn sie vom Pfad abkommen, oder?«, fragte sie. Sie waren wieder in der Straße von Art angekommen und gingen im Schritttempo, um sich abzukühlen.

»Richtig. Aber sie beginnen normalerweise auf einem der Pfade. Es kommt selten vor, dass Menschen weitab von einem markierten Weg in den Wald verschwinden. Aber wenn das passiert, wenden wir dieselben Prinzipien an, die wir auch anwenden, wenn wir auf einem markierten Wanderweg sind.«

»Das macht Sinn. Wie viele Vermisste habt ihr denn schon gefunden?«

Drew zuckte mit den Schultern. »Ich weiß es nicht genau. Ich glaube, Ethan zählt mit, eher für den Bürgermeister und den Stadtrat, um zu beweisen, dass sich das Geld, das sie für uns ausgeben, lohnt, und um ein Druckmittel zu haben, wenn wir etwas brauchen ... wie die Satellitentelefone.«

»Die Bristol für euch gekauft hat.«

»Ja. Sie wollte nicht darauf warten, dass sie vielleicht im Haushalt der Stadt genehmigt werden.«

»Ich mag sie jetzt schon.«

»Sie ist ausgesprochen sympathisch«, erwiderte Drew mit einem Lächeln.

Caryn legte den Kopf schief. »Du betrachtest sie wirklich als Freundinnen, nicht wahr?«

»Wen?«

»Die Lebensgefährtinnen deiner Freunde.«

»Lilly, Elsie und Bristol? Auf jeden Fall. Warum überrascht dich das?«

»Ich habe die Erfahrung gemacht, dass Männer die Ehefrauen und Freundinnen ihrer Freunde meistens nur tolerieren.«

»Nun, so ist es hier nicht. Sie sind für mich genauso wichtig wie Ethan, Zeke und Rocky. Vor allem weil ihre Frauen sie glücklich machen. Sie sind zufriedener. Das ist unschwer zu erkennen.«

Caryn nickte. »Ich sollte reingehen. Nach Art sehen.«

»Gut. Danke, dass du heute mit mir gejoggt bist und dich nicht beschwert hast, dass ich dich die ganze Zeit aufgehalten habe.«

»Danke, dass du mich eingeladen hast, mit dir zu joggen. Und ich wäre eine Närrin, wenn ich beim ersten Mal seit ein paar Wochen in meinem normalen Tempo laufen würde.«

Drew schmunzelte. Sie hatte sich wirklich zurückgehalten, war aber zu nett, um es zu sagen. »Man sieht sich.«

»Bis später.«

Es fiel Drew tatsächlich schwer, sich abzuwenden und zu

seinem Wagen zu gehen. Er liebte diese Gegend. Sie war klein und nahe am Marktplatz, Arts älteres Haus war von anderen, ähnlichen Häusern umgeben. Es war eine gemütliche Wohngegend. Ruhig. Perfekt für Art ... und ein großartiger Ort für seine Enkelin, um zur Besinnung zu kommen.

Erst eine Stunde später ging Caryn unter die Dusche, nachdem sie ihrem Großvater bei seiner Morgenroutine geholfen hatte. Sie half ihm im Bad, kochte ihm Kaffee und holte die Morgenzeitung von der Veranda, die er gern las, während er seinen Morgenkaffee trank. Während er das tat, bereitete sie eine Schüssel Haferflocken zu und schnitt etwas Obst klein. Sie stellte beides vor ihm ab und ging dann ins Bad, um sich für den Tag fertig zu machen.

Während sie unter dem heißen Wasserstrahl stand, dachte sie an diesen Morgen. Drew war ganz anders als alle Polizisten, die sie je gekannt hatte. Sie hatte ein schlechtes Gewissen, weil sie so voreingenommen gewesen war, als sie sich kennengelernt hatten. Er hatte nicht gezögert, sich für sein Verhalten zu entschuldigen, obwohl sie in Wirklichkeit beide schuld waren, weil sie sich von ihren vorgefassten Meinungen über den anderen hatten leiten lassen, anstatt sich besser kennenzulernen.

Ihre Lebensumstände waren nicht sonderlich unterschiedlich ... es klang so, als wäre er vor fünf Jahren genauso ausgebrannt gewesen, wie sie es jetzt war. Allerdings waren die Gründe, warum er seinen Job hatte aufgeben wollen, andere.

Caryn wünschte sich so sehr, in ihrem Bereich akzeptiert zu werden, in die Bruderschaft aufgenommen zu werden und an der Kameradschaft teilzuhaben, die die anderen Feuerwehrmänner miteinander teilten. Aber schon seit sie ihre erste Feuerwache betreten hatte, wurde sie ausgeschlossen. Man hatte ihr das Gefühl gegeben, minderwertig zu sein, fast wie eine Last. Sie hatte sich jahrelang damit abgefunden und sich praktisch aufgerieben, um klüger, schneller und stärker zu werden ... und wie sie heute Morgen zugegeben hatte, war sie völlig erledigt.

Sie schob die deprimierenden Gedanken beiseite und wandte sich stattdessen wieder Drew Koopman zu. Sie wusste nicht genau, warum er so freundlich war, aber sie konnte nicht leugnen, dass es ihr gefiel. Irgendwie war aus einem Menschen, von dem sie dachte, dass sie sich niemals mit ihm anfreunden würde, jemand geworden, den wiederzusehen sie sich freute, genau wie darüber, mit ihm zu sprechen. Er verstand sie. Er hatte ähnliche Situationen erlebt, in denen es um Leben und Tod ging. Die Art und Weise, wie er ihre Gedanken lesen konnte, war definitiv unheimlich.

Und ... sie konnte nicht leugnen, dass sie sich zu ihm hingezogen fühlte.

Er war eine berauschende Mischung aus rau und zäh mit einem Hauch von Streber. Das gefiel ihr. Und zwar sehr. Wahrscheinlich weil sie selbst so war. Sie liebte es zu lesen. Sie verschlang die neuen Liebesromane ihrer Lieblingsautoren, sobald sie herauskamen. Aber sie konnte auch einen ausgewachsenen Mann hochheben und ihn ohne große Anstrengung aus einem brennenden Gebäude tragen. Sie wusste alles, was es über die Wissenschaft des Feuers zu wissen gab, und fand es dennoch aufregend, in einem Feuerwehrauto zu sitzen, das mit heulenden Sirenen die Straße entlangraste.

Und Drew achtete definitiv auf sich. Ja, sie war die schnellere Läuferin, aber er war nicht schlecht, wenn es um seinen Körperbau ging. Als sie zu ihrem Zuhause zurückkamen, träumte sie einen Moment lang davon, ihm das Hemd auszuziehen und ihm über die Brust zu lecken. Es war schockierend, wie stark dieses Verlangen war.

Aber sie waren Freunde. Frischgebackene Freunde noch dazu. Und sie hatte sich immer noch nicht entschlossen hierherzuziehen. Und sie wollte auf keinen Fall eine Beziehung beginnen und dann die Stadt verlassen.

Als sie sich die Spülung aus dem Haar wusch, kam ihr der Gedanke, dass sie keine feste Beziehung brauchte. Sie könnte einfach unverbindlichen Sex mit dem Mann haben und ohne Probleme in ihr Leben in New York City zurückkehren.

Aber sie hatte noch nie in ihrem Leben eine Affäre gehabt. So war sie nicht veranlagt. Sie verliebte sich schnell und heftig – so wie ihre Mutter es immer getan hatte –, und sie hatte es immer vermieden, sich körperlich mit einem Mann einzulassen, bis sie sicher war, dass sie mehr gemeinsam hatten als nur Lust. Das war nicht immer einfach gewesen. Caryn sehnte sich danach, einen Partner zu haben. Sie hatte geglaubt, dass sie in Jonah einen hatte, aber sie fand schnell heraus, dass das nicht der Fall war.

Als sie seufzend das Wasser abstellte, beschloss Caryn, nicht so sehr darüber nachzudenken, was zwischen ihr und Drew vor sich ging. Was auch immer mit dem Mann geschehen sollte ... es würde geschehen. Und sie würde entweder bleiben oder zurück nach New York gehen. Sie würde ihre Zeit und Energie nicht damit verschwenden, sich Sorgen zu machen.

Der Tag verging wie im Flug. Caryn traf sich mit Lilly im *Sweet Tooth* und bekam eine Zimtrolle, die größer war als ihr Kopf. Sie war genauso köstlich, wie Lilly behauptet hatte. Sie lernte Finley kennen und mochte die schüchterne, kurvige Bäckerin sofort. Und sie erfuhr, dass die Bristol, die alle unbedingt kennenlernen wollten, in Wirklichkeit Bristol Wingham war, die sagenhafte Buntglasfenster-Künstlerin. Sie hatte eine ihrer Kreationen in einer Kirche in New York gesehen und war überwältigt davon, wie die komplizierte Szene direkt aus dem Glas zu springen schien. Sie musste zugeben, dass sie ein wenig eingeschüchtert war, sie kennenzulernen.

Als sie Lilly dies sagte, tat die andere Frau ihre Befürchtungen mit einem Achselzucken ab. »Bristol ist ganz reizend.

So bodenständig. Ihr werdet euch gut verstehen, ich weiß es einfach.«

Dann erzählte sie ihr alles über das Glas, das sie für eine der Scheiben des *Sunny Side Up* entworfen hatte. Eine Waldszene mit einem Mann in einer Jacke des Eagle Point Such- und Bergungsteams, der einen Pfad entlanggeht. Es war ihre Art, ihrem Verlobten und seinen Freunden für alles, was sie getan hatten, Tribut zu zollen.

Kurz darauf musste Lilly zu einem Kundentermin aufbrechen und Caryn blieb noch ein wenig länger. Finley, die ihr Gespräch mitgehört hatte, kam rüber, nachdem Lilly gegangen war, und erzählte Caryn, dass Bristol auch vorhatte, einen Bigfoot in die Glasmalerei einzubauen, der hinter einem Baum hervorlugt. Das hörte sich nach einer lustigen Idee an, aber Finley erklärte weiter, dass Lilly widersprüchliche Gefühle gegenüber dem ganzen Bigfoot-Wahn hatte, in Anbetracht der Tatsache, was in der Sendung passiert war, bei der sie mitgemacht hatte.

Caryn verstand, was Lilly empfand, auch wenn sie nichts mit dem Tod eines der Darsteller in der Sendung zu tun hatte ... oder mit dem Aufwand, den ihr Ex-Produzent offenbar betrieben hatte, um das Filmmaterial der Episode zu manipulieren.

Nachdem sie versprochen hatte, bald wieder in die Bäckerei zu kommen, und Finleys Namen in die Kontaktliste ihres Handys aufgenommen hatte, ging Caryn zu dem Gebrauchtbuchladen *Fall For Books*, der nur einige Häuser von der Bäckerei entfernt war. Sie verbrachte viel mehr Zeit als geplant damit, die Bücher zu durchstöbern und mit der Besitzerin über Autoren zu sprechen.

Yanelis Sanchez war in den Fünfzigern, hatte die Liebe ihres Lebens mit achtzehn Jahren geheiratet und ihn nur ein Jahrzehnt später verloren. Sie hatte ihre beiden Kinder allein großgezogen und war vor nicht allzu langer Zeit nach Fallport umgesiedelt. Sie hatte das Antiquariat von seinem

Vorbesitzer gekauft und verbrachte ihre Tage glücklich inmitten der Dinge, die ihr am meisten Freude bereiteten – Büchern.

Neli, wie sie gern genannt wurde, freute sich, mit einer anderen Bücherliebhaberin zu sprechen, und irgendwie ertappte Caryn sich dabei, dass sie der Frau alles über ihre Beziehung zu Thomas Robertson erzählte. Sie verließ die Buchhandlung mit einer Tasche voller Bücher und dem Gefühl, eine neue Freundin gefunden zu haben.

Es war schon verrückt, wie einfach es war, in Fallport mit Menschen in Kontakt zu kommen. Caryn hatte sich noch nie so willkommen und zu Hause gefühlt wie hier. Sie dachte an jenen Morgen zurück, an dem sie den Wunsch geäußert hatte, dass jemand ihr einfach sagen sollte, was sie tun sollte. Und dass Drew nicht gezögert hatte, ihr die Erlaubnis zu geben, zu kündigen und umzuziehen.

Sie wünschte, es wäre so einfach.

Aber dann wiederum ... war es das nicht auch?

Caryn fasste einen schnellen Entschluss und lief die kurze Strecke zu Arts Haus. Sie schaute nach ihrem Großvater und freute sich, als sie sah, dass er mit den Damen Hof hielt, die normalerweise im Schönheitssalon herumhingen und tratschten. Dorothea, Cora, Ruth und Clara waren alle da. Clara wärmte gerade einen der Aufläufe auf, die jemand mitgebracht hatte, und die anderen diskutierten angeregt über das letzte Protokoll der Stadtratssitzung.

Caryn vergewisserte sich, dass es ihrem Großvater gut ging und er nichts brauchte, und als er ihr versicherte, dass alles in Ordnung sei, gab sie ihm Bescheid, dass sie in einer Stunde oder so wiederkommen würde. Er winkte ihr zum Abschied und Caryn ging mit gutem Gewissen zu ihrem Wagen.

Sie machte sich auf den Weg zur Feuerwehr von Fallport. Wenn sie ernsthaft darüber nachdachte hierherzuziehen, musste sie wissen, ob das Gerücht stimmte, dass bei der Feuerwehr eine Vollzeitkraft gesucht wurde. Sie wollte auch die

Atmosphäre testen ... sehen, ob die örtliche Feuerwehr dazu bereit war, eine Frau einzustellen.

Caryn wusste, dass sie verdammt gut in ihrem Job war, aber das bedeutete gar nichts, wenn sie wieder in einen typischen Männerklub kam. Davon hatte sie genug für ihr ganzes Leben. Wenn die Feuerwehr von Fallport auch so arbeitete, würde sie passen müssen.

Sie parkte hinter dem Gebäude und war auf den ersten Blick beeindruckt. Das Äußere war makellos und durch die Erkerfenster konnte sie gerade noch einen Kehrwagen, ein Feuerwehrauto und ein schweres Rettungsfahrzeug erkennen, die im Inneren geparkt waren.

Sie klopfte an eine Tür links neben den Buchten. Als niemand antwortete, stieß sie sie auf und sagte: »Hallo?«

Sie wurde von Stille empfangen und Caryn wollte gerade gehen und ein anderes Mal wiederkommen, als ein Mann erschien und sie in der Tür sah.

»Kann ich Ihnen helfen?«, fragte er.

Caryn schob die Tür einen Spaltbreit auf und trat ein. Zu ihrer Erleichterung war der Mann nicht Paul. Sie wusste, dass sie früher oder später mit ihm reden musste, aber sie war froh, dass es nicht gerade jetzt war.

»Hallo. Ich bin Caryn Buckner«, begann sie.

»Genau«, entgegnete der Mann. »Sie sind die Enkelin von Art. Die Feuerwehrfrau aus New York. Wir haben schon viel von Ihnen gehört. Es tut mir leid, was mit Art passiert ist. Das ist echt schlimm.«

»Danke. Und ja, das ist es, aber es geht ihm wirklich gut.«

»Freut mich zu hören. Ich bin Oscar«, entgegnete der Mann und streckte seine Hand aus.

Caryn schüttelte sie und war nicht überrascht, als er ihre Finger etwas fester als nötig drückte. Sie weigerte sich, einen Rückzieher zu machen oder auch nur einen Funken Unbehagen zu zeigen. Sie drückte seine Hand ebenso fest, bevor er ihr zunickte.

»Was führt Sie hierher?«

»Ich dachte, ich komme mal vorbei und sage Hallo«, erwiderte sie lahm.

Oscar lachte leise. »Und ich nehme an, Sie haben von der offenen Stelle gehört.«

Caryn zuckte mit den Schultern und leugnete es nicht. »Das könnte schon sein.«

»Nun, ganz offensichtlich sind Sie ausgesprochen qualifiziert«, bemerkte Oscar. »Wenn die Gerüchte wahr sind.«

»Sie sind wahr. Ich habe meine staatlichen Qualifikationen in New York erworben, aber ich habe auch den nationalen Test gemacht, sodass ich überall arbeiten kann. Ich weiß, dass ich in Virginia zugelassen sein muss, aber ich glaube nicht, dass das ein Problem darstellen wird. Ich bin auch Rettungssanitäterin und habe ebenfalls den nationalen Test bestanden.«

»Beeindruckend«, entgegnete Oscar.

Caryn konnte weder Sarkasmus noch Spott in seinem Tonfall hören, also nickte sie einfach.

»Soll ich Ihnen die Wache zeigen?«

»Gern.«

Oscar war ein guter Gastgeber … aber je mehr Caryn sah, desto mehr Sorgen machte sie sich. In jeder Feuerwache, in der sie gearbeitet hatte, hielten die Feuerwehrleute sie extrem sauber. Die Neulinge waren dafür verantwortlich, das Geschirr abzuwaschen, die Böden zu wischen und die Wache in Schuss zu halten. Jeder, der während seiner vierundzwanzig- oder achtundvierzigstündigen Schicht dort wohnte, musste seine Koje herrichten und seine Sachen vom Boden und aus dem Weg räumen.

Aber dieses Gebäude war ein einziges Durcheinander. Es erinnerte sie eher an ein Verbindungshaus als an eine Feuerwache. In der Spüle lag haufenweise schmutziges Geschirr und auf der Herdplatte stand ein Topf mit Spaghetti-Resten. Leere Limonadenflaschen standen auf den Tischen um die Sofas und

Stühle im Fernsehzimmer herum und ein riesiger Fleck in der Mitte des Teppichs war kaum zu übersehen.

Noch entsetzter war sie über den Zustand der Turnschuhe und Stiefel in der Garage. Sie waren schmutzig. Schlamm auf den Stiefeln, die Jacken hingen willkürlich herum. Sie sahen aus, als wären sie in aller Eile zusammengeschmissen worden. Sie hatte keine Ahnung, wie jemand seine eigene Jacke in dem Durcheinander finden sollte.

Aber der Anblick der Löschfahrzeuge selbst brachte sie fast zum Weinen. Sie hatte viele, viele Stunden damit verbracht, die Löschfahrzeuge auf ihrer Feuerwehrwache in New York zu waschen und zu polieren. Sie hatte die Erfahrung gemacht, dass Feuerwehrleute auf die Sauberkeit der Fahrzeuge achteten. Es zeigte nicht nur, dass sie stolz auf ihre Arbeit waren, sondern es war auch ein guter Zeitvertreib zwischen den Einsätzen. Und jedes Mal, wenn ein Löschfahrzeug vor der Wache geparkt war, zog er unweigerlich Kinder an. Das Waschen der Löschfahrzeuge war eine gute Möglichkeit, die Einheimischen kennenzulernen und einem Kind den Tag zu versüßen.

Aber die Löschwagen der hiesigen Feuerwache waren mit Schlamm und Schmutz bedeckt. Das Chrom war im hellen Licht der Bucht stumpf. Und nicht nur das, auch die Schläuche auf der Ladefläche sahen aus, als wären sie schlampig weggepackt und nicht sorgfältig gefaltet oder auf Spulen aufgewickelt worden. Solch verworrene Schlauchleitungen konnten bei einem Brand eine Katastrophe sein. Sie mussten leicht und schnell vom Wagen gezogen werden können. Wenn sie sich verhedderten, konnte das den Unterschied zwischen Leben und Tod eines eingeklemmten Opfers oder den kompletten Verlust eines Gebäudes bedeuten.

Sie wollte fragen, was zum Teufel hier los war, aber das stand ihr nicht zu. Ganz und gar nicht. Ein Teil ihrer Bestürzung musste sich in ihrem Gesicht widergespiegelt haben, denn Oscar sagte ein wenig schuldbewusst: »Wir versuchen, den Stadtrat davon zu überzeugen, ein neues Löschfahrzeug zu finanzieren. Dieses ist alt. Und wir hatten erst neulich einen Grasbrand.«

Neulich? Caryn hätte am liebsten die Augen verdreht und ihm gesagt, dass ein paar Stunden mehr als ausreichend waren, um die verdammten Löschfahrzeuge zu putzen und sich um die Schutzausrüstung zu kümmern, aber sie hielt ihr Gesicht so ausdruckslos wie sie konnte. »Wo sind die anderen?«, fragte sie.

Ihrer Erfahrung nach herrschte auf einer Feuerwehrstation immer ein reges Treiben. Die Leute sahen fern, kochten, spielten ein Videospiel, trainierten oder putzten. Aber während ihres Rundgangs hatte sie keine Menschenseele gesehen. Und dies war eine Vollzeitwache. Die Feuerwehrleute wurden dafür bezahlt, während ihrer Schicht sofort einsatzbereit zu sein.

»Oh, ich glaube, die sind in ihren Kojen und machen ein Nickerchen«, erklärte Oscar.

Wieder einmal spürte Caryn, wie ihre Augen sich weiteten. Es war buchstäblich mitten am Tag. Und es hörte sich nicht so an, als wäre die Mannschaft bis spät in die Nacht auf gewesen, um ein Feuer zu bekämpfen. Die Jungs sollten auf jeden Fall auf sein und *irgendetwas* tun.

Caryn war sich bewusst, dass sie extrem voreingenommen war, und versuchte, das, was sie sah und hörte, rational zu erklären ... aber nichts, was ihr persönlich einfiel, würde rechtfertigen, dass die Feuerwehrleute alle zur gleichen Zeit schliefen.

»Danke, dass Sie sich die Zeit genommen haben, mich herumzuführen«, sagte sie zu Oscar, als sie wieder nach draußen gingen. Sie hatte in der Feuerwache keinen Trainingsraum gesehen, was höchst ungewöhnlich war. Es war unerlässlich, dass die Mannschaft in Form blieb. Brände zu bekämpfen war harte Arbeit. Sie war stolz darauf, hart zu trainieren, um so fit wie möglich zu sein. Das erleichterte ihr die Arbeit und ermöglichte es ihr, jedem zu helfen, sei es medizinisch oder im Brandfall.

»Kein Problem«, entgegnete Oscar. »Wenn Sie wirklich an der Stelle interessiert sind, sollten Sie vorbeikommen und mit Paul sprechen. Er ist für das Einstellen neuen Personals zuständig.«

Caryn hatte bereits geahnt, dass das wahrscheinlich der Fall war. Sie war nicht gerade begeistert, aber es war schon ein paar Jahre her, dass sie ihren Erzfeind aus Kindertagen das letzte Mal gesehen hatte. Vielleicht hatte er sich verändert.

Sie hätte fast geschnaubt, aber sie konnte es gerade so zurückhalten.

»Vielleicht mache ich das.«

Oscar nickte ihr zu, schüttelte ihr noch einmal die Hand und ging zurück in das Feuerwehrgebäude.

Caryn saß einen langen Moment in ihrem Wagen und starrte auf die Feuerwache. Sie war fest verschlossen, nicht einladend für jeden, der mit seinen Kindern vorbeikommen wollte, um die Fahrzeuge zu sehen, oder einfach nur für einen Einheimischen, der sich den Ort ansehen wollte. Zum ersten Mal wurde ihr klar, dass es zwar eine Menge Dinge gab, die sie an ihrer Wache in New York nicht mochte, aber auch einige Dinge, die sie liebte ... angefangen bei dem immensen Stolz, den jeder Feuerwehrmann auf seine Arbeit hatte.

Sie startete ihren Wagen, fuhr von Fallports Feuerwache weg und machte sich auf den Weg zurück zu Arts Haus. Sie musste noch etwas nachdenken, bevor sie eine Entscheidung über ihre Zukunft treffen konnte. Im Moment wollte sie nur etwas Zeit mit ihrem Großvater verbringen. Sie war in den letzten Tagen mehr weg gewesen, als sie hätte sein sollen. Seine Genesung verlief bemerkenswert gut, aber das bedeutete nicht, dass er wieder hundertprozentig gesund war. Doc Snow würde später am Nachmittag vorbeikommen und sie wollte dabei sein, um zu hören, was er über Arts Gesundheitszustand zu sagen hatte.

Trotz der Enttäuschung über den Zustand der Feuerwehr von Fallport war Caryns Begeisterung für die Stadt ungebrochen. Sie war immer noch begierig darauf, mehr über den Ort zu erfahren, den sie in den Sommern als Kind ihr Zuhause genannt hatte.

KAPITEL ACHT

Anderthalb Wochen später stand Caryn am Wohnzimmerfenster ihres Großvaters und wartete darauf, dass Drews Jeep die Straße entlangfuhr. Sie hatten sich angewöhnt, jeden Morgen gemeinsam zu trainieren, und das war der Höhepunkt ihres Tages. Sie war sich nicht sicher, ob das an dem Training selbst lag, das so belebend war, oder daran, dass sie mit Drew zusammen war.

Er hatte sie zu Wanderungen auf allen wichtigen Wanderwegen in der Gegend mitgenommen und sie verstand nun viel besser, wie schwierig es sein konnte, jemanden zu finden, der sich verlaufen hatte. Die Gegend erstreckte sich über Tausende von Hektar und nur eine ungefähre Vorstellung davon zu haben, wo jemand sein könnte, reichte nicht aus, um ihn tatsächlich zu finden. Drew hatte ihr beigebracht, wie man nach Spuren auf dem Boden und im Laub Ausschau hält, wie man die Blätter der Büsche begutachtet, an denen man vorbeikommt, und wie wichtig es war, nicht in Panik zu geraten, wenn man sich selbst im Wald verirrt hatte.

Am wichtigsten war vielleicht, dass sie lernte *zuzuhören*. Sie verbrachten viel Zeit damit, einfach mitten im Wald zu stehen und auf die Geräusche um sie herum zu achten.

Drew wies sie darauf hin, dass die Abwesenheit von Geräuschen der Tiere genauso aufschlussreich sein konnte, wie wenn sie viel Lärm machten. Neulich hatte er sie sogar auf die Probe gestellt, indem er sich auf dem Pfad versteckt und ihr befohlen hatte, ihn zu finden. Sie war zweimal an der Stelle vorbeigegangen, an der er vom Weg abgekommen war, bevor sie schließlich die subtilen Anzeichen sah, dass jemand in den Schlamm am Wegesrand getreten war. Es war ihr peinlich, dass sie eine Stunde gebraucht hatte, um ihn zu finden, aber Drew lobte sie und sagte, er sei beeindruckt.

Er gab zu, dass er beim ersten Mal, als er Ethan suchen musste, völlig versagt hatte. Ethan war nach zweieinhalb Stunden aus seinem Versteck gekommen und hatte sich beschwert, dass er hungrig sei und nicht den ganzen Abend da draußen sitzen wolle. Caryn wusste nicht, ob er geflunkert hatte oder nicht, aber sie konnte nicht leugnen, dass die Geschichte dazu beitrug, dass sie sich besser fühlte.

Drew hatte gesagt, er hätte heute eine Überraschung für sie, und sie konnte es kaum erwarten zu sehen, was er für ihr Training geplant hatte. Anstatt ihn bei seiner Ankunft an die Tür klopfen zu lassen, schlich Caryn sich hinaus und wartete im Vorgarten auf ihn.

»Du bist wohl sehr aufgeregt?«, stichelte er.

»Hey, du warst ja derjenige, der gesagt hat, dass er heute Morgen eine Überraschung für mich hat. Wenn sie doof ist, werde ich enttäuscht sein.«

»Autsch«, sagte Drew und legte sich eine Hand aufs Herz.

Er sah heute Morgen genauso gut aus wie jedes Mal, wenn sie sich zum Training trafen. Er hatte schwarze Shorts an – sein Markenzeichen –, aber er trug ein ärmelloses Hemd anstelle seines normalen T-Shirts. Caryn konnte gerade noch ein paar schwarze Haare aus dem Kragen des Hemds herausschauen sehen, und es juckte sie in den Fingern, den Stoff hochzuziehen, um zu sehen, ob er mit Haaren bedeckt war oder nur ein paar hatte.

Im Geiste schlug sie sich eine Hand auf die Stirn. Es spielte keine Rolle, wie viel Brusthaar der Mann hatte. Ganz und gar nicht.

Aber mit jedem Tag, den sie mit ihm verbrachte, fühlte sie sich mehr zu ihm hingezogen. Sie mochte Drew. Als Mensch. Als Freund. Als Mann. Sie fand ihn *ausgesprochen* attraktiv. Es wurde immer schwieriger, sich ihr Interesse nicht anmerken zu lassen. Sie wollte jedoch auf keinen Fall ihre gute Freundschaft ruinieren. Aber sie konnte nicht leugnen, dass sie unbedingt seine vollen Lippen schmecken und herausfinden wollte, ob er genauso gut küsste, wie sie es sich vorstellte.

»Nun, ich denke, dass dir gefallen wird, was ich geplant habe, aber wenn nicht, ist das auch in Ordnung«, sagte er in einem fast übertrieben lässigen Ton.

Caryn merkte, dass er nervös war, und das machte ihn ihr noch sympathischer.

Sie nahm sich vor, so zu tun, als würde ihr gefallen, was er heute Morgen geplant hatte, auch wenn sie es hasste. Das war nur ein weiteres Zeichen dafür, wie sehr sie diesen Mann mochte. In ihrer Vergangenheit hatte sie noch nie über etwas so Triviales gelogen, nur um jemandem zu gefallen. Normalerweise sagte sie genau, was sie dachte, und redete nicht um den heißen Brei herum. Sie vermutete, dass das daher rührte, dass sie mit Männern zusammenarbeitete, die oft grob waren und das Gleiche taten. Aber sie wollte Drew auf keinen Fall ein schlechtes Gewissen bereiten, wenn er sich so viel Mühe gegeben hatte, um das Training, das sie heute machen wollten, vorzubereiten.

Anstatt loszulaufen, deutete er auf seinen Jeep. »Wir müssen heute mit dem Wagen hinfahren.«

Es war nicht das erste Mal, dass sie zu ihrem Training fuhren. Wenn sie auf Wanderwegen unterwegs waren, mussten sie auch mit dem Wagen zum Ausgangspunkt fahren. Caryn nickte nur und kletterte auf die Beifahrerseite.

»Es ist nicht weit, aber ich denke, wir werden beide zu

müde sein und zu viel Muskelkater haben, um hierher zurückzulaufen, wenn wir fertig sind.«

Caryn zog eine Augenbraue hoch und sah ihn an. »Da bin ich aber neugierig.«

Drew lächelte nur, als er den Motor anließ.

Sie war von so ziemlich *allem* fasziniert, was mit diesem Mann zu tun hatte. Sein Jeep war tadellos. Kein einziges Fast-Food-Papier und kein einziges Stück Müll war zu sehen, was heutzutage ungewöhnlich war. Sie war zwar auch nicht gerade schlampig, aber in ihrem eigenen Wagen war alles Mögliche an Zeug. Und ihr Zimmer in Arts Haus war nicht gerade aufgeräumt. Aber Drew war sehr ordentlich und organisiert. Er behauptete, das sei der Streber in ihm.

Die Fahrt dauerte nicht lange, und als sie vor der Autowerkstatt hielten, in der Brock arbeitete, drehte sie sich mit einem verwirrten Gesichtsausdruck zu Drew um. Die Werkstatt hatte einen richtigen Namen, *Old Town Auto*, aber die meisten Einwohner nannten sie einfach »Die Werkstatt«.

Drew erzählte ihr, dass Brock seine Berufung gefunden hatte, als er nach seiner Entlassung aus dem Grenzschutz angefangen hatte, Autos zu reparieren.

»Bitte sag mir, dass wir nicht hier sind, um mir einen Job zu besorgen«, bemerkte Caryn.

Es war zu einer Art fortlaufendem Witz zwischen den beiden geworden, dass Drew, nachdem er ihre Meinung über den Zustand der örtlichen Feuerwache gehört hatte, ihr verschiedene Jobs vorschlug, die sie abgesehen von der Brandbekämpfung ausprobieren könne. Angefangen bei Kosmetikerin über Englischlehrerin an der Highschool bis hin zur Straßenmeisterei ... seine Vorschläge waren eher dazu da, sie zum Lachen zu bringen, als ernsthafte Empfehlungen auszusprechen.

»Nein. Und bevor du fragst, ja, Brock weiß, dass wir hier sind. Ich habe einen Schlüssel, also breche ich nicht ein. Komm mit, du wirst es gleich sehen.«

Neugieriger denn je folgte Caryn Drew zu dem Tor in dem riesigen Zaun, der sich hinter dem Grundstück befand. Als er das Holztor entriegelte und aufschwang, starrte Caryn erstaunt auf das Tor. Sie hatte keine Ahnung, dass so etwas hier zu finden war.

Sie betrat einen Ort, den man nur als Schrottplatz bezeichnen konnte.

»Brock und die anderen holen für die Leute ungewollte Fahrzeuge ab und bringen sie hierher. Dann verwenden sie alle Teile, die noch verwertbar sind, um die Fahrzeuge zu reparieren, die hierhergebracht werden. Das hilft, die Kosten für die Kunden niedrig zu halten. Und ich glaube, die Jungs lieben es auch einfach, an den alten Fahrzeugen herumzubasteln«, erklärte Drew.

Der Ort war beeindruckend. So weit sie sehen konnte, waren Schrottfahrzeuge aufgereiht. Lastwagen, ausländische Modelle, Autos, die offensichtlich einen Unfall gehabt hatten und an denen verschiedene Stellen eingedellt waren. »Ähm ... ich weiß nichts über Fahrzeuge«, erklärte Caryn. »Wenn unser Training also darin besteht, dass ich versuche, Ersatzteile zu finden, werde ich dir nicht weiterhelfen können.«

Drew lachte. »Nein. Ich bin gestern Abend hergekommen, um alles vorzubereiten.«

Er führte sie zu einem breiten Platz zwischen zwei Reihen von Fahrzeugen – und Caryn konnte nur staunen.

»Wir fangen hier mit dem Reifen an«, sagte Drew und deutete auf einen sehr großen Reifen, der auf dem Boden lag. »Das Ziel ist es, ihn anzuheben und umzudrehen, und zwar so lange, bis wir am Ende der Reihe angekommen sind. Dann sprinten wir hierher zurück, wobei wir unsere Füße zwischen den Sprossen der Leitern auf den Boden stellen, hoffentlich ohne hinzufallen. Dann geht es hier weiter«, er zeigte auf zwei Fahrzeuge, die auf Blöcken standen, »wir kriechen darunter durch. Dann machen wir zehn Liegestütze und zehn Sit-ups. Richtige – nicht auf den Knien oder Crunches. Dann machen wir einen Pendellauf ... von hier nach dort, nach hier, nach dort, nach hier, nach dort.«

Er deutete auf die Linien, die er auf den Boden gesprüht hatte, die immer weiter auseinanderlagen und ihren Weg markierten.

»Zum Schluss legst du mich über deine Schulter, trägst mich dorthin, setzt mich ab, ziehst mich zu der nächsten Reihe von Fahrzeugen, hebst mich wieder auf und läufst dann zurück zum Ausgangspunkt. Ich konnte keine Übungspuppe finden, und da wir gleich groß sind, könnten wir abwechselnd den Träger und den Getragenen spielen.«

Caryn starrte ihn fassungslos und ungläubig an.

»Was? Findest du das eine blöde Idee?«, fragte er. »Wenn du den letzten Teil nicht machen willst – oder überhaupt irgendetwas davon –, können wir stattdessen auch einfach joggen gehen.«

»Nein!«, rief Caryn ein wenig zu laut. Sie schüttelte den Kopf und sagte etwas ruhiger: »Das ist *fantastisch*. Es ist unglaublich, Drew.«

»Ich habe mir im Internet angeschaut, was Feuerwehrleute so machen, um zu trainieren, und ich habe über die Aufgaben nachgedacht, die du erfüllen musst, und dann mein Bestes getan, um Aktivitäten zu finden, die diese simulieren könnten. Mit der Treppe hatte ich leider kein Glück. Fallport hat nicht gerade ein Hochhaus, das wir benutzen können. Das nächstgelegene ist das Stadion der Highschool, und ich dachte mir, das heben wir uns für einen anderen Tag auf.«

»Im Ernst, Drew, das ist ... ich weiß überhaupt nicht, ob sich jemals jemand so viel Mühe für mich gemacht hat wie du.«

»Du bist es wert«, entgegnete er leise.

Sie tauschten einen langen, vertrauten Blick aus. Caryn wusste nicht, was sie tun sollte. Ihn umarmen? Ihn küssen? Sie wollte unbedingt Letzteres tun. Oder beides.

Aber er unterbrach den Moment, indem er grinsend sagte: »Ich erwarte, dass du mich bei allem abhängst. Und wenn du das nicht tust, werde ich allen erzählen, dass du weich geworden bist.«

Ihre kämpferische Natur kam zum Vorschein, und Caryn grinste zurück. »Du hast nicht die geringste Chance, gegen mich zu gewinnen, Donut-Mann.«

Er lachte.

Es war kaum zu glauben, dass sie hier mit einem Polizisten stand – einem ehemaligen Polizisten –, und er schien nicht die geringste Sorge zu haben, dass sie ihn bei einem Hindernislauf schlagen könnte.

»Wollen wir einen Probelauf machen, damit du ein Gefühl für alles bekommst?«, fragte er.

»Wenn es dir nichts ausmacht, brauche ich das nicht. Es scheint ziemlich offensichtlich zu sein.«

»Gut. Dann bleibt uns nur noch eins.«

»Und das wäre?«

»Schnick, Schnack, Schnuck, um zu sehen, wer zuerst dran ist. Der Gewinner darf als Erster ran.«

Caryn grinste und streckte eine Faust aus.

»Schnick, Schnack, *Schnuck*«, rief Drew und bei Schnuck machten sie beide mit den Fingern ihre Figur.

Und Caryn gewann mit Papier gegen seinen Stein.

Drew nickte ihr zustimmend zu. »Mal sehen, was du draufhast.«

Sie war mehr als bereit. Caryn merkte, dass ihr vor Aufregung ganz flau im Magen war. Nicht so sehr wegen des Trainings, sondern wegen der Tatsache, dass Drew sich die Mühe gemacht hatte, so etwas für sie zu tun. Das hätte er nicht tun müssen. Sie hätten weiter laufen oder wandern gehen können, aber das hier war eine *Herausforderung*. Und die Tatsache, dass er im Internet recherchiert hatte, um ein Training zu finden, das für ihren Job relevant war ... bei dem Gedanken wurde ihr ganz warm ums Herz.

Offensichtlich war sie nicht wie die meisten Frauen, die

sich Blumen und Schmuck wünschten. Das hier war so viel besser.

Sie holte tief Luft und trat an den riesigen Reifen auf dem Boden heran.

»Auf die Plätze, fertig, *los!*«, sagte Drew.

Caryn ging in die Hocke, packte ein Ende des Reifens und stand auf, wobei sie darauf achtete, den Druck auf ihre Beine und nicht auf ihren Rücken zu übertragen. Sie stöhnte auf, als sie das volle Gewicht des Reifens spürte. Er war extrem schwer. Ihre Muskeln spannten sich an, als sie ihn anhob und dann umwarf. Er schlug auf dem Boden auf und eine Staubwolke erhob sich um ihn herum. Sofort ging sie in die Hocke und griff erneut nach dem Reifen. Das tat sie wieder und wieder, bis sie das Ende der Reihe erreicht hatte.

Sie drehte sich um und rannte zurück zu ihrem Ausgangspunkt. Vorsichtig und schnell setzte sie einen Fuß in jede Sprosse der auf dem Boden liegenden Leiter. Dann machte sie sich auf den Weg zu den Autos, warf sich auf den Boden und kroch unter die Fahrzeuge.

Während sie die zehn Liegestütze und Sit-ups machte, hörte sie, wie Drew sie anfeuerte. Er sagte ihr, wie toll sie das mache, und erinnerte sie daran, was die nächste Aufgabe war. Caryn merkte, dass sie lächelte, als sie auf die Startlinie für den Pendellauf zulief. Wann hatte sie das letzte Mal so richtig Spaß gehabt? Sie konnte sich ehrlich gesagt nicht erinnern.

Als sie das letzte Hindernis erreichte, hatte Drew sich bereits auf den Boden gelegt. Sie sollte ihn aufheben und tragen, ihn dann wieder auf den Boden legen, ihn etwa sieben Meter weit ziehen und ihn dann wieder aufheben. Sie zögerte einen Moment.

»Du schaffst das, Caryn. Mach es einfach.«

»Ich habe Angst, dich fallen zu lassen«, platzte sie heraus.

»Das wirst du nicht. Komm schon, tu so, als wäre ich ein Opfer und du mich aus der – buchstäblich – brenzligen Situation bringen müsstest.«

Caryn holte tief Luft, ging in die Hocke und ergriff eine seiner Hände. Sie legte ihn sich über ihre Schulter, so wie sie es schon so oft mit Trainingspuppen gemacht hatte, dass sie es nicht mehr zählen konnte. Aber das hier fühlte sich ganz anders an. Vor allem weil es sich um einen echten Menschen handelte ... aber auch, weil es *Drew* war.

In letzter Zeit war sie fast jeden Tag mit ihm zusammen, und obwohl sie sich immer mehr zu dem Mann hingezogen fühlte, hatte sie ihn bisher nicht wirklich berührt. Abgesehen von zufälligen Berührungen ihrer Hände oder Schultern, wenn sie trainierten. Ihn so über ihre Schulter gelegt zu haben fühlte sich ... extrem intim an.

»Gut gemacht!«, sagte er zu ihr, als sie zum nächsten Teil des Hindernislaufs ging. Er tat sein Bestes, um sich leicht zu machen, und Caryn wusste, dass es nicht gerade angenehm war, ihre Schulter in seinem Bauch zu haben, aber er beschwerte sich nicht.

»Beeindruckend. Und jetzt setz mich ab und zieh mich zu dem blauen Wagen«, befahl er.

»Ich weiß, was ich machen muss«, erwiderte sie, aber sie war nicht verärgert über ihn, nicht im Geringsten. Seine Unterstützung zu haben und zu wissen, dass er von ihr beeindruckt war, war berauschend. Sie beugte sich vor und setzte ihn so sanft wie möglich ab, dann packte sie seine Handgelenke und begann, ihn durch den Schmutz zu ziehen.

Als sie nach unten blickte, sah sie, wie er zu ihr hoch lächelte. Ihre Füße wirbelten Staub auf, als sie nach hinten schlurfte, aber das schien ihn nicht zu stören. Außerdem hatte er die Länge der Strecke perfekt durchdacht ... sie war lang genug, um sie außer Atem zu bringen, aber nicht so lang, dass sie zu erschöpft war, um sie zu beenden.

»Gut, noch einmal anheben. Du hast es fast geschafft«, feuerte er sie an.

Caryn atmete noch einmal tief durch und spürte, wie ihr Herz in ihrer Brust heftig schlug, als sie Drew noch einmal über die Schulter hob. Es war gut, dass er nicht größer oder schwerer war, denn sie war sich nicht sicher, ob sie es geschafft hätte, wenn das der Fall gewesen wäre.

Er konnte es nicht wissen, aber das war das, was die meisten ihrer Kollegen bei der Feuerwehr an ihren Fähigkeiten bezweifelten. Die Fähigkeit, sie aus einem brennenden Gebäude oder einer gefährlichen Situation zu retten, wenn eine solche eintrat. Sie hatte in den Trainingsübungen ihr Bestes gegeben, um zu beweisen, dass sie es konnte, aber das Misstrauen blieb.

Sie schwankte unter Drews Gewicht, schaffte es aber, die letzte Linie zu überqueren, die er auf den Boden gezeichnet hatte. Nachdem sie ihn auf dem Rücken abgelegt hatte, blieb sie gebückt stehen, die Hände auf den Oberschenkeln, und atmete schwer.

»Nicht schlecht«, erklärte Drew, als er sich aufsetzte und auf die Uhr an seinem Handgelenk sah. »Aber ich wette, ich kann dich schlagen.«

Daraufhin zog Caryn die Augenbrauen hoch. »Nie im Leben.«

Er lachte, als er aufstand.

Als sie so dastanden und sich anstarrten, verspürte Caryn den starken Drang, sich auf ihn zu stürzen, sein Haar am Hinterkopf zu packen, seinen Mund zu ihrem zu ziehen und ihn zu küssen. Sie machte sogar einen Schritt nach vorn, bevor sie sich selbst stoppen konnte.

Ihr Herz klopfte heftig und sie ballte die Hände zu Fäusten, um ihrem Drang nicht nachzugeben. Sie starrten einander einen Moment lang an, bevor sie ein letztes Mal tief durchatmete und den Blickkontakt abbrach.

»Fürs Protokoll«, sagte Drew leise, »du bist unglaublich.« Dann wich er zurück und drehte sich zu dem Reifen um, der auf dem Boden lag. Er hob ihn an, als wöge er so gut wie nichts, und rollte ihn über den Parkplatz zurück in die Ausgangsposition. Er fiel mit einem dumpfen Aufprall auf den

Boden und er klatschte die Hände zusammen, um den Schmutz zu entfernen. »Bist du bereit, meine Zeit zu nehmen?«, fragte er.

Sie schüttelte leicht den Kopf, um sich wieder auf das Spiel einzustellen, nickte und griff nach der Uhr an ihrem Handgelenk. »Ich bin bereit zuzusehen, wie du versagst«, erwiderte sie frech.

Das Grinsen auf Drews Gesicht war jungenhaft und so unheimlich verlockend. Er spreizte seine Beine schulterbreit und sah sie erwartungsvoll an.

»Was?«, fragte sie.

»Du musst den Countdown machen, damit ich anfangen kann.«

»Stimmt ja, tut mir leid. Auf die Plätze, fertig, *los!*«, rief sie.

Drew zuzusehen war, als würde man einem olympischen Athleten bei seiner Leistung zusehen. Er behauptete ständig, er sei alt und außer Form, aber der Mann vor ihr war auf keinen Fall außer Form, *egal* wie man es definierte.

Als er sich bückte, ließ Caryn den Blick zu seinem Hintern wandern. Sie schämte sich nicht gerade, jede heißblütige Frau würde die Gelegenheit nutzen, ihn zu begutachten. Ehe sie sichs versah, rannte er zurück zu ihr, mit den Füßen sprang er unglaublich schnell zwischen die einzelnen Sprossen der liegenden Leiter und wieder heraus. In Sekundenschnelle war er unter den Fahrzeugen und sie beeilte sich, an die Stelle zu kommen, an der sie sein musste, damit er sie schleppen konnte.

Seine Liegestütze ließen seinen Bizeps anschwellen und Caryn leckte sich über die plötzlich trockenen Lippen. Er beendete den Pendellauf ohne große Schwierigkeiten – und dann stand er über ihr und grinste. Er warf sie sich ohne Probleme über die Schulter und sie starrte wieder auf seinen Hintern, während er praktisch dorthin joggte, wo er sie auf dem Boden ablegen musste. Er tat dies mit viel mehr Kontrolle, als sie es bei ihm getan hatte, und sie fluchte, als er ihre Handgelenke packte und mit den Daumen über ihre empfindliche Haut streichelte, bevor er mit dem Ziehen begann. Dann war sie wieder über seiner Schulter und er überquerte die Ziellinie.

Caryn dachte gerade noch so daran, die Stoppuhr an ihrem Handgelenk zu drücken.

»Und?«, fragte er, als er sie wieder auf die Füße gestellt hatte. »Wer hat gewonnen?«

Caryn fühlte sich extrem destabilisiert und hatte nur noch das Verlangen, sich auf ihn zu stürzen, und schaute mit finsterer Miene auf die Zeit auf ihrer Uhr. »Ich nehme an, du hast bereits etwas Übung darin.«

Er grinste. »Nein. Ich habe Brock alles ausprobieren lassen, um mich davon zu überzeugen, dass alles so funktioniert, wie ich es geplant habe. Obwohl ich denke, dass das mit dem Schultertragegriff etwas unfair ist, da ich schwerer bin als du. Vielleicht kann ich beim nächsten Mal ein paar Gewichte tragen, um die Waage ein wenig auszugleichen. Willst du es trotzdem noch einmal machen?«

»Ja!«, entgegnete Caryn, ohne zu zögern. Trotz der unangenehmen und irgendwie beängstigenden Gefühle, die in Bezug auf Drew in ihr aufkeimten, hatte sie viel Spaß. Ihre Muskeln würden morgen bestimmt gegen das extreme Training protestieren, aber in diesem Moment war ihr das egal. »Dann mal los!«, erklärte sie ihm grinsend.

Wie oft sie den Parcours durchliefen, wusste Caryn nicht genau. Irgendwann schlug Drew vor, dass sie sich am Ende nicht gegenseitig tragen sollten, sondern einen großen Reifen nehmen und diesen tragen könnten, aber Caryn protestierte. Es war nicht gerade bequem, über der Schulter des anderen Menschen zu liegen, aber es war die beste Übung für das, was Feuerwehrleute in einer Notsituation tatsächlich tun mussten. Und sie mochte es, Drew auf ihrer Schulter zu tragen, genauso wie sie es genoss, auf seiner Schulter getragen zu werden.

Als sie beschlossen, dass sie für einen Vormittag genug

hatten, waren sie beide schweißgebadet und hatten ihre Körper definitiv einem intensiven Training unterzogen.

Als sie im Schatten saßen und an dem mitgebrachten Wasser nippten, wandte Caryn sich an Drew. »Das hat unheimlich viel Spaß gemacht. Vielen Dank.«

»Das hat es wirklich. Und gern geschehen.«

Das Schweigen zwischen ihnen war angenehm, und Caryn fühlte sich so gut wie schon lange nicht mehr. In New York hatte sie sich nach einem Training noch nie so ... *zufrieden* gefühlt. Alles fühlte sich immer wie ein Wettbewerb an. Als würde sie beurteilt. Es ging nie darum, Spaß zu haben und einfach zu genießen, ihren Körper an seine Grenzen zu bringen. Bei Drew heute Morgen hatte sie gespürt, wie ihre Wettbewerbsneigung zum Vorschein kam, aber sie hatte keine Angst davor, seinen willkürlichen Ansprüchen nicht gerecht zu werden.

»Hast du mit Paul über die offene Stelle gesprochen?«, fragte Drew nach einem Moment.

Caryn seufzte. »Nein. Ich war auf der Feuerwache, wie ich dir gesagt habe, aber seitdem war ich nicht mehr dort.«

»Was hält dich davon ab?«, fragte er.

Caryn starrte auf die kaputten Fahrzeuge um sie herum. »Ich weiß es nicht genau.« Das entsprach nicht ganz der Wahrheit. Sie wurde das Unbehagen nicht los, das sie verspürt hatte, als sie einen Blick in die Feuerwache geworfen hatte.

»Die Stelle wird nicht ewig frei sein«, gab Drew leise zu bedenken.

Sie wusste das. Und weil sie das wusste, ließ sie sich nicht von dem Mann neben ihr irritieren. »Ich weiß.« Sie überlegte schon eine ganze Weile, ob sie nach Fallport ziehen sollte, und sie musste aufhören, sich zu zieren, und ein für alle Mal eine Entscheidung treffen. Ihr Chef in New York verlangte eine Antwort auf die Frage, wann oder ob sie zurückkommen würde. Obwohl er ihr angedroht hatte, dass sie möglicherweise keinen Job mehr haben würde, wenn sie zurückkehrte, war es offensichtlich, dass er sie aus welchen Gründen auch immer nicht direkt entlassen wollte. Und Art machte sich bemerkenswert gut. Er war an einem Punkt angelangt, an dem er wieder so gut wie vollkommen selbstständig war. Erst am Vortag war er für den halben Tag an seinen Platz vor dem Postamt zurückgekehrt.

Es war an der Zeit, dass sie aufhörte, sich zu zieren, und eine Entscheidung zu treffen.

Sie traf eine Entscheidung und wandte sich an Drew. »Ich werde diese Woche mit ihm sprechen.«

Drew lächelte. »Und? Was soll das heißen?«

Sie fühlte sich überfordert und ärgerte sich. »Willst du immer noch wissen, wann ich wieder verschwinde?«, scherzte sie und bezog sich dabei auf die Frage, die er ihr im *Sunny Side Up* gestellt hatte, nachdem sie den Mann, der dabei gewesen war zu ersticken, mit dem Heimlich-Manöver geholfen hatte.

Anstatt sich angegriffen zu fühlen, sagte Drew einfach: »Ja.«

Caryn leckte sich über die Lippen und flüsterte: »Ich glaube, ich möchte bleiben.«

»Gut. Denn es gibt eine Menge Leute, die auch wollen, dass du bleibst.«

Dann hob er langsam eine Hand. Er strich ihr mit dem Handrücken über die Wange und Caryn spürte, wie sie sich zu ihm hinüberbeugte.

Seine Lippen zuckten, bevor er seine Hand zurechtrückte. Er drückte ein wenig unter ihr Kinn und neigte ihren Kopf nach oben. Caryn sah, wie sein Kopf sich senkte, und sie machte fast unbewusst die Augen zu, als ihr Herz in ihrer Brust wie wild zu pochen begann.

Seine Lippen berührten ihre Lippen einmal, als wollte er ihre Reaktion testen. Als sie sich weder zurückzog noch ihm sagte, er solle aufhören, ließ er seine Hand zu ihrem Nacken gleiten, hielt sie fest und seine Lippen berührten erneut ihre.

Diesmal küsste er sie nicht zaghaft. Mit der Zunge fuhr er über den Rand ihrer Lippen und Caryn öffnete sich sofort für ihn und hieß ihn begierig willkommen. Das Gefühl seiner Bartstoppeln auf ihrer Haut war sinnlich und erotisch, und ein leises Wimmern entrang sich ihrer Kehle.

Sie spürte, wie er seinen Griff um ihren Hals verstärkte, aber es war ihr nicht im Geringsten unangenehm. Ihre Zungen duellierten sich, gaben und nahmen, und Caryn schätzte es, dass er den Kuss nicht dominierte.

Es kribbelte wie Nadeln in ihrem ganzen Körper. Sie streckte eine Hand zaghaft aus und legte sie auf seinen Ober-schenkel, und diesmal war es Drew, der tief in seiner Kehle stöhnte. Zu wissen, dass sie ihm genauso naheging wie er ihr, war ein berauschendes Gefühl.

Wie lange sie dort saßen und sich nur an ihren Lippen, ihrem Hals und seinem Bein berührten, wusste Caryn nicht. Sie fühlte sich energiegeladen, als könnte sie noch zehnmal durch seinen Hindernisparcours laufen, ohne am Ende außer Atem zu sein.

So hatte sie sich noch nie zuvor mit jemandem gefühlt – und dieser Gedanke war es, der sie dazu brachte, den Kuss zu beenden. Sobald er spürte, dass sie sich zurückzog, hob Drew den Kopf, aber er ließ ihren Hals nicht los. Er starrte sie einen Moment lang an, der Blick aus seinen braunen Augen bohrte sich in sie hinein.

Sie wollte ihn fragen, was er dachte, fürchtete sich aber auch zu Tode, es zu erfahren.

Dann atmete er tief durch die Nase ein und sagte: »Der alte Grogan schmeißt am Freitagabend im *Caboose Park* eine Fern-sehparty für die Bigfoot-Folge dieser Sendung, die in Fallport spielt. Möchtest du mit mir hingehen?«

Caryn hatte schon von der Fernsehparty gehört. Lilly hatte nicht die Absicht hinzugehen. Sie hatte mehr als einmal gesagt, dass sie mit der Sendung nichts zu tun haben wollte, und obwohl sie durch die Ereignisse die Liebe ihres Lebens kennengelernt hatte, wurde ihr schlecht, wenn sie daran dachte, dass jemand aus dem Tod eines Menschen Profit schlagen konnte.

Elsie und ihr Sohn Tony waren jedoch dabei, ebenso wie Bristol. Und wenn sie mitmachten, dann natürlich auch ihre Männer. Caryn ging davon aus, dass auch Brock, Tal und Raiden dort sein würden ... und der größte Teil der Stadt Fallport. Alle waren sehr gespannt darauf, wie die Stadt dargestellt werden würde und ob die Sendung tatsächlich einen Zustrom von Touristen auslösen würde, die hierherkommen würden, um die Wanderwege zu erkunden und zu sehen, ob sie einen Blick auf Bigfoot erhaschen könnten.

Offensichtlich war sie zu lange in Gedanken versunken, denn Drew ließ seine Hand von ihrem Nacken sinken und begann, sich zurückzuziehen.

Ohne nachzudenken, packte sie sein Handgelenk und drückte sein Knie. »Das würde ich gern«, entgegnete sie schnell.

»Die ganze Stadt wird dort sein«, erklärte er und es fühlte sich an, als würde er sie warnen.

»Das dachte ich mir«, entgegnete sie.

»Ich möchte, dass dies eine richtige Verabredung ist«, fuhr er fort. »Ich bin nicht bereit, so zu tun, als wären wir nur Freunde.«

Ah, das war der Grund für die Warnung. Caryn führte seine Hand wieder zu ihrem Gesicht. Er streichelte ihre Wange, während sie sprach. »Gut. Denn ich bin es auch nicht. Mein Leben ist völlig aus den Fugen geraten. Ich weiß nicht, ob ich einen Job haben werde, wenn ich hierherziehe, aber ich weiß, je mehr Zeit ich mit dir verbringe, desto mehr möchte ich es. Ich bin nicht der beste Fang, Drew. Ich habe eine Menge Altlasten. Ich hatte noch nie eine Beziehung, die funktioniert hat, und das macht mir Angst, denn ich will diese Sache zwischen uns auf keinen Fall vermasseln.«

»Das wirst du nicht. Das werden *wir* nicht«, entgegnete er, ohne zu zögern.

»Da bin ich mir nicht so sicher.«

»Ich bin bereit, es zu versuchen. Du auch?«

»Ja.« Sie brauchte nicht über ihre Antwort nachzudenken.

»Gut. Also gehen wir zu dieser Fernsehparty. Ich werde Stühle und eine Decke mitbringen. Vielleicht sogar ein paar Snacks. Wir werden Händchen halten, ich werde dich ab und zu küssen, damit jeder weiß, dass du nicht mehr auf dem Markt bist, und dann sehen wir einfach mal, wohin das führt.«

Caryn konnte sich ein Lachen nicht verkneifen. »Du willst dein Revier markieren?«, stichelte sie.

»Verdammt noch mal, auf jeden Fall. Ich bin kein Idiot«, erklärte Drew ihr. »Auch wenn du anderer Ansicht bist, du bist ein verdammt guter Fang, und ich habe gesehen, wie die Männer in dieser Stadt um dich herumschleichen.«

Caryn verdrehte die Augen. »Das tun sie nicht.«

»Genau, denk das nur weiter, mein Schatz.«

Er war völlig verrückt, niemand rannte ihr die Tür ein, um mit ihr auszugehen. Das wusste sie, aber wenn Drew das nicht wusste, wollte sie ihn nicht eines Besseren belehren.

»Ich werde mein Bestes tun, damit unsere Beziehung klappt«, sagte Drew ernst, »aber ich habe auch meine Fehler. Von Januar bis April ist meine geschäftigste Zeit des Jahres. Ich arbeite fast ununterbrochen. Ich bin nicht sehr vertrauensvoll – das liegt an meinem früheren Beruf – und habe so gut wie keine Freunde außer den Jungs im Team und ihren Frauen. Ich habe ...«

Caryn griff nach oben und hielt ihm mit der Hand sanft den Mund zu. »Du bist nicht perfekt, schon klar. Das bin ich auch nicht. Es ist alles gut.«

Sie spürte, wie er unter ihrer Hand lächelte, bevor sie sie wieder wegnahm.

»Ich weiß nicht, was mir an dir so unter die Haut geht. Das ist mir noch nie passiert«, sinnierte er.

Caryn nickte. »Mir auch nicht.«

»Also lassen wir es einfach auf uns zukommen, ja?«

»Klingt gut.«

»Was hast du heute vor?«, fragte er.

»Art möchte heute wieder zur Post gehen, aber zuerst hat er einen Termin bei Doc Snow. Ich möchte eine offizielle Genehmigung einholen, bevor er zu seiner normalen Routine zurückkehrt. Er mag denken, dass er in seinen Zwanzigern ist und ohne Konsequenzen so weitermachen kann wie vorher, aber das ist nicht der Fall.«

»Obwohl es natürlich nicht schlecht ist, wenn er zu seiner Routine zurückkehrt«, überlegte Drew.

»Das ist es wirklich nicht, aber ich möchte nicht, dass er es übertreibt«, erwiderte Caryn. Er hatte seine Hand von ihrer Wange genommen und sie wieder an ihren Hals gelegt. Mit dem Daumen streichelte er sanft ihre empfindliche Haut und eine Gänsehaut bildete sich daraufhin auf ihren Armen. Dieser Mann war tödlich, ohne es überhaupt zu versuchen.

»Finde ich auch. Glaubst du, dass er mit uns zu der Fernsehparty kommen will?«, fragte Drew.

»Hättest du nichts dagegen?«

»Ganz und gar nicht. Ich meine, du und dein Großvater seid so etwas wie ein Gesamtpaket. Und ich mag den alten Mann. Aber damit das klar ist: Wenn er mit uns kommt, heißt das nicht, dass ich nicht deine Hand halten oder dich küssen werde. Wäre das für ihn in Ordnung?«

Caryn schmunzelte. Warum war sie nicht überrascht, dass Drew seine Alphamännchen-Tendenzen nicht zurückstellte, nur weil sie von ihrem Großvater begleitet wurden? »Er wird damit kein Problem haben«, entgegnete sie ganz ehrlich. »Er respektiert dich, und weil wir in letzter Zeit viel zusammen waren, hat er ein paar nicht ganz so subtile Andeutungen gemacht, dass wir miteinander schlafen könnten.«

Drew lachte leise. »Ich wusste, dass ich ihn mag«, bemerkte er. Dann zog er sie näher an sich heran und senkte erneut den Kopf. Diesmal war ihr Kuss kurz und sanft. »Ich muss dich nach Hause bringen, damit du dafür sorgen kannst, dass Art für den Arzt bereit ist. Kann ich dich später anrufen?«

»Das wäre schön«, entgegnete Caryn etwas schüchtern.

»Gut.«

Als sie aufstanden und Drew ihr mit einer Hand unter dem Ellbogen aufhalf, fragte sie: »Und was hast du heute vor?«

»Ich muss mich darum kümmern, ein Anlagekonto für Bristol einzurichten. Wir haben uns neulich getroffen, um darüber zu sprechen, wie konservativ sie sein möchte, und ich möchte ihre letzten Steuerjahre durchgehen, um zu sehen, wo und ob ich ihr etwas Geld sparen kann. Ich muss auch die Daten einiger meiner anderen Kunden überprüfen.«

»Ein lustiger Tag also für dich«, stichelte Caryn.

Aber Drew zuckte nicht einmal mit der Wimper. »Ich liebe die Arbeit mit Zahlen. Sie lassen mich niemals im Stich, wie es Menschen so oft tun.«

»Ich wollte mich nicht über dich lustig machen«, versicherte Caryn ihm. »Es ist nichts Falsches an dem, was du tust.«

Drew zuckte mit den Schultern. »Es ist nicht sehr aufregend.«

»Ich wette, das ist es für die Leute, die durch dich Tausende von Dollar bei den Steuern sparen, oder für diejenigen, deren Anlageportfolio sich verdoppelt.«

Darüber musste er lächeln. »Stimmt.«

»Sei du selbst, Drew. Vergiss, was alle anderen denken.«

»Mich interessiert nur, was *du* denkst«, gab er zu.

»Nun, dann musst du dir keine Sorgen machen. Bis jetzt habe ich noch nichts über dich erfahren, was mich dazu veranlasst zu fliehen.«

»Ich hoffe, das bleibt auch so. Komm, ich bringe dich zurück zu Arts Haus.«

Sie gingen Hand in Hand zu seinem Wagen.

»Müssen wir hier nicht aufräumen?«, fragte sie, als er ihr die Beifahrertür öffnete.

»Nein. Brock machte es nichts aus, wenn wir es so lassen.

Es gibt sowieso nicht viel aufzuräumen, nur die Leiter und vielleicht den Reifen.«

Die Fahrt zurück zum Haus ihres Großvaters ging viel zu schnell vorbei und ehe sie sichs versah, war es Zeit für sie auszusteigen. Caryn starrte Drew einen Augenblick lang an, bevor sie innerlich mit den Schultern zuckte. Sie lehnte sich zu ihm hin und ergriff diesmal die Initiative bei ihrem Kuss. Er lehnte sich sofort zu ihr und der Kuss, den sie teilten, war genauso intensiv wie ihr erster.

Er fuhr mit seiner Hand über ihr kurzes Haar und lächelte. »Grüß Art von mir.«

»Das werde ich. Nochmals vielen Dank für unser Training heute Morgen. Ich hatte eine Menge Spaß.«

»Ich auch«, entgegnete er. »Bis später.«

Caryn nickte und langte nach dem Türgriff. Sie war nicht überrascht, als Drew nicht sofort aus der Einfahrt fuhr, sondern wartete, bis sie die Haustür geöffnet hatte und sich umdrehte, um ihm zuzuwinken. Er mochte denken, dass er nicht vertrauensvoll genug war, aber für eine Frau, die die meiste Zeit ihres Lebens in der Großstadt verbracht und auf sich selbst aufgepasst hatte, fühlte es sich gut an, dass er sie beschützte.

Bevor sie nach Art sah, lehnte Caryn sich gegen die geschlossene Tür und dachte lächelnd über ihren Morgen nach. Offenbar waren sie und Drew jetzt ein Paar.

Ihr Grinsen wurde breiter. Das war für sie mehr als in Ordnung. Ihre Zukunft war zwar noch offen, aber nachdem sie die Entscheidung getroffen hatte, zu bleiben und zu sehen, wie es mit ihr und Drew weitergehen würde, fühlte es sich an, als wäre ihr eine große Last von den Schultern genommen worden. Zum ersten Mal seit Langem freute sie sich auf ihre Zukunft.

Das Lächeln war immer noch auf ihrem Gesicht, als sie sich von der Tür wegdrückte und den Flur entlangging, um nach Art zu sehen.

KAPITEL NEUN

Drew hatte nicht vorgehabt, Caryn zu küssen. Aber er hatte sich einfach nicht zurückhalten können. Gott sei Dank hatte sie diesen ersten Kuss erwidert und sich nicht schockiert und wütend zurückgezogen.

Seitdem waren die letzten paar Tage wunderbar gewesen. Angenehm.

Nichts zwischen ihnen schien anders zu sein, außer dass sie sich jetzt viel öfter berührten. Und die Küsse, die sie einander gaben, waren definitiv ein Bonus. Sie trafen sich immer noch jeden Morgen, um zu trainieren, und ihre Gespräche schienen intimer zu werden, jetzt, da sie offiziell zusammen waren.

Sie waren offiziell zusammen. Mein Gott, es war schon viel zu lange her, dass Drew versucht hatte, jemandem nahezukommen. Seit er sich gewünscht hatte, jemandem nahezukommen. Aber Caryn hatte ihn in ihren Bann gezogen, ohne dass sie sich dafür anstrengen musste. Er mochte so ziemlich alles an ihr. Ihr Mitgefühl für ihren Großvater, ihr Konkurrenzdenken, ihr Bestreben, die beste Feuerwehrfrau zu sein, die sie sein konnte.

Heute Abend wollte er mit ihr auf die Fernsehparty für die Bigfoot-Folge der Sendung über paranormale Phänomene gehen, die hier gedreht worden war. Er musste zugeben, dass er neugierig auf die Sendung war. Und unabhängig von seinen Gefühlen bezüglich der Existenz von Bigfoot – und der Tatsache, dass ein möglicher Zustrom von Menschen, die in die Stadt kamen, um nach der legendären Kreatur zu suchen, bedeutete, dass er mehr Zeit damit verbringen würde, nach denjenigen zu suchen, die sich verlaufen hatten – freute er sich trotzdem für all die Geschäfte in der Stadt, die von den Touristen profitieren würden.

Caryn hatte ihm erzählt, dass Art ganz begeistert war, dass sie zusammen waren, und er hatte enthusiastisch zugestimmt, zur Fernsehparty mitzukommen. Offensichtlich hatte Doc Snow ihm die Erlaubnis gegeben, alles zu tun, wozu er sich in der Lage fühlte, aber wenn er erschöpft war oder Schmerzen hatte, sollte er sich sofort bei ihm melden.

Drew eilte zu Arts Tür und hob die Hand, um anzuklopfen, aber sie öffnete sich, bevor er das Holz berühren konnte. Caryn stand dort mit einem breiten Lächeln auf dem Gesicht.

»Hallo!«, begrüßte sie ihn.

Er hatte sie an diesem Morgen gesehen, aber aus irgendeinem Grund kam es ihm so vor, als wäre das schon ewig her. »Hallo«, antwortete er. Zu seiner Belustigung und Freude warf Caryn sich auf ihn und er fing sie lachend auf. Sie umarmte ihn fest, und er liebte es, wie sie sich aneinanderschmiegten. Da sie gleich groß waren, passten alle ihre Körperteile perfekt zueinander.

Sie küsste ihn kurz auf die Lippen und trat dann zurück. Sie ergriff seine Hand und zog ihn ins Haus. »Wir sind wahnsinnig aufgeregt. Ich meine, ich weiß, dass die Leute gemischte Gefühle in Bezug auf die Sendung haben, aber es ist trotzdem cool, unsere Stadt im Fernsehen zu sehen.«

Drew ließ den Blick an Caryns Körper hinunterwandern, als sie ihn in den kleinen Wohnbereich von Arts Haus zog. Sie trug eine Jeans und ein marineblaues T-Shirt der Feuerwehr von New York, das sie in den Bund ihrer Hose gesteckt hatte. An ihren Füßen trug sie ein Paar Turnschuhe. Ihr Outfit wirkte bequem und unkompliziert, und Drew konnte sich nur schwer beherrschen, sie nicht zu packen und auf das Sofa zu zerren.

»Schön, dich zu sehen«, sagte Art und lenkte Drews Aufmerksamkeit von Caryn ab.

»Freut mich auch, dich zu sehen. Wie ich höre, geht es dir wirklich gut. Das sind tolle Neuigkeiten.«

»Allerdings«, stimmte Art zu. »Ich weiß die Einladung zu schätzen, heute Abend mit euch zu kommen. Und fürs Protokoll ... Otto und Silas gehen auch und werden mir einen Platz bei ihnen reservieren.« Der alte Mann zwinkerte ihnen zu. »Ich möchte nicht das fünfte Rad am Wagen sein.«

»Oh, das hätten wir auch nicht gedacht«, erklärte Caryn, aber Drew nickte Art zum Dank einfach zu. Sie lächelten sich gegenseitig an.

Es dauerte eine Weile, bis Caryn die kleine Kühlbox, die sie unbedingt mitnehmen wollte, gepackt hatte. Drew hatte ihr gesagt, dass er sich um alle Snacks kümmern würde, aber sie wollte etwas dazu beitragen, damit er sich nicht beschwerte.

Sie waren in seinem Jeep auf dem Weg zum Park, als Caryn sagte: »Wir passen zusammen.«

»Was?«, fragte Drew.

»Unsere Kleidung. Jeans, Turnschuhe, blaue T-Shirts.« Sie grinste, als sie das sagte.

Als Drew an sich herunterschaute, stellte er fest, dass sie recht hatte. Sie hatten es nicht geplant, aber sie trugen in der Tat T-Shirts, die fast genau den gleichen Farbton hatten: marineblau. Seines war eines der vielen T-Shirts des Eagle Point Such- und Bergungsteams, die sich in seiner Schublade befanden. »Das stimmt allerdings«, erwiderte er mit einem Grinsen.

»Das ist dir doch nicht peinlich, oder?«

»Nein«, sagte Drew. »Wann immer du möchtest, dass wir ähnliche T-Shirts tragen, bin ich dafür.«

»Wirklich?«, fragte Caryn skeptisch. »Ich kann gar nicht zählen, wie oft sich die Jungs in New York über die Touristen lustig gemacht haben, die das getan haben.«

»Nun, ich bin nicht wie sie«, erwiderte Drew entschieden. »Wenn es dich glücklich macht, ist es in Ordnung für mich.«

»Das werde ich mir merken«, sagte Caryn.

Drew nahm ihre Hand in seine, als Art vom Rücksitz aus das Wort ergriff. »Erinnerst du dich an die Parade am Vierten Juli, als du zehn warst und darauf bestanden hast, dass wir beide rot, weiß und blau gekleidet sein sollten? Wir sahen lächerlich aus«, spottete er.

Aber Caryn ließ sich nicht beirren. Sie lachte. »Wir waren fantastisch«, konterte sie. »Und du hast dich damals nicht beschwert«, rief sie ihm in Erinnerung.

»Ja, du hast dich gefreut, dass wir zueinanderpassten und dass wir für den Feiertag passend gekleidet waren«, bemerkte Art.

»War unser Bild nicht sogar in der Zeitung, weil wir so süß aussahen?«, fragte Caryn.

»Ja, ich habe es noch irgendwo.«

Caryn drehte sich so, dass sie ihren Großvater ansehen konnte. »Wirklich? Das ist etwa dreißig Jahre her.«

»Und?«, fragte er. »Ich habe viele Erinnerungen wie diese aufbewahrt.«

»Ich würde sie gern sehen. Wenn du sie mir zeigen willst«, sagte Caryn zögerlich.

Drew drückte ihre Hand. Er konnte die Emotionen in ihrer Stimme hören.

»Natürlich. Das müssen wir tun, bevor du nach New York zurückkehrst«, sagte Art.

Drew sah sie überrascht an und konnte nicht glauben, dass sie ihrem Großvater nicht gesagt hatte, dass sie hierbleiben würde. Caryn sah einen Moment lang unbehaglich aus, bevor sie tief einatmete.

»Was das angeht. Ich bin mir ziemlich sicher, dass ich mich entschieden habe, in Fallport zu bleiben. Das heißt ... wenn es für dich in Ordnung ist.«

Der letzte Teil klang ein wenig unsicher. Drew hatte keinen Zweifel daran, dass es für Art mehr als in Ordnung war.

Genau wie er dachte, beruhigte Art sie sofort.

»Ja!«, rief er begeistert und fuhr mit der Faust in die Luft.

Caryn lachte. »Ich schätze, dass du also nichts dagegen hast.«

»Mädchen, wenn ich dich dazu hätte überreden können, gleich nach deinem College-Abschluss hierherzuziehen, hätte ich es getan. Aber ich wusste, dass du dich erst einmal austoben musstest. Die Welt sehen. Erkennen, dass alles, was du im Leben suchst, genau hier in Fallport ist.«

Drew drehte sich um und begegnete Caryns Blick. Sie hatten einen kurzen Moment völligen Verständnisses, bevor er die Aufmerksamkeit wieder auf die Straße richten musste.

»Wo du recht hast, hast du recht«, erwiderte Caryn. »Aber es gibt immer noch eine Menge, was ich machen muss. Ich muss mir überlegen, wo ich leben soll. Einen Job finden. Du weißt schon, die großen Dinge.«

»Immer mit der Ruhe«, erklärte Art. »Du kannst so lange bei mir bleiben, wie es nötig ist. Ich weiß, dass du früher oder später eine eigene Wohnung haben willst, aber in der Zwischenzeit hast du eine Bleibe. Und die Bewohner der Stadt wären dumm, wenn sie dich nicht auf der Feuerwache einstellen würden. Das heißt ... wenn du immer noch als Feuerwehrfrau arbeiten willst.«

»Warum sollte ich das nicht wollen?«, fragte Caryn und ließ dieser Frage sofort eine weitere folgen. »Und was sollte ich tun, wenn nicht das? Es ist ja nicht so, dass ich irgendeine geheime Fähigkeit in petto hätte, die ich aus dem Ärmel zaubern könnte.«

»Du kannst alles erreichen, was du dir in den Kopf gesetzt hast«, erklärte Art mit Nachdruck.

Drew gefiel es, wie sehr ihr Großvater sie unterstützte.

»Du bist verdammt klug, hast deine Nase immer in einem Buch, und das ist auch gut so, wenn du mich fragst ... so verpestest du deinen Verstand nicht mit all dem hirnlosen Zeug, das heutzutage im Fernsehen läuft. Was auch immer du tun möchtest, das wirst du auch schaffen.«

»Danke, Großvater«, erwiderte Caryn leise.

Drew drückte noch einmal ihre Hand, bevor er nach dem Lenkrad griff, um einzuparken. Der Parkplatz am *Caboose Park* war voll, wie er erwartet hatte, und entlang der Hauptstraße standen die Fahrzeuge Schlange. Aber er hatte Glück gehabt und eine Parklücke gefunden, in die sein Jeep passte.

Während Caryn ihrem Großvater aus dem Wagen half, öffnete Drew die Heckklappe und holte ihre Stühle, die Tüte mit den Snacks, die er eingepackt hatte, die Decke und die Kühlbox, die Caryn gepackt hatte, heraus. Caryn nahm die Decke und legte ihren Arm um Art, während Drew mit dem Rest der Sachen folgte.

Sie fanden Otto und Silas recht schnell und setzten Art bei ihnen ab. Caryn gab ihnen eine Million Anweisungen, sie anzurufen, sobald Art müde wurde. Erst als ihr Großvater sie unterbrach und darauf bestand, dass er kein Invalide sei, und sie wegscheuchte, gab sie nach.

Als Drew endlich seinen Arm um ihre Taille legen konnte, spürte er, wie er sich entspannte.

»Glaubst du, er ist in Ordnung?«, fragte Caryn, als sie zu den Mitgliedern seines Teams hinübergingen, die er vorhin gesehen hatte.

»Er ist auf jeden Fall in Ordnung. Fast die ganze Stadt ist hier und jeder wird ein Auge auf ihn haben«, beruhigte Drew sie.

Grogan hatte eine riesige Leinwand in der Mitte des großen Feldes in der Nähe des alten roten Güterwagens aufgestellt. Auch die Lautsprecher waren strategisch um das Feld herum aufgebaut, sodass jeder, egal wo er saß, die Sendung hören konnte. An der Seite sah er ein paar Verkaufstische, an denen T-Shirts und andere Bigfoot-Utensilien angeboten wurden. Er konnte sich ein leises Lachen nicht verkneifen. Der Besitzer des Gemischtwarenladens ließ sich die Chance, Geld zu verdienen, nicht entgehen.

Zwei Kinder liefen auf sie zu und reichten ihm und Caryn eine kleine, knautschige Bigfoot-Figur. Sie war aus dem gleichen Material wie die Stressbälle hergestellt. Auf der Rückseite standen die Worte »*Grogan's General Store*, Fallport, VA«.

»Ein Geschenk vom alten Grogan«, erklärte einer der Jungen, bevor sie beide losstürmten, um weitere kleine Geschenke zu verteilen.

»Das ist großartig«, bemerkte Caryn mit einem breiten Grinsen im Gesicht.

Drew musste sich beherrschen, nicht die Augen zu verdrehen, aber er musste zugeben, dass das skurrile Geschenk irgendwie lustig war.

»Hey, Leute! Schön, dass ihr es geschafft habt«, begrüßte Elsie sie.

»Seht mal! Habt ihr auch einen bekommen?«, fragte Tony und hielt seinen eigenen Bigfoot-Stressball hoch, um ihn allen zu zeigen.

Caryn hob ihren an und lächelte. »Haben wir.«

»Cool!«

»Wie ich sehe, hält Art bereits Hof«, stellte Bristol von ihrem Stuhl aus fest. Rocky hatte sie in einen bequem aussehenden Gartenstuhl gesetzt und ihr Bein auf eine kleine Kühlbox gestützt, die sie offensichtlich auch mitgebracht hatten. Ihr Bein war wieder gebrochen worden, nachdem ein besessener Fan sie entführt und schwer verletzt hatte. Aber nach dem zu urteilen, was Rocky sagte, heilte es gut und sie war bereits mit ihrer Gehhilfe auf den Beinen.

»Er ist froh, dass er wieder auf den Beinen ist«, versicherte Caryn ihr.

»Ich bin so erleichtert, dass es ihm gut geht«, entgegnete Bristol aufrichtig.

Als Caryn die Frau erst letzte Woche kennengelernt hatte, war es sehr emotional gewesen. Bristol hatte sich immer wieder für den Angriff entschuldigt – ihr Stalker-Fan war der Mann, der Art in seinem eigenen Haus niedergestochen hatte –, und Caryn war von der Unterstützung und Ernsthaftigkeit der anderen Frau überwältigt gewesen. Caryn hatte Drew später erzählt, dass ihre Sorge, die berühmte Künstlerin zu treffen, unbegründet gewesen war. Dass sie so lieb war, wie alle ihr gesagt hatten.

»Es geht ihm wunderbar«, beruhigte Caryn sie. »Doc Snow hat ihm eine Gesundheitsbescheinigung ausgestellt, der zufolge er fast wieder hundertprozentig in Ordnung ist, und ihm nur gesagt, er solle sich noch etwa einen Monat Zeit lassen, bevor er sich für den Fünf-Kilometer-Lauf im Herbst in Fallport anmeldet.«

Drew machte sich daran, die Decke auszubreiten und die Stühle aufzustellen, während Caryn die anderen begrüßte. Er war begeistert, wie gut sie sich mit allen verstand. Das war für ihn wichtig, aber nicht so wichtig wie für Caryn. Er wusste, dass sie sich nach einer tieferen Verbindung zu den Menschen sehnte.

Er lehnte sich zurück und ließ die Gespräche auf sich wirken, während er ein Gefühl der Zufriedenheit genoss. Das war es, was er gewollt hatte, als er bei der Polizei aufgehört hatte. Die Möglichkeit, zu einer Veranstaltung wie dieser zu kommen und einfach zu entspannen. Sich keine Sorgen machen zu müssen, dass jemand ihm seine Anwesenheit übel nahm. Er hatte gute Freunde, eine neue Freundin, die er unbedingt besser kennenlernen wollte, und ein soziales Sicherheitsnetz, das genauso stark war, wenn nicht sogar stärker als alles, was er als Polizist gehabt hatte.

Nachdem er Duke begrüßt hatte, indem er dem Bluthund ein paar Streicheleinheiten gab, die dieser nicht einmal mit einem Blinzeln quittierte, und Raiden, Tal, Brock und den anderen zugenickt hatte, setzte Caryn sich neben ihn.

»Das ist großartig«, erklärte sie lächelnd.

»Ja«, stimmte Drew zu.

»Es ist schade, dass Lilly und Ethan nicht hier sind, aber ich verstehe warum.«

»Ich rufe sie an, wenn die Sendung vorbei ist, um ihnen alles zu erzählen. In der Zwischenzeit sind sie in Rockys Haus und arbeiten an der Scheune.«

»Glaubst du, dass sie bis Halloween für die Hochzeit fertig wird?«, fragte Caryn. »Es ist nicht mehr lange hin.«

»Selbst wenn es nicht perfekt ist, wird es ihnen egal sein«, versicherte Drew ihr. »Sie wollen einfach nur heiraten.«

»Das ist süß.«

Drew zuckte unverbindlich mit den Schultern, aber er konnte nicht umhin, seinen Freund ein wenig zu beneiden. »Was ist mit dir?«, fragte er sie. »Hast du eine Vorstellung von deiner Traumhochzeit?«

Caryn lachte. »Nein. Ich meine, versteh mich nicht falsch, ich wollte schon immer jemanden finden, mit dem ich mein Leben verbringen kann, aber nach meiner ersten katastrophalen Ehe bin ich nicht so erpicht darauf, mich in eine weitere zu stürzen.«

»Wie war deine erste Hochzeit?«, fragte Bristol, die offensichtlich ihr Gespräch mitgehört hatte.

Caryn drehte sich zu ihr um. »Keiner von uns hatte viel Zeit, etwas zu planen, wegen unserer verrückten Arbeitszeiten. Also haben wir eines Tages, als wir beide freihatten, einfach beschlossen, zum Standesamt zu gehen.« Sie zuckte mit den Schultern. »Es war nichts Besonderes. Wahrscheinlich hätte ich erkennen müssen, dass es eine schlechte Idee war, ihn zu heiraten, als mir die Hochzeit selbst egal war«, erklärte sie achselzuckend.

»Ich bezweifle, dass die Hochzeitszeremonie über das Gelingen oder Scheitern einer Ehe entscheidet«, erwiderte Rocky und griff nach Bristols Hand. »Es spielt keine Rolle, ob die Trauung auf dem Standesamt stattfindet oder ob es sich um eine riesige Zeremonie mit Tausenden von Gästen handelt ... es kommt darauf an, ob die beiden Beteiligten bereit sind, gemeinsam alles zu tun, was nötig ist, damit die Beziehung auf Dauer funktioniert.«

Drew nickte. Er stimmte mit seinem Freund hundertprozentig überein. Und er konnte sehen, dass Caryn das auch tat.

Bristol sah ihren Verlobten an und fragte: »Willst du damit sagen, dass du nicht bis Dezember warten willst?«

»Ganz und gar nicht«, entgegnete Rocky leichthin. »Ich würde dich heute heiraten, aber ich wäre auch glücklich, wenn es nie passieren würde. Du bist die Richtige für mich, Punkt, und keine Zeremonie oder das Fehlen einer solchen würde daran etwas ändern. Ich bin durchaus bereit, bis Dezember zu warten, weil ich weiß, dass dir das wichtig ist. Solange ich weiß, dass du mich liebst und dass du glücklich und in Sicherheit bist, ist alles in Ordnung.«

»Awwwww«, machte Elsie leise.

»Angeber«, sagte Zeke zu Rocky und verdrehte die Augen.

Das brachte alle zum Lachen.

»Nun, ich möchte eine Hochzeit auf unserem fabelhaften Anwesen, denn ich möchte allen zeigen, wie toll du bist«, erklärte Bristol entschlossen.

Rocky nahm ihre Hand und küsste sie auf den Handrücken. »Dann sollst du die auch haben.«

»Was ist mit dir?«, fragte Caryn Drew leise, als alle anderen wieder zu sprechen begonnen hatten. »Was für eine Art von Hochzeit wünschst du dir?«

»Ganz ehrlich? Eine ruhige. Ich mag es nicht, im Rampenlicht zu stehen, und es scheint mir eine Verschwendung zu sein, das ganze Geld für eine große Zeremonie auszugeben.«

Caryn lachte leise. »Gesprochen wie ein echter Steuerberater.«

Drew spürte, wie seine Wangen rot wurden, aber er zuckte mit den Schultern. »Ich kann es nicht ändern. Ich meine, ich möchte, dass meine Frau sich an ihrem besonderen Tag wie eine Prinzessin fühlt, aber ich möchte nicht die halbe Welt einladen. Ich möchte, dass es eher ein intimer

Austausch von Gelübden ist. Etwas, das nur unter uns beiden bleibt.«

»Das klingt schön«, bemerkte Caryn.

Sie starrten sich einen Moment lang an. Drew war sich nicht sicher, was da zwischen ihnen vorging, aber es gefiel ihm. Obwohl sie sich in einem öffentlichen Park befanden, in dem sich Hunderte von Menschen tummelten, fühlte es sich so an, als wären sie in diesem Moment die einzigen beiden Menschen auf der Welt.

»Hey, Buckner, ich habe gehört, dass du dich für die offene Stelle bei der Feuerwehr interessierst.«

Die Worte waren wie ein Eimer kaltes Wasser, der über sie geschüttet wurde, und Drew drehte sich um und sah Paul Downs vor ihm und Caryn stehen. Bei ihm waren auch einige der anderen Feuerwehrleute aus Fallport – Lou, Dennis und George.

»Hallo, Paul. Ja, das ist eine Option, die ich in Betracht ziehe«, erwiderte Caryn diplomatisch.

»Wir dachten, du möchtest dich vielleicht zu uns setzen. Die Mannschaft ein wenig kennenlernen und alle Fragen stellen, die du über den Posten und so weiter hast«, erwiderte Paul.

Drew erstarrte, aber er sagte nichts. Er wusste, dass dies eigentlich eine gute Sache war. Caryn musste das Eis brechen und irgendwann mit Paul reden, denn er war der Hauptmann der Feuerwache. Dass er vorbeikam und sozusagen ein Friedensangebot unterbreitete, war überraschend, aber gut.

»Oh, aber ...«

»Wir hatten ein paar Bewerber und müssen eine Entscheidung treffen«, unterbrach Paul. »Ich meine, wenn du den Job nicht willst, ist das in Ordnung, aber da der Bürgermeister mich gebeten hat, dich in Betracht zu ziehen, dachte ich, wir sollten mal drüber reden.«

Drew war nicht gerade überrascht, dass es sich herumgesprochen hatte, dass Caryn bleiben würde. Auch wenn sie sich selbst dazu entschlossen hatte, war es offensichtlich, dass auch andere in der Stadt wollten, dass sie hierblieb.

Sie schaute zu dem Zelt hinüber, das die Feuerwehrmänner aufgebaut hatten. Sie hatten Wasserflaschen, die sie an die Einwohner verteilten, und einige weitere Feuerwehrleute standen herum. Drew konnte den Konflikt in Caryn spüren. Sie war gern mit ihm und seinen Freunden zusammen, aber sie sehnte sich auch nach der Kameradschaft mit ihren Feuerwehrkameraden.

»Geh nur«, sagte Drew zu ihr.

»Aber ... ich bin doch mit dir hier«, protestierte sie.

»Ich warte hier auf dich«, ermutigte er sie.

Sie warf ihm einen langen Blick zu. »Bist du sicher, dass es dir nichts ausmacht?«, fragte sie.

Sie hatten keine Privatsphäre, da Paul und seine Kumpels dort standen und auch seine eigenen Freunde mithörten, sodass Drew nicht wirklich alles sagen konnte, was er wollte. Er nickte einfach und antwortete: »Natürlich.«

»Okay. Es wird nicht lange dauern.«

»Das ist in Ordnung. Ich warte hier.«

Caryn schenkte ihm ein schüchternes Lächeln und stand dann auf. Sie stellte sich den anderen Männern vor und jeder schüttelte ihr abwechselnd die Hand. Als sie wegging, war sie bereits in ein Gespräch mit Lou vertieft.

Drew beobachtete sie mit einem Gefühl des Stolzes ... und einem winzigen bisschen Bedauern. Er hasste es, sie teilen zu müssen, aber das war es, was sie wollte. Sie wollte die Feuerwehrleute kennenlernen und hoffentlich einen guten ersten Eindruck machen. Nicht dass er glaubte, dass das ein Problem sein würde. Caryn war äußerst kompetent in dem, was sie tat.

»Ist da gerade ein Kerl vorbeigekommen und hat dir dein Mädchen von der Verabredung weggestohlen?«, scherzte Tal.

»Halt die Klappe«, sagte Drew unwirsch und sah seinen Freund scharf an.

»Das war irgendwie nicht cool«, bemerkte Bristol leise.

»Es ist in Ordnung«, sagte Drew zu allen, die Caryns Entscheidung missbilligten. Er hätte Paul sagen können, dass er sich verpissen soll. Er hätte Caryn sagen können, dass er möchte, dass sie bei ihm und seinen Freunden bleibt. Aber nach dem zu urteilen, was sie ihm über ihren Besuch auf der Wache erzählt hatte, *brauchte* die Feuerwehr von Fallport sie. Er wäre egoistisch, wenn er darauf bestanden hätte, dass sie bei ihm bleibt, wo doch der Umgang mit den Feuerwehrleuten über ihre Chancen bei dem Job entscheiden könnte.

Er freute sich aufrichtig für sie. Pauls Timing hätte besser sein können, aber Drew wollte Caryn diese Chance nicht verwehren.

»Sie versucht schon eine Weile, mit Paul zu reden, also ist das eine gute Sache. Ich schätze, sie sind in der Vergangenheit nicht gut miteinander ausgekommen, also ist es ein vielversprechendes Zeichen, dass er hierherkommt und sie einlädt ... vor allem weil sie sich entschieden hat zu bleiben.«

»Hat sie das?«

»Wie schön für sie!«

»Glaubst du, dass ich in einem der Feuerwehrautos mitfahren kann?«

Die letzte Frage kam von Tony.

Drew lächelte ihn an. »Ich bin sicher, das lässt sich arrangieren.«

»Juhu!«

In den darauffolgenden fünfzehn Minuten behielt Drew Caryn im Auge, während sie sich mit den Männern im Zelt der Feuerwehr unterhielt und lachte. Alle schienen sich gut zu verstehen, was eine Erleichterung war. Drew hatte sich seit Tagen auf diese Verabredung gefreut, aber er wollte sie in keiner Weise zurückhalten, und sie war nicht die Art von Frau, die sich gern vorschreiben ließ, mit wem sie reden durfte und mit wem nicht.

»Alles in Ordnung bei dir?«, fragte Raiden, als er sich auf den Platz setzte, den Caryn freigemacht hatte.

»Aber natürlich. Warum sollte das nicht der Fall sein?«, erwiderte Drew ein wenig zu defensiv.

»Weil deine Freundin dich sitzen gelassen hat, um mit jungen Feuerwehrleuten abzuhängen?«, fragte Raid mit völlig ernstem Gesicht.

Drew verdrehte die Augen. »Wenn sie den Job bekommt, wird sie die ganze Zeit mit ihnen abhängen«, erklärte er seinem Freund.

»Stimmt. Aber der Ausdruck in Pauls Augen hat mir nicht gefallen.«

Drew hatte den Blick nicht von Caryn abgewandt, als Raid sich setzte, aber jetzt wandte er sich an seinen Freund. »Was meinst du? Was für ein Ausdruck denn?«

»Berechnend. Ich habe diesen Ausdruck oft gesehen, wenn ich auf Booten nach Drogen gesucht habe. Die Bösewichte dachten immer, sie könnten uns überlisten. Und wenn sie merkten, dass sie das nicht konnten, bekamen sie diesen Ausdruck, kurz bevor sie etwas Dummes oder Unüberlegtes taten.«

»Wie zum Beispiel was?«, fragte Drew.

»Wie zum Beispiel eine Waffe zu ziehen. Oder über Bord zu springen.«

»Wirklich? Wo wollten sie denn hin?«

»Keinen Schimmer. Aber ich sage dir … ich habe den gleichen Ausdruck in Pauls Augen gesehen.«

Drew seufzte. »Danke für die Vorwarnung. Aber ich kann und will mich Caryn nicht in den Weg stellen. Sie hat sich gerade entschieden hierherzuziehen, sie braucht diesen Job. Und … sie ist nicht naiv. Sie weiß, dass sie nicht Pauls Lieblingsmensch ist. Sie braucht diese Chance, um ihm zu zeigen, dass sie beruflich zusammenarbeiten können, ganz gleich, was in der Vergangenheit passiert sein mag.«

»Sie ist sicherlich mehr als qualifiziert für den Job, aber es wäre schlimm, wenn sie vom Regen in die Traufe käme«, bemerkte Raiden.

Drew stimmte zu, aber er befand sich in einer prekären Lage. Er und Caryn waren gerade erst zusammengekommen, und obwohl sie eine ziemlich tiefe Beziehung hatten – zumindest glaubte *er* das –, war er sich nicht sicher, ob sie an einem Punkt waren, an dem er sie vor dem einzigen Job warnen konnte, für den sie sich qualifiziert fühlte. »Sie ist eine kluge Frau«, sagte er zu Raid. »Wenn Paul etwas vorhat, wird sie es durchschauen.«

Raid nickte. »Das hoffe ich.«

Drew schätzte die Tatsache, dass sein Freund ihm nicht widersprach.

Raid nickte ihm zu, stand auf und ging zurück zu seinem Stuhl. Duke hatte sich während Raids Abwesenheit nicht von seinem Platz im Gras bewegt. Der Hund nahm sein Nickerchen sehr ernst, und selbst der ganze Trubel in einem Park voller Menschen schien ihn nicht aus der Ruhe zu bringen.

Als der Zeitpunkt des Beginns der Sendung näher rückte, lag Vorfreude in der Luft. Jeder mochte sich darüber beschweren, wie lächerlich die Sendung war, aber insgeheim freuten sich die meisten Bewohner der Stadt trotzdem über die Berühmtheit, die sie ihrer kleinen Ecke von Virginia bringen würde.

Als der Vorspann begann, wurde es still in der Menge. Drew konnte nicht anders, als noch einmal zu Caryn hinüberzusehen. Sie unterhielt sich mit Oscar und ein paar anderen Männern, die Drew nicht kannte. Ein Anflug von Eifersucht stieg in ihm auf, aber er tat sein Bestes, um ihn zu unterdrücken. Caryn war eine erwachsene Frau, und sie durfte mit jedem reden, mit dem sie wollte.

Drew wandte die Aufmerksamkeit dem Bildschirm zu und versuchte, sich darauf zu konzentrieren. Auch wenn Lilly und Ethan nicht mitkommen wollten, wusste er, dass sie immer noch neugierig darauf waren, wie die Produzenten die Ereignisse, die sie erlebt hatten, darstellen würden. Drew hoffte für sie, dass nicht erwähnt würde, was Lilly durchgemacht hatte.

Caryn wusste nicht, was sie von der Feuerwehr in Fallport halten sollte. Oberflächlich betrachtet waren alle freundlich und positiv und sagten die richtigen Dinge, aber sie konnte sich des Gefühls nicht erwehren, dass etwas nicht stimmte. Da sie es nicht genau zuordnen konnte und die Männer ziemlich freundlich waren, verdrängte sie dieses Gefühl.

Man hatte ihr noch nie das Gefühl gegeben, in einer Gruppe von Feuerwehrleuten gleichberechtigt zu sein. Jeder im Dienst schwor, dass Frauen und Männer genau gleich behandelt wurden, aber das war nicht der Fall, zumindest nicht ihrer Erfahrung nach. Vielleicht war es in ländlichen Gegenden wie dieser anders. Sie hätte das nicht gedacht, aber der heutige Abend überzeugte sie davon.

Sie hatte einige der Männer kennengelernt. Nicht nur Pauls enge Freunde – Lou, Dennis und George –, sondern auch Oscar begrüßte sie mit einem Lächeln, und sie lernte Nico, Treyvon, Frank, Darnell, Steve und ein paar andere kennen, an deren Namen sie sich nicht mehr erinnern konnte. Alle waren an ihren Erfahrungen als Feuerwehrfrau in New York City interessiert, und sie erzählte ein paar Geschichten über einige der erschütternden Dinge, die sie erlebt hatte. Im Gegenzug erzählten sie ihr von einigen der lächerlichsten Einsätze, die sie in Fallport erlebt hatten.

Alles in allem lief die Unterhaltung mit den Feuerwehrleuten von Fallport erstaunlich gut. Aber Caryn konnte nicht umhin, zu Drew hinüberzuschauen, der allein dort saß. Ihr Stuhl war leer zwischen ihm und den anderen, und sie dachte daran, was er vorhin gesagt hatte ... dass er eine ruhige Hochzeit wollte und nicht im Rampenlicht stehen wollte. Als sie ihn etwas abseits von seinen Freunden sitzen sah, tat ihr das Herz weh. Sie wollte so gern bei ihm sein.

Außerdem hasste sie sich im Moment selbst ein wenig. Sie sollte eigentlich bei Drew und seinen Freunden sein. Sie *wollte* bei ihnen sein. Aber stattdessen war sie hier und verbrachte ihre erste Verabredung mit den Leuten von der Feuerwehr.

Sie hatte sich noch nie so hin- und hergerissen gefühlt. Sie erlebte etwas, das sie sich ihr ganzes Berufsleben lang gewünscht hatte: Teil eines Teams zu sein. Dazuzugehören. Und sie konnte es nicht genießen, weil sie mit Drew zusammen sein wollte. Aber sie konnte buchstäblich nicht an zwei Orten gleichzeitig sein.

»Also, was hältst du von unserer kleinen Mannschaft?«, fragte Paul und riss sie damit aus ihren Gedanken.

Caryn wandte sich dem Mann zu, der sein Bestes getan hatte, um ihr die Besuche in Fallport während ihrer Kindheit zur Hölle zu machen. Selbst als sie als Erwachsene zu Besuch kam, hatte er sie jedes Mal belächelt und sie generell wie Dreck behandelt, wenn er sie gesehen hatte. Die Tatsache, dass er sie eingeladen hatte, sich heute Abend mit allen zu unterhalten, schien ihr sehr untypisch. Und obwohl sie sich über die Gelegenheit freute, die anderen Feuerwehrleute kennenzulernen, war sie immer noch misstrauisch, was seine Beweggründe betraf.

»Sie sind alle sehr nett«, versicherte sie ihm.

Paul schnaubte. »Nett. Jawohl. Das sind wir. Also ... du willst wirklich hierbleiben? Warum in aller Welt willst du deinen netten, bequemen Job in New York aufgeben, um in dieses Kaff zu ziehen?«

Anstatt ihm zu antworten, schoss Caryn zurück: »Warum bist *du* hier? Wenn du Fallport so sehr hasst, warum bist du dann nicht weggezogen und hast dir irgendwo einen Job in einer großen Stadt gesucht?«

Er starrte sie so lange an, dass Caryn den Drang unterdrücken musste, unbehaglich von einem Fuß auf den anderen zu treten. Dann lächelte er. »Der Punkt geht an dich. Du hast also vielleicht Interesse an dem Job?«

Caryn nickte. Sie mochte diesen Mann zwar nicht besonders, aber sie *brauchte* einen Job.

»Gut. Wenn du auf die Webseite von Fallport gehst, klick auf das Logo der Feuerwehr und dort kannst du dich bewerben«, erklärte er ihr.

»Wird gemacht.«

»Ich weiß nicht, wie lange es dauert, die Bewerbungen zu bearbeiten, aber du musst trotzdem zu den Vorstellungsgesprächen und so«, warnte Paul sie.

»Das verstehe ich.«

»Die Dinge werden hier anders gehandhabt als in New York.«

Caryn runzelte die Stirn und fragte sich, was genau er damit sagen wollte. »Das ist mir klar.«

»Ich hoffe es.« Dann ließ er den Blick zu etwas hinter ihr wandern und Caryn drehte sich um, um zu sehen, dass Lou und Dennis sich ihr genähert hatten.

»Hey, hast du Lust, mehr Zeit mit uns zu verbringen? Die Mannschaft besser kennenzulernen?«, fragte Dennis.

Caryn war von der Einladung überrumpelt. »Ähm ... sicher.« Die Antwort kam fast automatisch. Sie wusste nicht genau, was sie mit »Zeit verbringen« meinten, aber sie wollte jetzt auf keinen Fall irgendjemanden verärgern.

»Sehr gut. Normalerweise gehen wir freitagabends ins *The Cellar*, vielleicht könnten wir uns dort treffen.«

Caryn war sich da nicht so sicher. Sie hatte schon viel über die Billardhalle gehört und darüber, wie ungehobelt es dort zuging. Dem Besitzer war es verdammt egal, was die Leute in seinem Lokal taten, solange nur nichts beschädigt wurde. Art hatte ihr von der großen Schlägerei erzählt, die neulich Abend in dem Lokal ausgebrochen war, und dass Whip, der Besitzer, sich nur dafür zu interessieren schien, wer für die kaputten Billardqueues bezahlen würde. Es war ihm sogar egal, dass einer seiner Gäste schwer verletzt worden war, nachdem jemand mitten in der Schlägerei ein Messer gezogen hatte.

»Was?«, fragte Dennis, als sie zögerte. »Traust du dich etwa nicht, dorthin zu gehen?«

Caryn straffte die Schultern. Wie oft hatten andere Feuerwehrleute ihr schon vorgeworfen, sie hätte Angst oder sei eingeschüchtert? Zu oft. Als müsste sie nur wegen ihres Geschlechts ängstlicher sein als ihre männlichen Kollegen. »Ganz und gar nicht«, entgegnete sie so selbstbewusst, wie sie nur konnte.

»Gut. Wir sehen uns dann dort. Wir sagen dir Bescheid, wann wir uns wieder treffen. Das wird bestimmt lustig«, bemerkte Lou. Dann nickte er ihr und Paul zu und ging mit Dennis auf die andere Seite des Zeltes.

Caryn schluckte schwer und erinnerte sich daran, dass es das war, was sie wollte. Sie wollte zu einer festen Gruppe von Feuerwehrleuten gehören, und wenn sie so tun musste, als würde sie sich in einer Kneipe amüsieren, dann war es eben so. Es wäre nicht das erste Mal, dass sie etwas tat, was sie eigentlich nicht tun wollte, um mit ihren Kollegen auszukommen. Und jeder gute Eindruck, den sie machen konnte, würde sich positiv auswirken, wenn es darum ging, diesen Job zu bekommen.

Dann meldete sich Harry Grogan über den Lautsprecher und bedankte sich bei allen für ihr Kommen. Caryn wollte gerade zurück zu Drew und den anderen gehen, als George sagte: »Wir haben dir einen Platz frei gehalten.«

Sie blickte von dem leeren Stuhl am Ende der Reihe von Feuerwehrleuten zu den Mitgliedern des Such- und Bergungsteams hinüber. »Ich sollte zurückgehen«, erklärte sie und wies mit einer Geste auf den Platz, auf dem Drew saß.

»Was, du hängst lieber mit dem Streber ab?«, fragte Paul.

Caryn runzelte die Stirn. Die Antwort war: Ja, sie würde auf jeden Fall lieber mit Drew abhängen als mit diesen Typen. Aber Paul gab ihr keine Gelegenheit, etwas zu sagen.

»Wir können es ihr wohl nicht verübeln, dass sie lieber diesen Typen abschleppt, als mit uns abzuhängen«, erwiderte er und brachte alle seine Freunde zum Lachen. Caryn knirschte mit den Zähnen, als die Jungs anzügliche Witze erzählten und versuchten, sich gegenseitig mit Geschichten über ihr Sexleben zu übertrumpfen.

Einerseits wollte sie unbedingt ihren Platz unter den anderen Feuerwehrleuten festigen. Sie wollte diesen Job, damit sie in Fallport bleiben konnte. Und seltsamerweise fühlte sie sich durch die Tatsache, dass sie ihre unflätigen Ausdrücke nicht zügelten oder ihre Worte vor einer Frau nicht kontrollierten, mehr als Teil des Teams als aufgrund allem anderen, was sie heute Abend gesagt hatten.

Aber je länger sie dort stand und diesen Männern, ihren möglichen zukünftigen Kollegen, dabei zuhörte, wie sie die Frauen, mit denen sie geschlafen hatten, herabwürdigten, desto klarer wurde ihr, dass dies vielleicht nicht die Art von Solidarität war, nach der sie all die Jahre gesucht hatte.

Die Sendung begann, und die Jungs machten sich sofort über jede Kleinigkeit auf dem Bildschirm lustig. Caryn glaubte zwar nicht an Bigfoot, aber es gefiel ihr definitiv nicht, wie diese Männer, die angeblich der Stadt dienten, jeden Einheimischen, der in der Sendung auftrat, lächerlich machten. Schon nach wenigen Minuten fühlte sie sich äußerst unwohl. Es fiel ihr immer noch schwer, das Bedürfnis abzuschütteln, dazuzugehören und unter ihresgleichen zu sein, aber sie wollte unbedingt irgendwo anders sein als hier.

Sie ließ den Blick noch einmal zu Drew hinüberwandern. Irgendwann hatte Tony sich auf seinen Schoß gesetzt und seinen Rücken an Drews Brust gelehnt, den Kopf auf seine Schulter gelegt. Sie sahen sich die Sendung gemeinsam an, und ab und zu konnte Caryn erkennen, wie Drew etwas zu dem kleinen Jungen sagte. Tony nickte oder lachte, wandte die Aufmerksamkeit aber nie vom Bildschirm ab.

Das war's. Sie war hier fertig.

»Es war toll, euch alle kennenzulernen«, sagte sie, stand auf und ging zurück zu Drew, ohne auf eine Antwort zu warten.

Die Folge war fast zur Hälfte vorbei und Caryn nahm es sich übel, dass sie die Feuerwehrleute nicht früher verlassen hatte. Sie setzte sich auf ihren Stuhl neben Drew und schenkte ihm ein kleines, entschuldigendes Lächeln.

»Alles in Ordnung?«, fragte er.

Und wieder einmal bedauerte Caryn, dass sie diesen Mann nur eine Sekunde lang verlassen hatte. Er sollte wütend auf sie sein. Sollte verärgert sein. Aber stattdessen kümmerte er sich um sie und vergewisserte sich, dass es ihr gut ging, weil er wusste, dass sie mit Männern zusammen gewesen war, denen sie nicht wirklich vertraute.

»Ja«, erwiderte sie leise. Es gab noch so viel mehr, was sie sagen wollte, aber die Sendung lief noch und sie wollte nicht noch mehr davon verpassen, als das ohnehin schon der Fall war. Und sie wollte auch Tony nicht ablenken, der völlig in das vertieft war, was er sich ansah.

Zu ihrer Überraschung streckte Drew seine freie Hand aus und griff nach ihren Fingern.

Caryn machte für einen Moment die Augen zu. Sie hatte diesen Mann nicht verdient – und sie hatte sich geschworen, es wiedergutzumachen. Ja, sie wollte den Job auf der Feuerwache, damit sie bleiben konnte, aber sie wollte nicht das opfern, was sie und Drew gerade aufbauten.

Die Sendung endete ungewiss mit einer spannenden Vorschau auf die nächste Folge, was Caryn brillant fand. Eine großartige Methode, um das Interesse der Zuschauer aufrecht- zuerhalten und dafür zu sorgen, dass sie auch in der nächsten Woche wieder einschalten würden. Am Ende der Folge war der »Forscher« immer noch verschwunden und seine Kollegen vermuteten das Schlimmste, nämlich dass Bigfoot ihn verschleppt hatte.

Drew drehte sich zu ihr um und fragte: »Und wie fandest du die Sendung?«

Caryn starrte ihn einen Moment lang an, bevor sie sagte: »Es war nicht schlecht. Ich schätze, ich habe etwas … anderes erwartet, nachdem ich von Lilly gehört habe, was passiert ist.«

»Ja«, stimmte Drew zu.

»Es war toll!«, rief Tony und sprang von Drews Schoß. »Ich meine, wir alle wissen, was passiert ist, dass Bigfoot den Kerl nicht wirklich entführt hat, aber sie haben es wirklich so aussehen lassen. Ich kann es kaum erwarten, nächste Woche den Rest der Folge zu sehen.« Dann wackelte er mit zwei der Bigfoot-Stressbälle vor sich herum, als würden sie miteinander kämpfen.

»Tony! Bitte hilf uns beim Einpacken«, bat Elsie. »Du kannst auf dem Heimweg im Wagen mit deinen Bigfoot-Figuren spielen.«

Der Junge drehte sich ohne Murren um und ging, um seiner Mutter zu helfen.

Drew fing an, ihren Bereich aufzuräumen und die mitgebrachten Sachen einzupacken.

Caryn stand ein wenig unbeholfen da. Sie wollte von Drews Freunden akzeptiert werden und hatte das Gefühl, dass sie es vermasselt hatte, als sie sich entschieden hatte, sie alle sitzen zu lassen, um zu den Feuerwehrleuten zu gehen.

»Ist schon gut, weißt du. Wir können das verstehen«, sagte jemand hinter ihr.

Sie drehte sich um und sah Raiden, an dessen Seite Duke saß. Der Bluthund sabberte, wie er es immer tat, wenn er nicht schlief, aber Raiden schien es nicht einmal zu bemerken.

»Was könnt ihr verstehen?«, fragte sie.

»Dass du die Männer, mit denen du zusammenarbeiten wirst, kennenlernen musst. Du musst ihnen vertrauen, so wie sie lernen müssen, dir zu vertrauen. In Notsituationen ist keine Zeit für Kleinlichkeit oder Zweifel.«

Caryn starrte ihn an.

»Wenn du mit ihnen zusammenarbeiten willst, musst du alles tun, um mit ihnen auszukommen.«

Wenn überhaupt, fühlte sie sich durch sein Verständnis und seine aufmunternden Worte noch schlechter, als sie es ohnehin schon tat. Sie war mit Drew zu der Fernsehparty gekommen und hatte ihn und seine Freunde dann im Stich gelassen, nur weil Paul sie gebeten hatte rüberzukommen. Sie hätte dorthin gehen sollen, alle kennenlernen und dann sofort hierher zurückkehren sollen, bevor die Sendung begann. Sie hätte sich nicht von ihrem Wunsch dazuzugehören von dem abbringen lassen sollen, was ihr wirklich wichtig war.

»Richtig«, sagte sie schließlich.

»Niemand ist dir böse, nur weil du tust, was du tun musst, um ein neues Leben hier zu beginnen«, versicherte Raid ihr.

»Es tut mir leid, dass ich nicht mehr Zeit mit euch verbringen konnte«, entgegnete Caryn.

Raid zuckte mit den Schultern. »Keiner macht es dir zum Vorwurf«, versicherte er ihr. »Ich bin mir sicher, dass wir noch viele Gelegenheiten haben werden, uns zu treffen.« Mit diesen Worten kraulte er Duke kurz hinter den Ohren und drehte sich dann um, um seinen Stuhl zu holen.

»Bist du bereit, Art zu holen?«

Caryn zuckte überrascht zusammen. Sie drehte sich um und sah Drew neben sich stehen, die Stühle unter einem Arm, die Decke über die Schulter geworfen und die Kühlbox in der anderen Hand. Er hatte es geschafft, alles einzupacken, während sie mit seinem Freund gesprochen hatte. Sie griff nach der Kühlbox. »Lass mich das tragen.«

»Ich mache das schon«, erwiderte Drew und Caryn zuckte zusammen.

»Es tut mir leid«, flüsterte sie.

»Das muss dir nicht leidtun.«

Aber Caryn wusste, dass das nicht stimmte. Sie hatte einen Fehler gemacht und keine Ahnung, wie sie das, was sie getan hatte, wiedergutmachen konnte. Ja, sie war zurückgekommen, um sich den Rest der Sendung mit ihm anzusehen, aber sie bedauerte, dass sie ihn überhaupt sitzen gelassen hatte.

Sie ging neben Drew, als sie sich auf den Weg zu Art machten, der bei Silas und Otto saß. Auf dem Weg zurück zu Drews Jeep redete ihr Großvater ununterbrochen. Er erzählte fast jeden Teil der Sendung, manchmal mit Abscheu, manchmal mit Aufregung. So sehr er auch bemüht war, so zu tun, als hätte er die paranormale Sendung nicht genossen, schien sie ihm trotzdem ausgesprochen gut gefallen zu haben.

Drew verstaute die Stühle und die anderen Sachen im hinteren Teil des Jeeps und vergewisserte sich, dass Art es bequem hatte, bevor er sich hinters Lenkrad setzte. Kaum hatte er den Motor angelassen, klingelte sein Handy. Er nahm den Anruf über die Freisprechanlage im Fahrzeug entgegen.

»Hey, ich bin's, Ethan. Und? Wie war's?«

»Nicht schlecht eigentlich. Du bist übrigens auf Lautsprecher und ich habe Caryn und Art dabei.«

»Hey, Leute«, begrüßte Ethan sie.

Sowohl Caryn als auch Art grüßten Drews Freund.

»Und? Erzähl mir alles, damit ich es Lilly sagen kann.«

»Nun, zum einen war die Kameraführung hervorragend. Sag Lilly, dass sie eine verdammt gute Videofilmerin ist.«

»Ich bin sicher, ihr hattet keine Ahnung, welche Aufnahmen von ihr stammten«, bemerkte Ethan lachend.

»Okay, das stimmt zum Teil, aber ich erinnere mich an einige Dinge, die sie speziell gefilmt hat, wie zum Beispiel die Bürgerversammlung am ersten Tag, ich rede also nicht völligen Blödsinn«, erwiderte Drew mit einem kleinen Lachen.

»Alles klar. Was noch?«

Caryn hörte zu, als Drew seinem Freund einen Überblick über die Sendung und deren Inhalt gab. Dann sagte er: »Wir waren in dieser Folge nicht dabei, denn sie wurde genau in dem Moment abgebrochen, in dem alle merkten, dass Trent verschwunden war ... und vermutlich von Bigfoot entführt wurde. Aber insgesamt war es wirklich gut gemacht. Das, was die Crew im Wald gemacht hat, um Bigfoot dazu zu bringen, sich zu zeigen, war zwar Blödsinn, aber unterhaltsam.«

»Wir können also definitiv mit einem Zustrom von Leuten rechnen«, bemerkte Ethan.

»Oh ja«, erwiderte Drew.

»Was glaubst du, wie es nächste Woche mit der Geschichte

weitergeht? Meinst du, sie werden alle Details darüber verraten, dass Joey der Täter ist und seinen Freund umgebracht hat?«

»Keine Ahnung ... aber ich vermute, wahrscheinlich nicht. Jeder könnte die Details im Internet nachlesen, aber die meisten Leute sind faul und werden abwarten, was nächste Woche in der Sendung passiert. Ich vermute, dass die Produzenten den Aspekt der vermissten Person und die Verbindung zu Bigfoot ausklammern werden. Dann wird es wahrscheinlich eine kleine Notiz am Ende der Sendung geben, in der die Staffel Trent gewidmet wird, und das war's.«

»Bist du nicht ein bisschen zynisch?«, bemerkte Ethan schmunzelnd.

»Du denkst doch das Gleiche«, konterte Drew.

»Okay, du hast recht. Gibt es irgendetwas in der Folge, das Lilly stören könnte, wenn sie sich die Sendung ansieht?«, fragte Ethan.

Als Caryn das hörte, stieg ihr Respekt für den Mann. Ihm war die Sendung offensichtlich egal, aber er machte sich Sorgen um die Wirkung auf seine Verlobte.

Eine Sehnsucht überkam sie ... so stark, dass ihr Bauch sich zusammenzog. Hatte sich schon einmal jemand solche Sorgen um sie gemacht? Jemals? Sie glaubte es nicht. Sie wusste, dass Art sie liebte, aber die Liebe eines Familienmitglieds war natürlich etwas anderes als die eines Partners.

»Nein«, entgegnete Drew. »Ich meine, es könnte unangenehme Erinnerungen an das wecken, was sie durchgemacht hat, aber es geht nur um das Team der sogenannten Ermittler, die im Wald versuchen, Bigfoot zu finden.«

»Okay, danke, Mann. Ich habe die Sendung aufgenommen, damit wir sie uns später ansehen können, war mir aber nicht sicher, ob wir das tun sollten.«

»Möchtest du, dass ich rüberkomme und sie mir mit euch ansehe?«, fragte Drew.

Und wieder einmal wurde Caryn daran erinnert, was für ein guter Kerl der Mann neben ihr war.

»Ich denke, es ist schon in Ordnung. Zu wissen, dass du keine Einwände hast, reicht mir. Es tut mir leid, dass wir heute Abend nicht gekommen sind.«

»Du musst dich nicht entschuldigen. Wir verstehen das. Jeder hätte nur auf Lilly geachtet, um ihre Reaktion zu sehen, was ihr und dir unangenehm gewesen wäre. Es ist alles gut.«

»Ja, das ist einer der Hauptgründe, warum wir nicht gekommen sind.«

»Der alte Grogan hat allerdings ziemlich coole Bigfoot-Sachen«, bemerkte Drew. »Hemden, Hüte, das ganze Drum und Dran. Und ich glaube, Elsie hat extra einen Bigfoot-Stressball für dich besorgt.«

»Sag mir, dass das ein Witz ist«, stöhnte Ethan.

»Kein Witz.«

»Nun, wir wussten, dass er aus der Ausstrahlung der Sendung Kapital schlagen wollte. Aber mal im Ernst? Stressbälle?«

»Die sind irgendwie süß«, platzte Caryn heraus.

Ethan lachte leise. »Ja, klar. Sicher sind sie das. Wie auch immer, ich muss jetzt Schluss machen. Bis bald.«

»Bis bald«, verabschiedete Drew sich von seinem Freund.

Caryn und Art verabschiedeten sich ebenfalls und Drew legte auf. Eine Minute später hielt er vor Arts Haus an. Er stieg aus, um Art aus dem Rücksitz zu helfen, aber Caryn konnte sich nicht dazu durchringen, aus dem Wagen zu steigen.

»Ich werde einfach schon mal reingehen. Lasst euch Zeit«, erklärte Art mit einem verschmitzten Lächeln, während er langsam auf die Eingangstür seines Hauses zuging.

»Können wir reden?«, fragte Caryn leise und drehte sich in ihrem Sitz, um Drew anzusehen.

Er musterte sie einen Moment lang und nickte dann, als er zum Fahrersitz zurückkehrte und die Tür zumachte.

Caryn biss sich auf die Lippe und holte tief Luft. Sie wusste, dass sie dieses Gespräch führen musste, aber sie wusste nicht, wo sie anfangen sollte. Sie hatte einen Kloß im Hals und sie fühlte sich schrecklich, weil der Abend so gelaufen war. Sie hatte sich so darauf gefreut, Zeit mit Drew zu verbringen, und sie hatte das Gefühl, dass sie die Beziehung zwischen ihnen ruiniert hatte.

Als sie den Mund öffnete, um sich zu entschuldigen, griff Drew zu ihr und legte seine Hand in ihren Nacken.

Und einfach so stiegen Caryn die Tränen in die Augen. Warum war er so nett zu ihr? Er sollte wütend auf sie sein. Sie hatte ihn verlassen, um mit einem Haufen anderer Männer herumzuhängen. Wären die Rollen vertauscht gewesen, wäre sie nicht so verständnisvoll mit ihm.

Da sie wusste, dass sie etwas sagen musste, hob sie den Blick und sah ihn an.

KAPITEL ZEHN

Drews Gefühle waren völlig durcheinander, aber als es offensichtlich war, dass Caryn Schwierigkeiten hatte, mit ihm zu sprechen, konnte er nicht anders, als ihr die Hand zu reichen. Er legte seine Hand in ihren Nacken und streichelte die empfindliche Haut dort mit seinem Daumen.

Er hasste es, die Angst und das Bedauern in ihren tränengefüllten Augen zu sehen, als sie ihn anschaute.

»Es tut mir leid«, krächzte sie.

Aber Drew schüttelte den Kopf. Er hatte während der letzten Stunden eine ganze Reihe von Emotionen durchlebt, aber er verstand wirklich, warum Caryn gegangen war, um mit den Feuerwehrleuten zu sprechen. Er hatte gehofft, eine lustige erste Verabredung zu haben, aber er hätte wissen müssen, dass das für *jede* Art von Verabredung, bei der halb Fallport dabei war, reines Wunschdenken war.

»Wie ich bereits sagte gibt es nichts, wofür du dich entschuldigen müsstest.«

»Drew, ich habe dich sitzen lassen, um mit dem dummen Paul und seinen Freunden Zeit zu verbringen.«

»Ich hätte mich geärgert, wenn du *nicht* gegangen wärst«, erklärte Drew ihr.

Caryn warf ihm einen skeptischen Blick zu.

»Hör zu, ich verstehe dich. Du musst eine Verbindung zu diesen Jungs aufbauen, wenn du den Job haben willst. Du hast mir gesagt, dass du und Paul in der Vergangenheit nicht miteinander ausgekommen seid und dass es gut war, dass er gekommen ist, um zu sehen, ob du dich ihnen anschließen willst. Ich bin nicht böse, Caryn. Ehrenwort.«

»Die ganze Zeit über, während ich mit ihnen gesprochen habe, habe ich mir gewünscht, bei dir zu sein«, erklärte sie leise.

»Es ist okay«, beruhigte er sie.

Aber Caryn schüttelte den Kopf. Es war offensichtlich, dass sie mit der Entscheidung, die sie getroffen hatte, zu kämpfen hatte. »Mein ganzes Leben lang war ich der Außenseiter. Ich hatte nicht die coolen Klamotten, weil meine Mutter sie mir nicht kaufen wollte. Ich hatte es nicht leicht, Freunde zu finden, weil ich der ›seltsame‹ Wildfang war. Auf dem College wurde es etwas besser, und als ich meinen ersten Job als Feuerwehrfrau bekam, war ich überglücklich. Ich hatte die Vorstellung, die beste Freundin meiner Kollegen bei der Feuerwehr zu sein. Aber das geschah nicht. Ich war wieder einmal außen vor, einfach wegen meines Geschlechts. Es spielte keine Rolle, dass ich doppelt so hart arbeitete wie alle anderen oder dass ich alles machen konnte, was sie konnten, ich wurde immer noch mit Spott behandelt.

Ich wechselte die Feuerwehrwache in der Hoffnung, dass es besser werden würde, aber das wurde es nicht. Mit jedem Wechsel zu einer anderen Feuerwache hatte ich die Hoffnung, dass ich vielleicht meinen Platz finden würde. Aber immer wieder wurde ich ausgegrenzt. Manchmal direkt und manchmal eher subtil, aber ich spürte es. Dabei will ich doch nur so akzeptiert werden, wie ich bin. Für das, was ich tun kann. Für meine Fähigkeiten. Denn ich bin eine verdammt gute Feuerwehrfrau, Drew. Heute Abend war ich einfach wieder in dieser hoffnungsvollen Stimmung. Ich wollte akzeptiert werden und Teil von etwas Besonderem sein, aber ich habe nicht wirklich daran geglaubt, dass es passieren würde. Und ... auch wenn die meisten dieser Jungs nicht wirklich Leute sind, mit denen ich gern Zeit verbringen möchte, schienen sie mich zu akzeptieren. Es war ein berauschendes Gefühl und ich war froh darüber, wie offen sie waren.«

»Das ist gut«, entgegnete Drew.

»Das ist es, aber gleichzeitig war ich sauer auf mich, weil ich nicht mit dir zusammen war.«

»Sieh mich an, Caryn«, befahl Drew. Er wartete, bis sie den Blick hob und ihn ansah. Während er sprach, zog er sie ein wenig näher zu sich heran. »Du bist fantastisch. Ich habe dich zwar noch nicht bei einem Brand gesehen, aber es ist offensichtlich, dass du deinen Beruf liebst. Und ich habe mit dir trainiert und aus erster Hand gesehen, wozu du fähig bist. Du hast die Dinge, die ich dir über Suche und Bergung beigebracht habe, schneller begriffen als ich während meiner Einarbeitung. Ich hoffe, dass das mit der Feuerwehr klappt, und ich bin froh, dass Paul endlich nichts mehr gegen dich zu haben scheint, aber ... ich möchte, dass du dir wirklich zu Herzen nimmst, was ich dir als Nächstes sage.«

Sie nickte.

»Egal was zwischen uns passiert, egal wie du dich bezüglich eines Jobs hier in Fallport entscheidest, ich akzeptiere dich genau *so*, wie du bist. Und Ethan auch. Und der Rest des Teams. Elsie, Lilly und Bristol auch. Wir sind alle Außenseiter auf unsere eigene Art und Weise und du bist eine von uns. Du musst uns nichts beweisen, um dazuzugehören, denn du gehörst bereits dazu, verstanden?«

Daraufhin schloss Caryn die Augen und er hörte, wie ihr der Atem stockte.

Er ließ ihr Zeit, ihre Gefühle unter Kontrolle zu bringen, bevor er sie nach vorn zog und auf die Stirn küsste. »Ich fand es schade, dass du nicht den ganzen Abend bei mir warst, aber ich habe es dir in *keiner* Weise übel genommen, dass du getan hast, was du tun musstest, um dir eine Arbeitsstelle zu sichern.«

Sie machte die Augen auf und atmete tief durch. »Du bist zu gut, um wahr zu sein«, flüsterte sie.

»Nein. Nur ein Mann, der eine gute Sache zu erkennen weiß, wenn er sie sieht«, entgegnete er mit einem leichten Schulterzucken. »Es gibt da noch etwas, das mir auf der Seele liegt und das ich dir unbedingt sagen möchte ... aber ich möchte nicht, dass du böse wirst.«

Caryn blinzelte die Tränen weg, die ihr in die Augen getreten waren. »Ich denke, wenn du nicht sauer geworden bist, weil ich dich bei unserer ersten Verabredung sitzen gelassen habe, und da du sehr verständnisvoll damit umgegangen bist, kann ich mir anhören, was du zu sagen hast, ohne die Fassung zu verlieren.«

»Ich traue Paul nicht«, platzte Drew heraus. Caryn runzelte die Stirn, und er fuhr schnell fort: »Ich kenne ihn nicht, nicht wirklich. Unsere Wege haben sich bisher nicht oft gekreuzt, aber nach allem, was du mir über deine Vergangenheit mit diesem Mann erzählt hast, fällt es mir schwer zu verstehen, warum er plötzlich so erpicht darauf ist, mit dir befreundet zu sein.«

»Ich bin gut in meinem Beruf«, bemerkte Caryn.

»Das weiß ich. Und du wirst eine wahre Bereicherung für die Feuerwehr von Fallport sein. Aber ich kann nicht anders, als seinen Motiven zu misstrauen.« Er hielt den Atem an und wartete auf Caryns Reaktion auf sein Misstrauen gegenüber diesem Mann.

Zu seiner Erleichterung nickte sie. »Das habe ich auch gedacht. Ich meine, ich war erleichtert, dass ich mich heute Abend nicht mit seiner fiesen Seite auseinandersetzen musste, aber es scheint, dass er seine Gefühle mir gegenüber etwas *zu* abrupt geändert hat.«

»Ich bitte dich nur darum, auf der Hut zu sein. Ich weiß,

dass du von ihnen akzeptiert werden willst, aber bitte halte einfach die Augen offen«, sagte Drew zu ihr.

»Glaubst du, er will mir eine Falle stellen?«, fragte Caryn.

»Ich habe keine Ahnung, aber an deiner Stelle wäre ich vorsichtig.«

»Ich bin ganz deiner Meinung. Und ich werde vorsichtig sein.«

»Gut.«

»Drew, meinst du, wir können unsere erste Verabredung wiederholen? Auch wenn ich diejenige war, die es vermasselt hat, hätte ich nichts gegen eine Wiedergutmachung. Vielleicht ohne dass mein Großvater dabei ist«, bat Caryn.

»Und die Hälfte von Fallport?«, fragte Drew lächelnd, erleichtert, dass sie ihm nicht böse war, weil er Pauls scheinbar abruptem Sinneswandel nicht traute.

»Ja, das auch.«

»Hast du etwas Bestimmtes im Sinn? Etwas, das du noch nicht getan hast und gern tun würdest?«

»Vielleicht könnten wir zu Hause bleiben und einen Film oder etwas anderes bei dir ansehen? So besteht keine Gefahr, dass jemand oder etwas uns stört.«

»Außer vielleicht ein Notruf«, bemerkte Drew trocken.

Caryn lachte. »Genau, außer vielleicht ein Notruf.«

»Das fände ich schön«, versicherte er ihr.

»Ich weiß nicht einmal, wo du wohnst«, sagte Caryn.

Drew zuckte mit den Schultern. »Es ist kein Geheimnis. Ich habe ein kleines Haus auf der anderen Seite des großen Platzes gemietet. Es ist nichts Besonderes.«

»Ich bin sicher, es ist toll.«

Drew lächelte sie an und wurde durch die Art, wie sie sich über die Lippen leckte, von ihrem Gespräch abgelenkt.

»Drew?«

»Ja?«

»Küsst du mich jetzt, oder was?«

Er lächelte und senkte ohne ein weiteres Wort den Kopf.

Wie lange sie in seinem Jeep knutschten, wusste er nicht, aber als er sich zurückzog, wusste er, dass er sich bereits in diese Frau verliebt hatte. Der heutige Abend war für sie beide hart gewesen, aber er fand es gut, dass sie darüber reden konnten. Dass sie nicht gezögert hatte, reinen Tisch machen zu wollen. Und ein kleiner Teil in ihm war erleichtert, dass sie bedauerte, einen Großteil des Abends damit verbracht zu haben, sich bei den Feuerwehrleuten einzuschleimen. Er nahm es ihr nicht übel und verstand es auch, aber dennoch ... er hatte sie vermisst.

»Willst du morgen früh trainieren?«, fragte sie, als sie wieder zu Atem gekommen war.

»Auf jeden Fall. Du lässt mich doch nicht im Stich, oder?«

Sie verdrehte die Augen. »Als ob.«

»Willst du joggen, wieder den Hindernislauf machen oder im Wald wandern gehen?«

»Wandern«, entgegnete sie, ohne zu zögern.

Drew freute sich über diese Antwort. Er genoss die Zeit, die sie gemeinsam auf den Wanderwegen rund um Fallport verbrachten. Sie war wie ein Schwamm, saugte jedes bisschen Wissen auf, das er über Suche und Bergung von Vermissten erzählte, und er genoss es, einfach in ihrer Nähe zu sein.

Als keiner der beiden Anstalten machte, sich zu trennen – Drews Hand lag immer noch in ihrem Nacken und ihre auf seinem Oberschenkel –, lächelte er.

»Ich glaube, ich sollte jetzt besser aussteigen. Ich bin sicher, Arts Nachbarn beobachten genau, wie lange wir hier sitzen und rumknutschen.«

»Ist mir egal«, entgegnete Drew achselzuckend.

»Weißt du was? Mir auch«, sagte Caryn zu ihm. »Das ist ein großer Schritt für mich, denn normalerweise bin ich davon besessen, was andere über mich denken.«

»Das solltest du nicht sein. Wenn andere dich nicht mögen, liegt das an *ihnen*, nicht an dir«, versicherte Drew ihr. »Du bist klug, rücksichtsvoll, fleißig und eine Million anderer Adjektive.

Nicht jeder auf dieser Welt wird dich mögen, und es ist in Ordnung, damit klarzukommen. Die einzigen Menschen, die zählen, sind die, die du liebst. Sei stolz darauf, wer du bist, was du alles geschafft hast und was du erreicht hast.«

Sie legte den Kopf schief. »Das ist nicht ganz so einfach.«

»Natürlich ist es das nicht. Ich glaube, die Menschen wollen einfach dazugehören. Gemocht werden. Aber ich habe festgestellt, dass es buchstäblich unmöglich ist, mit jedem befreundet zu sein. Einige werden dich wegen deiner Haar- oder Hautfarbe, deines Gewichts, deines Geschlechts, der Art, wie du sprichst, oder aus hundert anderen dummen Gründen nicht mögen.«

»Wie zum Beispiel die Art der Uniform, die man trägt?«, fragte sie leise.

»Ganz genau. Die Leute haben mich sofort gehasst, nur weil sie meine Uniform gesehen haben und sonst nichts. Egal wie sehr ich ihnen helfen wollte, sie konnten nicht über ihre eigenen Vorurteile und meinen Beruf hinwegsehen. Ich verstehe, dass es da draußen ein paar unglaublich miese Polizisten gibt, und jede ihrer schlechten Taten wirft ein schlechtes Licht auf jeden von uns, die wir geschworen haben, zu schützen und zu dienen. Aber nur weil jemand mich nicht mochte, heißt das nicht, dass ich meinen Job nicht machen sollte. Und das ist in jedem Beruf so. Ob du es glaubst oder nicht, manche Leute, die zu finden wir in den Wald geschickt wurden, haben uns sofort gehasst, obwohl wir sie gerettet haben.«

»Das ergibt keinen Sinn«, bemerkte Caryn mit einem Stirnrunzeln.

»Ich weiß. Aber das macht nichts, wir tun trotzdem alles in unserer Macht Stehende, damit es ihnen gut geht, sie nicht verletzt werden und zu ihren Lieben zurückkehren können. Also ... vergiss alle, die dich nicht so mögen, wie du bist, Caryn. Sie sind diejenigen, die etwas verpassen, nicht du.«

»Diese Denkweise gefällt mir«, gab sie zu.

»Gut.«

»Ich werde es versuchen. Aber es ist mir noch nie leichtgefallen, die Meinung anderer so einfach abzutun.«

Sie tat Drew deswegen ausgesprochen leid. »Nach dem zu urteilen, was du gesagt und nicht gesagt hast, gehe ich davon aus, dass du keine gute Kindheit hattest. Hast du noch Kontakt zu deiner Mutter?«

»Nein«, erwiderte sie knapp.

»Gut. Und da Art nie über seine Tochter spricht, gehe ich davon aus, dass er auch nichts für sie übrighat.«

Caryn holte tief Luft. »Ich bin noch nicht bereit, über sie zu sprechen, aber ja, sie war weder eine gute Mutter noch eine gute Tochter.«

»Okay, aber ich bin hier, wenn du *jemals* darüber reden möchtest.«

»Danke. Hast du noch Familie?«

»Nun, ich wurde nicht in einem geheimen Regierungslabor in einem Bottich mit Glibber hergestellt«, scherzte er, um die Spannung zu lockern.

Sie lachte, wie er es beabsichtigt hatte.

»Meine Eltern waren nicht gerade toll«, gab er zu. »Sie hatten nicht viel Zeit für mich, als ich klein war, aber sie haben mich mit dem Nötigsten versorgt. Gleich nach dem Highschool-Abschluss bin ich ausgezogen. Ich besuchte eine Fachhochschule und erwarb einen Abschluss in Strafjustiz und beendete mein Grundstudium, während ich Vollzeit in einer chemischen Reinigung arbeitete. Ich wurde an der Virginia State Police Academy angenommen und der Rest ist Geschichte. Meine Eltern sind vor nicht allzu langer Zeit gestorben, mein Vater an einem Herzinfarkt und meine Mutter an Problemen, die damit zu tun hatten, dass sie die meiste Zeit ihres Lebens Alkoholikerin war. Ich wünschte, ich hätte eine bessere Beziehung zu den beiden gehabt, aber es ist, wie es ist.«

Caryn streichelte seinen Arm. »Das tut mir leid.«

»Wir waren praktisch Fremde, als sie starben, was ich

bedaure, aber sie waren nie sehr empfänglich für eine echte Beziehung, als ich sie ein paarmal angesprochen habe. Nochmals, es ist ihr Verlust.«

»Das ist es wirklich. Denn du bist wunderbar.«

Dafür bekam sie einen weiteren Kuss. Drew tat sein Bestes, um es dieses Mal nicht zu weit kommen zu lassen. Er wünschte sich nichts sehnlicher, als sie an sich zu ziehen und ihr zu zeigen, wie viel sie ihm zu bedeuten begann. Er hatte sich schnell und heftig in sie verliebt, war aber bereit, die Dinge in ihrem Tempo anzugehen, bis sie sich ebenso sicher war, dass sie eine Beziehung führen wollte.

»Ist sechs Uhr morgen in Ordnung?«, fragte er.

»Perfekt. Ich sollte vielleicht reingehen und nachsehen, ob mein Großvater gut zurechtkommt.«

»Er schläft wahrscheinlich schon«, bemerkte Drew. »Er hatte einen aufregenden Abend.«

»Es hat ihm gefallen, Hof zu halten und mit allen zu sprechen, die ihn besucht haben«, stimmte Caryn zu.

»Er ist mit Sicherheit einer der besonderen Charaktere dieser Stadt«, sagte Drew. Dann zwang er sich, seine Hand aus ihrem Nacken zu nehmen, denn er wusste, er würde das Gefühl ihrer weichen Haut auf seiner rauen Handfläche vermissen.

»Danke für dein Verständnis wegen heute Abend. Es wird nicht wieder vorkommen«, versicherte sie ihm.

»Was wird nicht wieder vorkommen?«, fragte er.

»Dass ich dich sitzen lasse, um mit anderen rumzuhängen.«

»Darüber haben wir schon gesprochen. Du hast mich nicht sitzen lassen«, beharrte er.

»Doch, aber ich weiß es zu schätzen, dass du so höflich damit umgehst«, entgegnete sie achselzuckend.

Drew konnte sich nicht davon abhalten, sich für einen weiteren Kuss zu ihr zu beugen. »Okay«, sagte er zu ihr, als er sich zurückzog. Er stieg aus dem Jeep aus und ging zu ihr hinüber. Caryn stand bereits neben ihrer Tür, als er bei ihr ankam. Er zog sie in eine lange und herzliche Umarmung und war zufrieden, als sie den Kuss ebenso heftig erwiderte.

»Na los«, sagte er, wobei seine Stimme ein wenig rau klang. »Geh schon rein, bevor ich deinen Nachbarn *wirklich* eine Show liefere, über die sie sich noch lange das Maul zerreißen werden.«

Sie lachte, wie er es von ihr erwartet hatte. »Danke für den Abend. Und dafür, dass du so fantastisch bist. Wir sehen uns morgen früh.«

Drew wartete, bis sie die Tür zum Haus geöffnet hatte und ihm zuwinkte, bevor er wieder auf den Fahrersitz seines Jeeps stieg. Während er zu seinem kleinen Haus fuhr, dachte er über den Abend nach. Er war nicht so gelaufen, wie er es erwartet hatte, aber am Ende hatte er das Gefühl, dass er und Caryn sich irgendwie doch nähergekommen waren.

Beziehungen gingen nie problemlos vonstatten, wie eben auch eine Straße ihre Kurven und Unebenheiten hatte. Er war einfach nur erleichtert, dass sie die Dinge ausdiskutieren konnten. Er hatte volles Verständnis für ihren Wunsch, in den inneren Kreis der Feuerwehrleute aufgenommen zu werden. Er hoffte nur, dass sie Caryns Bedürfnis, gemocht und akzeptiert zu werden, nicht gegen sie verwenden würden.

Paul Downs saß mit Lou, Dennis und George auf der Terrasse des Hauses seiner Eltern, während sie eine Kiste Bier leerten.

»Diese Sendung war so ein Schwachsinn«, bemerkte Dennis angewidert.

»Völliger Blödsinn. Und es wird uns bitter zu stehen kommen, denn sie wird Idioten in die Stadt bringen, mit denen wir uns herumschlagen müssen«, stimmte George zu.

»Allerdings. Mehr Anrufe wegen Herzinfarkten, die nur Verdauungsstörungen sind. Leute wählen den Notruf wegen eines Feuers im Wald, das nur Rauch von einem Lagerfeuer ist.

Wir werden keine Nacht mehr ruhig schlafen können, ohne von einem Anruf gestört zu werden.«

»Vielleicht können wir damit mehr Geld aus dem Stadtrat herausquetschen«, überlegte Lou. »Wir könnten einen besseren Fernseher und bequemere Stühle auf der Feuerwache gebrauchen. Was meinst du, Paul?«

»Ich denke, du hast recht. Vielleicht können wir auch die Geräte aufrüsten und den Bürgermeister sogar davon überzeugen, dass wir einen Vollzeitkoch brauchen.«

Die Männer lachten alle und stimmten zu.

»Was war denn heute Abend mit dieser Tussi los?«, fragte Lou, nachdem er einen Schluck von seinem Bier genommen hatte.

Paul zog eine Grimasse. »Caryn Buckner. Sie geht mir schon so lange auf den Sack, wie ich mich erinnern kann.«

»Wie lange ist das?«, fragte George.

»Seit wir Kinder waren. Sie verbrachte die Sommer hier, weil ihre Mutter eine Versagerin ist oder so. Ich weiß es nicht und es ist mir auch egal. Aber sie war damals genauso arrogant wie heute. Sie sah auf die Kinder aus der Gegend herab und hielt sich für schlauer als alle anderen. Aber wer zuletzt lacht, lacht am besten, und das werde ich sein«, erklärte Paul mit einem Lächeln.

»Ach ja?«, fragte Lou. »Was hast du denn vor?«

»Die Schlampe hält sich für eine tolle Feuerwehrfrau und will die freie Stelle bei der Feuerwehr von Fallport haben. Das kommt natürlich überhaupt nicht infrage, solange *ich* hier Feuerwehrhauptmann bin. Es ist mir egal, wie qualifiziert sie laut ihrem Lebenslauf ist. Keine Tussi wird auftauchen und versuchen, in meinem Revier etwas zu verändern. Außerdem setze ich mein Leben nicht aufs Spiel, indem ich sie in die Truppe aufnehme. Sie könnte meinen Hintern niemals aus einem brennenden Gebäude ziehen. Verdammte Mädchen sollten keine Feuerwehrleute sein dürfen. Sie sind dazu körperlich einfach nicht in der Lage.«

Die anderen Männer stimmten ihrem Freund lautstark zu.

»Aber du hast ihr gesagt, wie sie sich bewerben soll«, gab George zu bedenken. »Du hast sie sogar dazu ermutigt.«

»Das habe ich«, entgegnete Paul mit einem Grinsen. »Aber das bedeutet nicht, dass ich sie auswählen muss. Ich würde sie nie anheuern, um bei uns mitzumachen.«

»Und wenn der Stadtrat darauf besteht? Du weißt schon, um zu diversifizieren oder so ein Quatsch?«, fragte Lou.

Paul runzelte die Stirn. »Eher kündige ich, als dass ich mit dieser Schlampe arbeite«, erklärte er grimmig. »Wie dem auch sei, ich habe einen Plan. Sie brennt offensichtlich darauf, Teil unserer Truppe zu werden, aber bevor das passiert ... müssen wir sie dazu bringen zu beweisen, dass sie das Zeug dazu hat, bei der Feuerwehr von Fallport mitzumachen.«

Ein Grinsen breitete sich auf den Gesichtern der anderen Männer aus.

»Ich habe schon mit Dennis darüber gesprochen. Er hat den Ball für ihre erste Aufnahmeprüfung ins Rollen gebracht«, sagte Paul.

»Unser wöchentliches Billardspiel im *The Cellar*«, entgegnete George, der sich offensichtlich an das Gespräch vom Vorabend erinnerte.

»Ja«, erwiderte Dennis mit einem Grinsen.

»Glaubst du, dass sie auftauchen wird?«, fragte Lou. »Du weißt doch, wie sehr die Leute hier das Lokal hassen.«

»Sie wird kommen«, versicherte Dennis. »Sie will diesen Job und sie weiß, dass sie ihn nur bekommt, wenn sie uns den Hintern küsst.«

»Vielleicht küsst sie etwas anderes«, bemerkte George und griff sich an den Schwanz.

Alle lachten.

»Ich hätte nichts dagegen, ihr meinen Schwanz in den Hals zu stecken«, fügte Dennis hinzu, »aber ich vermute, sie ist zu verklemmt für diesen Mist. Zumindest am Anfang.«

»Glaubt ihr, sie hat sich als Feuerwehrfrau hochgevögelt?«, fragte Lou.

»Ich bin sicher, das hat sie. Keine andere Frau hätte die Jobs bekommen, die sie hatte, ohne ihre Vorgesetzten zu vögeln«, behauptete Paul. »Aber ich will mit ihrer Muschi nichts zu tun haben, ich will sie nur in ihre Schranken weisen. Sie soll wissen, dass sie, auch wenn sie es denkt, keine von uns ist und es auch nie sein wird. Ich werde sie glauben lassen, dass sie eine Chance hat, aber am Ende wird sie den Job nicht bekommen, egal wie sehr sie sich einschleimt.«

»Darauf stoßen wir an«, erklärte Lou und hielt seine Bierdose hoch.

Die anderen taten es ihm gleich und stießen mit ihren Dosen an.

»Wir haben eine Woche Zeit, um uns etwas Gutes für ihre erste Probe auszudenken«, erklärte Paul. »Und wenn sie den Wink mit dem Zaunpfahl nicht versteht, werden wir uns etwas anderes einfallen lassen. Bis sie kapiert hat, dass sie nie Mitglied der hiesigen Feuerwehr sein wird.«

»Verdammte Frauen. Sie ruinieren alles«, wetterte Dennis und stieß einen gewaltigen Rülpser aus.

»So ist es«, erklärte Lou mit einem Lächeln, hob eine Pobacke vom Plastikstuhl und furzte lange und laut.

»Ekelhaft, Mann«, sagte George und wedelte lachend mit der Hand vor der Nase.

»Wir brauchen keine Frau, die hier reinkommt und alles kaputt macht, was wir aufgebaut haben«, erklärte Lou.

»Verdammt richtig«, erwiderte Paul. »Und schon gar nicht die verdammte Caryn Buckner.«

»Ja, die blöde Kuh«, entgegnete Dennis.

»Ha. Buckner, blöde Kuh ... Muh-ckner«, sagte Lou und lachte hysterisch über seinen eigenen Witz.

Paul nahm einen weiteren Schluck von seinem Bier, zufrieden damit, dass seine Freunde so schnell mit seiner Entscheidung einverstanden waren. Wie leicht sie sich dazu bringen ließen, Caryn eine Abfuhr zu erteilen. Die Wahrheit war, dass er sich nicht einmal daran erinnern konnte, warum er sie nicht mochte. Er hatte keine Ahnung, was sie vor all den Jahren getan hatte, um seinen Zorn zu erregen. Aber es spielte keine Rolle. Er wollte keine Frau in *seinem* Feuerwehrteam haben und er würde alles tun, um das zu verhindern.

KAPITEL ELF

»Hey, meine Liebe, hier ist Lilly. Wie geht es dir?«

Caryn lächelte, als sie die Stimme der anderen Frau in der Leitung hörte. Drei Tage nach der Ausstrahlung der Sendung über paranormale Phänomene hatte sie Lilly eine Nachricht geschickt, um sich zu vergewissern, dass es ihr gut ging. Anstatt zurückzuschreiben, hatte die andere Frau sofort angerufen.

»Mir geht es gut«, versicherte Caryn ihr.

»Freut mich zu hören. Hast du Lust auf einen Frauenabend?«, fragte Lilly, ohne um den heißen Brei herumzureden.

Überrascht konnte Caryn nur sagen: »Was?«

»Ein Frauenabend. Ich habe Bristol und Elsie gefragt, und sie sind dabei. Bristol hat vorgeschlagen, auch Khloe einzuladen, und ich dachte, Finley würde vielleicht auch kommen wollen. Jetzt haben wir also alles geplant und ich hatte gehofft, dass du auch kommst.«

Caryn war sich da nicht so sicher. Sie hatte zwar die anderen Frauen kennengelernt – abgesehen von Khloe, von der sie wusste, dass sie mit Raiden in der Bibliothek arbeitete –, aber das war auch schon alles. Sie kannte sie überhaupt nicht gut. Sie wollte sich nicht als Außenseiterin fühlen. »Ähm ... wann?«

»Heute Abend«, sagte Lilly fröhlich. »Wir treffen uns alle um sechs in Bristols Wohnung. Mach dir keine Sorgen, dass du vorher etwas essen musst, wir bestellen Pizza und Hähnchenflügel und andere leckere Gerichte aus dem Restaurant. Und ich bin sicher, dass Finley ein paar Leckereien aus ihrer Bäckerei mitbringen wird, wenn sie kommt. Glaub mir, selbst alte Kekse und Gebäck sind zum Sterben lecker, wenn Finley sie gebacken hat. Bitte sag mir, dass du kommst.«

Caryn konnte das Lächeln nicht unterdrücken. »Das klingt nach Spaß.« Und das tat es überraschenderweise wirklich.

»Juhu!«, rief Lilly aus und Caryn musste sich beherrschen, um nicht in Gelächter auszubrechen. »Wir werden Wein und Bier haben und ich glaube, auch die Zutaten für ein paar Cocktails. Und Rocky hat bereits versprochen, jeden nach Hause zu bringen, der nicht mehr selbst fahren kann, sodass niemand angetrunken Auto fahren muss. Aber keine Sorge, er wird während unseres Mädelsabends nicht hier sein. Er und Ethan werden bei uns zu Hause abhängen.«

»Kann ich etwas mitbringen?«, fragte Caryn, die sich zaghaft darauf freute, mit Lilly und den anderen Frauen Zeit zu verbringen.

»Nein, ich denke, es ist für alles gesorgt.«

Aber Caryn wollte auf keinen Fall mit leeren Händen auftauchen. Sie wollte ihren Teil zum Spaß beitragen. Sie hatte genau das Richtige im Sinn, beschloss aber, es zu einer Überraschung zu machen.

»Oh, aber ... ich habe das Gefühl, ich muss dich warnen«, bemerkte Lilly.

Caryn verkrampfte sich. »Wovor?«

»Wir werden alles über dich und den heißen Steuerberater wissen wollen. Und nur damit du es weißt, ihr beide seid ein bezauberndes Paar.«

Caryn spürte, wie ihre Wangen heiß wurden. Dies war Fallport, natürlich sprachen die Leute über sie und Drew, aber es fühlte sich trotzdem ein wenig seltsam an. Vor allem im

Vergleich zur Stadt, wo man für alle so gut wie unsichtbar war und es niemanden interessierte, was man in seiner Freizeit tat oder mit wem man zusammen war. »Ich weiß nicht recht, ob es da viel zu erzählen gibt«, sagte sie ehrlich zu Lilly.

»Das macht nichts. Wir werden dich trotzdem um Details anflehen«, erwiderte Lilly leichthin. »Wenn du eine Mitfahrgelegenheit brauchst, ruf mich einfach an und ich kann dich abholen, bevor ich zu Bristol fahre. Oder ich bin sicher, dass Drew dich auch absetzen würde. Ist es für Art in Ordnung, wenn du später nach Hause kommst?«

Es war schön zu hören, wie Lilly auch an ihren Großvater gedacht hatte. Er hatte Glück, dass er in der kleinen Stadt so beliebt war. »Ja, es geht ihm schon viel besser. Er ist praktisch wieder ganz der Alte. Unheimlich störrisch.«

Lilly lachte. Dann sagte sie in einem ernsten Ton: »Er hat Glück, dass er dich hat.«

»Nein«, widersprach Caryn, »*ich* bin diejenige, die Glück hat.« Sie hatte Drew das Gleiche gesagt und es auch so gemeint.

»Ja, natürlich. Bevor ich jetzt zu sehr ins Schwärmen gerate: Ich freue mich darauf, heute Abend Zeit mit dir zu verbringen. Wir sehen uns gegen sechs.«

»Ich freue mich schon darauf. Danke, dass du mich eingeladen hast«, erwiderte Caryn.

Sie verabschiedeten sich und Caryn stand in der Mitte des Wohnzimmers und starrte einen langen Moment ins Leere. Es war Art, der ihre Gedanken unterbrach.

»Was stehst du denn da so rum?«, fragte er in seiner üblichen unverblümten Art.

Caryn zuckte überrascht zusammen, lächelte und drehte sich zu ihrem Großvater um. »Ich denke nur nach«, entgegnete sie.

»Dann setz dich an den Tisch und mach es dir gemütlich, während ich uns etwas zu essen zubereite.«

Caryn verdrehte die Augen. Als würde sie es sich gemütlich

machen, während ihr Großvater sie bediente. Er wusste genauso gut wie sie, dass das nicht passieren würde. »Worauf hast du Lust?«

»Ich dachte, ich mache ein paar Spiegelei-Sandwiches«, sagte er zu ihr.

»Klingt gut. Kann ich dir helfen?«, fragte Caryn. Sie musste sich immer wieder ins Gedächtnis rufen, dass Art kein Invalide war. Und bevor sie hergekommen war, war er mehr als fähig gewesen, für sich selbst zu sorgen. Das wollte sie nicht unterdrücken, aber sie *wollte* helfen.

»Du kannst dir schon mal den Käse schnappen und mit dem Schneiden beginnen. Und sei auch nicht geizig. Letztes Mal konnte ich den Käse kaum schmecken, weil du die Stücke so dünn geschnitten hast.«

Caryn wusste, dass ihr Großvater sie nur ärgern wollte. Sie lächelte einfach und sagte: »Ja, Sir.«

Er grinste sie an und sie gingen gemeinsam in Richtung Küche. Caryn wusste, dass er nach dem Essen zum Platz hinübergehen würde, um sich mit seinen Freunden auf seinen Stammplatz vor der Post zu setzen. »Ich werde heute zum Abendessen nicht zu Hause sein«, informierte sie Art, »vielleicht kannst du ins *Sunny Side Up* gehen und dort etwas essen.«

»Wohin gehst du?«, fragte Art.

»Lilly hat angerufen und mich zu einem Frauenabend eingeladen«, erklärte Caryn.

Art erstarrte, die Bratpfanne in der Luft, als er sich umdrehte und sie anstarrte. »Wirklich?«

»Ja. Warum?«

Der ältere Mann zuckte mit den Schultern und stellte die Pfanne auf den Herd. »Sie ist ein netter Mensch«, erklärte er. »Ich wusste es schon in dem Moment, in dem ich sie kennengelernt habe. Auch wenn sie bei dieser blöden Sendung mitgemacht hat, war sie nicht wie die anderen. Das konnte ich schon von Weitem sehen. Ich nehme an, dass Elsie und Bristol auch dort sein werden?«, fragte er.

»Ich glaube schon«, erklärte Caryn ihm. »Und sie hat erwähnt, dass auch Finley und Khloe kommen werden.«

Art drehte sich wieder zu ihr um – und Caryn konnte eine Träne in seinem Auge sehen. Sie starrte ihn alarmiert an. »Großvater? Ist alles in Ordnung mit dir? Komm, setzen wir uns.«

Er winkte ab und schüttelte den Kopf. »Mir geht es gut«, entgegnete er unwirsch. »Es ist nur so ... bei all deinen Besuchen habe ich nie gesehen, dass du zu vielen Menschen Kontakt gehabt hättest.«

Caryn presste die Lippen aufeinander. Er hatte nicht unrecht. In ihrer Jugend war sie zu sehr eine Außenseiterin gewesen und auch als Erwachsene hatte sie nicht genügend Zeit in der Kleinstadt verbracht, um wirklich Kontakte zu knüpfen. »Ich wurde auch eingeladen, dieses Wochenende mit den Jungs von der Feuerwehr von Fallport Zeit zu verbringen.«

Art runzelte daraufhin die Stirn. »Mit diesem Paul Downs und seinen Freunden?«

Nachdem Caryn genickt hatte, fragte ihr Großvater: »Und wo? Ich bin mir nicht sicher, ob es für dich angemessen ist, Zeit mit einer Gruppe von Männern zu verbringen.«

»Großvater, ich bin einundvierzig Jahre alt«, entgegnete Caryn verärgert. »Ich kann auf mich selbst aufpassen. Ich gehe nicht auf eine Orgie oder zum Kiffen oder so.«

»Trotzdem. Ich mag ihn und seine Freunde nicht.«

»Wenn ich den Job kriege, werde ich viel Zeit mit ihnen verbringen«, sagte Caryn leise zu ihrem Großvater. Sie respektierte seine Meinung. Er hatte fast sein ganzes Leben hier in Fallport verbracht, und der liebe Gott wusste, dass er alles über jeden hörte. Dass er Paul nicht mochte, bereitete ihr Unbehagen, aber wenn sie blieb, wenn sie den Job bei der Feuerwehr bekam, würde sie viel mehr Zeit mit ihm und seinen Freunden verbringen.

Art brummte und wandte sich wieder dem Herd zu.

Caryn presste frustriert die Lippen aufeinander – vor allem weil sie mit ihrem Großvater einer Meinung war. Nach Jahren der Feindschaft traute sie Pauls abruptem Sinneswandel auf der Fernsehparty nicht ganz. Selbst Drew hatte sie vor ihm gewarnt. Aber was sollte sie tun? Sie musste sich mit ihm und den anderen Jungs anfreunden, wenn sie überhaupt eine Chance auf den Job haben wollte.

»Ich weiß, dass du das musst«, entgegnete ihr Großvater. Er seufzte und drehte den Kopf, um ihr in die Augen zu sehen. »Ich mache mir nur Sorgen um dich.«

Caryn war fast überwältigt von der Liebe zu diesem Mann. »Ich weiß. Und ich hoffe, du weißt, dass ich mir auch Sorgen um dich mache.«

»Ich glaube, das habe ich verstanden, als du sofort hergekommen bist, nachdem du gehört hattest, dass ich verletzt wurde. Und auch wenn ich einundneunzig Jahre alt bin, kann ich auf mich selbst aufpassen«, entgegnete er und wiederholte damit ihre Worte von vorhin.

Caryn brach in Gelächter aus. »Richtig. Also … wie wäre es, wenn du dich um dich selbst und deine Lieblingsenkelin kümmerst und uns ein paar Sandwiches machst?«

Er schenkte ihr ein Grinsen und wandte sich wieder dem Herd zu. »Ja, Ma'am.«

Später am Nachmittag war Caryn allein mit der Hausarbeit beschäftigt, als ihr Handy erneut klingelte. Sie schaute auf das Display und sah, dass es Drew war, der anrief. Schon der Anblick seines Namens ließ das Wäschewaschen und das Putzen der Böden nicht mehr so schlimm erscheinen.

»Hi!«, sagte sie, als sie abnahm.

»Hallo«, antwortete er. »Du klingst glücklich.«

»Ich freue mich einfach, von dir zu hören.«

Seine Stimme wurde noch tiefer, als er sagte: »Mir geht es genauso, wenn ich deine Stimme höre. Ich habe gehört, dass du heute den Abend mit den anderen bei Bristol verbringst.«

»Ja. Lilly hat mich vorhin angerufen. Warum fragst du? Gibt es etwas, das ich wissen sollte?«

»Nein, ganz und gar nicht. Sie sind alle großartig. Ich habe nur angerufen, um zu fragen, ob du eine Mitfahrgelegenheit brauchst und ob ich dich abholen soll, wenn du bereit bist, nach Hause zu fahren.«

»Würde es dir etwas ausmachen? Ich möchte dir nicht zur Last fallen oder so.«

»Ich hätte es nicht angeboten, wenn es mir etwas ausmachen würde. Und dich zu sehen ist niemals eine Last.«

Sie hatte Schmetterlinge im Bauch.

»War das zu kitschig?«, fragte Drew, als sie nicht antwortete.

»Nein. Ich bin es nur nicht gewohnt, so etwas zu hören.«

»Das ist schade«, erwiderte Drew. »Um wie viel Uhr soll ich vorbeikommen?«

Er war so eine Mischung aus zuckersüß und sachlich. Caryn konnte nicht behaupten, es zu hassen. »Ich schätze, es geht so gegen sechs los«, erklärte sie ihm.

»Ich kann zehn vor da sein, wenn das okay ist. Es dauert nicht lange, um zu Bristols und Rockys Haus zu gelangen.«

»Das klingt gut. Danke.«

»Kein Problem, Caryn«, versicherte er ihr und sie konnte praktisch das Lächeln in seiner Stimme hören.

»Ich weiß nicht, wie lange es dauern wird«, warnte sie ihn. »Aber Lilly hat gesagt, dass Rocky uns nach Hause fahren kann, wenn es sein muss.«

»Ich werde dich abholen, ruf mich einfach an«, erwiderte Drew.

»Auch wenn es spät ist?«, fragte sie.

»Schatz, ich habe früher die Spätschicht gemacht. Ich bin immer noch eine Nachteule. Das ist schon in Ordnung. Außerdem hast du nicht alle Tassen im Schrank, wenn du glaubst, dass ich mir entgehen lasse, mein Mädchen beschwipst oder angetrunken zu sehen.«

Caryn lachte. »Ich bin keine große Trinkerin, also bin ich ziemlich schnell angeheitert.«

»Ich wette, du bist hinreißend. Wie auch immer, wir sehen uns in ein paar Stunden. Ich bin mir sicher, du wirst viel Spaß haben.«

»Das hoffe ich.«

»Das wirst du.«

Die Zuversicht in Drews Tonfall sorgte dafür, dass Caryn sich ein wenig entspannte. Sie hatte sich nicht gerade Sorgen um den heutigen Abend gemacht, aber vielleicht war *nervös* ein besseres Wort. Diese Frauen waren für Drew wichtig. Sie wollte, dass sie sie mochten.

Nachdem sie den Anruf beendet hatte, stand sie in der Mitte des Zimmers und starrte wieder einmal ins Leere. Sie dachte daran, wie Drew sie »mein Mädchen« genannt hatte.

Sie schüttelte den Kopf und griff nach dem Moppstiel. Sie musste mit ihren albernen Tagträumen aufhören und ihre Hausarbeiten erledigen, damit sie sich für heute Abend fertig machen konnte.

Drew stand um siebzehn Uhr fünfzig vor ihrer Tür, aber sie machten sich erst um kurz nach sechs auf den Weg. Als sie die Tür öffnete, warf er ihr einen Blick zu, schob sie sanft hinein, schloss die Tür und küsste sie, bis ihr ganz schwindelig war.

Er strich ihr mit dem Daumen über die Lippen, als er sich schließlich zurückzog und lächelte.

»Warum hast du das gemacht?«, fragte sie.

»Weil ich dich schon so lange nicht mehr gesehen habe«, antwortete er.

Natürlich hatten sie sich an diesem Morgen zum Training gesehen, aber Caryn verdrehte weder die Augen noch sagte sie zu ihm, dass er lächerlich sei. Sie sonnte sich einfach in dem glühenden Gefühl der Liebe, das er ihr gab.

Er küsste sie noch einmal – ein leichter, weniger intensiver Kuss –, als er sie absetzte und ihr viel Spaß wünschte. Natürlich war sie spät dran, und da die Mädchen alle auf der Veranda saßen und Wein tranken, stürzten sie sich sofort auf sie, nachdem er weggefahren war.

Sie hatte das anfängliche Verhör über ihre und Drews Beziehung inzwischen überstanden und jetzt saßen sie alle drinnen auf den Sofas und entspannten sich, nachdem sie sich mit den Gerichten vollgestopft hatten, die Finley aus dem Restaurant mitgebracht hatte.

»Ich bin pappsatt«, beschwerte sich Elsie.

»Du meine Güte, ich auch«, stimmte Bristol zu.

»Aber seid ihr zu voll für ein weiteres Glas Wein?«, fragte Lilly mit einem Lächeln.

»Auf keinen Fall!«

»Niemals!«

Die beiden Frauen sprachen wie aus einem Mund.

Caryn fand, dass dies ein guter Zeitpunkt war, um die Überraschung zu präsentieren, die sie mitgebracht hatte. Die Mädchen hatten die Tasche in ihren Händen gesehen, als sie eintraf, aber sie hatten nicht danach gefragt, da sie zu sehr damit beschäftigt waren, Fragen über sie und Drew zu stellen.

»Ich habe euch etwas zum Probieren mitgebracht«, sagte Caryn, als sie aufstand. Sie fühlte sich bereits von den anderthalb Gläsern Wein, die sie zum Abendessen getrunken hatte, ein bisschen angeheitert, aber sie konnte es kaum erwarten, den Mädchen zu zeigen, was sie mitgebracht hatte.

Caryn war überrascht, dass die geheimnisvolle Khloe heute Abend nicht gekommen war, aber nach dem zu urteilen, was Bristol und die anderen ihr erzählt hatten, wollte Caryn sie besser kennenlernen. Offenbar hatte sie einige dunkle Geheimnisse, die sie zurückhaltend machten – zumindest vermuteten die anderen das. Das brachte sie natürlich nur noch mehr dazu, sie in die Gemeinschaft aufnehmen zu wollen. Und da zwischen ihr und Raiden offensichtlich eine

Art angespannte Situation herrschte, war ihre Neugierde umso größer.

Caryn zog die Flasche aus der Tasche und hielt sie hoch, während sie dramatisch sagte: »Tada!«

»Ooooh, ich vermute, das ist Alkohol«, bemerkte Lilly.

»Da liegst du richtig«, sagte Caryn zu ihr und den anderen. »Das ist Schnaps. Und zwar selbst gebrannt, direkt von der Quelle.«

Sie sah die Verwirrung in den Gesichtern der anderen. Caryn ließ den Arm auf die Seite fallen und hielt immer noch die Flasche. »*Was?* Ihr habt Clydes speziellen Selbstgebrannten noch nicht probiert?«

»Wer ist überhaupt Clyde?«, fragte Finley.

»Er ist der mürrische alte Mann, der am Rande von Fallport lebt. Ich schwöre, ich dachte, er würde die Schrotflinte zücken, als wir seinem Grundstück zu nahe kamen – und einer seiner Brennereien im Wald –, als wir im Frühjahr gefilmt haben«, erklärte Lilly.

»Oh, ich habe schon von ihm gehört«, entgegnete Bristol.

»Er ist eigentlich gar nicht so mürrisch«, erklärte Caryn.

»Ach nein? Da habe ich aber etwas anderes mitbekommen«, erwiderte Lilly. »Er war definitiv nicht sehr glücklich, uns zu sehen. Es gab tatsächlich einen kurzen Moment, in dem alle dachten, er hätte Trent umgebracht, weil sein Zelt und andere Campingutensilien in einem Müllcontainer auf Clydes Grundstück gefunden wurden.«

»Weil er die Sachen verlassen mitten im Wald gefunden hat«, verteidigte Caryn den Mann. »Wärt ihr nicht auch sauer, wenn ihr so einen Müll auf eurem Grundstück finden würdet?«

»Doch, natürlich«, räumte Lilly ein.

»Außerdem wusste er zu diesem Zeitpunkt noch nicht einmal, dass Trent vermisst wurde«, gab Caryn zu bedenken. »Sonst hätte er Simon selbst angerufen und ihm erzählt, was er gefunden hat. Er dachte, er würde eine gute Tat vollbringen, indem er die Sachen wegwarf. Stattdessen wäre er fast im

Gefängnis gelandet. Na ja, nicht wirklich, aber er wurde von der Polizei ganz schön in die Mangel genommen.«

»Das hört sich ja fast so an, als würdest du ihn gut kennen«, bemerkte Bristol.

Caryn nahm einen tiefen Atemzug. Sie hatte überreagiert, und das wusste sie. »Ich ... ich weiß, wie es ist, ein Außenseiter zu sein. Das ist nicht lustig. Und Clyde verdient nicht die Feindseligkeit, die er von den Menschen in dieser Stadt erfährt.«

»Aber ist es nicht illegal, Schwarzbrennerei zu betreiben?«, fragte Finley.

Da Caryn keinen Tadel in ihrem Tonfall hörte, entspannte sie sich. »Größtenteils ja, aber Clyde hat eine Genehmigung und verkauft sein Zeug an Geschäfte in ganz Virginia und im Süden.«

Alle vier machten große Augen.

»Das tut er?«, fragte Elsie.

»Hm-hm. Und ich weiß mit Sicherheit, dass er einen großen Teil seiner Einnahmen für wohltätige Zwecke spendet. Meistens an Tierschutzvereine, denn er ist kein großer Fan von Menschen, was ich ihm nicht verübeln kann. Ich schätze, er ist nicht ohne Grund ein Einsiedler ... und ich hasse es, dass die Einheimischen seine Mürrischkeit nicht lange genug außer Acht lassen können, um den guten Menschen dahinter zu sehen.«

»Woher in aller Welt weißt du so viel über ihn?«, fragte Lilly und beugte sich vor.

Caryn merkte, dass sie immer noch vor den anderen Frauen stand, als würde sie eine Predigt halten oder so. Sie drehte sich um und ging in die Küche, um ein paar Gläser zu holen, während sie Lillys Frage beantwortete.

»Ich habe ihn in einem Sommer kennengelernt, als ich hier war. Ich habe allein im Wald gespielt und mich ein wenig verlaufen. Ich habe ihn in einer seiner heruntergekommenen Hütten im Wald getroffen – er hat ein paar davon. Eher Schuppen, um genau zu sein. Zuerst hat er mir Angst gemacht, aber dann begann ich, mit ihm zu reden, und fand heraus, dass er eigentlich ganz nett war. Er zeigte mir sein Destilliergerät, erklärte mir, wie es funktioniert, hielt mir einen Vortrag darüber, wie gefährlich es ist, allein im Wald zu sein, und sorgte dafür, dass ich den richtigen Weg zurück zu Arts Haus fand.«

»Wie alt ist Clyde eigentlich?«, fragte Finley.

»Ich habe keine Ahnung«, entgegnete Caryn, als sie mit den Gläsern zurück ins Wohnzimmer kam. »Alt. Wie auch immer ... das Zeug hier müsst ihr unbedingt probieren.«

Sie stellte die Gläser auf dem Wohnzimmertisch ab, öffnete die Flasche und begann, den Selbstgebrannten in kleinen Schlucken auszuschenken.

»Ich weiß nicht so recht. Ich mag eigentlich kein allzu starkes Zeug«, bemerkte Elsie.

»Und ich vermute, dass selbstgebrannter Schnaps nicht besonders gut schmeckt«, fügte Bristol hinzu.

Lilly und Finley schauten genauso skeptisch.

»Vertraut mir«, sagte Caryn.

»Das sagt die knallharte Feuerwehrfrau, die in ein brennendes Gebäude geht, während alle anderen aus dem Gebäude hinausrennen«, murmelte Lilly, griff aber beherzt nach einem der Gläser.

Alle anderen taten das Gleiche und rochen misstrauisch an dem Gebräu in ihren Gläsern.

»Hey, das riecht irgendwie gut«, bemerkte Bristol mit einer hochgezogenen Augenbraue.

»Ja«, stimmte Finley zu. »Wie Zimt. Und ich glaube auch nach Muskatnuss.«

»War ja klar, dass die Bäckerin die süßen Zutaten erschnüffelt«, sagte Elsie lachend.

»Ich weiß nicht, was da drin ist«, gab Caryn zu. »Aber es schmeckt genau wie Apfelkuchen, also sind diese Vermutungen wahrscheinlich richtig. Der Schnaps allerdings ist ziemlich stark, also würde ich nicht empfehlen, mehr als ein oder zwei Gläser zu trinken. Ich vermute, je länger er steht, desto mehr gärt der Alkohol oder so etwas. Ich habe keine Ahnung, wie das funktioniert, aber als ich diese Flasche von Clyde bekam, sagte er mir, dass sie schon seit einer Weile ›reift‹.«

»Gut, dann mal los«, erwiderte Bristol.

»Ein Trinkspruch«, rief Lilly mit einem Nicken, während sie auf die Knie ging und näher an die anderen heranrückte.

Alle hielten ihre Gläser hoch.

»Auf neue Freunde. Auf die Kleinstädte. Auf uns!«, sagte Lilly.

»Darauf stoße ich an!«

»Auf uns!«

»Prost!«

Alle stießen mit ihren Gläsern an und tranken ihren selbstgebrannten Schnaps.

Es wurde etwas gehustet, aber als Caryn sich umsah, bemerkte sie, dass alle ihre neuen Freundinnen lächelten.

»Der ist gut!«, rief Bristol aus.

»Du hast recht, er schmeckt genau wie Apfelkuchen«, stimmte Elsie zu.

»Ich glaube, ich muss ihn noch einmal probieren, um sicher zu sein, dass er mir schmeckt«, fügte Finley hinzu.

Alle lachten und hielten Caryn ihr Glas hin.

Sie schenkte allen einen weiteren Schluck ein und beobachtete mit Vergnügen, wie sie ihren zweiten Schnaps genauso leicht tranken wie ihren ersten.

»Wow, das Zeug steigt mir direkt in den Kopf«, sagte Lilly mit einem albernen Grinsen.

»Ich habe doch gesagt, dass der Schnaps stark ist«, erwiderte Caryn, während sie den Deckel wieder auf die Flasche schraubte. Es machte ihr nichts aus, zu Spaß beizutragen, aber sie wollte auf keinen Fall jemanden in Schwierigkeiten bringen. Das war einfach nicht in Ordnung.

»Okay, du bist offiziell unsere Schnapsdealerin«, sagte Lilly zu Caryn.

Die anderen stimmten zu.

Nach einer Weile drehte sich das Gespräch um die Jungs vom Such- und Bergungsteam.

»Ich habe gehört, dass du und Drew euch bei eurer ersten Begegnung nicht gut verstanden habt«, bemerkte Elsie.

Caryn nahm ihr das nicht übel. »Das haben wir auch nicht«, gab sie ihr achselzuckend recht. »Ich war nicht in Bestform. Ich war so besorgt um meinen Großvater und ich habe Probleme mit seinem früheren Beruf und ... ich glaube, wir haben beide unsere vorgefassten Meinungen über den anderen in den Vordergrund treten lassen, sodass wir nicht gerade höflich zueinander waren.«

»Es hat dir nicht gefallen, dass er früher Polizist war?«, fragte Bristol.

»Um ehrlich zu sein, nein.«

»Ich dachte, Polizisten und Feuerwehrleute verstehen sich. Brüderlichkeit, Schwesternschaft, was auch immer, und so weiter«, sagte Finley.

»Ich meine, wir arbeiten viel zusammen, aber das heißt nicht, dass wir immer gut miteinander auskommen. Nach meiner Erfahrung in der Stadt halten die Polizisten uns für rücksichtslose Vollidioten ... die nicht warten wollen, bis sie den Einsatzort geräumt haben, bevor sie jemandem zu Hilfe kommen. Und die Feuerwehrleute wiederum sind genervt von der Art und Weise, wie Polizisten manchmal übereifrig werden, wenn sie Leute überwältigen, und von all ihren Regeln und Vorschriften. Aber ich verstehe Letzteres«, fügte Caryn schnell hinzu. »Ich meine, wir haben ganz unterschiedliche Berufe. Im Allgemeinen versuchen die Leute nicht, illegale Dinge vor uns zu verstecken, und sie sind ziemlich froh, uns zu sehen, wenn wir auftauchen. Das ist bei Polizisten nicht immer der Fall.« Um die Stimmung des Abends nicht zu trüben, sagte Caryn noch: »Eines habe ich allerdings von Polizisten gelernt.«

»Was?«, fragten alle vier Frauen wie aus einem Munde.

Caryn hielt einen Fuß hoch und zeigte auf ihren Schuh. »Trag immer einen Handschellenschlüssel bei dir.«

Die anderen beugten sich vor und sahen einen kleinen Metallschlüssel, der in die Schnürsenkel ihres Schuhs eingearbeitet war.

»Oh mein Gott, Ethan hat auch so einen in seiner Brieftasche«, sagte Lilly.

»Und ich glaube, Zeke hat auch einen«, bemerkte Elsie.

Bristol grinste und nickte. »Rocky steckt jeden Morgen einen in seine Tasche.«

»Wow, gibt es hier wirklich so viele Leute, die gegen ihren Willen in Handschellen gelegt werden?«, fragte Finley und zog verwirrt die Augenbrauen nach unten.

»Ich bin sicher, dass das nicht der Fall ist«, beruhigte Caryn sie. »Aber wie die Jungs zweifellos während ihrer Zeit beim Militär gelernt haben, zahlt es sich aus, vorbereitet zu sein, nur für den Fall. Außerdem habe ich einige Zeit damit verbracht, kleine Taschen in die Rückseite meiner Hosen zu nähen, damit ich dort auch einen hineinstecken kann. Das war, nachdem ein Verrückter ein Feuer in einem Hochhaus gelegt und dann auf Hilfe gewartet hatte. Er schlug dem ersten Feuerwehrmann, der vor Ort war, auf den Kopf, fesselte ihn mit Handschellen an ein Rohr in einem Abstellraum und ließ ihn dort zurück, damit er am Rauch erstickt. Bis heute weiß niemand, warum er es getan hat, aber der Feuerwehrmann hatte Glück. Einer der Nachbarn des Mannes sah durch seinen Türspion zu und beobachtete das Ganze. Er rief den Notruf und informierte die Disponenten und dann die Polizeibeamten, die als Erste am Tatort waren. Die Polizisten zückten ihre Schlüssel und holten ihn da raus, bevor er Schaden nehmen konnte.«

Die Frauen staunten alle, als sie die Geschichte beendet hatte.

»Aber warum versteckst du ihn hinten in deiner Hose?«, fragte Finley.

»Nun, der Schlüssel an meinem Schnürsenkel ist ja schön und gut, aber sollten meine Hände hinter dem Rücken gefesselt werden, kann ich meine Schuhe nicht so leicht erreichen. Vor allem wenn ich an irgendetwas gebunden wäre. Aber die kleine Tasche im Hosenbund könnte ich auf jeden Fall erreichen«, erklärte Caryn achselzuckend.

»Das ist so schlau«, erwiderte Lilly.

»Beeindruckend«, stimmte Bristol zu. »Aber manchmal kommt man an keine der beiden Stellen heran.«

Im Raum wurde es still, als alle überlegten, was sie ihrer Freundin sagen sollten, die offensichtlich an die Zeit dachte, in der sie vor nicht allzu langer Zeit gefangen gehalten wurde.

Finley saß neben Bristol auf dem Sofa, legte ihr einen Arm um die Schultern und lehnte sich an sie.

»Das ist wahr«, stimmte Lilly zu. »Und manchmal ist man gar nicht gefesselt, da hilft auch kein Schlüssel.«

Caryn fühlte sich schrecklich, dass sich das, was als lockere Bemerkung begonnen hatte, zu einer so schrecklichen Erinnerung an die jüngste Vergangenheit der beiden Frauen entwickelt hatte. »Ich glaube, das Wichtigste ist, nicht aufzugeben, wenn etwas passiert«, erklärte sie leise. »Ob wir nun einen versteckten Handschellenschlüssel benutzen, mit unseren Fäusten und Füßen kämpfen oder einfach unseren Verstand einsetzen, um zu versuchen, am Leben zu bleiben, bis Hilfe kommt.«

»Ich stimme dir voll und ganz zu«, sagte Bristol. »Als ich mich im Wald verletzt habe, hatte ich keine Ahnung, ob jemand nach mir suchte, aber ich habe nicht aufgegeben. Ich war bereit, mich zum Ausgangspunkt des Weges zu schleppen, wenn es sein musste.«

»Und ich bin in den Wald gelaufen, weil ich wusste, dass Zeke mich finden würde, selbst wenn ich mich verlaufen würde. Ich musste nur lange genug von meinem Ex wegbleiben, damit er aufhörte, mich zu verfolgen«, stimmte Elsie zu.

»Ich wusste, dass ich mich nicht ewig an dem Seil festhalten konnte, aber ich konnte auf keinen Fall einfach aufgeben und Joey gewinnen lassen«, bemerkte Lilly leise.

»Ich bin in stressigen Situationen schlimm«, stellte Finley fest. »Ich kann nicht einmal damit umgehen, wenn Kunden mich anschreien. Ich klappe zusammen wie ein Kartenhaus. Ich bin dem Untergang geweiht.«

»Nein, das bist du nicht«, erwiderte Elsie entschieden. »Ich habe das Gleiche über mich gedacht, aber wenn es hart auf hart kommt, findet man die Kraft durchzuhalten.«

»Mann, wir haben ein paar ganz schön düstere Themen drauf, nicht wahr?«, bemerkte Lilly und holte tief Luft.

»Es tut mir leid, ich wollte die Stimmung nicht verderben«, entschuldigte sich Caryn.

»Das hast du nicht. Und ich denke, wir müssen uns alle kleine Taschen in unsere Kleidung nähen, damit wir auch vorbereitet sind«, entgegnete sie entschlossen.

»Und wir müssen Handschellenschlüssel in großen Mengen bestellen«, sagte Bristol mit einem Lächeln.

»Ich bin schon dabei«, murmelte Finley und zückte ihr Handy.

Caryn lächelte. Sie mochte diese Frauen aufrichtig. Sie waren bodenständig, lustig und verdammt stark.

»Ich habe noch nie Handschellen in der Hand gehabt«, sinnierte Elsie.

Caryn konnte nicht anders, sie musste lachen. Das brachte alle anderen ebenfalls zum Lachen.

»Ich glaube, Zeke könnte dir bei diesem kleinen Problem helfen«, bemerkte Lilly.

»Nicht wahr? Er würde dir genau zeigen, was man mit ihnen machen kann«, stimmte Bristol zu.

Caryn hatte nicht vor, dieses Gespräch auch nur ansatzweise zu führen, aber natürlich wurde sie trotzdem hineingezogen.

»Hat Drew schon seine Handschellen rausgeholt und ein paar seiner alten Tricks an dir geübt, Caryn?«, fragte Lilly.

Caryn wusste, dass sie rot wurde, aber sie konnte nichts dagegen tun und lächelte. »Wir sind noch nicht so lange zusammen.«

»Ah, ihr lasst es also langsam angehen. Das hätte ich mir bei Drew auch so vorgestellt«, entgegnete Lilly.

»Die Chemie zwischen euch beiden ist ziemlich heiß«, bemerkte Elsie. »Und ich finde es süß, dass er dich hergebracht hat und wieder abholt.«

Caryn konnte nicht leugnen, dass ihr das auch gefiel. »Es ist nur so, dass ... Beziehungen in der Vergangenheit für mich nicht gut gelaufen sind und ich habe ein wenig gezögert, mich auf diese einzulassen ... vor allem weil ich noch keinen Job oder sonst etwas habe.«

»Aber du bleibst doch in der Stadt?«, fragte Finley.

»Ja, ich bleibe«, gab Caryn zu. Bis zu diesem Moment war sie nur halb überzeugt von dieser Idee gewesen, obwohl sie es ihrem Großvater bereits gesagt hatte. Als sie jetzt hier saß, umgeben von diesen Frauen, die sie, ohne zu zögern, akzeptiert hatten, wurde ihr klar, wie sehr sie in Fallport bleiben wollte. Job hin oder her, sie wollte herausfinden, wie sich die Dinge mit Drew entwickelten, für ihren Großvater da sein und die Art von Freundschaften schließen, von denen sie immer geträumt hatte.

»Sehr gut!«, jubelte Bristol.

»Wirst du dich auch für die Stelle bei der örtlichen Feuerwehr bewerben?«, wollte Elsie wissen.

»Ich gehe mal davon aus, angesichts der Tatsache, dass du dich bei der Fernsehparty mit den Jungs angefreundet hast«, bemerkte Bristol grinsend.

»Was? Welche Jungs? Was habe ich verpasst?«, fragte Lilly.

Caryn war das Ganze wieder mal peinlich. Und irgendwie hatten der Alkohol in ihren Adern und die Unbeschwertheit, die sie bei diesen Frauen fühlte, dazu geführt, dass sie damit herausplatzte, wie schrecklich sie sich fühlte, weil sie Drew sitzen gelassen hatte.

»Es hat ihm nichts ausgemacht«, versicherte Bristol ihr sanft. »Ich habe ab und zu einen Blick auf ihn geworfen, und er hat dich kaum aus den Augen gelassen. Selbst als Tony auf seinen Schoß gestiegen ist, hat er auf dich aufgepasst und sich vergewissert, dass es dir gut geht. Ich bin mir sicher, dass er beim ersten Anzeichen von Unbehagen oder wenn einer der Kerle versucht hätte, dich anzumachen, sofort zur Stelle gewesen wäre, um seinen Anspruch geltend zu machen.«

»Trotzdem«, bemerkte Caryn. »Ich bin mit ihm hingegangen und habe ihn sitzen lassen, um Zeit mit einem Haufen anderer Jungs zu verbringen. Es ist ja nicht so, dass ich überhaupt mit ihnen rumhängen wollte.«

»Aber du *willst* schließlich diesen Job«, entgegnete Elsie. »Und ich nehme an, dass es dazugehört, sich ins Team zu integrieren, besonders bei der Feuerwehr.«

»Das stimmt«, stimmte Caryn zu.

»Unsere Jungs sind besitzergreifend und beschützend, aber sie sind keine Vollidioten«, erwiderte Lilly. »Drew wird nicht gleich wahnsinnig eifersüchtig, wenn du mit einem anderen Kerl sprichst. Aber mehr noch als die anderen wird er ein Auge auf dich haben und sich davon überzeugen, dass es dir gut geht. Das hat ihm sein früherer Job sozusagen eingeimpft.«

»Ich weiß. Und das macht mir nichts aus. Ich hasse es nur, dass ich an jenem Abend dachte, es sei wichtiger, mit Paul Downs und seinen Freunden zu plaudern, bevor die Sendung beginnt, als mit euch und Drew Zeit zu verbringen.«

»Ich glaube nicht, dass du es für wichtiger hieltest«, erwiderte Elsie diplomatisch. »Es war das, was du in diesem Moment tun musstest, um deine berufliche Zukunft zu sichern. Wenn du keinen Job bekommst, wäre es schwieriger hierherzuziehen, nicht wahr?«

»Natürlich.«

»Da hast du es«, sagte Elsie achselzuckend. »Ich weiß besser als die meisten Menschen, wie wichtig es ist, seinen eigenen Weg zu gehen. Egal wie die Dinge mit dir und Drew laufen, du willst in der Lage sein, für dich selbst zu sorgen. Und wenn das bedeutet, dass du dir Zeit nehmen musst, um sie mit den Leuten zu verbringen, die deine zukünftigen Kollegen sein könnten, damit du sie besser kennenlernen kannst, dann ist das völlig in Ordnung.«

»Ihr seid sehr verständnisvoll. Ich war unhöflich, und das ist mir bewusst.«

»Na und?«, bemerkte Elsie. »Manchmal ist es eben das Beste für einen selbst, unhöflich zu sein.«

Sie hatte nicht unrecht. Caryn spürte, wie ihre angespannten Muskeln sich lockerten. »Ihr seid wirklich erstaunlich«, platzte sie heraus.

»Aber natürlich sind wir das«, erklärte Lilly mit einem selbstzufriedenen Lächeln.

»Nein, ich meine ... ich habe nur ... Mist«, sagte Caryn.

Elsie beugte sich vor und legte tröstend eine Hand auf Caryns Bein. »Wir haben es verstanden. Ich war so damit beschäftigt, mir den Hintern abzuarbeiten, um Tony und mich zu versorgen, dass ich weder Zeit noch Energie hatte, echte Freundinnen zu finden. Aber ich habe gelernt, dass es wichtiger ist, jemanden zu haben, an den man sich anlehnen kann, mit dem man meckern und lachen kann, als zusätzliches Geld zu verdienen.«

»Geht mir auch so«, stimmte Lilly zu. »Ich bin nach Fallport gekommen, weil ich dachte, ich würde nur ein paar Wochen hierbleiben, aber die Stadt hat mich in ihren Bann gezogen und mein Leben völlig verändert.«

»Die Tatsache, dass Sandra, die mich gerade erst kennengelernt hatte, sich Sorgen machte, als ich nach meinem Besuch nicht im Restaurant aufgetaucht bin, um mich von ihr zu verabschieden, hat mir buchstäblich das Leben gerettet«, erklärte Bristol. »In Kingsport war ich mir sicher, dass ich ein introvertierter Mensch bin, der keine Freunde hat, aber ich habe mich selbst belogen. Nicht dass ich nicht introvertiert wäre. Das bin ich immer noch. Aber euch als Freunde zu haben war eines der Dinge, die mir Hoffnung gegeben haben, als ich entführt wurde. Ich wusste, dass ihr da draußen seid und nach mir sucht.«

»Und ich bin superschüchtern, aber dank euch versuche ich, mich zu bessern«, fügte Finley hinzu.

»Mist, jetzt muss ich weinen«, erwiderte Caryn mit einem kleinen Lachen, während sie sich die Tränen von den Wangen wischte.

»Nicht weinen«, rief Lilly aus. »Wir sind knallharte Mädels, die mit allem fertigwerden, was das Leben uns auftischt.«

Darüber mussten alle lachen.

»Und die mal dringend aufs Klo müssen«, fügte Elsie hinzu und stand auf. »Ich bin gleich wieder da.«

Daraufhin lachten alle erneut und Caryn ließ sich gegen das Sofa fallen.

»Finley ... können wir über Brock sprechen?«, fragte Bristol ein wenig zögerlich.

»Nein«, entgegnete sie mit einem Kopfschütteln.

»Aber er mag dich«, sagte Bristol.

Finley schnaubte. »Nein, tut er nicht.«

»*Doch*«, beharrte Bristol. »Wenn du ihm nur das kleinste Zeichen geben würdest, dass du ihn auch magst, würdest du feststellen, dass er genauso aufmerksam ist wie unsere Jungs.«

»Das kommt nicht infrage«, entgegnete Finley. »Und ich weiß es zu schätzen, dass du es versuchst, aber ein Mann wie Brock Mabrey würde eine Frau wie mich niemals zweimal ansehen.«

»Jemand, der fantastisch backen kann und immer so nett zu allen ist, die in ihren Laden kommen?«, fragte Elsie. »Ich habe mehr als einmal gesehen, wie du Davis eine Mahlzeit umsonst gegeben hast.«

»Ich bin fett«, erklärte Finley, ohne dass ein Hauch von Unbehagen in ihrem Tonfall lag. »Ich war schon immer übergewichtig und werde es auch immer sein. Ich esse zu gern, um zu hungern, und eine Diät ohne Kohlenhydrate und Zucker?

Das ist für mich nicht möglich. Aber ich bin zufrieden mit dem, was ich bin. Ich fühle mich jetzt so wohl in meiner Haut wie schon lange nicht mehr. Aber Brock ... Brock ist muskulös und athletisch. Zum Teufel, das sind alle Jungs im Such- und Bergungsteam. Ich wäre nicht in der Lage, mit ihm Schritt zu halten. Es macht mir nichts aus, zu wandern und zu laufen, aber ich könnte niemals mit seinem Tempo mithalten.

Ich sehe die Seitenblicke, die mir die Leute zuwerfen. Ich höre ihre zweideutigen Komplimente. ›Ihr Gesicht ist so hübsch.‹ Als würde ich nicht verstehen, dass sie damit sagen, dass mein Gesicht vielleicht hübsch ist, aber der Rest von mir nicht. Ich bin nicht bereit, jemandem wie Brock diesen Mist zuzumuten. Und auch nicht mir selbst.«

»Das ist Blödsinn«, erwiderte Lilly und überraschte alle, weil ihr Ton so erbittert war. »Brock macht es nichts aus, dass du ein paar Kilos mehr auf den Rippen hast. Er ist nicht so ein Typ.«

Finley seufzte und betrachtete das Glas, das sie in der Hand hielt. »Ich weiß, dass er nicht so einer ist«, sagte sie leise.

»Warum versuchst du dann nicht, dir zu holen, was du haben willst?«, fragte Bristol.

»Worum geht es hier?«, fragte Elsie, als sie von der Toilette zurückkam.

»Finley will Brock, ist aber zu schüchtern, um ihn anzusprechen«, fasste Caryn die Unterhaltung zusammen.

»Ihr würdet das nicht verstehen«, sagte Finley fast ein wenig verzweifelt.

»Dann erkläre es uns«, bat Lilly. »Wir haben nämlich beobachtet, wie ihr beide auf Zehenspitzen umeinander schleicht. Er starrt dich ständig an, bettelt praktisch um ein Zeichen, dass du mit ihm reden möchtest, und wenn du es nicht tust, geht er – und dann schaust *du* mit traurigem Hundeblick *ihm* hinterher. Das macht mich fertig.«

»Er hat etwas Besseres verdient als mich«, flüsterte Finley.

»Er verdient eine Frau, die ihn mit allem, was sie hat, liebt«, konterte Lilly. »Jemanden, der ihm seine Lieblingsdesserts macht, mit ihm lacht und ihn unterstützt, wenn er müde und hungrig von einer Vermisstensuche nach Hause kommt. Der ihn mit einem Mittagessen in der Autowerkstatt überrascht, der sich nicht scheut, seine ölverschmierte Hand zu halten – und der sich für ihn einsetzt, wenn die Leute sich über seinen Job lustig machen, auf den sie herabsehen.«

»Jemand hat sich über ihn lustig gemacht, weil er Mechaniker ist?«, fragte Finley und setzte sich aufrechter hin. »Warum? Das ist doch blöd! Ich meine, wollen diese Leute etwa ihre eigenen Autos reparieren, wenn sie eine Panne haben? Wahrscheinlich nicht. Wer hat etwas gesagt? Ich werde demjenigen Hausverbot in der Bäckerei geben!«

Alle brachen in Gelächter aus.

»Was? Was ist daran so lustig?«, fragte Finley verärgert.

»Du bist zu lustig. Und du bist genau die Richtige für Brock.« Bristol schenkte Finley ein sanftes Lächeln. »Aber ich sehe, dass ich dir Unbehagen bereitet habe, und das war wirklich nicht meine Absicht. Lass mich nur noch sagen ... warte nicht zu lange. Brock ist ein guter Mann und ein fantastischer Fang. Wenn du nicht aufpasst, wird jemand anderes einspringen und du wirst deine Chance verlieren.«

Finley schwieg, sie war in Gedanken versunken, und Caryn hoffte wirklich, dass sie den Mut aufbringen würde herauszufinden, ob es zwischen ihr und Brock klappen könnte. Er schien ein lustiger Kerl zu sein und er hatte Drew erlaubt, den Hindernisparcours auf dem Grundstück hinter seiner Werkstatt zu bauen. Sie könnte sich ihn und Finley durchaus zusammen vorstellen ... wenn sie ihre Schüchternheit in seiner Gegenwart überwinden konnte.

»Ich glaube, ich brauche noch einen Schluck von diesem Apfelkuchen-Schnaps«, sagte Bristol zu Caryn.

Sie grinste und schnappte sich die Flasche, die neben ihr stand. »Hoch die Gläser, Mädels!«, rief sie aus.

Als alle bereit waren zu gehen, war es schon kurz nach

Mitternacht. Viel zu spät für Caryn, aber sie konnte nicht leugnen, dass sie jeden Augenblick mit den anderen Frauen genossen hatte. Sie waren witzig, wahnsinnig verliebt in ihre Männer ... und im Moment mehr als nur ein bisschen beschwipst.

Sie hatten sich über ihre Männer unterhalten, über das Such- und Bergungsteam im Allgemeinen und über ihre jüngsten Suchaktionen, hatten sich Geschichten über all die bösen Jungs ausgedacht, denen sie in ihrer Zeit beim Militär begegnet sein mussten, hatten über ihre Lieblingssendungen und -filme diskutiert, gelacht, gerülpst und sogar das eine oder andere Mal gefurzt. Alles in allem konnte Caryn sich nicht daran erinnern, wann sie das letzte Mal so viel Spaß gehabt hatte oder wann sie sich in einer Gruppe von Frauen so wohlgefühlt hatte.

Lilly und Elsie riefen ihre Männer an und entschieden sich dagegen, sich von Rocky nach Hause bringen zu lassen. Es war offensichtlich, dass sie genauso wie Caryn gern etwas Zeit mit ihren Männern allein verbringen wollten. Bristol hatte Finley eingeladen, über Nacht dort zu bleiben, und sie hatte sich kurz vor der Ankunft der Männer in ein Gästezimmer zurückgezogen.

Als Drew an die Tür klopfte, waren sie und Bristol die Einzigen, die noch da waren. Rocky war dabei, die Küche aufzuräumen, ohne sich zu beschweren, was Caryn beeindruckte.

Bristol war ein wenig wackelig auf dem Knieroller, als sie Caryn zur Tür begleitete, aber Rocky eilte herbei, um sich hinter sie zu stellen und sie zu stützen. Sie umarmte Caryn fest, bevor sie Drew die Tür öffnete.

»Sie ist hier und bereit für dich«, erklärte sie dramatisch, als sie ihn begrüßte.

Er lachte und schüttelte den Kopf. »Das sehe ich.«

»Der Apfelkuchen, den sie mitgebracht hat, war löslich ...

nein, warte, löstlich ... Mist. Ich meine köstlich«, sagte Bristol triumphierend.

Bei dem intensiven Blick, den Drew ihr zuwarf, wurden Caryns Knie weich. »Ich wusste nicht, dass du backst, Schatz.«

»Tue ich auch nicht«, platzte es aus ihr heraus. »Sie redet von dem Schwarzgebrannten, den Clyde mir gegeben hat.«

Drew sah einen Moment lang überrascht aus, dann nickte er. »Ah, das erklärt, dass du so wackelig auf den Beinen bist und dass Bristol Probleme hat, das Wort auszusprechen.«

Bristol lächelte. »Ja.«

Rocky schlang einen Arm um ihre Taille. »Zeit fürs Bett, würde ich sagen«, bemerkte er.

»Oooooh, ja bitte«, erwiderte Bristol und sah ihren Verlobten mit einem Funkeln in den Augen an.

Caryn wandte den Blick von dem nackten Verlangen im Gesicht ihrer neuen Freundin ab und lachte. »Sorg dafür, dass sie ein großes Glas Wasser trinkt, bevor sie schlafen geht«, warnte sie Rocky.

»Ich bin dir weit voraus, aber ich weiß es zu schätzen, dass du dich um sie sorgst«, erwiderte er.

Caryn zuckte mit den Schultern. »Das tun Freunde nun mal.«

Und damit stürzte Bristol sich wieder auf Caryn, und sie konnte die zierliche Frau nur mit Mühe auffangen.

»Ganz ruhig«, erklärte Drew, trat vor und legte Caryn eine Hand auf den Rücken, um ihr den nötigen Halt zu geben, damit sie nicht ein paar Schritte zurückfiel.

»Komm, es wird Zeit, dass wir dich nach oben bringen«, sagte Rocky, während er Bristol umdrehte und hochhob.

»Danke, dass wir kommen durften«, bedankte sich Caryn bei ihr.

Bristol kuschelte sich an Rocky. »Wir müssen das unbedingt bald noch mal machen.«

»Ja!«, entgegnete Caryn fröhlich und stolperte, als sie einen

Schritt zur Tür machte. Aber wieder war Drew da, um sie aufzufangen.

»Danke«, sagte Drew und nickte Rocky zu.

»Kommst du mit ihr klar?«, fragte Rocky.

»Natürlich.«

Ja, natürlich. Als hätte er gar nicht fragen müssen. Caryn war überglücklich. Drew legte einen Arm um ihre Taille und half ihr aus dem Haus. Er setzte sie auf den Beifahrersitz seines Jeeps, und sie sah zu, wie er zur Fahrerseite ging. Er stieg ein, drehte sich zu ihr um und lächelte sie an. »Hattest du Spaß?«, fragte er.

»Oh ja.«

»Gut.« Dann ließ er den Motor an und fuhr zum Haus ihres Großvaters. Die Fahrt war viel zu kurz. Gerade als Caryn die Augen zufielen und sie kurz davor war einzuschlafen, waren sie angekommen.

»Warte kurz«, bat Drew, als er hinter ihrem Wagen in die Einfahrt fuhr. Er eilte zu ihr und half ihr beim Aussteigen, wobei er seinen Arm um ihre Taille legte, während er sie zur Tür führte. Er schloss sie mit ihrem Schlüssel auf und führte sie durch das Haus, als gehörte er dort hin, begleitete sie bis zu ihrem Zimmer und setzte sie auf die Bettkante. »Zieh dich um«, befahl er. »Ich bin gleich wieder da. Ich hole dir nur schnell etwas Aspirin und ein Glas Wasser.«

»Ich habe keine Kopfschmerzen«, versicherte sie ihm.

»Und morgen wirst du auch keine Kopfschmerzen haben, wenn du jetzt etwas Wasser trinkst, um den Schnaps zu verdünnen. Ich wusste gar nicht, dass du Clyde kennst«, fügte er hinzu.

»Bist du deswegen sauer?«, fragte sie, weil sie es sich einfach nicht verkneifen konnte.

Drew runzelte die Stirn. »Warum sollte ich das sein? Clyde ist ein guter Mensch. Zieh dich um, Caryn«, befahl er. »Wenn ich zurückkomme und du bist halb nackt, weiß ich nicht, was ich tun würde.«

Sie lächelte zu ihm hoch und freute sich, dass er Clyde zu mögen schien. Ihrer Meinung nach hatte der arme Mann einen schlechten Ruf. »Ich bin mir nicht sicher, ob das ein Anreiz für mich ist, mich umzuziehen«, sagte sie ehrlich.

Das Aufflackern des Verlangens in seinen Augen sorgte dafür, dass sie die Schenkel zusammenpresste. Ein Blitz der Lust schoss durch sie hindurch. Sie wollte diesen Mann. Er war einer der Guten, darauf würde sie alles verwetten, was sie besaß.

»Wir werden nicht zum ersten Mal miteinander schlafen, während dein Großvater sich am Ende des Ganges befindet und wahrscheinlich an seiner Tür lauscht, was wir sagen. Oder wenn du betrunken bist. Wenn wir es tun, werden wir beide völlig nüchtern und uns hundertprozentig sicher sein, dass wir es auch wollen.«

»Und was willst du?«, flüsterte Caryn.

»Eine Partnerin«, erwiderte er, ohne zu zögern. »Und ich habe das Gefühl, dass du die beste Partnerin wärst, die ich je hatte. Und jetzt zieh dich um«, erwiderte er schroff, bevor er mit dem Handrücken über ihre errötete Wange fuhr und aus dem Zimmer ging.

Er hätte nichts sagen können, was ihr mehr bedeutete. Sie hatte sich schon immer einen echten Partner gewünscht, aber noch keinen gefunden. Und da sie wusste, dass Drew im Laufe der Jahre wahrscheinlich viele Partnerinnen gehabt hatte – sowohl in seiner Karriere als auch sonst –, und er trotzdem der Überzeugung war, dass sie die perfekte Partnerin für ihn wäre ... ja, sie war hin und weg von ihm.

Caryn stand auf, zog sich ihr Oberteil über den Kopf und ließ es auf den Boden fallen, ohne sich darum zu kümmern, wo es landete. Sie brauchte ein paar Versuche, um ihren BH zu öffnen, aber schließlich gelang es ihr und sie ließ ihn ebenfalls fallen. Sie schnappte sich das Trägerhemd, in dem sie norma- lerweise schlief, und zog es sich über den Kopf. Dann schob sie ihre Jeans und ihr Höschen herunter. Beinahe wäre sie beim

Anziehen der Männershorts, die sie im Bett trug, gestürzt, aber sie konnte sich im letzten Moment abfangen. Sie kroch unter die Decke und lehnte sich an das Kopfende des Bettes, als ein leichtes Klopfen an ihrer Tür ertönte.

»Alles in Ordnung?«, fragte Drew von der anderen Seite.

»Ja.«

Er stieß die Tür auf und hielt ihr ein großes Glas Wasser hin. Er setzte sich auf die Bettkante und reichte es ihr. Da Caryn wusste, dass er sie nicht vom Haken lassen würde, nahm sie es – und das Aspirin, das er ihr hinhielt – und trank so viel sie konnte.

»Danke«, sagte Drew leise, als er ihr das Glas abnahm und es auf den Nachttisch neben ihrem Bett stellte. Dann beugte er sich über sie, als sie sich auf die Matratze sinken ließ. Er starrte sie einen Moment lang an, bevor er mit einer Hand über ihr Haar fuhr. »Ich liebe dein Haar so sehr«, erklärte er sanft.

Caryn lächelte. »Danke. Ich mag deins auch. Und deinen Bart. Er passt zu dir.«

»Wir passen zueinander«, bemerkte er sachlich. »Ich nehme an, wir lassen unser Training morgen ausfallen?«

Caryn rümpfte die Nase und sah zu dem uralten Radiowecker auf dem Nachttisch hinüber. »Ähm ... vielleicht können wir das einfach ein wenig später machen?«

»Klar doch. Um neun? Zehn?«

Caryn nickte.

Ein Lachen entwich Drews Lippen. »Gut. Ich komme rüber und wenn du keine Lust hast, können wir einen Tag ausfallen lassen.«

»Ich muss mich morgen für die Stelle bei der Feuerwehr bewerben. Und einkaufen gehen. Und ich habe ein Buch, an dem ich noch arbeiten muss.« Sie wusste kaum, was sie sagte. Sie fühlte sich wohl und liebte es, dass Drew sich über sie beugte und sie seinen wunderbaren Duft nach Holz und Leder in der Nase hatte.

»Woran musst du arbeiten?«

»Äh«, machte Caryn und schloss die Augen. »An dem neuesten Buch von Thomas Robertson. Ich bin seine Beta-Leserin.«

»Wirklich?«

Sie machte große Augen angesichts der Überraschung in Drews Tonfall. »Ja. Ich lese alle seine Sachen, bevor sie an den Verlag gehen. Um sicherzugehen, dass er nichts verbockt hat.«

»Du steckst voller Überraschungen«, bemerkte Drew mit einem Lächeln. »Er ist einer meiner Lieblingsautoren und jetzt sagst du mir, dass du Einfluss darauf hast, was er schreibt?«

»Irgendwie. Mehr oder weniger. Eigentlich nicht viel«, erwiderte sie achselzuckend.

»Kein Wunder, dass ich dich mag. Und jetzt schlaf, Caryn. Ich freue mich, dass du dich heute Abend amüsiert hast. Und ... du bist verdammt süß, wenn du beschwipst bist.«

»Danke«, sagte sie und schloss erneut die Augen.

Sie hörte noch einmal, wie er lachte, spürte seine warmen Lippen auf ihren, war aber zu müde, um mehr zu tun, als unter ihm zufrieden zu stöhnen.

Er küsste sie auf die Stirn, dann bewegte sich die Matratze, als er aufstand. »Gute Nacht, mein Schatz.«

»Gute Nacht.« Sie war eingeschlafen, bevor sich die Tür hinter ihm schloss.

KAPITEL ZWÖLF

Drew konnte nicht aufhören zu grinsen, als er sich daran erinnerte, wie bezaubernd Caryn am Abend zuvor gewesen war. Sie hatte ihn angerufen, als die Frauen bei Bristol fertig waren, und er hatte sich auf den Weg zu ihr gemacht, bevor sie das Gespräch beendet hatte. Er hatte den ganzen Abend darauf gewartet, von ihr zu hören, weil er unbedingt wissen wollte, ob der Abend gut gelaufen war. Aber es war mehr als offensichtlich, als er sah, wie vertraut sie und Bristol miteinander umgingen, dass es besser gelaufen war, als er gedacht hatte.

Er hatte sich nichts sehnlicher gewünscht, als auf die Einladung einzugehen, die er in ihren Augen gesehen hatte, als sie in ihrem Schlafzimmer standen. Aber gestern Abend war weder der richtige Ort noch der richtige Zeitpunkt dafür gewesen. Aber es war so weit. Und er konnte es nicht erwarten.

Es war ein Schock, als er hörte, dass sie als Beta-Leserin für Thomas Robertson arbeitete. Der Mann war ein Genie im Umgang mit Worten, und zu wissen, dass Caryn eine Rolle in seinem Schaffensprozess spielte, war verblüffend. Die Frau beeindruckte ihn jeden Tag mehr.

Pünktlich um zehn Uhr klopfte er an Arts Tür und nickte dem älteren Mann zu, als dieser aufmachte.

»Hallo, Art. Wie geht's dir heute?«

»Gut, gut. Ich glaube, die Frage ist eher: Wie geht es Caryn heute?«

Drew lachte leise. »Sie ist wohl nicht ganz auf der Höhe, was?«, fragte er, als Art ihm zu verstehen gab, dass er reinkommen sollte.

»Das kann man so sagen. Ich habe ihr gesagt, dass sie Clydes Schnaps nicht mitnehmen soll, aber sie hat nicht auf mich gehört«, entgegnete Art mit einem Schnauben. »Geschieht ihr recht. Das Zeug ist stark.«

»Aber gut, habe ich gehört«, bemerkte Drew.

»Sehr gut. Der Mann ist ein Genie. Eigenwillig, mürrisch und misstrauisch gegenüber jedem, der sich in die Nähe seines Grundstücks begibt, aber ausgesprochen gut in dem, was er tut.«

Drew nickte zustimmend, aber seine Aufmerksamkeit galt Caryn. Sie saß an Arts kleinem Küchentisch, ein Glas Orangensaft und eine Tasse Kaffee vor sich sowie einen Teller mit einem Stück trockenen Toast. Er grinste.

»Kein Wort, Drew«, knurrte sie, ohne den Blick zu heben.

Sein Grinsen wurde breiter, aber er tat, wie gewünscht, und sagte nichts, als er den Stuhl neben ihr herauszog und sich setzte. »Guten Morgen«, sagte er leise.

»Ich werde nie wieder trinken«, erwiderte sie leise und blickte endlich auf.

»Das sagt jeder in der Geschichte der Welt, der nach einer durchzechten Nacht mit einem Kater aufwacht.«

»Ich bin einfach nicht gut darin«, beschwerte sie sich.

»Das ist nicht schlimm«, erwiderte Drew und griff nach ihrer Hand. Er strich sanft mit dem Daumen über ihren Handrücken. »Du warst gestern Abend aber wirklich niedlich.«

Caryn verdrehte die Augen. »Eben. Niedlich. Genau das, was jede Frau hören will.«

Als Drew ins Wohnzimmer blickte, sah er, dass Art nicht einmal versuchte, so zu tun, als würde er nicht lauschen. Jede

Bemerkung, die Drew darüber machen wollte, wie schwer es ihm gefallen war, sie allein in ihrem Bett zu lassen, musste warten. »Also ... was ist mit Thomas Robertson?«, fragte er stattdessen.

»Ich erinnere mich vage daran, dir von ihm erzählt zu haben«, sagte sie und nahm einen Schluck von ihrem Kaffee.

Art ging langsam in die Küche, während er sagte: »Caryn ist seine rechte Hand. Er schickt ihr seine Manuskripte, gleich nachdem er sie geschrieben hat – offenbar ist er nicht sonderlich gut in Rechtschreibung. Wie auch immer, sie liest das Manuskript und sagt ihm, was gut ist und wo er Fehler gemacht hat. In *Auf Tauchstation*, seinem neuesten Bestseller, der verfilmt werden soll? Sie hat mir erzählt, dass der Held die Identität des Bösewichts gleich zu Beginn des Buches herausfindet, aber auf ihren Vorschlag hin hat Thomas das gestrichen und praktisch die gesamte Handlung geändert, sodass er erst kurz vor dem großen Feuergefecht am Ende erfährt, wer der Kerl ist.«

Drew hatte das besagte Buch noch nicht gelesen, aber es stand auf seiner Liste. »Ach ja?«, fragte er. »Wie bist du denn da dran gekommen?«

Caryn zuckte mit den Schultern und erzählte ihm die Geschichte über einen Brand in der Buchhandlung, in der er eine Signierstunde abhielt, und wie er sie gefragt hatte, ob er ihr ein paar Fragen stellen dürfe, weil er ein Buch schrieb, in dem es um die Feuerwehr ging. »Von da an ging es Schlag auf Schlag. Ich lese gern, und seine Bücher sind sehr gut. Auch wenn es keine Liebesromane sind.«

Drew grinste darüber und fragte dann: »Wirst du dafür bezahlt?« Es war wahrscheinlich eine unhöfliche Frage, aber er glaubte nicht, dass es Caryn etwas ausmachte.

»Ja. Er schickt mir etwa fünf Riesen für jedes Buch, das ich für ihn Korrektur lese. Das ist zu viel, aber er weigert sich, auf mich zu hören, wenn ich ihm sage, er solle aufhören, mir so viel zu schicken«, erklärte Caryn.

»Er hat sogar gefragt, ob sie bereit wäre, dasselbe für einige seiner Freunde zu tun, die sehr neidisch sind, dass er meine Caryn ganz für sich allein hat, aber sie sagt ihm immer, dass sie keine Zeit dafür habe.«

Drew zog eine Augenbraue hoch. »Du willst mir also damit sagen, dass du fünftausend Dollar dafür bekommst, dass du ein Buch liest und ein paar Anmerkungen dazu machst – und dass du den gleichen Betrag von den anderen Autoren bekommen könntest, und du hast abgelehnt?«

»Es handelt sich nicht nur um ein paar Bemerkungen«, protestierte Caryn. »Was für ein Training machen wir heute?«

Sie wollte offensichtlich das Thema wechseln, aber je mehr Drew darüber nachdachte, desto mehr fragte er sich, warum sie nicht die Chance ergriff, Geld mit dem zu verdienen, was sie liebte ... dem Lesen. Natürlich war sie auch gern Feuerwehrfrau, aber es wäre kein schlechter Ausweichjob für sie. »Hast du Lust, heute Morgen den *Barker Mill Trail* zu wandern?«

Sie seufzte erleichtert auf. »Ja.«

Der *Barker Mill Trail* war nicht allzu anstrengend. Er dachte sich, dass es ihr guttun würde, an die frische Luft zu kommen und ihren Kreislauf in Schwung zu bringen, aber der Hindernislauf wäre in ihrem verkaterten Zustand wahrscheinlich zu viel. Und selbst das Joggen würde ihr Kopfschmerzen bereiten. Und Drew wollte ihr auf keinen Fall Schmerzen zufügen.

Caryn hob ihre Tasse mit dem Kaffee hoch und nahm einen großen Schluck, dann stieß sie sich vom Tisch ab und sagte: »Ich bin bereit zum Aufbruch.«

Innerhalb von zwanzig Minuten waren sie auf dem Weg und Drew erklärte ihr einige der häufigsten Reaktionen von Menschen, die sich im Wald verlaufen hatten. »Ich glaube, den meisten Menschen wird beigebracht, an Ort und Stelle zu bleiben, wenn sie sich verirren, aber oft ist ihre erste Reaktion umherzulaufen. Das Adrenalin schießt in die Höhe und sie sind sich sicher, dass sie den Weg zurück nach Hause oder zum Pfad finden können. Aber bevor sie es merken, haben sie sich noch mehr verirrt und sich noch weiter von ihrem letzten bekannten Standort entfernt.

Die Menschen verlassen sich heute auch zu sehr auf die Technik. Sie glauben, dass sie nur einen Anruf tätigen müssen, und schon werden sie gerettet. Es gibt so viele Orte entlang des *Appalachian Trail*, an denen es überhaupt keinen Mobilfunkempfang gibt. Selbst die GPS-Technologie kann versagen. Ich wünschte, jeder, der wandern geht, wäre im Umgang mit einem einfachen Kompass geschult. Wenn die Leute zu Beginn der Wanderung eine Peilung vornehmen würden, könnten sie den Rückweg finden. Weißt du, wie man einen Kompass benutzt?«, fragte Drew.

»Ja.«

Daraufhin zog Drew seinen Kompass heraus und reichte ihn ihr. Dann bog er links ab und verließ den Weg. Caryn folgte ihm.

Zwanzig Minuten später, nachdem er im Kreis gelaufen war und sein Bestes getan hatte, damit sie die Orientierung verlor, sagte er: »Okay, bring uns zurück zum Weg. Oder zum Parkplatz. Sorg einfach dafür, dass wir den Weg wiederfinden.«

Er war beeindruckt, als sie einfach nickte und auf den Kompass in ihrer Hand blickte. In zehn Minuten waren sie wieder auf dem Weg.

Drew grinste sie an.

»Du hättest nicht gedacht, dass ich es schaffe, oder?«

»Ich hatte meine Zweifel«, entgegnete er achselzuckend.

»Mein Großvater hat mir alles beigebracht, was er über den Wald wusste, als ich klein war. Seine Lektionen sind hängengeblieben.«

»Was zum Beispiel? Was hat er dir noch beigebracht?«

»Wenn ich mich verlaufe, muss ich an Ort und Stelle bleiben, wie du gesagt hast. Ich weiß, wie man mit Schießpulver aus einer Kugel Feuer macht, mit einer Batterie, einer Lupe und mit dem Saft eines Balsambaums als Feuerzeugbenzin. Er sagte, wenn es nicht funktioniert, an Ort und Stelle zu bleiben, wenn niemand kommt, sollte man eine Wasserquelle finden und ihr flussabwärts folgen. Ein Bach wird zu einem Fluss, der zu einem See oder Strom wird. Irgendwann wird er zu Straßen, einem Lager oder Menschen führen.«

»Damit kennst du dich schon viel besser aus als mancher Mitarbeiter von anderen Such- und Bergungsteams«, sagte Drew zu ihr. »Ich habe mit Ethan gesprochen und wir möchten, dass du mitkommst, wenn wir das nächste Mal gerufen werden ... wenn es dir ernst damit ist, dem Team beizutreten.«

Caryn blieb mitten auf dem Weg stehen und starrte ihn an. »Ist das dein Ernst?«

»Ja.«

Ihm gefiel das Lächeln, das sich auf ihrem Gesicht ausbreitete. »Fantastisch!«

»Ja. Du wirst eine ganze Weile mit einem von uns zusammenbleiben müssen, zur Sicherheit und damit wir dich ausbilden können.«

»Kein Problem. Ich danke dir so sehr.«

»Nein, ich danke *dir*. Wir können jede professionelle Hilfe gebrauchen, die wir bekommen können.«

Sie gingen weiter und nach einem Moment sagte Drew: »Ich habe mich etwas gefragt – und du musst es mir nicht sagen, wenn du nicht willst –, aber könntest du mir bitte erzählen, warum du die Sommer hier mit Art verbracht hast?«

Eine Zeit lang war er sich nicht sicher, ob sie antworten würde. Gerade als er sich für seine Neugier entschuldigen wollte, begann sie zu sprechen.

»Ich habe dir ja schon erzählt, dass meine Mutter kein guter Mensch war. Ich habe nicht übertrieben. Sie hat sich in jeden Mann verliebt, den sie getroffen hat. Ich kann mich nicht einmal mehr an die Namen der Männer erinnern, mit denen sie in meiner Kindheit und Jugend zusammen war. Ich glaube, sie war etwa zehnmal verheiratet – ehrlich gesagt habe ich aufgehört zu zählen. Manchmal war es buchstäblich nur für Monate. Und jedes Mal war es das Gleiche. Sie verbrachte ihre ganze Zeit und Energie mit ihnen, bis sie ihr auf die Nerven gingen, dann schimpfte sie und erzählte mir, wie schrecklich Männer seien. Was nicht stimmte. Einige der Männer waren tatsächlich sehr nett. Aber wenn sie mit ihnen Schluss machte, war es das. Ich sah sie nie wieder. Und während sie zusammen waren, wurde ich von ihr völlig ignoriert.

Sie schickte mich im Sommer zu ihrem Vater, weil sie es hasste, mich ständig um sich zu haben, wie sie es nannte. Sie wollte mit ihren Männern allein sein und sich nicht die ganze Verantwortung aufhalsen, die mit der Erziehung eines Kindes einhergeht. Wenn ich bei ihr war, versuchte ich, nicht aufzufallen. Um ehrlich zu sein, wollte ich um jeden Preis vermeiden, ihre Aufmerksamkeit auf mich zu ziehen. Sie konnte zwar manchmal zuckersüß sein, vor allem vor Männern, aber sie konnte auch unglaublich ausfallend werden. Nicht körperlich, aber emotional. Die Sommerferien waren meine Flucht vor ihr. Hier konnte ich ich selbst sein. Frei.

Und ich meine nicht frei von Regeln. Art führte ein strenges Regiment. Ich konnte nicht rund um die Uhr herumlaufen. Ich hatte Hausarbeiten zu erledigen, musste höflich sein und durfte keinen Ärger machen. Ich tat alles, was Art von mir verlangte, denn ich *mochte* die Regeln eigentlich. Sie gaben mir das Gefühl, geliebt zu werden, als würde er mich gernhaben … und ich fühlte mich definitiv nicht geliebt, wenn ich bei meiner Mutter war. Ich wollte ganz nach Fallport ziehen, aber Mom wollte nicht die Kontrolle aufgeben. Sie mochte mich nicht, aber es gefiel ihr, mich zu benutzen, um Sympathie für sich zu gewinnen.«

»Das klingt total beschissen«, bemerkte Drew, als sie kurz innehielt.

Caryn lachte, aber ohne Humor. »Das war es auch«, stimmte sie zu. »Aber Art war mein Retter. Dank ihm fühlte ich mich geliebt. Und ihm wurde klar, dass meine Mutter nicht ganz richtig im Kopf war, beschädigt, verrückt … wie auch immer du es nennen willst. Er war völlig entsetzt darüber, was seine Tochter ihrem einzigen Kind antat.«

»Wie bist du da rausgekommen?«, fragte Drew.

»Ich habe die Highschool abgeschlossen«, erklärte Caryn ohne Emotionen.

»Du bist also *nicht* rausgekommen«, bemerkte Drew mit fester Stimme.

»Du musst mich nicht bemitleiden«, versicherte sie ihm. »Ich bin nicht der einzige Mensch, der eine schwere Kindheit hatte. Es kommt darauf an, was man nach der harten Zeit aus seinem Leben macht, nicht auf die harten Zeiten selbst.«

»Sehr wahr. Du bist unglaublich, Caryn.«

Sie nahm einen tiefen Atemzug. »Die meiste Zeit habe ich das Gefühl, dass ich mich kaum über Wasser halten kann«, gab sie leise zu.

Drew legte einen Finger unter ihr Kinn und hob ihren Kopf an, sodass sie ihn ansehen musste. »Ich weiß, dass es sich so anfühlt, aber das ist nicht wahr. Es ist toll, was du aus deinem Leben gemacht hast. Du hättest einen anderen Weg einschlagen können, verbittert werden können, Drogen nehmen können, ein kriminelles Leben führen können oder genau das tun können, was deine Mutter getan hat ... von Mann zu Mann ziehen und verzweifelt nach Liebe suchen ... aber das hast du nicht.«

Sie griff nach oben, schlang ihre Finger um sein Handgelenk und hielt es fest. Dann überraschte sie ihn, indem sie ihren anderen Arm um ihn legte und näher herantrat. Sie umarmte ihn fest und Drew hielt sie fest, während sie mitten auf dem Pfad im Wald standen. Sie kommunizierten miteinander, ohne ein Wort zu sagen. Es war einer der intimsten Momente, die er je mit einer Frau geteilt hatte.

Er hatte Menschen in einigen der schlimmsten Situationen ihres Lebens gesehen. Verkehrsunfälle, häusliche Gewalt, nachdem sie angeschossen oder erstochen worden waren, manche total high und von Drogen benebelt. Er musste Kinder trösten, deren Eltern sich gegenseitig anschrien, und er hatte die Hände von anderen Kindern gehalten, die zu Tode verängstigt waren, weil Erwachsene sie in schreckliche Situationen gebracht hatten.

Aber nichts berührte ihn so sehr wie die Frau, die in seinen Armen Trost suchte. Da er ein wenig von der Hölle wusste, die Caryn als Kind durchgemacht hatte, respektierte und bewunderte er sie noch mehr.

Sie hatte sich schnell wieder unter Kontrolle und wich ein Stück zurück. Aber sie löste sich nicht aus seiner Umarmung. »Ich würde alles für Art tun. Er ist die Vaterfigur, die ich als Kind nie hatte. Ohne ihn wäre ich wahrscheinlich in einer der Situationen, die du gerade erwähnt hast. Er hat mich auf dem rechten Weg gehalten und mir das Gefühl gegeben, dass ich wertvoll und liebenswert bin.«

»Wo steckt deine Mutter jetzt?«, fragte Drew mit leiser Stimme.

Sie legte den Kopf schief und starrte ihn an. »Warum? Willst du sie jetzt fertigmachen?«

Drew konnte ein Schnauben nicht unterdrücken. »Was? Nein.« Er würde sie vielleicht nicht verprügeln, aber er konnte dafür sorgen, dass sie verstand, dass sie nie wieder Kontakt zu Caryn aufnehmen sollte. Dass sie in Caryns Welt nicht mehr existierte. Und wenn sie *doch* den Drang verspürte, ihre Tochter aufzusuchen, würde sie es bereuen.

Caryn starrte ihn einen Moment lang an, bevor sie seufzte. »Zu deiner Beruhigung und um Zeit zu sparen, damit du sie nicht aufspüren musst, sie ist tot. Einer der Männer, mit denen sie sich eingelassen hat, hatte anscheinend genug von ihrem Blödsinn und hat sie erschossen.«

Drew mochte die Frau nicht, auch wenn er sie noch nie getroffen hatte, aber er empfand trotzdem sofort einen Stich der Trauer für Caryn. »Es tut mir leid.«

»Mir nicht. Wie lautet das Sprichwort? Man erntet, was man sät?«

»Es tut mir leid, dass *sie* kaum etwas von ihrer wunderbaren Tochter mitbekommen hat«, bemerkte Drew leise.

Sie lächelte daraufhin. »Danke.«

»Ich schmeichle dir nicht, Caryn. Ich meine es ernst.«

»Ich weiß, dass du es wirklich so meinst. Wie bist du nur so toll geworden?«, fragte sie.

»Ich bin niemand Besonderes«, entgegnete er kopfschüttelnd.

Sie verdrehte die Augen. »Sicher. Können wir über gestern Abend sprechen?«

»Was ist damit?«

»Ich habe dir praktisch gesagt, dass ich dich will ... und du hast die Situation trotzdem nicht ausgenutzt.«

»Ich habe es dir doch gesagt, Schatz«, antwortete Drew, »wenn wir das erste Mal miteinander schlafen, möchte ich nicht befürchten, dass Art uns belauscht. Wenn du meinen Namen schreist, möchte ich es genießen.«

Sie grinste. »Bist du so von deinen Fähigkeiten überzeugt?«

»Ja.« Und das war er. Es war schon eine Weile her, dass er mit einer Frau zusammen gewesen war, aber in der Vergangenheit hatte sich noch niemand beschwert. Eine seiner Lieblingsbeschäftigungen war es, eine Frau dazu zu bringen, all ihre Hemmungen zu verlieren. Es gab nichts Schöneres, als seiner Partnerin das Gefühl zu geben, sexy und selbstbewusst zu sein. Sie beim Orgasmus zu beobachten und zu wissen, dass *er* dafür verantwortlich war.

Ihr Lächeln verblasste, als sie ihn ansah. »Du könntest mich zerstören, Drew«, sagte sie nach einem Moment.

»Niemals«, schwor er.

Sie schluckte schwer. »Ich habe Angst.«

»Vor mir?«, fragte er bestürzt.

»Davor, endlich das zu finden, was ich mir mein ganzes Leben lang gewünscht habe, nur um dann festzustellen, dass es nur eine Wunschvorstellung ist. Dass es nicht möglich ist, einen echten Partner zu haben ... jemanden, mit dem ich alles teilen kann und der alles mit mir teilt ...«

Drew fuhr mit seiner Hand von ihrer Taille bis zu ihrem Nacken und hielt sie fest, während er sagte: »Ich hatte während meiner Zeit als Polizist zweiundzwanzig Partner.«

Sie blinzelte. »Zweiundzwanzig?«

»Ja.«

»Warum?«

Er seufzte und ließ seine Hand sinken. »Vielleicht war ich ein mieser Kollege.«

»Ja klar – das kann es *nicht* sein. Warum also?«

Er fand es toll, dass sie so von ihm eingenommen war.

»Ehrlich gesagt weiß ich es nicht. Wahrscheinlich spielen mehrere Faktoren dabei eine Rolle. Der Stress in meinem Job. Weil ich keine Fehler geduldet habe und mit meiner Meinung über die Handlungen der Leute extrem unverblümt war. Ich hatte keine Angst, für mich selbst und für die Bürger, für die ich arbeitete, einzustehen. Ich habe extrem hart gearbeitet und keine zusätzlichen zwanzig Minuten beim Abendessen verbracht, wenn es Anrufe gab, die angenommen werden mussten. Während meiner Schicht redete ich nicht viel, ich zog es vor, den Mund zu halten und zu beobachten, was um mich herum geschah. Es war nicht leicht, mit mir zu arbeiten, das weiß ich. Und ich habe mich mit keinem einzigen meiner Partner verstanden. Also ... ich habe dieselben Bedenken wie du in Bezug auf Partner.«

Sie starrte ihn einen Moment lang an und lächelte dann. »Wir sind schon ein tolles Paar, was?«

Er erwiderte ihr Grinsen. »Vielleicht passen wir deshalb so gut zusammen. Und nur damit du es weißt ... gestern Abend zu gehen, ohne etwas mit dir anzufangen, war das Schwerste, was ich je getan habe. Aber ich wusste, wenn ich etwas beginne, würde ich nicht mehr aufhören können. Ich würde dich unter mir haben wollen, nackt, meinen Schwanz in deiner Muschi, bevor einer von uns beiden gewusst hätte, was los ist. Aber ich würde niemals respektlos sein und ohne deine volle und bewusste Zustimmung mit dir schlafen. Und niemals dort, wo dein Großvater es hören könnte.«

Caryn erschauderte. »Er ist jetzt nicht hier«, stellte sie fest.

Drew starrte sie eindringlich an.

Sie schenkte ihm ein verruchtes Grinsen. »Ich sage ja nicht, dass ich es hier und jetzt mit dir treiben möchte, denn ... Schmutz und Ungeziefer. Aber ein Kuss wäre nicht unwillkommen.«

Ohne ein weiteres Wort küsste Drew sie auf die Lippen. Er ließ ihr keine Zeit, ihre Meinung zu ändern, dachte nicht darüber nach, was er tat. Er wusste nur, dass er in dem Moment in tausend Stücke zerspringen würde, wenn er diese Frau nicht sofort küsste.

Sie knutschten in der Mitte des Weges, was ihm wie eine Ewigkeit vorkam. Es kostete Drew seine ganze Selbstbeherrschung, sich von ihr zu lösen. Er leckte sich über die Lippen und schmeckte ihren Labello mit Geschmack.

»Bitte sag mir, dass ich dich bald nackt sehen darf«, bat sie.

Er hätte wissen müssen, dass seine Caryn nicht schüchtern wäre.

»Das wirst du«, entgegnete er und hielt seine Antwort kurz und bündig.

»Gut. Nun ... da es mich anmacht, dich zu küssen, und es irgendwie ätzend ist, im Wald erregt zu werden, wenn wir nichts weiter tun können, wie wäre es, wenn du mir mehr darüber beibringst, wie man Leute findet, die sich verlaufen haben, und du mich dann zu Art zurückbringst, damit wir zusammen ein spätes Frühstück zu uns nehmen können? Ich bin plötzlich am Verhungern.«

»Hast du keinen Kater mehr?«, fragte Drew.

»Nein. Nicht einmal einen Anflug von Kopfschmerzen. Deine Küsse sind ein Wundermittel.«

Er lachte leise. »Ich glaube, das liegt an der frischen Luft, der Bewegung und deinem Kreislauf, nicht an mir.«

»Vielleicht«, entgegnete sie achselzuckend. »Findet ihr die meisten Menschen in der Nähe des Ortes, an dem sie zuletzt gesehen wurden, oder eher kilometerweit davon entfernt?«

Drew war gern bereit, über seine Erfahrungen zu sprechen und darüber, worauf man bei einer Suche achten sollte, und brachte die beiden zurück zum Ausgangspunkt des Wanderwegs und zum Parkplatz. Sein Herz geriet ein wenig ins Stolpern, als sie den Arm ausstreckte und seine Hand nahm. Er schlang seine Finger um ihre und redete weiter.

Dies fühlte sich richtig an.

Ihre *Beziehung* fühlte sich richtig an.

Er würde alles tun, um die Flamme, die zwischen ihnen loderte, zu nähren und zu schützen.

KAPITEL DREIZEHN

Es war Freitagabend, und Caryn war nervös. Sie hatte weder Drew noch einer ihrer neuen Freundinnen von ihren Plänen für heute Abend erzählt. Sie wusste, dass das wahrscheinlich ein Zeichen dafür war, dass sie nicht hingehen sollte, aber sie konnte die Vorstellung, dem Team beizutreten, nicht aufgeben. Und wenn das Treffen mit Paul und seinen Freunden im *The Cellar* ihre Chancen auf den Job bei der örtlichen Feuerwehr verbessern würde, dann würde sie es tun.

Sie hatte nicht vor, lange zu bleiben. Sie würde nur hingehen, Paul und allen anderen, die auftauchten, Hallo sagen und dann gehen.

Die Dinge mit Drew liefen so gut, dass es fast beängstigend war. Sie mochte ihn. Sogar sehr. Genügend, um ihm von ihrer Mutter zu erzählen, was sie sonst nie tat. Sie konnte sich nicht daran erinnern, schon jemals jemandem von ihrer Kindheit und ihrer Mutter erzählt zu haben. Nicht einmal ihrem Ex. Aber Drew urteilte nicht und es gefiel ihr, wie wütend er in ihrem Namen geworden war. Caryn war sich ziemlich sicher, dass Drew seine Verbindungen genutzt hätte, um die Frau aufzuspüren, wenn sie nicht schon tot wäre. Sie hatte keine

Ahnung, was er getan hätte, wenn er sie gefunden hätte, aber ihre Mutter wäre wahrscheinlich nicht begeistert gewesen, ihn kennenzulernen.

Es war zehn Uhr abends, und Caryn hatte bereits mit Drew gesprochen. Sie planten, sich morgen vom Training freizunehmen und sich im *Sunny Side Up* zum Frühstück zu treffen. Dann hatte er ein Treffen mit Bristol wegen der Investitionen, die er ihr empfehlen wollte. Caryn hatte sich bereit erklärt, mit ihm zu Rocky und Bristols Haus zu fahren und ihr nach dem Treffen Gesellschaft zu leisten, während die anderen Jungs an der Scheune arbeiteten. Sie wollten alles rechtzeitig vor der Halloween-Hochzeit fertigstellen, die Ethan und Lilly planten und die in weniger als zwei Monaten stattfinden sollte.

Sie hatte sich der Bequemlichkeit halber Jeans und ihre Lieblings-Turnschuhe angezogen und statt eines T-Shirts eine schwarze Bluse. Sie hatte einen V-Ausschnitt und war auf Figur geschnitten. Am Ausschnitt und an den kurzen Ärmeln war ein wenig Spitze angebracht. Sie hatte sich in der Bluse immer hübsch gefühlt und dachte sich, dass sie den zusätzlichen Schub an Selbstvertrauen gut gebrauchen könnte, um den Abend zu überstehen.

Ihr Großvater war vor etwa einer halben Stunde zu Bett gegangen, also schlich Caryn so leise wie möglich durch das Haus, um ihm nicht zu verraten, dass sie ausging. Es war nicht so, dass sie nicht wollte, dass er wusste, wohin sie ging, sondern eher, dass sie wusste, dass er es nicht gutheißen würde. Er hatte sehr deutlich gemacht, was er über Paul Downs und seine Freunde dachte ... und nichts davon war gut.

Caryn schloss leise die Tür hinter sich und machte sich auf den Weg zu ihrem Wagen. Obwohl der Stadtplatz nicht weit von Arts Haus entfernt war, war sie durch die Gefahren des Lebens in New York City zu sehr konditioniert worden, um sich bei einem nächtlichen Spaziergang wohlzufühlen. Wie ihr Chef immer sagte: »Nach zwei Uhr morgens passiert nichts

Gutes mehr.« Er hatte nicht unrecht. Zu dieser Zeit wurden sie normalerweise zu den schrecklichsten Einsätzen gerufen. Überdosen, von betrunkenen Fahrern verursachte Autounfälle, Vergewaltigungen ...

Es dauerte nicht lange, bis Caryn hinter der Billardhalle am Stadtplatz parkte. Es dauerte allerdings länger, bis sie sich ein paar aufmunternde Worte gesagt hatte, bevor sie aus dem Wagen stieg und in das schummrige Gebäude ging. Sie sah Paul, Dennis, Lou, George und Oscar sofort.

Sie zwang sich ein Lächeln aufs Gesicht und ging zu den Männern hinüber, die an einem Billardtisch standen ... und hoffte, es würde alles gut laufen.

Weniger als eine Stunde später war Caryn vollkommen unglücklich.

Sie hatte einer Partie Billard zugestimmt und ihr Bestes getan, um die unangemessenen Kommentare sowohl der Männer, die sie eigentlich kennenlernen wollte, als auch der anderen Gäste in der Kneipe zu ignorieren. Niemand setzte sich für sie ein oder sagte den anderen Männern, dass sie verschwinden und sie in Ruhe lassen sollten. Sie lachten nur, als ein Betrunkener nach dem anderen ihren Hintern kommentierte, wenn sie sich bückte, um am Billardtisch ihren Stoß auszuführen. Sie hätte sich gewehrt, aber sie wusste instinktiv, dass man sich über sie lustig machen würde, weil sie keinen »Scherz« vertragen konnte.

Sie hatte es auch geschafft, sich dazu hinreißen zu lassen, mit den Jungs ein Trinkspiel zu spielen, bei dem sie jedes Mal einen Schnaps trinken musste, wenn sie dran war.

Lou hatte ihnen ein Tablett mit Schnapsgläsern an den Tisch gebracht, und als sie ablehnte, begann Paul, sie anzustacheln. Er unterstellte ihr unverblümt, dass er ihr nicht zutrauen würde, ihnen im Dienst Rückendeckung zu geben, wenn sie mit ihrem Team nicht einmal ein paar Schnäpse trinken könnte. Die beiden Dinge hatten gar nichts miteinander zu tun, aber sie hatte sich zusammengerissen. Sie hatte sich eingeredet, dass sie ein oder zwei Schnäpse trinken und dann gehen könnte.

Aber das war nicht geschehen. Sie hatte erst einen, dann zwei, dann vier getrunken. Sie war von dem ganzen Alkohol schon unsicher auf den Beinen. Jedes Mal wenn sie versuchte, einen weiteren Schnaps zu verweigern, fing einer der Kerle an, auf sie einzureden ...

Sie sei nicht dazu in der Lage, mit den »richtigen Kerlen« mitzuhalten.

Sie sei nicht so stark, wie sie gedacht hatten.

Sie trank wie ein Mädchen.

Sie hätte ihnen sagen sollen, dass sie sie lassen sollen. Sie hätte die Augen verdrehen und ihnen sagen sollen, dass Alkoholtoleranz nichts damit zu tun hat, ob man eine verdammt gute Feuerwehrfrau ist oder nicht.

Aber das tat sie nicht. Sie tat das, was sie immer getan hatte ... sie machte einen erbärmlichen Versuch, sich anzupassen. Sie ignorierte ihren gesunden Menschenverstand und ließ sich lächerlich machen, bis sie kapitulierte. Sie hasste diese Seite an ihr. Sie hasste es, dass sie gemocht werden wollte, dass sie verzweifelt versuchte, zur Gruppe dazuzugehören.

Erst als sie ihren fünften Schnaps getrunken hatte, wurde ihr klar, dass das alles nur eine große Falle war. Eine Art von Aufnahmeritual.

Dennis legte ihr den Arm um die Schultern und sagte: »Du hast länger durchgehalten, als wir von einer Tussi erwartet hätten. Vielleicht klappt es ja doch noch.«

Und mehr als dieses kleine, hinterhältige Lob brauchte es nicht, um ihre Sturheit auszulösen. In ihrem zunehmend verschwommenen Bewusstsein hatte sie es geschafft. Sie hatte sie beeindruckt.

Also nahm sie einen weiteren Schnaps. Und noch einen.

Beim siebenten konnte sie sich kaum noch auf den Beinen

halten, aber alle lächelten und lachten, also versuchte sie, mit dem Billardspiel weiterzumachen. Nur konnte sie die Kugel nicht mehr treffen. Nachdem sie dreimal daneben gestoßen hatte, nahm Oscar ihr mit einem finsteren Blick den Billardqueue aus der Hand.

Als er sich davonschlich, um den Queue wieder in den Halter an der Wand zu stecken, kam Paul auf sie zu. »Beachte ihn gar nicht. Er ist nur sauer, dass du dich so gut mit dem Rest von uns verstehst«, erklärte er ihr.

Caryn runzelte die Stirn. Sie hatte Oscar für einen netten Kerl gehalten. Sie hatte keine Ahnung, warum er plötzlich so wütend aussah.

Paul legte ihr einen Arm um die Schultern. »Du bist gar nicht so schlecht, Buckner.«

Sein Lob gab ihr ein gutes Gefühl ... aber es bereitete ihr auch Unbehagen. Sie war sich nicht sicher warum. Tatsächlich war sie sich nicht sicher, was sie da im Moment überhaupt tat.

Dennis drückte ihr einen weiteren Schnaps in die Hand. »Einen noch«, beharrte er.

Caryn schüttelte den Kopf. Sie hatte schon mehr als genug getrunken. Aber Dennis bestand darauf, und als Paul, Lou, Dennis und George alle die Schnäpse in ihren Händen runterkippten, tat sie automatisch dasselbe.

Sie sah nicht, wie Oscar seine Feuerwehrkameraden anbrüllte und vom Billardtisch im hinteren Teil der Kneipe davonstürmte.

Kurze Zeit später hatte sie keine Ahnung mehr, wie spät es war, nur dass einer der Jungs sie irgendwann auf einen Stuhl gesetzt hatte. Sie sah ihnen beim Billardspielen zu, während sie ihren Kopf gegen die Wand lehnte. Sie wusste nicht, warum sie jetzt von allen ignoriert wurde, wo sie doch vorhin so kameradschaftlich miteinander umgegangen waren, aber da sich der Raum drehte, konnte sie sich nicht darum kümmern.

Schließlich, als sie schon halb eingeschlafen war, tauchte

Paul plötzlich über ihr auf. Er verdrehte die Augen. »Sieht so aus, als ob die Tussi den Alkohol nicht verträgt«, spottete er.

Caryn wollte protestieren. Ihm sagen, dass *niemand* so viele Schnäpse vertragen würde, wie sie es getan hatte. Aber die anderen Jungs hatten es ebenfalls getan und es schien ihnen gut zu gehen.

»Komm, wir bringen dich nach Hause«, sagte er zu ihr. »So solltest du nicht Auto fahren.«

Erleichtert, dass der Abend vorbei war, nickte Caryn nur. Sie stand auf und stolperte sofort. Niemand machte sich die Mühe, ihr zu helfen, und sie fiel auf ihren Hintern. Lou, Dennis, George und Paul lachten schallend, als sie sie von ihrem Platz auf dem Boden aus benommen anstarrte.

»Ich bin mir nicht sicher, ob du mit so einer Tollpatschigkeit den Job bekommst«, scherzte George.

»Meine Großmutter ist sicherer auf den Beinen«, fügte Dennis hinzu.

»Wie willst du denn das Atemschutzgerät und die gesamte Schutzausrüstung tragen, wenn du nach zwei Schnäpschen nicht mal mehr stehen kannst?«, fragte Lou.

Paul sah nur auf sie herab, die Genugtuung über ihre Lage war in seinen Augen zu lesen.

Er machte sich über sie lustig. Das taten sie alle.

Caryn fühlte sich gedemütigt. Sie wusste nicht recht, was hier los war. Warum zum Teufel waren sie nicht alle genauso betrunken wie sie? Sie wusste, dass sie nicht viel vertrug, aber vielleicht konnte sie *wirklich* nicht mit diesen Typen mithalten. Verzweiflung erfüllte sie.

Paul starrte sie noch einen Moment lang an, bevor er nach unten griff, ihren Arm packte und sie hochzerrte. »Soll ich dich tragen?«, fragte er.

Caryn schüttelte sofort den Kopf. Es wäre überaus peinlich gewesen, aus dem *The Cellar* getragen werden zu müssen, besonders von einem der Männer, die sie zu beeindrucken versuchte, was ihr nicht gelang.

»Ich kann selber gehen«, erklärte sie. Im Geiste fügte sie dieser Aussage ein »wahrscheinlich« hinzu.

Sie schaffte es tatsächlich zu gehen, aber nur, weil Paul sie mit festem Griff am Arm festhielt. Sie stolperte zur Tür, ohne auf die besorgten oder missbilligenden Blicke der Gäste zu achten, die immer noch in der Kneipe saßen und ihren Abgang beobachteten.

Dennis ging schon mal vor, um seinen Wagen zu holen.

»Vielleicht sollte er besser auch nicht fahren«, lallte sie.

»Er ist ein Mann. Er verträgt seinen Alkohol«, erklärte Paul ihr.

Die Bemerkung traf sie tief. Wie schnell jemand Alkohol verstoffwechselt, sagte nichts über seine beruflichen Fähigkeiten aus, aber Caryn war es trotzdem sehr peinlich.

Sie blieb stumm, als die anderen Männer um sie herum scherzten und sich über sie lustig machten. Es interessierte sie nicht mehr. Sie wollte einfach nur nach Hause und ins Bett gehen.

Dennis hielt vor dem *The Cellar* an und Paul schob sie nicht gerade sanft auf den Rücksitz und stieg neben ihr ein. Lou saß auf der anderen Seite, und George stieg vorn ein.

Als sie wegfuhren, hielt Caryn die Augen geschlossen. Die Welt drehte sich und sie fühlte sich wirklich nicht gut.

Sie musste eingeschlafen oder ohnmächtig geworden sein, denn sie erinnerte sich nicht mehr an die Fahrt, als sie unsanft wachgerüttelt wurde.

»Wir sind da. Steig aus«, sagte Paul unwirsch.

Dankbar, dass sie bald im Bett liegen würde, rutschte Caryn über den Sitz und stieg aus dem Fahrzeug, wobei ihre Knie fast einknickten. Doch als sie aufblickte, stellte sie fest, dass sie sich nicht vor Arts Haus befand.

Sie befand sich auf einem Schotterparkplatz, umgeben von Bäumen.

Caryn erstarrte, als ihr Bewusstsein endlich zu arbeiten begann. Sie war allein mit vier Männern, sturzbetrunken und hatte keine Ahnung, wo sie war – und keine Möglichkeit, sich zu schützen.

Lou und George nahmen sie an den Armen und zwangen sie, zwischen ihnen hindurch in die Dunkelheit der nahen Baumreihe zu gehen.

»Es heißt, du würdest dich mit diesem schwachsinnigen Such- und Bergungsteam herumtreiben. Du willst dort also ehrenamtlich arbeiten? Das ist uns verdammt egal. Aber kein Mitglied der Feuerwehr von Fallport wird sich mit diesen Möchtegern-Idioten abgeben. Das Such- und Bergungsteam ist nicht einmal vergleichbar mit dem, was wir tun. Wenn du lieber mit denen zu tun haben willst, wirst du niemals eine von uns werden«, informierte Paul sie.

Caryn blinzelte verwirrt. Wie konnte er denken, dass die Suche und Rettung vermisster Personen nicht genauso wichtig war wie die Arbeit der Feuerwehr? Es ging nicht darum, ob es schwieriger oder einfacher war. Jemanden zu finden, der sich im Wald verirrt hatte, war etwas völlig anderes, als ein brennendes Gebäude zu betreten oder ein Opfer mit der Rettungszange aus einem Autowrack zu befreien.

»Sie versteht es nicht«, erklärte Dennis lachend.

»Richtig. Dann will ich es mal klarstellen«, erwiderte Paul. »Keine blöde Tussi wird jemals bei der Feuerwehr von Fallport arbeiten, solange ich ein Wörtchen mitzureden habe. Du kannst nicht einmal die Hälfte von dem, was wir können. Ich würde dir nicht mein Leben anvertrauen. Auf gar keinen Fall.«

»Aber ich dachte ...«, stammelte Caryn und versuchte zu verstehen, was er da sagte.

»Da hast du falsch gedacht«, unterbrach Paul sie barsch.

Dann schubsten Lou und George sie nach vorn, sodass sie stolperte und auf Händen und Knien in den Dreck fiel.

»Du willst im Wald spielen? Hier, bitte sehr.«

Sie drehte sich um und starrte die vier Männer in betrunkener Verwirrung an.

»Du bist auf dem *Eagle Rock Trail*. Wenn du deine Zeit im Wald verbringen und Bigfoots Schlampe sein willst, nur zu.«

Caryn warf einen Blick über die Schulter und schaute in die Dunkelheit. Im Licht des glücklicherweise fast vollen Mondes am Himmel konnte sie gerade noch den Pfad vor sich ausmachen.

Paul ging auf sie zu und trat ihr gegen den Fuß. »Geh!«, befahl er.

Caryn bewegte sich immer noch nicht. Sicherlich würden sie sie nicht wirklich hier zurücklassen, oder? Der Ausgangspunkt für den *Eagle Rock Trail* war kilometerweit von Fallport entfernt. Und sie wussten alle, dass sie betrunken war. Dafür hatten sie schließlich auf jeden Fall gesorgt.

»Mach schon, du blöde Kuh!«, sagte Lou, während er einen Stein vom Boden aufhob und ihn in ihre Richtung warf.

Er verfehlte sie. Caryn blieb nicht stehen, um zu sehen, was die Männer noch nach ihr werfen würden.

Sie stolperte den dunklen Pfad entlang, nutzte die Bäume, um sich aufrecht zu halten, und lauschte dem Gelächter der Männer hinter sich. Einen Moment lang dachte sie, sie würden sie verfolgen und mehr tun, als ihr nur Beleidigungen und Steine an den Kopf zu werfen. Aber schon bald hörte sie, wie ihre Stimmen leiser wurden, und das Geräusch von Dennis' Wagen, dessen Reifen auf dem Kies des Parkplatzes durchdrehten, als die Männer wegfuhren.

Schwer atmend blinzelte Caryn und versuchte, ihre Augen an die Dunkelheit zu gewöhnen. Der Abend war eine Katastrophe gewesen. Und jetzt war es offensichtlich, dass die Tatsache, dass Paul ihr gesagt hatte, sie solle sich auf die freie Stelle bewerben, eine Farce gewesen war. Sein Lachen und seine verächtlichen Worte hallten in ihrem Kopf wider.

Langsam ging Caryn zurück zum Ausgangspunkt des Weges, wobei sie immer noch die Bäume am Wegesrand nutzte, um sich festzuhalten.

Sie hoffte und fürchtete zugleich, dass Dennis zu ihr

zurückkam. Vielleicht machten sie nur einen Witz. Vielleicht wollten sie sie nur glauben lassen, dass sie sie im Wald zurückließen. Aber nach ein oder zwei Minuten, in denen sie nicht zurückkamen, wurde Caryn klar, dass sie sie wirklich in ihrem betrunkenen Zustand kilometerweit von der Stadt weggebracht und sie dort im Stich gelassen hatten.

Dreckskerle. Sie benahmen sich wie ein Haufen verdammter Teenager, nicht wie erwachsene Männer.

Sie ging zu einem großen Baumstamm, der nicht weit vom Ausgangspunkt des Weges entfernt war, und ließ sich schwer darauf fallen, sodass sie fast nach hinten kippte. Als sie ihr Gleichgewicht wiedergefunden hatte, holte sie ihr Handy heraus. Sie blinzelte und versuchte, ihre Augen zur Mitarbeit zu bewegen, und zögerte, weil sie sich fragte, wen sie anrufen sollte.

Ihren Großvater? Nein, es war viel zu spät, um ihn zu belästigen.

Drew? Auf keinen Fall – sie wollte nicht zugeben, wie dumm sie gewesen war.

Lilly? Vielleicht schon. Aber dann würde sie es ihrem Verlobten sagen, und der würde es wahrscheinlich Drew erzählen.

Finley?

Ja, sie würde wahrscheinlich sowieso bald aufstehen, um ins *Sweet Tooth* zu gehen und mit dem Backen zu beginnen.

Caryn schaffte es, auf ihren Namen zu klicken, und hielt das Telefon an ihr Ohr. Aber es passierte nichts. Als sie auf den Bildschirm blickte, sah sie, dass sie keinen Empfang hatte.

Schwer seufzend lehnte Caryn sich nach vorn und legte ihre Stirn auf die Knie.

Sie war erledigt.

Das geschah ihr recht. Weil sie diesen Mistkerlen vertraut hatte. Dass sie dem Gruppenzwang nachgegeben hatte wie ein dummes Kind. Dafür, dass sie nicht nach New York zurückgekehrt war. Warum hatte sie überhaupt beschlossen, in dieser verdammten Stadt zu bleiben? Sie hätte wissen müssen, dass die Feuerwehrleute noch bigotter und diskriminierender waren, wenn es um Frauen in ihren Reihen ging, als die Feuerwehr in der Stadt, wo es schon schlimm genug war.

Sie fühlte sich völlig deprimiert und wusste, dass ihr nichts anderes übrig blieb, als bis zum Morgen durchzuhalten und entweder zu hoffen, dass jemand für eine frühe Wanderung auftauchte oder dass sie nüchtern genug war, um zurück nach Fallport zu laufen, bis sie Handyempfang hatte, und machte die Augen zu.

Die Welt drehte sich noch immer, und sie war kurz davor, sich zu übergeben. Niemand hatte ihr auch nur ein Glas Wasser angeboten, während die Männer ihr all diese Schnäpse verabreicht hatten. Aber das war ganz allein ihre Schuld. Sie hätte Nein sagen können. Sie hätte Nein sagen *sollen*. Sie hätte einfach aufhören sollen zu trinken, oder am besten gar nicht erst anfangen, oder wenigstens nach jedem Schnaps ein Glas Wasser trinken sollen.

Wieder einmal hatte ihr Bedürfnis dazuzugehören sie in Bedrängnis gebracht. Sie war über vierzig Jahre alt ... und ein Leben lang zurückgewiesen zu werden hatte sie immer noch nicht klüger gemacht.

Wann würde sie es endlich lernen?

Sie schwor sich, dass sie dieses Mal wirklich und wahrhaftig aus diesem kolossalen Fehler lernen würde, und eine Träne kullerte aus ihrem geschlossenen Auge. Dann eine weitere. Bis sie schließlich richtig weinte, während sie allein und betrunken im Dunkeln saß und sich so schlecht fühlte wie noch nie zuvor in ihrem Leben.

Oscar runzelte die Stirn, als seine Feuerwehrkameraden Caryn Buckner praktisch aus dem *The Cellar* trugen. Er hatte Pauls Idee für einen harmlosen Spaß gehalten, aber als sie es nicht bei einem oder zwei Gläsern belassen, sondern die Frau weiterhin mit viel zu viel Alkohol abgefüllt hatten, war Oscar fertig.

Es hatte ein Initiationsstreich sein sollen. Sie hatten ihr Wodka gegeben, während alle anderen Wasser in ihren Gläsern hatten. Sie würde betrunken werden, sich vielleicht ein bisschen daneben verhalten, und hinterher würden sie alle darüber lachen. Aber stattdessen schien Paul es zu genießen, wie sie immer betrunkener wurde ... und dann wurde er gemein. Er beleidigte sie. Demütigte sie. Er erklärte, dass ihre Unfähigkeit, den Alkohol zu vertragen, zu dem er sie praktisch gezwungen hatte, in irgendeiner Weise mit ihrer Fähigkeit zur Brandbekämpfung zusammenhing.

Das war alles Blödsinn und Oscar schämte sich für seinen Hauptmann und seine Kollegen von der Feuerwehr ... und noch mehr für sich selbst.

Er hatte zufällig gehört, wie Dennis und Lou über Pauls Idee gesprochen hatten, sie zum *Eagle Rock Trail* zu bringen und dort zurückzulassen. Er hätte das Wort ergreifen und sich einmischen sollen. Er hätte ihnen sagen sollen, dass ihre Schikanen lächerlich seien und viel zu weit gingen. Dass sie keine dummen College-Kids mehr waren.

Das *The Cellar* war nicht als das sicherste Lokal der Stadt bekannt. Die Leute, die sich dort aufhielten, waren meist raue Männer, die taten, was sie wollten, wann sie wollten, und sich nicht um die Konsequenzen scherten. Aber im Allgemeinen waren sie nicht darauf aus, Frauen zu verletzen. Das war der einzige Grund, warum Oscar gekommen war. Er hatte eine Schwester. Und eine Mutter. Und eine Nichte. Der Gedanke, dass jemand einer von ihnen das antun könnte, was Paul und seine Freunde Caryn angetan hatten, machte ihn nun richtiggehend krank. Es war nicht richtig.

Er hatte sie nicht aufgehalten, als er es hätte tun sollen. Aber er konnte immerhin jetzt etwas unternehmen.

Er ließ die Schultern hängen, als er über seine Möglichkeiten nachdachte. Er könnte sich auf den Weg machen und Caryn selbst helfen, aber das würde ihn zur Zielscheibe für Paul und seine Bande von Mistkerlen machen. Er hasste sich dafür, dass er nicht bereit war, sein Leben noch komplizierter zu machen, aber er brauchte seinen Job. Er war der einzige Brötchenverdiener in seiner Familie.

Er könnte Art anrufen, aber der alte Mann hatte sich gerade von einem Messerangriff erholt. Und Oscar hatte keine Ahnung, ob er überhaupt in der Lage war, einen Wagen zu fahren.

Dann fiel ihm noch jemand anderes ein ... jemand, der nicht zögern würde, Caryn zu helfen.

Er zückte sein Handy. Es brauchte ein paar Anrufe, um die Nummer des Mannes herauszufinden, den er erreichen wollte, aber er kannte genügend Leute in Fallport, sodass es nicht allzu schwierig war.

»Hallo?«, antwortete eine verschlafene Stimme am anderen Ende der Leitung.

Oscar schaute auf die Uhr und sah, dass es schon nach halb zwei Uhr morgens war. Er zuckte zusammen, wusste aber, was er zu tun hatte. »Drew Koopman? Mein Name ist Oscar. Ich gehöre zur Feuerwehr von Fallport.«

»Ich weiß, wer du bist«, erwiderte Drew und klang schon etwas wacher. »Was ist los? Braucht ihr Hilfe vom Eagle Point Such- und Bergungsteam bei einer Suche?«

Oscar hatte sich schon gedacht, dass Drew das bei einem Anruf so spät in der Nacht denken würde ... oder besser gesagt, so früh morgens. »Nein. Ich rufe an, weil Caryn dich braucht.«

»Was? Was ist denn los? Was ist passiert?«

Er war jetzt definitiv wach.

Oscar erzählte ihm kurz, was am Abend zuvor vorgefallen war. Wie er davon ausgegangen war, dass sie Caryn einen harmlosen Streich spielen würden. Eine Art Initiation. Dass er keine Ahnung gehabt hatte, was Paul letztendlich vorhatte.

»Dieser Dreckskerl!«, bellte Drew. »Wo will er mit ihr hin?«

»Soviel ich weiß zum *Eagle Rock Trail*.«

»Mein Gott, das ist weit außerhalb der Stadt«, bemerkte Drew. »Sie wird auf keinen Fall zurücklaufen können, wenn sie so betrunken ist, wie du behauptest. Und sie hat auch keinen Handyempfang.«

»Ich weiß. Deshalb rufe ich dich ja auch an.«

»Wenn ihr etwas passiert, bringe ich ihn um – und *dich* gleich mit«, erwiderte Drew in einem bedrohlichen Ton. »Du warst schließlich daran beteiligt. Warum hast du sie nicht aufgehalten?«

»Es waren vier gegen einen«, unternahm Oscar einen lahmen Erklärungsversuch, aber innerlich fühlte er sich beschissen. Er hätte etwas sagen sollen. Er hätte sich für Caryn einsetzen sollen, die nichts falsch gemacht hatte. Sie hatte sie nur kennenlernen wollen, Teil ihres Teams sein. Ein Team, für das Oscar sich jetzt zutiefst schämte.

»Das ist Blödsinn, und das weißt du genau«, schimpfte Drew. »Weißt du, wie oft ich schon dasselbe von Polizisten gehört habe? Das ist keine gottverdammte Entschuldigung! Ich schwöre bei Gott, wenn sie ihr wehgetan haben, wirst du es verdammt noch mal bereuen.«

»Das tue ich bereits«, sagte Oscar leise. Er öffnete den Mund, um noch etwas zu sagen, aber Drew hatte bereits aufgelegt.

Seufzend wandte er sich zum Gehen. Es gab eine Menge, worüber er sich Gedanken machen musste. Drew hatte recht, er hätte etwas sagen sollen. Alles Notwendige tun, um sie aufzuhalten.

»Hey, Mann«, erwiderte der Barkeeper, bevor Oscar zwei Schritte von dem Barhocker entfernt war, auf dem er gesessen hatte.

Er blickte zurück und zog fragend eine Augenbraue hoch.

»Ich hoffe, das war ihr Mann, den du da angerufen hast.«

»Ja, das war er.«

»Gut. Ich wollte schon die Polizei anrufen, bevor ich dein Gespräch mitbekommen habe.«

Oscar nickte ihm zu und ging hinaus. Das *The Cellar* hatte einen schlechten Ruf, und der war auch größtenteils gerechtfertigt ... aber der Barkeeper hatte bewiesen, dass nicht *alles* schlecht war.

KAPITEL VIERZEHN

Drews Herz raste. Er fuhr viel zu schnell, aber es war trotzdem nicht schnell genug. Er musste zu Caryn gelangen. Dafür sorgen, dass Paul und seine verdammten Freunde nicht beschlossen, dass es nicht schon schlimm genug war, sie allein im Wald zurückzulassen. Sie war eine wunderschöne Frau, und wenn jemand sie angefasst hatte, würde er dafür büßen.

Er bog auf den Parkplatz des Wanderweges ein und geriet einen Moment lang in Panik, als er niemanden sah. Doch dann entdeckte er im Scheinwerferlicht etwas an der Seite, nahe der Baumgrenze.

Caryn.

Er stellte seinen Jeep auf Parken, ließ den Schlüssel stecken und stürzte aus der Tür. In Sekundenschnelle war er bei ihr. Er ging in die Knie und erschrak, als sie bei seiner Annäherung nicht aufblickte.

»Caryn? Ist alles in Ordnung mit dir?«

Als sie ihn endlich ansah, brach ihm fast das Herz. Die zähe Frau, die ihn beim Training hart auf die Probe stellte und ihn, ohne zu zögern, neckte, war ... gebrochen.

Auf der Fahrt hierher war er wütend gewesen. Wütend auf Paul. Auf seine Freunde. Und auf Caryn selbst. Was zum Teufel hatte sie sich dabei gedacht? In das *The Cellar* zu gehen war schon schlimm genug, aber er wusste instinktiv, dass sie niemandem gesagt hatte, wohin sie gehen würde. Dann hatte sie sich betrunken und war mit vier Männern losgezogen.

Es hätte so viel schiefgehen können. Er war mehr als wütend.

Aber als er sie jetzt sah, verflog seine Wut so schnell, dass er zitterte. Er empfand nur noch Besorgnis.

»Ich habe mich übergeben«, erklärte sie schwach.

»Das ist schon in Ordnung. Das ist wahrscheinlich das Beste, was du im Moment tun kannst«, versicherte er ihr leise und legte seine Hände auf ihre Knie.

»Es tut mir leid«, sagte sie traurig und ihre Mundwinkel gingen nach unten.

»Geht es dir gut, Schatz?«, fragte er erneut.

»Ich bin betrunken ...«, entgegnete sie.

»Ja, das sehe ich.«

»Ich dachte, sie wollten sich mit mir anfreunden. Ich bin so dumm«, bemerkte sie kopfschüttelnd und Tränen liefen ihr über die Wangen.

Jetzt war nicht der richtige Zeitpunkt, um ihr erneut vorzuwerfen, was sie getan hatte, oder sie zu fragen warum. Drew musste sie nach Hause bringen. Er strich ihr zärtlich über die Wange. »Kannst du aufstehen?«, wollte er wissen.

Sie zuckte mit den Schultern.

»Versuchen wir es, okay?«, ermutigte er sie. Er stand vor ihr auf, griff nach unten, legte seine Hände um ihren Bizeps und drückte leicht zu, um sie anzuheben.

Mit einem Zischen zuckte sie von ihm weg, so plötzlich, dass sie fast von dem Baumstamm fiel, auf dem sie saß. »Au!«, rief sie und rieb sich den Arm.

Stirnrunzelnd fragte Drew: »Bist du verletzt?«

»Es tut weh. An der Stelle, wo sie mich festgehalten haben.«

Er war fast gelähmt vor Wut. Ein roter Schleier überwältigte nahezu seinen gesunden Menschenverstand. Er hätte Paul

Downs und seine verdammten Freunde am liebsten umgebracht.

Als Caryn keine Anstalten machte aufzustehen, griff er nach unten und schlang stattdessen vorsichtig seine Arme um ihre Taille und zog sie langsam hoch. Sie richtete sich auf, aber sobald sie wieder auf den Beinen war, sackte sie gegen seine Brust. Mit den Händen umklammerte sie fast verzweifelt den Stoff seines T-Shirts an seiner Taille und vergrub ihr Gesicht in seiner Halsbeuge.

»Ich bin so müde«, flüsterte sie an seiner Haut.

Er konnte den Alkohol in ihrem Atem riechen und das Zittern spüren, das die kühlere Nachtluft in ihrem ganzen Körper auslöste. »Das verstehe ich. Ich bringe dich jetzt nach Hause, damit du dich ausruhen kannst.«

»Ich bin es leid, alles zu tun, damit die Leute mich mögen. Warum mögen sie mich nicht, Drew? Was ist los mit mir?«

Drew brach das Herz, als sie wieder zu weinen begann. Er legte einen Arm um ihre Taille und drückte sie fest an sich, während er sie zu seinem Jeep brachte. Er würde sich viel besser fühlen, wenn sie erst einmal aus dem Nirgendwo heraus waren und sich niemand mehr an sie heranschleichen konnte. Er hatte keine Ahnung, ob Paul und seine Bande von Dreckskerlen irgendwo in der Nähe geblieben waren.

»Viele Leute mögen dich, mein Schatz. Ich, mein ganzes Team, Lilly, Bristol, Elsie, Finley … Otto, Silas, Sandra. Ich habe sogar gehört, wie Dorothea und ihre Freundinnen neulich über dich gesprochen haben. Und sie haben nur Gutes gesagt.«

Sie schwieg, als er sie vorsichtig über den Schotterparkplatz schob. Er öffnete die Beifahrerseite seines Jeeps und drehte Caryn so, dass sie ihm zugewandt war. »Musst du dich noch mal übergeben?«

Sie schüttelte den Kopf, aber dann runzelte sie die Stirn und zuckte mit den Schultern.

»Ich lasse das Fenster heruntergekurbelt, nur für den Fall, okay?«

»Okay«, flüsterte sie.

Er hob sie hoch und auf den Sitz und sie drehte ihre Beine so, dass sie nach vorn gerichtet war. Drew schnallte sie an und eilte zur Fahrerseite hinüber.

Die Fahrt zurück in die Stadt verlief ruhig, aber er schielte alle paar Sekunden zu Caryn hinüber. Er wusste nicht, wie viel sie heute Abend getrunken hatte, aber sie war viel betrunkener als nach dem Frauenabend mit ihren Freundinnen. Einen Moment lang überlegte er, ob er Doc Snow anrufen sollte, entschied sich dann aber dagegen. Er würde sie beobachten und wenn etwas passierte, würde er den Arzt benachrichtigen.

Drews Gedanken kreisten um die Dinge, die er tun musste ... Art wissen lassen, dass seine Enkelin in Sicherheit war, mit Simon über den Mist reden, den Paul Downs und seine Kumpel abgezogen hatten. Bristol anrufen und ihr sagen, dass er heute nicht zu ihrem Treffen kommen würde. Und Ethan, damit er ihn nicht in der Scheune erwartete.

Und sich bei Oscar bedanken, dass er ihn angerufen hatte.

Der letzte Punkt machte ihn wütend, denn Oscar war ins *The Cellar* gegangen, obwohl er genau wusste, was Paul mit Caryn vorhatte. Aber er *hatte* ihn angerufen, als sein schlechtes Gewissen ihn zu überwältigen drohte. Deswegen war er zwar trotzdem noch ein dämlicher Mistkerl, aber Drew war trotzdem dankbar, dass er den Mumm gehabt hatte, ihm zu sagen, wohin die anderen Männer sie gebracht hatten.

Er hielt vor seinem kleinen Mietshaus an und stellte den Motor ab. Caryn hatte die Augen geschlossen und es sah aus, als wäre sie entweder ohnmächtig oder eingeschlafen. Er eilte zu ihrer Seite des Fahrzeugs und löste den Sicherheitsgurt.

»Caryn?«, sprach er sie an und legte seine Hand an ihre Wange.

»Mmmmh?«

»Du musst noch ein bisschen wach bleiben.«

»Ich fühle mich furchtbar«, murmelte sie.

»Ich weiß. Komm, ich helfe dir beim Gehen.«

Sie war nicht gerade sicher auf den Beinen, aber zum Glück schaffte sie es, einen unsicheren Fuß vor den anderen zu setzen. Drew hatte sich nicht die Zeit genommen, seine Tür abzuschließen, als er vorhin gegangen war, sodass er nur den Knauf drehen musste, um ins Haus zu gelangen. Er führte Caryn durch den Flur in sein Schlafzimmer und setzte sie seitlich auf der Matratze ab. Sie schwankte ein wenig, fiel aber nicht um.

Drew dachte nicht einmal darüber nach, was er da tat. Er hatte nur im Sinn, es ihr so bequem wie möglich zu machen. Er öffnete ein paar Knöpfe an ihrer Bluse und sagte dann: »Arme hoch«, während er den Saum des hübschen schwarzen Oberteils ergriff, das sie trug.

Sie tat, was er verlangte, ohne sich zu beschweren oder einen Kommentar abzugeben, und hob die Arme über ihren Kopf. Drew zog ihr das Oberteil aus und ließ es auf den Boden fallen. Er zog sich auch das Hemd aus, das er sich selbst nach Oscars Anruf übergeworfen hatte, und zog es Caryn über den Kopf. Ihr Haar war zerzaust, und wenn er nicht so besorgt um sie gewesen wäre, hätte er das sexy gefunden.

Er griff unter das Hemd und öffnete ihren BH am Rücken. Er musste ein wenig überlegen, aber schließlich fand er heraus, wie er ihn entfernen konnte, ohne ihr das T-Shirt wieder auszuziehen. Sie saß schweigend da und schlief praktisch im Sitzen ein, als er nach dem Knopf ihrer Jeans griff.

»Leg dich zurück, Schatz«, befahl er.

Sie tat es und ließ sich nach hinten auf die Matratze fallen. Er hätte darüber lachen können, aber dazu war er im Moment nicht in der Lage. Drew zog ihr die Turnschuhe und Socken aus, dann die Jeans. Er zog sie wieder hoch, damit sie sitzen konnte. »Ich gehe in die Küche und hole dir ein Glas Wasser. Hast du heute Abend Wasser getrunken?«

Sie runzelte die Stirn und schüttelte den Kopf. »Nein.«

Die Wut drohte Drew erneut zu übermannen, aber er zügelte sie. Caryn brauchte im Moment seine Fürsorge, nicht seinen Zorn. »In Ordnung, ich bin gleich wieder da. Versuche, aufrecht sitzen zu bleiben, damit du das Wasser trinken kannst, wenn ich zurückkomme.«

»Okay.«

Kurz darauf war Drew wieder bei ihr. Sie saß immer noch genau da, wo er sie zurückgelassen hatte. Sein T-Shirt passte ihr sogar ziemlich gut. Er reichte ihr das Glas Wasser und sagte: »Trink so viel du kannst, Schatz.«

Sie tat, was er verlangte, und trank den größten Teil des Wassers.

»Vorsichtig«, warnte er. Aber es war zu spät. Sie wurde blass und fing an zu würgen. Glücklicherweise hatte Drew zusammen mit dem Wasser auch eine übergroße Schüssel aus der Küche geholt ... nur für den Fall. Er schob sie unter sie, gerade als das meiste Wasser, das sie getrunken hatte, wieder aus ihr rauskam, hoffentlich zusammen mit dem Alkohol, der noch in ihrem Magen war.

Caryn stöhnte und Drew rieb ihr mit einer Hand den Rücken, während er mit der anderen die Schüssel hielt.

»Es tut mir leid! Gott, es tut mir so leid«, sagte sie mit leiser Stimme.

»Ich weiß, dass es dir leidtut. Es ist schon gut«, beruhigte Drew sie. »Bist du jetzt fertig?«

Sie nickte.

»In Ordnung, ich werde das hier ausleeren und dir noch mehr Wasser holen.«

»Kein Wasser mehr«, stöhnte sie.

»Du brauchst es, mein Schatz«, sagte er nachdrücklich. »Aber dieses Mal solltest du es vielleicht in kleinen Schlucken trinken, anstatt es in dich hineinzuschütten.«

»Okay«, erwiderte sie fügsam.

Drew machte sich daran, die Schüssel in die Toilette zu leeren, sie auszuspülen und das Glas Wasser wieder aufzufüllen.

Als er dieses Mal sein Zimmer wieder betrat, lag Caryn auf

der Seite, eines seiner Kissen an ihre Brust gepresst. Sie sah so ... klein aus. Diese Frau sah nie klein aus. Sie schien den ganzen Raum einzunehmen, wo auch immer sie hinging. Ihr Lachen war groß. Ihr Lächeln war noch größer. Sie zusammengerollt zu sehen, die Knie an die Brust gepresst und den Kopf in seinem Kissen vergraben, war irgendwie falsch.

Drew setzte sich neben sie auf den Rand der Matratze. »Kannst du dich aufrichten und etwas Wasser trinken?«, fragte er sanft.

Caryn seufzte, tat aber, was er verlangte. Drew half ihr, sich gerade so weit aufzusetzen, dass sie trinken konnte. Diesmal war sie etwas vorsichtiger und nahm nur ein paar Schlucke, anstatt alles hinunterzustürzen.

»Okay?«, fragte er.

Sie nickte und ließ sich wieder auf die Matratze sinken.

Drew beschloss, dass er ihr genug zugesetzt hatte, und stellte das Glas auf den Nachttisch an ihrer Seite des Bettes. Morgen früh würde sie Kopfschmerzen haben ... nun, besser gesagt später am heutigen Morgen ... so viel stand fest. Er stand auf, öffnete seine Cargohose und zog sie aus, dann ging er um das Bett herum auf die andere Seite. Er dachte nicht einmal daran zu gehen. Auf keinen Fall würde er sie allein lassen, wenn sie so betrunken war.

Er schlüpfte unter die Decke und rutschte rüber, bis er an Caryns Rücken lag. Sie hatte sich wieder zu einem kleinen Ball zusammengerollt, und er zögerte nicht, sich von hinten an sie zu schmiegen. Einen Arm grub er unter das Kissen, das sie benutzte, den anderen legte er um ihre Taille.

Zu seiner Zufriedenheit seufzte sie und kuschelte sich enger an ihn. Mit dem Hintern schmiegte sie sich an seinen Schwanz, aber er war alles andere als erregt. Der heutige Abend hatte ihm zu denken gegeben. So viele Dinge hätten anders laufen können ... und nicht auf eine gute Art. Er war eigentlich froh, dass Paul und seine Kumpane nur Vollidioten und keine Vergewaltiger waren.

Drew küsste Caryn auf den Hinterkopf. Ihr Haar roch nach dem Zigarettenrauch aus der Kneipe, aber er konnte auch Blumenduft riechen. Wahrscheinlich von ihrem Shampoo.

»Das wird schon wieder, Süße«, sagte er.

Caryn antwortete nicht verbal, aber sie griff nach seinem Unterarm, der über ihrem Bauch lag. Sie drückte ihn einen Moment, bevor ihre Finger sich wieder lockerten.

Drew wusste, dass er kein Auge zutun würde. Er war zu sehr auf das Gefühl ihrer Brust konzentriert, die sich an ihm auf und ab bewegte. Er lauschte dem Geräusch ihrer Atemzüge, die in ihren Körper ein und aus strömten. Sollte ihr wieder schlecht werden, wäre er da, um die Schüssel zu halten und dafür zu sorgen, dass sie nicht an ihrem eigenen Erbrochenen erstickte. Wenn sie aufhörte zu atmen, würde er da sein, um ihr das Leben wieder einzuhauchen. Und wenn sie aufwachte, würde er da sein, um sie während des höllischen Katers zu pflegen, den sie sicher haben würde.

Wenn er sich vorher nicht sicher war, dass diese Frau ihm gehörte, so war er es jetzt.

Er konnte sich des Gefühls nicht erwehren, dass er sie heute Abend irgendwie im Stich gelassen hatte. Was verrückt war, da er keine Ahnung von ihren Plänen gehabt hatte. Aber er konnte den Gedanken nicht abschütteln, dass sie ihm vielleicht genügend vertraut hätte, um ihm zu sagen, wohin sie ging, wenn er etwas anders gemacht hätte. Vielleicht hätte es ihm nicht gefallen, dass sie sich mit Paul und den anderen im *The Cellar* treffen wollte, aber er hätte mit ihr gehen und an der Theke sitzen können, während sie mit den Feuerwehrleuten abhing. Er hätte ihr Rückendeckung geben können.

Denn das war es, was Partner taten … sie hielten sich gegenseitig den Rücken frei, egal was passierte.

Er war enttäuscht von sich selbst, von ihr, von der ganzen Episode heute Abend, aber es machte ihn noch entschlossener, dieser Frau zu zeigen, dass sie nicht mehr allein war. Dass sie ihm vertrauen konnte. Dass sie ihre tiefsten Ängste und Sehnsüchte mit ihm teilen konnte ... genau wie er es mit ihr tun wollte.

Sie standen an einem Wendepunkt und er wusste es. Der morgige Tag würde ihre Beziehung entweder festigen oder zerstören. Drew hatte Todesangst, dass Caryn dies nutzen würde, um sich von ihm abzuwenden. Dass sie beschließen würde, dass der Umzug nach Fallport doch nicht das war, was sie wollte. Es würde ihn kaputt machen, aber letztendlich war es ihre Entscheidung. Er konnte ihr lediglich einen Grund geben zu bleiben.

Drew legte seinen Arm um sie und atmete tief durch. Er war nicht im Geringsten müde. Also lag er schweigend da ... und betete, dass Caryn ihn am Morgen nicht wegstoßen würde.

Caryn lag im Sterben.

Das war der einzige vernünftige Grund, der ihr einfiel, warum sie sich so schrecklich fühlte, wie sie es im Moment tat.

Sie hielt die Augen geschlossen und zog Bilanz. Ihr Kopf pochte. Sie hatte einen Geschmack im Mund, als wäre dort etwas hineingekrochen und gestorben. Und er war trocken. Trocken wie die Wüste. Jeder Muskel in ihrem Körper tat weh. Sie versuchte, sich zu erinnern, was sie bei ihrem letzten Training getan hatte, dass sie jetzt solchen Muskelkater hatte, aber es fiel ihr nichts ein.

Sie hörte ein Geräusch aus dem anderen Zimmer und ihre Gedanken drehten sich sofort um Art. Wie spät war es? War er schon aufgestanden? Musste sie ihm eine Mahlzeit zubereiten?

Der Gedanke an Nahrungsmittel ließ sofort Übelkeit in Caryn aufsteigen und sie konnte sich nur schwer beherrschen, sich nicht zu übergeben. Als sie sich wieder unter Kontrolle hatte, öffnete sie die Augen einen Spaltbreit. Als Erstes entdeckte sie ein Glas Wasser, das neben dem Bett stand.

Sie griff unter der Bettdecke hervor und nahm sich das

Glas. Der Drang, die Flüssigkeit so schnell wie möglich zu trinken, war stark, aber etwas in ihrem Hinterkopf sagte ihr, dass das nicht klug wäre. Also tat sie ihr Bestes, um sich Zeit zu lassen. Als sie drei Viertel des Wassers ausgetrunken hatte, fühlte sie sich tatsächlich ein wenig besser. Ihr Kopf pochte immer noch, aber sie konnte jetzt etwas klarer denken.

Als sie sich leicht aufrichtete, erstarrte Caryn.

Sie war nicht in ihrem Bett im Haus von Art, das war klar. Aber sie hatte keine Ahnung, wo sie war oder wie sie dorthin gekommen war.

Langsam kehrten die Erinnerungen an den vergangenen Abend in ihr Bewusstsein zurück.

Das *The Cellar*. Paul, der sie dazu zwang, mit ihm und seinen Freunden einen Schnaps nach dem anderen zu trinken. Wie sie aus der Kneipe zu Dennis' Wagen gestolpert war. Wie sie aus dem Wagen gedrängt und zu Boden gestoßen worden war. Irgendetwas über Bigfoot. An dieser Stelle wurden die Dinge undeutlich.

Caryn verkrampfte sich und rollte sich auf den Rücken – und war enorm erleichtert, als sie keinen Schmerz zwischen ihren Beinen spürte. Stirnrunzelnd starrte sie nach oben an die Decke. Im Raum war es schummrig, die Vorhänge waren fest zugezogen. Aber sie konnte draußen Vögel zwitschern hören und durch einen Spalt in den Vorhängen schien die Sonne. Selbst der dünne Lichtstrahl sorgte dafür, dass ihr der Kopf wehtat, sodass sie den Blick abwandte, um den Raum zu inspizieren.

Sie wusste zwar nicht mehr, wie sie hierhergekommen war, aber jetzt, da sie sich mehr und mehr ihrer Umgebung bewusst wurde, hatte sie das Gefühl, genau zu wissen, wo sie war. Der Duft in ihren Nasenlöchern war ein eindeutiges Zeichen.

Drew.

Sie war von seinem Geruch von Wald und Holz umgeben. Sie würde ihn überall wiedererkennen.

Als hätten ihre Gedanken den Mann herbeigezaubert,

knarrte die Tür leise, als sie sich öffnete, und Caryn schaute zu Drew hinüber, der ins Zimmer spähte.

»Du bist wach«, bemerkte er leise, was Caryn zu schätzen wusste.

»Ja«, krächzte sie und räusperte sich dann.

Er ließ den Blick zu dem Glas Wasser neben dem Bett wandern und dann wieder zu ihr. In seinen Augen glänzte Zustimmung. »Möchtest du noch etwas Wasser?«

»Nein, es reicht erst mal«, erwiderte sie.

»Wie verkatert bist du?«, fragte er.

»Auf einer Skala von eins bis zehn ... etwa zweihundertvierundzwanzig.«

Seine Lippen zuckten amüsiert. »Das überrascht mich nicht. Möchtest du aufstehen? Oder noch eine Weile liegen bleiben?«

»Wie spät ist es?«, fragte sie.

»Kurz nach zwölf.«

Caryn runzelte die Stirn, als ihr Gehirn versuchte zu verarbeiten, was er ihr gerade gesagt hatte. »Nachts?«, fragte sie, obwohl alles auf das Gegenteil hindeutete.

Er lachte daraufhin. »Nein, mein Schatz. Mittags.«

Sie starrte ihn verwirrt an. Dann fragte sie: »Welcher Tag?«

»Samstag. Was weißt du noch von gestern Abend?«, fragte er.

Caryn schloss die Augen und drehte sich wieder auf die Seite. Es war ihr zu peinlich, Drew anzuschauen. Sie wusste nicht, was passiert war, aber es war offensichtlich, dass er sie gefunden und zu sich nach Hause gebracht hatte. Sie war zutiefst beschämt. »Ich bin mit Paul und den Jungs ausgegangen. Habe mich betrunken. Bin gegangen. Das war's dann auch schon.«

»Du hast dich dort mit ihnen getroffen, um sie besser kennenzulernen. Um dich mit Menschen anzufreunden, mit denen du dich in ausgesprochen extremen Situationen wiederfinden könntest. Und diese Menschen haben dein Vertrauen missbraucht. Sie selbst haben Wasser getrunken, während sie dir Wodka eingeflößt haben. Dann haben sie dich zum *Eagle Rock Trail* gefahren und dich dort zurückgelassen. Orientierungslos und betrunken. Ganz allein. In der Dunkelheit. Und sie wussten, dass dein Handy nicht funktionieren würde.«

Jawohl. Caryn war mehr als nur beschämt. Sie war angewidert von sich selbst. Sie wusste, dass der Wunsch, akzeptiert zu werden, ihre größte Schwäche war. Sie hatte ihr ganzes Leben lang versucht, sich in verschiedene Feuerwachen und Menschengruppen einzufügen, und war dabei gescheitert. Offenbar war das Leben in Fallport auch nicht anders.

»Oscar hat mich angerufen«, erklärte Drew.

Er war nicht näher gekommen. Er stand immer noch in der Tür und lehnte sich gegen den Türrahmen. Als könnte er es nicht ertragen, in ihrer Nähe zu sein ... und Caryn konnte es ihm nicht verübeln. Sie konnte den Alkohol immer noch in ihrem eigenen Atem riechen.

»Er hat mir erzählt, was passiert ist. Er hatte wegen all dem ein schlechtes Gewissen. Nicht dass ihn sein schlechtes Gewissen von irgendetwas entlasten würde, aber zumindest hat er letztendlich das Richtige getan und mir Bescheid gesagt, wohin die anderen dich gebracht hatten.«

Caryn nickte.

»Sie haben Glück, dass sie nicht da waren, als ich eintraf«, bemerkte Drew mit tiefer Stimme.

Sie sah zu ihm auf und blinzelte angesichts der Wut, die aus seinen Augen leuchtete.

»Ich hätte ihnen wehgetan. Und zwar sehr«, erklärte er. »Ich würde sie am liebsten umbringen. Die Tatsache, dass dir nichts passiert ist, ist der einzige Grund, warum ich nicht Amok gelaufen bin.«

»Du bist verrückt«, sagte sie nur. Es war dumm, so etwas zu sagen, denn seine Wut war im Moment wie ein lebendiges, atmendes Wesen. Jeder Muskel in seinem Körper war angespannt. Sie hatte keine Ahnung, was ihn zurückhielt, aber er erinnerte sie an einen Kessel voll dampfendem, rot glühendem Wasser, das kurz vor dem Überkochen stand.

Bevor sie sich beherrschen konnte, lief ihr eine Träne über die Wange. »Ich gehe jetzt besser«, erklärte sie, während sie sich aufsetzte und ihre Beine über die Bettkante schwang. Die Bewegung ließ die Übelkeit erneut in ihr aufsteigen und sie brauchte ein paar Momente, um sie zu kontrollieren. Sie würde sich auf keinen Fall auf Drews Fußboden übergeben.

Bevor sie aufstehen konnte, war Drew schon da. Er schob sie sanft zurück, sodass sie wieder auf dem Bett lag. Er saß an ihrer Hüfte und beugte sich über sie, die Hände an ihrer Taille, sodass sie nicht wegkonnte. Doch anstatt nervös zu sein, hätte Caryn sich am liebsten in seine Arme geworfen.

»Ich bin *wütend*«, erklärte er ihr.

Caryn zuckte zusammen. Sie hatte mit ihrer Dummheit alles vermasselt. Zu der ersten Träne gesellte sich eine weitere, die ihr diesmal an der Schläfe hinunterlief und nicht an ihrer Wange, da sie auf dem Rücken lag.

Drew hob eine Hand und wischte die Träne weg, aber eine weitere folgte.

»Aber vor allem bin ich erleichtert, dass es dir gut geht. Nichts anderes ist so wichtig.«

Sie konnte nicht glauben, dass er sie nicht ausschimpfte. Dass er ihr sagte, sie sei eine Närrin. »Warum schreist du mich nicht an?«, platzte sie heraus.

»Würde es etwas ändern? Würde sich einer von uns beiden dadurch besser fühlen? Die Antwort ist nein auf beide Fragen. Das Entscheidende ist, dass diese Mistkerle deinen Wunsch, Teil eines Teams zu sein, ausgenutzt haben.«

»Niemand hat mich zum Trinken gezwungen«, fühlte sie sich genötigt zuzugeben.

»Das ist mir klar, aber das bedeutet auch nicht, dass sie das Recht hatten, dich auf diese Weise auszutricksen. Es gibt einen Grund, warum demütigende Einführungsrituale gesetzlich verboten sind.«

»Was jetzt?«, flüsterte sie.

»Du bleibst liegen, bis du dich besser fühlst. Ich bringe dir etwas trockenen Toast und wir werden sehen, ob du den bei dir behalten kannst. Ich habe auch ein isotonisches Sportgetränk hier, damit du deinen Flüssigkeitshaushalt ausgleichen kannst. Wenn du dich dazu in der Lage fühlst, kannst du duschen. Ich habe eine Zahnbürste für dich auf den Waschtisch gelegt und deine Kleidung von gestern Abend bereits gewaschen. Wenn du so weit bist, können wir vielleicht einen kleinen Spaziergang machen. Die frische Luft wird dir wahrscheinlich besser tun als alles andere.«

Caryn blinzelte überrascht. Er war so ... nett. Und das verwirrte sie.

»Ich habe Art angerufen. Er weiß, dass du hier bist, er weiß aber nicht genau warum. Ich habe ihm nur gesagt, dass du gestern Abend ein bisschen zu viel getrunken hast und ich dich hierhergebracht habe. Wenn du wieder fit bist, würde er sicher gern von dir hören.«

»Moment mal ... wir wollten doch heute zu Bristol und Rocky fahren.«

»Ja. Aber das tun wir nicht.«

»Aber du hattest doch einen Termin.«

»Den ich verschoben habe«, versicherte Drew ihr, ohne verärgert darüber zu sein, dass sie sein Leben durcheinandergebracht hatte. »Und *ich* sollte derjenige sein, der dich fragt, was jetzt«, erklärte er nach einem Moment. Er hatte sich nicht von ihr wegbewegt, sondern beugte sich noch immer über sie. »Wie sehen deine Pläne jetzt aus?«

»Pläne?«, fragte sie. Ihr Kopf tat weh und das Pochen machte es schwer zu denken.

»Ja. In Bezug darauf, hier in Fallport zu bleiben.«

»Oh, *diese* Pläne.« Caryn hatte bisher nicht einmal ansatzweise darüber nachgedacht, was jetzt werden würde.

Drew war über ihr so still wie eine Statue. Sein Blick war unerschütterlich.

Sie nahm einen tiefen Atemzug durch die Nase. »Nun, ich bin nicht mehr ganz so scharf darauf, bei der Feuerwehr von Fallport zu arbeiten.«

Seine Lippen zuckten amüsiert. »Also, das kann ich dir nicht verdenken.«

»Und damit stehe ich wieder einmal ohne Job da«, sinnierte sie.

»Was ist mit dem Job bei Thomas Robertson, von dem du mir erzählt hast? Wo er angeboten hat, deine Kontaktdaten an seine Autorenkollegen weiterzugeben?«

Zum ersten Mal dachte Caryn ernsthaft über diesen Vorschlag nach. Sie hatte Thomas immer abblitzen lassen, wenn er davon gesprochen hatte, dass seine Freunde ihn anflehten, sie darum zu bitten, ihnen zu helfen. Sie hatte angenommen, dass er übertrieben hatte oder einfach nur nett sein wollte. Außerdem war sie Feuerwehrfrau und keine Lektorin, oder wie auch immer man das nennen wollte, was sie für Thomas tat.

Jetzt hatte sie keine Lust mehr, mit Paul oder einem seiner Freunde zu arbeiten, aber sie wollte trotzdem in Fallport bleiben. Sie fragte sich, ob sie wirklich ihren Lebensunterhalt als Lektorin verdienen konnte.

»Ich weiß es nicht«, entgegnete sie ganz ehrlich.

»Gut. Also ... ich werde jetzt ganz offen sein und dir dann etwas Zeit zum Nachdenken geben«, erklärte er.

Caryn verspannte sich.

»Du hast mich gestern Abend zu Tode erschreckt. Als ich den Anruf erhielt, konnte ich nur daran denken, dass ich dich möglicherweise verletzt und gebrochen vorfinde. Ich war wirklich bereit, Paul und die anderen zu töten, wenn sie dich auch nur angerührt hätten. Ich war wütend. Auf sie. Und auf dich. Aber jetzt, da ich Zeit zum Nachdenken hatte, wird mir klar, dass meine Wut auf dich von meiner *Sorge* um dich herrührte. Ich hasse es, dass du mir nicht genügend vertraust, um dich mir anzuvertrauen. Mir zu erzählen, was du gestern Abend vorhattest. Ich wäre vielleicht nicht unbedingt damit einverstanden gewesen, aber ich hätte es dir niemals verboten. Mein Schatz, du versuchst so sehr, dich anzupassen, dass du gar nicht merkst, dass du bereits aufgenommen wurdest. Das hier ist deine Stadt. Du bist hier aufgewachsen, auch wenn du nur in den Sommern hier warst. Die meisten Menschen halten große Stücke auf dich. Aber aus irgendeinem Grund siehst du das nicht. Wenn die Jungs von der Feuerwehr zu dumm sind, um zu erkennen, wie kompetent du bist und was für eine große Bereicherung du wärst, dann ist das *deren* Verlust, nicht deiner. Nicht jeder wird dich mögen ... aber was soll's? Ich habe in meiner Zeit bei der Polizei gelernt, dass ich nur der bestmögliche Mensch sein kann und immer alles tun muss, um anderen zu helfen, auch wenn sie meine Hilfe nicht wollen. Ich muss nicht mit jedem, den ich treffe oder mit dem ich arbeite, befreundet sein. Das will ich auch gar nicht. Ich bin mit meinem inneren Kreis zufrieden. Ethan, Zeke, Rocky, Brock, Tal und Raid. Und mein Kreis erweitert sich langsam um Lilly, Elsie und Bristol. Und jetzt auch dich. Eure Meinungen sind mir wichtig, die von niemandem sonst ... nur *eure*.

Ich möchte, dass du bleibst. Dass wir herausfinden, ob unsere Beziehung funktioniert. Aber wenn du nicht siehst, was du direkt vor der Nase hast – echte Freunde, die dir helfen, die lachen, wenn du glücklich bist, mit dir weinen, wenn du traurig bist –, dann weiß ich nicht, wie das mit uns funktionieren soll.« Er hielt inne und holte tief Luft, bevor er fortfuhr.

»Scheiß auf Paul. Scheiß auf alle, die deinen Wert nicht erkennen. Sie sind deiner Zeit und Energie nicht wert, Caryn. Ich habe keinen Zweifel daran, dass du hier eine Aufgabe finden wirst, die du mit Bravour meistern wirst. Aber du musst dich von dem Bedürfnis befreien, von jedem einzelnen Menschen, den du kennenlernst, akzeptiert zu werden. Es wird dich sonst innerlich auffressen, bis du nur noch eine Hülle der unglaublichen Frau bist, die ich kenne.«

Dann beugte er sich vor, küsste sie sanft auf die Stirn und

richtete sich auf. Auf dem Weg nach draußen schnappte er sich ihr fast leeres Glas, schenkte ihr ein sanftes Lächeln und schloss leise die Tür hinter sich.

Caryn musste pinkeln, und sie wollte sich unbedingt die Zähne putzen oder zumindest mit etwas Mundwasser gurgeln, aber im Moment konnte sie nur daliegen und an die Decke starren.

Drew hatte recht. Sie wusste, dass er recht hatte. Und sie weinte wieder, weil dieser wunderschöne Mann ihren Wert erkannte, selbst wenn sie selbst es nicht tat.

Ihr ganzes Leben lang war sie eine unfreiwillige Einzelgängerin gewesen. In der Schule, hier in Fallport in den Sommern, auf dem College, sogar auf der Feuerwehrakademie. Sie hatte immer davon geträumt, feste Bindungen mit anderen einzugehen. Mit Kollegen zu lachen und zu scherzen. Eingeladen zu werden, mit ihnen bei Grillpartys im Garten oder bei der Happy Hour abzuhängen.

Das war nie passiert. Und anstatt ihr eigenes Leben zu leben, ihren eigenen Stamm von Leuten zu finden, die sie so akzeptierten, wie sie war, hatte sie noch mehr versucht, sich anzupassen ... ohne Erfolg.

Gestern Abend hatte sie gehofft, dass es *dieses* Mal anders sein würde. Nur um sich selbst als Zielscheibe der Witze einiger Vollidioten wiederzufinden. Schlimmer als je zuvor zurückgewiesen.

Ja, Drew hatte mit allem recht. Es war höchste Zeit, dass sie aufhörte, sich wie eine Zwölfjährige zu verhalten, die hoffte, in der Schule beliebt zu sein. Das würde sie nie sein, und es war höchste Zeit, dass sie sich damit abfand. Sie hatte mehr als genug zu bieten und neue Menschen in ihrem Leben, die sie so zu mögen schienen, wie sie war.

Der gestrige Abend hätte auch ganz anders enden können. Sie wusste es. Drew wusste es. Verdammt, sogar Paul und seine Freunde wussten es. Sie war ihnen völlig ausgeliefert gewesen, und obwohl sie keine netten Männer waren, hatten sie sie wenigstens nicht auf die schlimmste Weise missbraucht.

Statt das Gefühl zu haben, dass ihr Leben den Bach runterging, weil der Job bei der Feuerwehr nicht mehr infrage kam, fühlte Caryn sich plötzlich ... frei.

Sie war so lange Feuerwehrfrau gewesen, dass sie nicht wusste, was sie sonst tun sollte, aber sie konnte ihre Fähigkeiten anderweitig einsetzen. Bei Drew und seinen Freunden im Such- und Bergungsteam. Auch ihre medizinischen Fähigkeiten würden sich als nützlich erweisen.

Sie lächelte zum ersten Mal an diesem Morgen, als sie daran dachte, wie Thomas reagieren würde, wenn er erfuhr, dass sie bereit war, für einige seiner Freunde als Lektorin zu arbeiten. Er würde sich wahnsinnig freuen.

Es war nicht leicht, ihre Einstellung zu ändern, wenn es darum ging, gemocht werden zu wollen, aber sie würde es schaffen.

Einer ihrer Ausbilder an der Feuerwehrakademie hatte einst zu ihr gesagt, dass sie es nie schaffen würde. Dass sie zu schwach sei, zu emotional, dass Frauen in der Hitze des Gefechts nicht so gut arbeiten könnten wie Männer. Er hatte sich geirrt, sie hatte es bewiesen. Jetzt würde sie sich und Drew beweisen, dass sie ein neues Kapitel aufschlagen konnte, wenn es darum ging, wie sie über sich selbst dachte.

Caryn setzte sich auf und wartete, bis der Raum sich nicht mehr drehte, bevor sie aufstand. Sie fühlte sich immer noch schlecht, aber sie war bereit, aufzustehen und sich nicht mehr selbst zu bemitleiden. Sie hatte ein verdammt gutes Leben. Sie konnte Zeit mit ihrem Großvater verbringen, sie hatte neue Freundinnen, einen Freund, der mehr als nachsichtig war, und sie war die rechte Hand eines weltberühmten Autors.

Paul und seine Freunde – und alle anderen, die sie aus irgendeinem Grund nicht mochten – konnten ihr mal den Buckel runterrutschen.

KAPITEL FÜNFZEHN

Drew stand in seiner Küche, die Hände auf die Arbeitsplatte gestützt, den Kopf gesenkt, und er betete, dass er die Sache zwischen ihm und Caryn nicht vermasselt hatte. Sie war so eine wunderbare Frau, und es ärgerte ihn, dass sie das nicht sehen konnte. Er hasste es, dass sie sich nach der Akzeptanz von Menschen sehnte, die es nicht einmal verdienten, dieselbe Luft wie sie zu atmen.

Er hatte keine Ahnung, wie lange er dort gestanden hatte, als er etwas hinter sich hörte. Als er sich umdrehte, sah Drew Caryn im Eingang zu dem kleinen Wohnbereich stehen. Sie hatte offensichtlich geduscht und trug dieselbe Jeans und Bluse, die sie am Abend zuvor angehabt hatte. Er hatte sie in sein Schlafzimmer gelegt, nachdem er sie gewaschen hatte. Kurz darauf hatte er Art und Rocky angerufen, um ihnen mitzuteilen, was mit Caryn los war. Die wichtigsten Informationen, nicht alle Einzelheiten dessen, was passiert war.

Drew war erschöpft, nachdem er den Rest der Nacht wach geblieben war, um über sie zu wachen und sich zu vergewissern, dass sie in Sicherheit war. Aber er war immer noch aufgewühlt. Jetzt hielt er den Atem an und betete, dass sie ihm nicht sagen würde, dass sie mit Fallport fertig war. Dass sie nach New York zurückkehren würde.

Sie sagte nichts, sondern schlenderte nur durch den Raum, bis sie vor ihm stand. Genau wie letzte Nacht am Startpunkt des Wanderweges schlang sie ihre Arme um ihn und drückte ihn fest an sich.

»Du hast recht. Mit allem ... vielen Dank, dass du gesagt hast, was ich hören musste. Ich bleibe hier, Drew. Ich werde Thomas nächste Woche anrufen und ihm sagen, dass ich an einer Zusammenarbeit mit anderen Autoren interessiert bin. Und vielleicht ... können wir eine Art lokale Gruppe ehrenamtlicher Suchhelfer zusammenstellen. Ich werde viel Zeit haben, und es ist verrückt, dass das Such- und Bergungsteam vom Eagle Point ausschließlich allein auf die Suche geht. Wäre es nicht hilfreich, wenn du mehr Leute vor Ort hättest, um es mal so auszudrücken?«

Drew war so erleichtert, dass er eine ganze Minute brauchte, um sich zu fassen, bevor er sprechen konnte. »Es könnte hilfreich sein, aber wir brauchen auf keinen Fall Leute ohne die richtige Ausbildung, die in den Wäldern herumstapfen und sich verirren.«

»Genau, deshalb müssen wir sie ausbilden.«

Er und die anderen hatten darüber nachgedacht, genau das zu tun, was sie vorschlug, aber aus dem einen oder anderen Grund hatten sie es nie durchgezogen. Vor allem weil sie alle einen Vollzeitjob hatten. Caryn mit der Organisation und Ausbildung einer Gruppe von ehrenamtlichen Helfern zu beauftragen wäre die perfekte Lösung, und er wusste, dass sie mit ihrer Menschenkenntnis besser als jeder andere im Team dazu in der Lage war.

Er lehnte sich zurück, sodass er ihr in die Augen sehen konnte. »Willst du wirklich bleiben?«

Sie nickte.

»Gott sei Dank, verdammt noch mal«, knurrte er, bevor er den Kopf senkte.

Er küsste sie heftig. Es war leidenschaftlich und intensiv und Drew gab alles, um ihr ohne Worte zu zeigen, wie erleichtert er war, dass es ihr gut ging, dass sie blieb, dass sie ihm nicht böse war, weil er ihr all diese Dinge gesagt hatte. All das wollte er zeigen.

Sie küsste ihn genauso leidenschaftlich zurück.

Als sie beide eine Pause machen mussten, um wieder zu Atem zu kommen, starrten sie sich an.

»Danke, dass du mich gestern Abend geholt hast«, sagte sie zu ihm.

»Ich werde immer kommen, um dich zu holen«, erwiderte Drew, ohne zu zögern.

»Ähm ... so gern ich das hier auch fortsetzen würde«, gestikulierte sie schüchtern zwischen ihnen hin und her, »mir ist immer noch ein bisschen schlecht. Ich dachte, ich könnte vielleicht versuchen, einen trockenen Toast zu essen, wie du es gesagt hast, und dann, wenn es noch nicht zu spät ist, könnten wir vielleicht noch zu Bristol rüberfahren. Bei der Scheune werde ich keine Hilfe sein, aber draußen zu sein hört sich gut an. Solange ich eine Sonnenbrille tragen kann, komme ich schon zurecht.«

»Bist du dir sicher?«, fragte Drew.

Caryn nickte.

»Okay. Aber ich werde ihnen sagen, dass wir nicht allzu lange bleiben werden. Du bist immer noch dehydriert. Und um ehrlich zu sein, ich bin erschöpft.«

Sie runzelte besorgt die Stirn. »Konntest du letzte Nacht wenigstens ein bisschen schlafen?«

»Nein.«

»Nein? Also gar nicht? Oder nicht viel?«

»Ich wollte nicht schlafen, als du so betrunken warst, mein Schatz. Ich bin wach geblieben, um mich zu vergewissern, dass es dir gut geht.«

»Nun, Mist. Jetzt fühle ich mich wieder schlecht«, murmelte sie und schlug die Augen nieder.

Drew legte einen Finger unter ihr Kinn und hob es an, sodass sie ihm wieder in die Augen sehen musste. »Auch wenn ich mir Sorgen um dich gemacht habe und wütend darüber war, was diese Idioten getan haben, war die letzte Nacht eine der denkwürdigsten Nächte meines Lebens. Dich zum ersten Mal im Bett im Arm zu halten. Die Tatsache, dass du dich an mich gekuschelt und dich beschwert hast, als ich aufgestanden bin. Das war das beste Gefühl überhaupt.«

Caryn errötete. »Ich bin sicher, wenn ich wach und nicht betrunken oder verkatert gewesen wäre und nicht in eine Schüssel gekotzt hätte – woran ich mich jetzt erinnere und mich dafür schäme, und wir sollten nie wieder darüber sprechen, solange wir leben –, wäre es das auch für mich gewesen.«

Drew lachte. »Das wird schon noch klappen«, schwor er.

»Ich hoffe es.«

»Das wird es«, versicherte er ihr. »Setz dich und ich bringe dir einen Toast. Vielleicht auch eine Sprite? Meinst du, das kannst du schon vertragen?«

»Ja. Und, Drew?«

»Ja?«

»Dieses Mal meine ich es ernst, wenn ich sage, dass ich nie wieder so viel trinke. Nicht bis zum Exzess. Ich trinke vielleicht ein Glas Wein oder ein Bier, aber mehr nicht. Wenn jemand mir vorwirft, dass ich nicht trinke, dann ist mir das egal. Ich habe meine Lektion gelernt.«

Drew war sehr stolz auf sie. Es kümmerte ihn nicht, ob sie sich gelegentlich betrank oder nicht, aber er hoffte, dass es nie wieder zu einem Vorfall wie gestern Abend kommen würde, bei dem sie sich nicht mehr an das Geschehene erinnern konnte. Sie war viel zu verletzlich gewesen. Sie hatte Glück gehabt. Sie hatten beide Glück gehabt.

»Okay, mein Schatz. Setz dich. Ich komme gleich mit deinem Mittagessen.«

Später an diesem Nachmittag konnte Drew sich nicht davon abhalten, den Blick zu Caryn schweifen zu lassen, die mit Bristol, Lilly und Elsie auf der Veranda des Hauses saß. Sie war ein wenig blass und hatte die Sonnenbrille nicht abgenommen, die sie aufgesetzt hatte, als sie vorhin sein Haus verlassen hatten, aber sie schien gute Laune zu haben und lachte und quatschte mit den anderen Frauen.

»Alles in Ordnung?«, fragte Zeke, woraufhin Drew sich zu ihm umdrehte.

Als er eingetroffen war, hatten die anderen Jungs bereits große Holzbalken ausgemessen und zugeschnitten und den Dachboden fertig gesichert. Jetzt ging Rocky die Baupläne für die Seite der Scheune durch, die er in eine Glasmalereiwerkstatt für Bristol verwandeln wollte, und besprach sie mit Ethan, der alle elektrischen Komponenten installieren würde. Die anderen Jungs – Rock, Tal und Raiden – machten gerade eine Pause, scherzten mit Tony und lehrten ihn die Freuden einer Seilschaukel. Sie hatten sie zuvor an einem großen Baum vor der Scheune befestigt und das Lachen des Jungen, das durch das nun leere Gebäude schallte, brachte alle zum Lächeln.

»Ja, alles in Ordnung«, versicherte Drew seinem Freund.

»Freut mich zu hören. Caryn sieht heute Nachmittag ein wenig mitgenommen aus.«

Drew nickte und gab seinem Freund einen kurzen Überblick über die Geschehnisse der vergangenen Nacht.

Ein Muskel in Zekes Kiefer zuckte wiederholt. »Wie kannst du hier ruhig sitzen und nicht zu Paul gehen, um den Dreckskerl zu verprügeln?«

»Das hätte ich gern gemacht«, gab Drew zu. »Ich wollte ihm eine Lektion erteilen, die er nie vergessen wird. Aber ich weiß, dass Caryn das nicht wollen würde. Sie gibt sich selbst die Schuld an dem, was passiert ist. Oberflächlich betrachtet kann man zwar argumentieren, dass sie sich freiwillig mit ihnen getroffen hat und die Schnäpse hätte ablehnen können, aber unterm Strich haben sie ihren Wunsch, akzeptiert zu werden, ausgenutzt. Paul war in einer Machtposition über sie, denn er ist dafür verantwortlich, wer für die freie Stelle bei der Feuerwehr eingestellt wird. Sie wusste das, er wusste es. Und er hat seine Position ausgenutzt.«

»Und? Was unternehmen wir deswegen?«, fragte Zeke.

Drew lächelte. Er liebte es, dass seine Freunde ihm immer Rückendeckung gaben. Das war es, wonach er seine ganze Karriere lang gesucht hatte. Es war eine Ironie des Schicksals, dass er es gefunden hatte, nachdem er gekündigt hatte. Diese Art von Loyalität war es auch, die er sich für Caryn wünschte. Er wollte, dass sie erkannte, dass sie sie bereits hatte, ob sie nun zusammen waren oder nicht. »Nichts«, entgegnete er mit Verspätung.

»Nichts?«, fragte Zeke sichtlich entrüstet. »Das soll wohl ein Scherz sein!«

»Nein. Caryn hat beschlossen, sich doch nicht für die Stelle zu bewerben.«

»Sie kehrt nach New York zurück?«, wollte Zeke wissen.

»Nein. Sie bleibt. Und sie will eine Gruppe von ehrenamtlichen Helfern zusammenstellen und ausbilden, die uns bei der Suche nach vermissten Personen unterstützen, wenn wir sie brauchen.«

Zeke machte große Augen. »Ist das dein Ernst?«

»Ja. Die Sache ist die, dass jegliches Vorgehen gegen Paul letztlich auf Caryn zurückfallen könnte, und ich möchte nichts tun, was ihr Unbehagen bereiten könnte.«

»Aber?«, fragte Zeke, der Drew gut genug kannte, um zu wissen, dass er das, was passiert war, auf keinen Fall ohne irgendeine Art von Vergeltung durchgehen lassen würde.

»Ich hatte heute Morgen ein langes Gespräch mit Art, als ich ihn angerufen habe, um ihm zu sagen, dass es Caryn gut geht. Ich habe ihm einige Details erzählt, aber nicht, wie schlimm es um Caryn stand. Ich habe angedeutet, dass ich nichts dagegen hätte, wenn er den Leuten, die zum Postamt kommen, erzählen würde, was passiert ist und was Paul und seine Freunde getan haben ... und dass er es sogar ein bisschen ausschmücken darf ...«

Zeke grinste. »Genial.«

»Was ist genial?«, fragte Raid, als er auf die beiden zuging.

Nachdem Zeke es erklärt hatte, lachte Raiden. »Das Klatschnetzwerk wird seine Arbeit tun und er wird sich auf jeden Fall eine Zeit lang einiges anhören müssen. Die Menschen in Fallport sind nachtragend.«

Eine Stunde später, nach weiterer Arbeit in der Scheune, kam Rocky auf Drew zu und klopfte ihm auf den Rücken. »Du kannst dich ja kaum noch auf den Beinen halten. Fahr nach Hause«, befahl er.

Drew machte sich nicht die Mühe zu protestieren. Sein Freund hatte nicht unrecht. Nach dem Stress der letzten Nacht, der Tatsache, dass er über Caryn gewacht hatte, und der körperlichen Anstrengung heute Nachmittag war er mehr als bereit, für heute Schluss zu machen. »Danke. Ich denke, ich werde den Vorschlag annehmen.«

»Eine Sache noch ...«, sagte Rocky.

Drew blickte ihn mit einer hochgezogenen Augenbraue an.

»Mach so einen Blödsinn nicht noch mal«, bemerkte sein Freund streng.

»Was für einen Blödsinn?«

»Nicht einen von uns anzurufen, wenn du Hilfe brauchst.«

Drew seufzte. Er hatte schon geahnt, dass das früher oder später zur Sprache kommen würde. »Es ging alles so schnell. Ich bekam den Anruf nach halb zwei und war buchstäblich um fünf nach halb in meinem Jeep auf dem Weg zum Wanderweg.«

»Das ist mir egal. Du hättest uns auch von unterwegs anrufen können. Oder nachdem ihr zu Hause angekommen wart. Einer von uns wäre vorbeigekommen und hätte sich um sie geküm-mert, damit du etwas Schlaf bekommen hättest. Wir hätten heute Morgen mit Art sprechen können. Dir Frühstück mitbringen. *Irgendetwas.* Ich weiß, dass du versuchst, eine Beziehung zu ihr aufzubauen, aber das bedeutet nicht, dass du deine Freunde ausschließen solltest, wenn du sie am meisten brauchst.«

Drew nickte. »Da hast du natürlich auch wieder recht.«

»Gut.«

Und einfach so war jede Feindseligkeit, die Rocky vielleicht noch hatte, verschwunden. »Geht es ihr gut? Braucht ihr etwas?«

»Es geht ihr gut. Ich glaube, der heutige Tag war gut für sie. Ich wollte eigentlich nur bei mir zu Hause mit ihr abhängen, aber nachdem ich sie mit den anderen Frauen gesehen habe ... war das die richtige Entscheidung.«

»Siehst du? Mit Freunden ist alles besser«, erwiderte Rocky mit einem Grinsen.

Drew verdrehte die Augen. »Werde mir gegenüber nicht sentimental.«

»Ich kann nichts dafür. Die Liebe einer guten Frau tut das«, entgegnete Rocky ohne einen Hauch von Verlegenheit. »Danke für deine Hilfe heute. Ich glaube, wir werden rechtzeitig zur Hochzeit von Ethan und Lilly fertig werden.«

»Ich weiß, dass ihr es schafft. Und bitte danke Bristol nochmals dafür, dass sie Verständnis für die Verschiebung unseres Treffens hatte.«

»Sicher. Aber du musst wissen, dass sie sich keine Sorgen macht. Sie weiß, dass du auf ihrer Seite bist, wenn es um solchen Mist geht.«

Das war auch der Fall, aber Drew wusste es trotzdem zu schätzen, dass sie nicht sauer auf ihn war. Nachdem er sich von seinen anderen Freunden verabschiedet hatte, machte er sich auf den Weg zur Veranda, wo die Frauen saßen. Die drei anderen Frauen hatten jeweils ein Glas Wein in der Hand, aber Caryn hielt eine Flasche Wasser vor sich.

Als er auf sie zuging, stand sie auf. »Bist du fertig?«, fragte sie.

»Ja, bin ich«, erklärte Drew. Dann wandte er sich an die anderen. »Seid ihr alle in Ordnung?«

»Warum fragen das eigentlich immer alle?«, fragte Lilly mit einem kleinen Lachen. »Ihr habt uns den ganzen Nachmittag beobachtet. Wir bluten nicht, haben nicht einmal einen Schrei wegen der ganzen Insekten ausgestoßen, die auf uns gelandet sind, und wir sitzen hier ruhig und bequem. Warum solltest du annehmen, dass es uns *nicht* gut geht?«

»Ich wollte nur sichergehen«, erwiderte Drew mit einem Lächeln.

»Das ist schön«, bemerkte Bristol.

»Sehr sogar«, entgegnete Elsie.

»Danke für das Wasser und die Unterhaltung«, sagte Caryn. »Und danke, dass ihr mir nicht vorgeworfen habt, mich gestern Abend idiotisch verhalten zu haben.«

Drew war sich nicht sicher, ob sie ihnen vom vergangenen Abend erzählen würde, aber er war froh, dass sie es getan hatte.

»Nicht du hast dich idiotisch verhalten, sondern die *anderen*«, versicherte Lilly ihr grimmig.

»Stimmt's? Was für totale Dreckskerle. Wenn die glauben, dass ich Geld für ihren neuen Ausrüstungsfonds spende, dann irren sie sich aber gewaltig«, fügte Bristol mit einem finsteren Blick hinzu.

»Und wenn sie glauben, ich würde einen von ihnen bedienen, wenn sie es wagen, einen Fuß ins *On the Rocks* zu setzen, dann träumen sie.«

Caryn lächelte. »Danke für die Unterstützung, Leute.«

»Jederzeit.«

»Natürlich.«

»Sehen wir uns später?«

Die letzte Frage kam von Lilly.

»Ja. Morgen um zehn im *Sweet Tooth*, oder?«, fragte Caryn.

»Ja«, bestätigte Lilly. Dann stand sie auf und umarmte Caryn. Die beiden anderen Frauen taten es ihr gleich.

Nach ein paar weiteren Minuten Small Talk nahm Drew einfach Caryns Hand in seine und winkte den Frauen zu. »Okay, wir gehen jetzt. Vielen Dank an alle. Wir sehen uns bald wieder.«

Alle lachten, als er Caryn in Richtung seines Jeeps zerrte.

»Das war irgendwie unhöflich«, schimpfte sie, als sie im Wagen saßen und sich auf den Heimweg machten.

»Caryn, ihr hättet noch zehn Minuten lang da gestanden und euch verabschiedet. Ich habe den Prozess nur ein wenig beschleunigt.«

Sie lachte. »Okay, du hast wahrscheinlich recht.«

»Nicht nur wahrscheinlich«, sagte Drew zu ihr. Dann griff er nach ihrer Hand und freute sich, als sie sofort ihre Finger um seine schloss. »Geht es dir gut? Wie geht es deinem Kopf?«

»Ganz okay. Nicht annähernd so schlimm wie heute Morgen.«

»Gut. Hast du schon Hunger?«

Sie grinste. »Ich bin völlig ausgehungert.«

Wieder einmal war Drew erleichtert. »Ich dachte, wir gehen zu Art und essen eine der vierhundert Aufläufe, die er in seiner Gefriertruhe hat. Er macht sich wahrscheinlich Sorgen um dich nach gestern Abend und würde sich sicher gern selbst davon überzeugen, dass es dir gut geht.«

»Klingt perfekt. Ich wollte sowieso fragen, ob du mich nach Hause bringen kannst.«

Drew nickte.

»Du musst schlafen.«

Er nickte erneut. »Ja. Aber es geht mir gut.«

»Vielleicht kannst du ein Nickerchen machen, während ich mit meinem Großvater spreche und den Auflauf aufwärme. Es wird ein bisschen dauern, bis er fertig ist«, schlug sie vor.

»Das hört sich gut an. Wenn es dir nichts ausmacht.«

»Drew, du hast dir gestern Abend meinetwegen solche Mühe gegeben. Ich weiß nicht, was passiert wäre, wenn du nicht gekommen wärst, um mich zu holen. Also nein, es macht mir nichts aus, wenn du etwas von dem Schlaf nachholst, den du verpasst hast, weil du dich letzte Nacht um mich gekümmert hast.«

»Ich würde es wieder tun, jede Nacht, wenn es sein muss.«

Caryn lächelte ihn an. »Ich hoffe, du weißt, dass ich dasselbe für dich tun würde.«

»Das weiß ich. Wir sind ein gutes Team, mein Schatz.« Er begann zu glauben, dass sie das vielleicht, nur vielleicht, endlich selbst erkennen würde.

»Das sind wir«, stimmte sie zu. »Aber bisher habe ich das Gefühl, dass ich mehr genommen habe, als ich dir zurückgegeben habe.«

»Das Ganze ist kein Wettbewerb«, erwiderte er leichthin mit einem Achselzucken. »Ich bin sicher, dass du mir irgendwann auch mal die Haut retten wirst.«

Der Rest der Fahrt zu Arts Haus verlief in geselligem Schweigen. Sie gingen Hand in Hand zur Haustür.

Sobald Caryn drinnen war und Art sie von seinem Sessel im Wohnzimmer aus sah, knurrte er: »Es wird Zeit, dass du nach Hause kommst, junge Dame. Beweg sofort deinen Hintern hierher. Wir müssen reden.«

»Mist«, murmelte Caryn.

Drew konnte sich ein leises Lachen nicht verkneifen. Er wusste, dass Art den Vormittag mit Silas und Otto vor dem Postamt verbracht und wahrscheinlich schon Gerüchte über Paul und seine Kumpane in die Welt gesetzt hatte. Aber jetzt war er zu Hause, machte sich offensichtlich Sorgen um seine Enkelin und wollte sich selbst davon überzeugen, dass sie unversehrt war.

»Mach dich nicht gleich verrückt«, bat sie ihn. »Ich muss einen der Aufläufe in den Ofen schieben. Dann muss ich mich umziehen, denn ich kann dieses Oberteil nicht mehr sehen, und ich möchte mir eine wärmere Hose anziehen. Oh, und Drew wird bleiben und ein Nickerchen machen, während ich unsere Mahlzeit aufwärme und wir uns unterhalten. Ist das in Ordnung?«

»Natürlich ist es das. Was mich betrifft, so kann dein junger Mann nach dem, was er für dich getan hat, hier einziehen, wenn er möchte. Aber beeil dich und mach deine Sachen fertig, damit wir uns unterhalten können.«

Caryn wandte sich an Drew. »Hat Art dir gerade das Okay gegeben, bei uns einzuziehen?«

Drew lachte. »Klingt, als hätte er das. Und nur, damit du es weißt: Ich habe kein Problem damit, mit ihm zusammenzuwohnen, auch wenn ich glaube, dass es dafür noch ein bisschen zu früh sein könnte. Aber gegen ein paar Übernachtungen hätte ich nichts.« Er zwinkerte ihr zu. »Und bitte sag mir, dass ich in deinem Bett schlafen darf.«

Er freute sich über die Röte, die sich auf ihren Wangen ausbreitete. »Das ist nur fair, wenn man bedenkt, dass ich letzte Nacht in deinem geschlafen habe.«

»Die beste Nacht aller Zeiten«, erinnerte er sie. Dann lehnte er sich an sie, küsste sie auf die Stirn und nickte Art zu, bevor er wie selbstverständlich den Gang entlang in Richtung ihres Schlafzimmers ging.

KAPITEL SECHZEHN

Als sie Drew den Gang entlang verschwinden sah, holte Caryn tief Luft. Ihr Kopf pochte immer noch ein wenig, aber sie ging davon aus, dass sie sich besser fühlen würde, sobald sie etwas gegessen hatte. Sie holte einen der Aufläufe aus dem Gefrierschrank und heizte den Ofen vor. Dann machte sie sich auf den Weg ins Wohnzimmer, wo ihr Großvater auf sie wartete.

Sie hatte seinen Blick auf sich gespürt, während sie in der Küche gearbeitet hatte. Er würde alles andere als erfreut sein, wenn er die ganze Geschichte hörte. Aber sie würde ihm nichts vorenthalten. Sie hatte Art immer alles erzählt, und auch wenn sie sich für ihre Taten schämte, würde sie sie nicht beschönigen.

»Setz dich, Mädchen«, sagte er sanft zu ihr und tätschelte das Kissen auf dem Sofa neben sich.

Caryn holte tief Luft und nahm Platz.

»Also ... das *The Cellar*?«, fragte Art.

»Ich war dumm«, sagte sie.

»Nein«, bemerkte Art streng, »meine Enkelin ist nicht dumm. Ich will so etwas nicht noch einmal von dir hören.«

Caryn konnte sich ein Lächeln nicht verkneifen. Art war schon immer ihr treuester Verteidiger gewesen. »Erinnerst du dich an den einen Sommer, als du dich im Park fast mit diesem Typen geprügelt hättest?«, fragte sie.

Art lachte. »Er hätte mir den Hintern versohlt«, sinnierte er.

»Wenn dir das klar war, warum hast du dich dann überhaupt mit ihm angelegt?«, fragte Caryn.

»Weil es das Richtige war. Pass auf, sein Kind hat sich wie ein Idiot verhalten. Der Junge hatte kein Recht, dich aus dem Waggon zu stoßen und dann zu sagen, dass du nicht wieder einsteigen darfst. Er war ein Tyrann und sein Vater hat nichts dagegen unternommen.«

»Es war keine große Sache«, entgegnete Caryn.

»Doch, war es. Wenn du gemein zu ihm gewesen oder rechthaberisch gewesen wärst, hätte ich die Sache auf sich beruhen lassen. Aber du hattest dem Jungen nichts angetan. Er hatte einfach beschlossen, dass er besser ist als du und dass er das Sagen hat. Wenn *du* das getan hättest, hätte ich dich nach Hause geschleppt und dir eine strenge Lektion darüber erteilt, dass du nicht besser bist als andere Menschen. Als sein Vater grinste und seinem Sohn einen Daumen nach oben zeigte, bin ich irgendwie ausgerastet.«

»Glaubst du wirklich, dass der Mann oder das Kind etwas daraus gelernt haben, dass du dich wie ein überfürsorglicher Großvater verhalten hast?«, fragte Caryn.

»Das vielleicht nicht. Aber du hast etwas daraus gelernt.«

Caryn erstarrte, als sie Art anstarrte.

»Oder etwa nicht?«, fragte er mit einer hochgezogenen Augenbraue.

Langsam nickte Caryn. »Doch. Als wir nach Hause kamen, haben wir uns darüber unterhalten, dass der Junge im Unrecht war und dass der Waggon öffentliches Eigentum ist und niemand das Recht hat, einen anderen daran zu hindern, etwas zu tun, was er tun möchte ... solange niemand verletzt wird.«

»Genau«, entgegnete Art mit einem selbstzufriedenen Gesichtsausdruck. »Das wäre es wert gewesen, mir deswegen in den Hintern treten zu lassen.«

Caryn liebte diesen Mann so sehr. Sie wusste nicht, was sie ohne ihn tun sollte. Natürlich hoffte sie, dass er noch viele Jahre leben würde, aber sie war nicht unrealistisch. Und seine Begegnung mit dem Tod hatte sie erschreckt. Art war alles, was ihr an Familie noch geblieben war. Ohne ihn wäre sie allein.

Sie schüttelte leicht den Kopf und weigerte sich, darüber nachzudenken, ergriff seine Hand und drückte sie. »Ich war im *The Cellar*, weil Paul und seine Kumpel mich eingeladen hatten. Ich dachte, sie wollten mich kennenlernen. Ich dachte, es würde mir helfen, die offene Stelle bei der Feuerwehr zu bekommen«, erklärte sie ihrem Großvater.

»Verständlich«, entgegnete er. »Das ist es, was Menschen tun ... sich einander annähern, um zu sehen, ob sie zusammenpassen. Ich kann mir vorstellen, dass das noch wichtiger ist, wenn du in einem Beruf arbeitest, bei dem du dein Leben riskierst, um anderen zu helfen.«

»Ja. Jedenfalls war es anfangs ganz okay. Das *The Cellar* ist nicht so schlimm, wie alle behaupten, von ein paar Macho-Trotteln mal abgesehen. Aber dann wurde ein Tablett mit Schnäpsen gebracht und jeder hat sich einen genommen. Ich hatte irgendwie das Gefühl, keine Wahl zu haben. Während meiner gesamten Karriere wurde ich bei geselligen Zusammenkünften mit dem Team immer außen vor gelassen. Besonders als Frau in einer von Männern dominierten Branche. Wenn ich diese Gelegenheit nicht ergriffen hätte, hätte ich überhaupt keine Chance gehabt, den Job zu bekommen, und das war uns allen klar. Also habe ich den Schnaps getrunken. Und den nächsten. Und den darauf auch. Ich hatte keine Ahnung, dass die anderen Wasser tranken, während sie mir Wodka gaben.«

»Ich schätze, die eigentliche Frage ist ... warum hast du weitergemacht?«, wollte Art wissen.

Caryn seufzte und blickte auf ihren Schoß hinunter. Art hatte immer noch ihre Hand in seiner und obwohl es ihr unangenehm war, über das zu sprechen, was sie getan hatte, wusste sie auch, dass ihr Großvater sie deswegen nicht verurteilen würde. »Ich schätze, es ging darum zu beenden, was ich angefangen hatte«, sagte sie lahm.

Art machte ein Geräusch in seiner Kehle und sie sah zu ihm hinüber.

Die Enttäuschung auf seinem Gesicht brachte sie fast um. Der letzte Mensch auf dieser Welt, den enttäuschen wollte, war Art.

»Ich weiß, ich weiß. Es war eine schlechte Entscheidung.«

»Und das ist noch milde ausgedrückt«, erwiderte Art leise. Dann hob er die Hand und streichelte ihre Wange. »Die Sache ist die: Du hast es vermasselt. Aber ich schätze, du hast dir auch eine Menge Zeit erspart.«

Caryn runzelte die Stirn. »Was meinst du damit?«

»Was wäre passiert, wenn du dorthin gegangen wärst und sie hätten mit dir gelacht und gescherzt, Billard gespielt, vielleicht ein oder zwei Bier getrunken, und dann wärst du wieder gegangen?«

Caryn biss sich auf die Lippe, als Art seine Hand sinken ließ. »Ich denke, ich hätte mich für den Job beworben.«

»Genau. Und nehmen wir an, du hättest ihn bekommen. Was dann?«

»Ich weiß es nicht«, entgegnete sie unwirsch.

Art sah sie nur mit hochgezogenen Augenbrauen an. Sie holte tief Luft und blies dabei ihre Wangen auf. »Gut. Ich hätte zugestimmt, mit ihnen zu arbeiten, und schließlich herausgefunden, dass sie ein Haufen Dreckskerle sind. Ich habe die Feuerwache gesehen, Großvater. Sie ist ein Saustall. Sie sind alle schlampig. Und faul. Überall liegt Müll, die Löschfahrzeuge sind schmutzig, die Feuerwehrmannschaft schläft mitten am Tag ... es war irgendwie erbärmlich.«

»Genau. So wie ich das sehe, ist es gut, dass du herausgefunden hast, was für Idioten sie sind, bevor du deine Zeit und Energie an sie verschwendet hast.«

Da hatte er nicht unrecht. »Stimmt«, sagte sie.

»Also ... ich nehme an, für die Feuerwehr vor Ort zu arbeiten hat sich erledigt. Was jetzt?«, fragte er.

»Ja. Paul hat mir klargemacht, dass ich den Job nicht bekommen würde, selbst *wenn* ich mich bewerben würde«, sagte sie nachdenklich.

»Aber du bleibst doch trotzdem, oder?«, fragte Art.

Sie konnte das Zittern in seiner Stimme hören. Sie drückte die Hand, die sie immer noch hielt. »Ich bleibe«, entgegnete sie, »aber ich muss vielleicht länger bei dir wohnen, als ich dachte.«

»Mädchen, du kannst so lange hierbleiben, wie du willst. Das weißt du doch ganz genau. Ich muss dann halt nur zu meinen Freundinnen rübergehen, anstatt sie hierher einzuladen.«

Caryn lachte. Art war so ein Schlawiner. Er war seiner Frau voll und ganz ergeben gewesen. Als sie gestorben war, als Caryn noch jung war, war er am Boden zerstört gewesen. Seitdem hatte es keine andere mehr gegeben.

»Ja, klar«, erklärte sie mit einem Lächeln. »Ich dachte, ich schicke Thomas eine E-Mail und lasse ihn wissen, dass ich bereit bin, mit einigen seiner Autorenfreunde darüber zu sprechen, als Lektorin für sie zu arbeiten.«

Art strahlte. »Das ist mein Mädchen.«

»Und ich trainiere immer noch mit Drew für das Such- und Bergungsteam. Es gehört viel mehr dazu, als nur durch den Wald zu laufen und nach Menschen zu suchen.«

»Und *endlich* kommen wir auf ihn zu sprechen«, bemerkte Art mit einem Funkeln in den Augen. »Er ist nett.«

Caryn lachte leise. »Ja, das ist er.«

»Du magst ihn.«

Sie leugnete es nicht.

»Und er war nicht glücklich darüber, was gestern Abend passiert ist.«

Caryn runzelte die Stirn. »Nein«, erwiderte sie leise. »Er war wirklich verärgert.«

»Über dich?«

Sie dachte einen Moment lang darüber nach und schüttelte dann den Kopf. »Nein. Na ja, irgendwie schon. Er sagte, er hätte sich Sorgen um mich gemacht.«

»Caryn, er hat mitten in der Nacht einen Anruf erhalten, dass du betrunken bist und gerade mit vier Männern das *The Cellar* verlassen hast, und er wusste nicht mal, dass du überhaupt vorhattest, dorthin zu gehen. *Natürlich* hat er sich Sorgen gemacht. Was ist passiert, als er dich gefunden hat?«

»Ich erinnere mich nicht«, gab Caryn zu und fühlte sich erneut schrecklich. »Aber als ich heute Morgen aufgewacht bin, hatte ich sein T-Shirt an und lag in seinem Bett. Er war die ganze Nacht wach und hat auf mich aufgepasst, damit nichts passiert. Er hat dich angerufen, ein für heute angesetztes Treffen abgesagt, seinen Freunden gesagt, dass er sich nicht mit ihnen treffen könne, um bei den Arbeiten an der Scheune auf Rockys Grundstück zu helfen, hat meine Kleidung gewaschen und mich nicht angeschrien, weil ich mich idiotisch verhalten habe, obwohl wir beide wissen, dass das der Fall war und dass das, was ich getan hatte, extrem gefährlich war.«

Art hatte ein breites Grinsen im Gesicht.

»Warum lächelst du?«, fragte Caryn. »Ich habe gerade zugegeben, so betrunken gewesen zu sein, dass ich mich an nichts erinnern kann.«

»Und du hast mir gleichzeitig auch alles gesagt, was ich über den Mann wissen muss, der derzeit in deinem Bett schläft.«

Als er nicht weitersprach, fragte Caryn leise: »Und das wäre?«

»Dass er dich auch mag«, erwiderte ihr Großvater. »Dass er alles tun wird, um dich zu beschützen. Dass er ein guter Mann ist. Habe ich dir in letzter Zeit gesagt, dass ich dich liebe und sehr stolz auf das bin, was du erreicht hast?«

Caryn hatte plötzlich einen Kloß im Hals. Sie schüttelte den Kopf.

»Nun, das ist aber der Fall. Du hast nicht den einfachen Weg in deinem Leben gewählt. Es gab Zeiten, in denen ich mir wünschte, du hättest einen sichereren Beruf gewählt ... vielleicht Steuerberater, wie dein Mann.«

Caryn protestierte nicht gegen die Bemerkung »dein Mann«. Irgendwie gefiel es ihr, wie das klang. »Ich bin schrecklich in Mathe«, erinnerte sie ihren Großvater. »Ich würde als Steuerberaterin genauso viel taugen wie du als Travestiekünstler im Zirkus.«

Daraufhin brach er in Gelächter aus. Als er sich wieder unter Kontrolle hatte, fuhr er fort: »Ich will damit nur sagen, dass du genau da bist, wo du in deinem Leben sein solltest. All der Mist, den du ertragen musstest, all die Leben, die du gerettet hast, all die verschiedenen Feuerwachen, bei denen du gearbeitet hast ... das alles hat dich hierhergeführt.«

»Aber ich habe irgendwie mit der Tatsache zu kämpfen, dass ich mein ganzes Erwachsenenleben damit verbracht habe, meine Fähigkeiten als Feuerwehrfrau und Rettungssanitäterin zu verfeinern, und jetzt kehre ich dem Job einfach so den Rücken«, gab Caryn zu.

»Man weiß nie, was auf einen zukommt«, entgegnete Art. »Ich glaube wirklich, dass es für alles, was wir im Leben tun, einen Grund gibt. Vielleicht wirst du nie wieder einen Fuß in eine Feuerwache setzen. Aber das Leben überrascht uns immer wieder.«

»Ich könnte weniger Überraschungen gebrauchen«, murmelte Caryn. Dann fragte sie lauter: »Möchte ich wissen, welche Gerüchte du heute über Paul und seine Freunde in Umlauf gebracht hast?«

Art grinste. »Ich weiß nicht, wovon du sprichst. Ich verbreite keine Gerüchte.«

»Riiiichtig«, erklärte Caryn.

»Ich kommuniziere mit den Menschen«, erklärte Art ihr. »Ehrlich gesagt habe ich es satt, dass über *mich* gesprochen wird. Jeder fragt, wie es mir geht. Alle wollen wissen, ob ich bald den Löffel abgebe. Es war also schön, mal über jemand anderen zu reden.«

»Zum Beispiel?«, wollte Caryn wissen.

»Wie ich gehört habe, ist unser geschätzter Feuerwehrhauptmann mit mehr als guten Erinnerungen aus seinem letzten Urlaub in Florida zurückgekehrt.«

Caryn runzelte die Stirn. »Ich verstehe das nicht.«

Art lachte. »Es könnte durchaus sein, dass ich angedeutet habe, dass er Filzläuse hat.«

Caryn musste sich beherrschen, um die Fassung zu bewahren, aber sie konnte das Lachen nicht unterdrücken, das in ihr aufstieg. »Das hast du nicht getan!«, schimpfte sie.

Art zuckte mit den Schultern. »Ich habe vielleicht auch ganz nebenbei erwähnt, dass Lou eine Menge Post von Inkassobüros bekommen hat, dass Dennis seinen Kredit bei *Grogans General Store* überzogen hat und dass Georges Frau vor Verlassen der Stadt bei Simon eine einstweilige Verfügung gegen ihn erwirkt hat.«

Caryn starrte ihn mit großen Augen an. »Verdammt noch mal, Art. Das kannst du doch nicht machen! Du wirst noch wegen Verleumdung oder so verklagt.«

»Nicht, wenn es wahr ist«, erklärte er mit einem weiteren unbekümmerten Achselzucken.

»Du meine Güte, woher *weißt* du das alles?«

Art schüttelte den Kopf. »Mädchen, du bist schon zu lange weg. Ich weiß alles, was in dieser Stadt vor sich geht. Das habe ich immer und das werde ich immer.«

»Das ist ja fast beängstigend. Was weißt du denn sonst noch?«

Er grinste. »Dass ich bezweifle, dass du noch lange bei mir wohnen wirst. Nicht, wenn dein Mann ein schönes Haus und ein eigenes Bett hat.«

Caryn spürte, wie sie errötete. »Ich ... wir sind nicht ... er ... verdammt.«

Ihr Großvater lachte und tätschelte ihr Knie. »Ich bin

einundneunzig. Meinst du nicht, dass es an der Zeit ist, dass du mich zum Urgroßvater machst?«

Caryn verschluckte sich, als ihr bewusst wurde, was er meinte. Und sie konnte nichts weiter tun, als Art anzustarren.

»Was ist?«, fragte er und versuchte, unschuldig zu klingen – was ihm nicht gelang. »Willst du etwa, dass ich hier sitze und so tue, als wüsste ich nicht, dass du eine schöne Frau in den besten Jahren bist? Ich gehe davon aus, dass du keine Jungfrau mehr bist, besonders in Anbetracht der Tatsache, dass du schon einmal verheiratet warst, und es ist ein bisschen spät für mich, mir über dein Sexleben Gedanken zu machen. Drew Koopman ist ein guter Fang. Er sieht gut aus, ist integer, intelligent und du liegst ihm offensichtlich sehr am Herzen. Ich hoffe, ihr schlaft bereits miteinander, aber wenn nicht, solltet ihr schleunigst damit beginnen. Wir werden beide nicht jünger, und wenn du noch länger wartest, wird es für dich schwieriger, schwanger zu werden.«

»Großvater!«, protestierte sie.

»Was denn?«, fragte er.

»Ich fasse es nicht, dass du willst, dass ich mit ihm schlafe«, erklärte sie. »Außerdem kennen wir uns doch noch gar nicht so lange.«

»Ich kannte deine Großmutter zwei Wochen lang, bevor ich um ihre Hand anhielt. Sie hat mich ganz schön schwitzen lassen, bis sie schließlich Ja gesagt hat. Aber da hatte ich ihr schon gezeigt, was ich im Bett draufhabe, und sie konnte mir nicht mehr widerstehen.«

Caryn hielt sich die Ohren zu. »Hör auf! Ich kann mit dir nicht über Sex reden«, beschwerte sie sich.

Art lachte. »Ich will damit nur sagen, wenn du den Menschen gefunden hast, der für dich bestimmt ist, weißt du es. Die Zeit vergeht, und ich möchte dich glücklich und zufrieden sehen, bevor ich sterbe. Und ich hätte auch nichts dagegen, mein Urenkelkind kennenzulernen.«

»Können wir bitte nicht darüber reden, dass du stirbst? Du

wirst einhundertsiebenundvierzig Jahre alt werden. Punkt.« Der zärtliche Ausdruck auf dem Gesicht ihres Großvaters brachte Caryn fast um den Verstand.

»Ich liebe dich, Mädchen«, erklärte Art. »Du wirst nie wissen, wie sehr.«

»Ich liebe dich auch.«

»Du stehst an einem Wendepunkt in deinem Leben. Mit der Feuerwehr ist es zwar vorbei, aber ich sehe immer noch große Dinge in deiner Zukunft.«

»Das hoffe ich.«

»Da bin ich mir ganz sicher«, gab er zurück. »Warum stellst du nicht den Auflauf in den Ofen und kuschelst dann ein bisschen mit deinem Mann? Zeig ihm, wie dankbar du für alles bist, was er in letzter Zeit für dich getan hat. Ich hole den Auflauf raus, wenn er fertig ist.«

»Ich weiß nicht recht, ob es mir gefällt, dass mein Großvater mich drängt, Sex mit meinem Freund zu haben«, murmelte Caryn.

»Ich bin zwar alt, aber ich weiß noch, wie wunderbar Sex war«, entgegnete Art grinsend.

»Also. Ich gehe dann mal. Ich kann es nicht mehr ertragen, wenn du über Sex redest«, erwiderte Caryn. Sie stand auf, aber Art ergriff ihre Hand, bevor sie verschwinden konnte.

»Ich bin froh, dass es dir gut geht«, sagte er leise. »Ohne dich hätte ich nichts.«

Caryn musste sich beherrschen, um nicht in Tränen auszubrechen. Denn ihr ging es genauso. Und die Wahrheit war, dass Art sie verlassen würde, bevor sie dazu bereit war. »Ich liebe dich. Danke, dass du diese Gerüchte verbreitet hast. Dafür, dass du diese *Informationen* über die Mistkerle von gestern Abend weitergegeben hast.«

»Nichts zu danken.«

Sie warfen sich noch einen zärtlichen Blick zu, bevor sie sich schließlich umdrehte und aus der Küche ging. Als sie ein paar Minuten später in ihrem Zimmer ankam, öffnete sie vorsichtig die Tür und sah Drew, der auf der Bettdecke schlief. Sein Mund war leicht geöffnet, sein Haar zerzaust, sein Gesichtsausdruck entspannt ... und sie hätte schwören können, dass sie in ihrem ganzen Leben noch nie etwas gesehen hatte, das so sexy war wie dieser Mann. Ihn zu beobachten, wenn er völlig verletzlich war, hatte etwas an sich, das sie ihm noch näher brachte. Denn Drew Koopman war nie verletzlich. Er war immer wachsam und behielt alles und jeden um sich herum im Auge. Er war sozusagen immer im Einsatz.

Sie schlich auf Zehenspitzen an die Bettkante und setzte sich langsam auf das Bett. Drew wachte natürlich sofort auf.

»Ist das Essen fertig?«, murmelte er, die Augen noch geschlossen.

»Noch nicht. Was dagegen, wenn ich mich ein wenig zu dir lege?«, fragte sie.

Anstatt verbal zu antworten, packte Drew sie um die Taille, zog sie an sich und schmiegte sich von hinten an sie.

Lachend und nicht wirklich überrascht, dass er sie an sich drücken konnte, ohne auch nur die Augen zu öffnen, kuschelte sie sich an ihn.

»Danke für alles«, flüsterte sie nach einem Moment.

»Ich würde alles für dich tun«, murmelte Drew.

Sie hatte keine Ahnung, ob er schlief oder nicht, aber seine Worte setzten sich tief in ihr fest. Ihr ganzes Leben lang hatte sie sich nichts sehnlicher gewünscht, als akzeptiert zu werden. Und er hatte vorhin recht gehabt, als er ihr gesagt hatte, dass sie sich nicht so anstrengen müsse, dass sie bereits mit offenen Armen in seinen Freundeskreis aufgenommen worden war.

Zum ersten Mal in ihrem Leben fühlte sie sich wohl und zufrieden. Sie musste nicht von jedem, den sie traf, gemocht werden ... solange sie ein paar gute Freunde hatte, konnte sie zufrieden sein.

Caryn war nicht wirklich müde, sie hatte letzte Nacht viel länger als sonst geschlafen, dank des Alkohols in ihren Adern. Drew hatte auf sie aufgepasst, und jetzt war sie an der Reihe.

Sie schmiegte sich fester in seinen Arm und lächelte, als er etwas vor sich hin murmelte und ihr Haar kraulte.

Dieser Mann war ihre Zukunft. Wie ihr Großvater schon gesagt hatte: Wenn man es weiß, weiß man es. Sie hatte immer noch Todesangst; die Möglichkeit, dass es nicht klappte, war groß, aber sie wollte nicht mehr auf Nummer sicher gehen. Sie hatte sich in diesen Mann verliebt, und aus welchem Grund auch immer schien er sich auch in sie verliebt zu haben.

Sie würde sich holen, was sie haben wollte, und was sie wollte, war Drew. Unter ihr. Über ihr. Hinter ihr. Sie hatte am vergangenen Abend eine sehr klare Lektion gelernt, und davor bei dem Angriff ihres Großvaters. Das Leben konnte jeden Augenblick vorbei sein. Sie musste für den Moment leben.

Das bedeutete für sie, Thomas morgen eine E-Mail zu schreiben und ihm mitzuteilen, dass sie für andere Autoren als Lektorin arbeiten wollte, mehr Zeit mit ihren neuen Freunden zu verbringen, mehr Zimtschnecken zu essen, sich ein bisschen mehr zu entspannen, weiterhin alles über Such- und Bergungsaktionen zu lernen ... und mit Drew zu schlafen.

Bei Letzterem lächelte sie und verschränkte ihre Finger mit seinen auf ihrem Bauch. Er drückte sie kurz, dann entspannte er sich wieder.

Caryn hatte keine Ahnung, was ihr neues Leben in Fallport für sie bereithielt, aber sie wusste ohne Zweifel, dass die Zeit, die sie mit Drew verbrachte, ihr Leben verändern würde. Sie würde es nicht bereuen, eine Beziehung mit ihm eingegangen zu sein, auch wenn es nicht klappen sollte. Zum ersten Mal in ihrem Leben tat sie, was *sie* wollte, ohne sich Gedanken über die Meinung anderer zu machen. Und es fühlte sich großartig an.

Paul saß in seinem dunklen Schlafzimmer und war wütend. Er hatte mehr Nachrichten, E-Mails und Anrufe wegen des

Gerüchts erhalten, er sei mit einer Geschlechtskrankheit aus Florida zurückgekommen, als ihm lieb war.

Und selbst wenn er einen Ausschlag an den Eiern hatte? Das war es auf jeden Fall wert gewesen. Die Hure, mit der er geschlafen hatte, war verdammt heiß gewesen. So eine Nummer hatte er noch nie erlebt. Sie war so gut gewesen, dass er sie dafür bezahlt hatte, die ganze verdammte Nacht zu bleiben, und er konnte sich nicht einmal daran erinnern, wie oft er gekommen war. Sie war jeden einzelnen Dollar wert gewesen. Die Schlampen hier in Fallport konnten nicht mit den Weibern mithalten, die er in Miami bekommen konnte. Nicht mal annähernd.

Er hatte keinen Zweifel daran, dass es dieser alte Mistkerl gewesen war, der das Gerücht verbreitet hatte. Er hatte keine Ahnung, woher Art von seinem Ausschlag wusste, aber er gab *Caryn* die Schuld daran, dass es jetzt allgemein bekannt war.

Aber seine Wut bezog sich nicht nur auf seine Reise nach Florida. Der gestrige Abend war nur ein verdammter *Scherz* gewesen. Etwas, das er und alle seine Freunde sich regelmäßig gegenseitig antaten – und niemand nahm die Streiche, die sie sich gegenseitig spielten, jemals persönlich. Aber natürlich musste die Schlampe ihren Mund aufmachen und allen erzählen, was passiert war. Oder zumindest ihrem verdammten Großvater, der ein geschwätziger Vollidiot war.

Und jetzt musste Paul den Preis dafür zahlen.

Der Polizeichef war bereits auf der Feuerwache gewesen, um ihn zu verhören. Und er erfuhr, dass auch andere Gäste der Kneipe kontaktiert worden waren. Er wollte auf keinen Fall eine Untersuchung. Die Tatsache, dass *irgendjemand* Caryns Wort für das, was passiert war, Glauben schenken könnte, entgegen Pauls eigenem Wort und dem seiner Freunde, die in dieser verdammten Stadt mehr Leben gerettet hatten, als sie es jemals tun würde, stieß ihm sauer auf.

Paul durfte seinen Job nicht verlieren. Er hatte verdammt hart gearbeitet, um dahin zu kommen, wo er war. Er war

Hauptmann der Feuerwehr von Fallport, und er würde nicht kampflos untergehen.

Diese Schlampe war der Fluch seiner Existenz. Das war sie immer gewesen. Er *hasste* sie. Gestern Abend war es darum gegangen, Caryn Buckner in die Schranken zu weisen und sie wissen zu lassen, dass sie nie eine von ihnen sein würde. Er würde niemals eine Frau einstellen, außer um die Idioten im Stadtrat zum Schweigen zu bringen, die sich um die Frauenquote sorgten. Kein einziges Mitglied seines Teams wollte eine Frau im Team haben. Niemals.

Er hätte sie richtig durchvögeln können, wenn er es wirklich gewollt hätte. Dennis hatte etwas davon gesagt, es ihr zu besorgen, aber Paul hatte abgelehnt. Sie sollte sich lieber bei ihm bedanken, anstatt zu versuchen, seinen verdammten Ruf zu ruinieren!

Sie hatten nicht mehr getan, als sie auf einem Wanderpfad zurückzulassen. Sie hätten so viel Schlimmeres tun können. Es war nicht ihre Schuld, dass sie den Alkohol nicht vertragen konnte. Niemand hatte ihr eine Pistole an den Kopf gehalten und sie zum Trinken gezwungen. Sie hatte das aus freien Stücken getan. Die Tatsache, dass die Bürger von Fallport – Menschen, denen er und seine Freunde bei unzähligen Gelegenheiten geholfen hatten – sich zugunsten dieser Schlampe gegen sie wandten, machte ihn wütend!

Er hoffte, dass sie sich *tatsächlich* für die offene Stelle bei der Feuerwehr bewarb. Es würde ihm große Freude bereiten, sie auflaufen zu lassen. Er würde sie zu einem Vorstellungsgespräch einladen, nur um den Rat zum Schweigen zu bringen, und dann jemand anderen einstellen.

Der Gedanke daran, Caryn dort zu treffen, wo es am meisten wehtut, wie verärgert sie sein würde, wenn sie den Job nicht bekäme, brachte Paul zum Lächeln.

Er hasste diese verdammte Stadt. Er war nur hiergeblieben, weil er als Feuerwehrhauptmann gutes Geld verdiente. Der Job war lächerlich einfach. Es gab kaum Brände und es gab nicht viele schwere Verkehrsunfälle. Er verbrachte die meiste Zeit im Dienst mit Schlafen und verdiente sich so seinen Gehaltsscheck quasi im Schlaf. In seiner Freizeit sah er sich zu Hause Pornos an oder hing im *The Cellar* ab. Er war vollkommen zufrieden damit, im Haus seiner Eltern zu leben, ohne eine Hypothek oder Kosten für Internet, Fernsehen, Strom ... er konnte sein Gehalt für Reisen nach Miami und für seine Lieblings-Webcam-Mädchen ausgeben. Das Leben war gut.

Er durfte diesen Job nicht verlieren. Wenn die Ermittlungen weitergingen, war das durchaus eine Möglichkeit. Auf keinen Fall wollte er sich woanders bewerben und noch einmal von vorn anfangen müssen. Nach allem, was er über größere Städte und Abteilungen gehört hatte, gab es eine Menge Regeln und Vorschriften, die die Feuerwehrleute zu befolgen hatten.

Er musste sich etwas einfallen lassen, um die Gerüchte über ihn und seine Freunde zu stoppen ... und Caryn ein für alle Mal in ihre Schranken zu weisen. Sie würde nie eine Fallportianerin sein, egal wie sehr sie sich das wünschte.

Paul grinste vor sich hin. Er hatte sich das Wort gerade ausgedacht, aber es gefiel ihm. Er war hier geboren und aufgewachsen und hatte sein ganzes Leben in Fallport verbracht. Sie war ein verdammter Neuankömmling. Eine Nicht-Fallportianerin. Es musste einen Weg geben, sie aus der Stadt zu jagen ... er musste nur herausfinden wie.

KAPITEL SIEBZEHN

Irgendetwas war anders bei Caryn, aber Drew konnte nicht genau sagen, was es war. Sie schien ... entspannter zu sein. Das war nicht ganz das richtige Wort, aber es traf einigermaßen zu. Nachdem er vor ein paar Tagen im Haus ihres Großvaters in ihrem Bett aufgewacht war, war sie nicht mehr so unruhig oder vor überschüssiger Energie strotzend wie sonst.

Er war an jenem Abend heimgekehrt und hatte acht Stunden durchgeschlafen. Als er aufgewacht war, hatte er eine Nachricht von Caryn erhalten, in der stand, dass sie Thomas eine E-Mail geschickt und bereits zwei Telefonate mit einigen Autoren vereinbart hatte, um zu sehen, ob sie die Details für ihre Lektorenarbeit für sie ausarbeiten konnten.

Sie hatten jeden Morgen trainiert, sie war zu Bristol gefahren, um etwas zu unternehmen, sie war zu einem von Tonys Fußballspielen gegangen, hatte mit Elsie und Zeke zusammengesessen und war sogar mit Lilly zu einem Fotoshooting gegangen. Sie hatte einen Vormittag mit Finley in der Bäckerei verbracht und war schließlich in die Bibliothek gegangen, um Khloe kennenzulernen.

Es war, als hätte das, was im *The Cellar* passiert war, Caryn auf irgendeine Weise grundlegend verändert. Es beunruhigte

Drew ein wenig, aber er freute sich auch für sie. Sie hatte eine üble Situation zu ihrem Vorteil genutzt. Sie gab sich alle Mühe, tiefere Beziehungen zu den Menschen aufzubauen, mit denen sie am liebsten zusammen war.

Sie schien mehr Selbstvertrauen zu haben. Und das törnte ihn sehr an. Bei ihm zu Hause waren sie nicht nur mit den alltäglichen Dingen beschäftigt, die Paare so tun – kochen, fernsehen, reden –, sondern ihre körperliche Beziehung hatte sich weiterentwickelt. Jeden Abend landeten sie auf seinem Sofa und knutschten rum. Caryn war sexy und sinnlich, und er musste sich wahnsinnig beherrschen, um sie nicht jeden Abend vollkommen nackt auszuziehen und es ihr zu besorgen, bis sie seinen Namen schrie.

Irgendetwas hatte sich definitiv mit ihr verändert. Mit *ihnen*. Zum Besseren.

Drew wollte mehr. Er wollte jeden Morgen mit ihr aufwachen und der Letzte sein, den sie vor dem Einschlafen sah. Er wollte bei Kaffee und Frühstück lachen, wollte das Recht haben, nach dem Training mit ihr nach Hause zu gehen und sie in seine Dusche zu ziehen. Caryn war ihm sehr unter die Haut gegangen, und er wollte sie nie wieder loswerden.

Das war nicht normal für ihn. Normalerweise begann Drew nach einer kurzen Beziehung mit einer Frau, ihre Persönlichkeit und ihre Gewohnheiten zu kritisieren, und beendete die Sache schließlich. Aber je mehr Zeit er mit Caryn verbrachte, desto mehr wollte er in ihrer Nähe sein.

Heute Abend saßen sie, wie schon die letzten Male, nach dem Abendessen auf seinem Sofa. Zuvor hatten sie sich mit Art einen weiteren Auflauf aufgewärmt, und dann hatte er die beiden aus dem Haus gescheucht, weil er einen Pokerabend mit Otto, Silas und überraschenderweise auch Dorothea und Cora organisiert hatte. So viele Klatschtanten in einem Haus zu haben war geradezu entmutigend, und er und Caryn waren gern bereit, sie sich selbst zu überlassen.

»Was glaubst du, worüber sie reden?«, fragte Caryn.

Drew schüttelte den Kopf. »Ich will gar nicht darüber nachdenken«, entgegnete er, weil er wusste, dass sie von ihrem Großvater und den anderen sprach.

»Nicht wahr? Nach den Gerüchten ... entschuldige ... *Informationen*, die er über Paul und seine Freunde verbreitet hat, habe ich beschlossen, dass er irgendwie unheimlich ist.«

»Ehrlich gesagt erinnert er mich an einen Typen, den ich kenne. Sein Name ist Tex und er lebt in Pennsylvania. Er ist ein ehemaliger SEAL und im Grunde die Augen und Ohren für eine Menge Leute vom Militär oder ehemalige Militärangehörige, Strafverfolgungsbehörden ... wahrscheinlich sogar die Mafia, soweit ich weiß. Er weiß alles über jeden.«

»Er klingt wie ein Mann, mit dem man sich besser nicht anlegen sollte«, entgegnete Caryn lächelnd.

»Stimmt. Genau wie Art.«

Sie wurde ernst. »Ich will nur nicht, dass irgendetwas, was ich tue, auf ihn zurückfällt. Ich befürchte, dass Paul sich irgendwie rächen wird.«

»Dein Großvater ist ein beliebtes Mitglied dieser Gemeinde. Es wäre Karriereselbstmord für ihn, wenn er etwas tun würde, was Art schaden könnte. Oder seinen Freunden. Oder dir. Außerdem bewegt er sich nach dem, was er dir angetan hat, bereits auf dünnem Eis.«

»Ich mache mir keine Sorgen um mich, ich mache mir nur Sorgen, dass jemand Art wieder wehtut.«

Drew starrte sie einen Moment lang an.

»Was?«

»Es ist dir egal, was er über dich sagen könnte? Er könnte auch Gerüchte über *dich* verbreiten.«

Caryn nickte. »Ich weiß. Aber ich habe viel darüber nachgedacht, was du neulich Abend gesagt hast, und über meine gesamte Karriere. Ich habe immer das Richtige getan, oder das, was ich für richtig hielt. Ich bin eine verdammt gute Feuerwehrfrau und habe weder meinen Kollegen *noch* meinen Vorgesetzten jemals einen Grund gegeben, mir zu misstrauen, und sie haben es trotzdem getan. Ich bin also fest entschlossen, das hinter mir zu lassen. Sich darüber Gedanken zu machen, was andere von mir denken, ist unglaublich anstrengend. Mir war gar nicht klar, wie sehr, bis du mich darauf hingewiesen hast, dass ich bereits eine Gruppe von Leuten habe, die mich wirklich mögen, aber ich habe mir trotzdem mehr Sorgen darüber gemacht, was Paul und seine Kumpane denken. Ich habe beschlossen, dass sie mich hassen können, so viel sie wollen. Es ändert nichts daran, was für ein Mensch ich bin, oder an meinen anderen Beziehungen.«

»Gut für dich«, bemerkte Drew und war ungemein stolz auf sie.

»Danke, dass du mich auf einen Blödsinn hingewiesen hast. Dass du mich nicht einfach abserviert oder mir auf die Schulter geklopft und mir etwas vorgemacht hast.«

»So bin ich nicht.«

»Ich weiß. Ich habe das Gefühl, ich kann mich sogar darauf verlassen, dass du mir die Wahrheit sagst, wenn ich dich frage, ob mein Hintern in meiner Hose fett aussieht oder nicht.«

»Dein Hintern ist nicht fett. Und selbst wenn er es wäre, würde das nur bedeuten, dass es für mich noch mehr zu lieben gibt.«

Caryn lächelte ihn an, dann setzte sie sich rittlings auf seinen Schoß. Sie beugte sich vor, bis sein Schwanz gegen ihre Muschi drückte. Sie krümmte sich ein wenig und Drew spürte, wie er steif wurde. »Du bist so anders als andere Männer, Drew.«

»Das bin ich«, stimmte er zu.

»Du bist vorsichtiger. Zynischer.«

Sein Magen krampfte sich zusammen. Er war sich nicht sicher, worauf sie damit hinauswollte. Sie sendete gemischte Signale aus, drängte sich an ihn, während sie ihn auf seine Fehler hinwies.

»Ich will ehrlich sein, diese Dinge haben mich an den Polizisten, denen ich in New York begegnet bin, irritiert. Sie gaben mir oft das Gefühl, dumm oder naiv zu sein, weil ich nur das Beste von den Menschen dachte. Dass ich mich nicht aufregte oder empörte, weil wir wegen einer Überdosis nach der anderen in denselben Stadtteil gerufen wurden. Mir ging es nur darum, ein Leben zu retten.«

»Das ist nicht dumm. Das nennt man *Mitgefühl haben*. Aber, um fair zu sein, dein Job ist ein ganz anderer als ihrer. In ihrem Fall haben sie wahrscheinlich einige Leute wegen Dealerei verhaftet, nur um zu sehen, wie sie auf Kaution freigelassen wurden und am nächsten Tag zurück auf der Straße waren, um das Gleiche zu tun ... und einige dieser Überdosen zu verursachen. Das kann anstrengend sein.«

»Das ist mir klar. Aber du bist nicht so. Du hast zwar immer noch eine zynische Ader, aber du tust nicht so, als wäre jeder um dich herum eine wandelnde Katastrophe. Und du bist vielleicht übermäßig wachsam, aber in deinem Fall ist das aus irgendeinem Grund ... beruhigend. Zumindest für mich.«

»Weil du weißt, dass ich hinter dir stehe«, entgegnete Drew achselzuckend.

»Ja. Das ist etwas, das ich bisher noch nicht erlebt habe. Ist es seltsam, dass wir uns so schnell so nahegekommen sind?«

»Nein«, versicherte Drew ihr ohne jedes Zögern.

»Das hat mein Großvater auch gesagt. Weißt du übrigens, dass er mir empfohlen hat, mit dir zu schlafen?«, fragte sie ihn.

Drew schnaubte.

»Er hat mir auch gesagt, ich solle mir nicht allzu viel Zeit lassen«, sagte sie – und lachte dann. »Und ich verstehe erst *jetzt* den vollen Umfang seiner Worte.«

Drew wusste nicht genau, worauf sie mit diesem Gespräch hinauswollte, aber er konnte nicht verhindern, dass seine Finger sich fester um ihre Hüften schlossen.

»Ich will dich«, erklärte sie unverblümt. »Vielleicht ist es zu früh und die Leute könnten denken, wir würden es überstürzen, aber das ist mir egal. Ich möchte nur, dass du weißt, wo ich stehe, damit du, wenn du dich bereit fühlst, einen

Schritt machen kannst, anstatt zu versuchen, dich zurück-zuhalten.«

Ohne ein Wort zu sagen, drückte Drew eine Hand auf ihren Rücken und zog sie näher zu sich heran, während er die andere zu ihrem Nacken hinaufgleiten ließ. Er hielt sie fest, während er sich nach vorn beugte. Ihr Kopf war etwas höher als seiner, weil sie auf seinem Schoß saß, aber er zog sie einfach zu sich herunter. Sobald seine Lippen auf ihren waren, drückte er seine Zunge nach vorn.

Sie öffnete sich sofort für ihn und stöhnte tief in ihrer Kehle. Sie vergrub ihre Fingernägel in seiner Brust, während sie einander küssten. Sie hatten schon einmal miteinander geknutscht, auf diesem Sofa, aber das hier war anders. Sie hatten beide ein Ziel im Sinn ... und es hörte nicht auf, nachdem sie beide so erregt waren, dass sie kaum noch denken konnten.

Ohne seine Lippen von ihren zu lösen, rutschte Drew auf dem Sofa nach vorn und stand dann mit Caryn in seinen Armen auf. Sie verschränkte die Beine hinter seinem Rücken und schlang ihre Arme um seine Schultern. Sie fühlte sich leicht wie eine Feder, als er sie durch den Flur in sein Schlaf-zimmer trug.

Seit sie das letzte Mal in seinem Bett gelegen hatte, hatte Drew immer wieder an diesen Moment gedacht.

Er küsste sie weiter, beugte sich vor und legte sie auf seine Matratze, kroch auf das Bett nach oben und beugte sich über sie. Schließlich hob er den Kopf und schämte sich nicht im Geringsten dafür, wie schwer sein Atem ging. Er leckte sich über die Lippen und schmeckte sie dort. Die Limonade, die sie vorhin getrunken hatten, schien auf ihren Lippen noch süßer zu sein.

»Ich nehme an, du hältst es also nicht für verfrüht?«, fragte sie mit einem Grinsen.

»Nein«, entgegnete er. »Das wird sich jetzt verdammt kitschig anhören, aber das ist mir so was von egal – schon in dem Moment, in dem ich dich in diesem Krankenhaus in Roanoke zum ersten Mal gesehen habe, wusste ich, dass du mein Leben auf den Kopf stellen würdest. Und das hat mir Angst gemacht. Ich glaube, deshalb habe ich mich wie ein Idiot benommen.«

»Das hast du nicht«, versicherte sie ihm. »Aber *ich* war definitiv nicht in Bestform.«

»Und als du dazwischen gegangen bist und dem Mann im *Sunny Side Up* mit dem Heimlich-Manöver geholfen hast, wusste ich, dass es um mich geschehen war.«

»Drew«, flüsterte sie.

»Tu, was du willst, wann du es willst«, sagte er streng. »Egal was die anderen denken. Die können dir egal sein. Du bist unglaublich, Caryn. Und ich will dich. Ich will mich so tief in deinem Körper vergraben, dass ich nicht mehr weiß, wo ich aufhöre und du beginnst. Ich will dich beschützen, an deiner Seite stehen, wenn du glücklich bist, und hinter dir, wenn du es krachen lässt. Du brauchst mich nicht, nicht einmal ansatzweise ... aber ich hoffe, du *willst* mich.«

»Das tue ich. Gott, Drew, das tue ich wirklich. Du bringst mich dazu, eine bessere Frau sein zu wollen, und sei es nur, um mir das Recht zu verdienen, an *deiner* Seite zu stehen.«

Verdammt, wie sehr er diese Frau wollte. Und zwar sofort. »Du musst dir dieses Recht nicht verdienen, du hast es bereits«, brachte er heraus. Dann: »Wie schnell kannst du dich ausziehen?«

Sie grinste. »Schneller als du«, konterte sie und ihr Konkurrenzdenken kam zum Vorschein.

Ohne ein Wort zu sagen, ging Drew auf die Knie und zog sich das Hemd über den Kopf.

Danach waren sie ein Gewirr von Armen und Beinen, während sie ihr Bestes gaben, um sich schneller als der andere auszuziehen. Drew gewann, aber nur, weil er nicht so viel zum Ausziehen hatte.

Als sie so nackt war, wie Gott sie geschaffen hatte, und sich kaputtlachte, schaute Drew ehrfürchtig auf sie herab. Er konnte nicht glauben, dass sie hier war. Mit ihm zusammen. Der verbrauchte Polizist, der streberhafte Steuerberater. Er war sich bewusst, dass er nicht gut aussah, aber er hatte sich nie für solche Dinge interessiert. Als er auf die Frau unter ihm herabblickte, wusste er endlich, was *wahre* Schönheit war – innen und außen. Unter der harten Schale, die sie zur Selbsterhaltung aufgebaut hatte, war Caryn süß, sensibel und rücksichtsvoll.

Und was ihr Äußeres anging ... wow. Ihre wunderschönen vollen Brüste waren mit Nippeln versehen, die jetzt gerade hart waren und nach ihm riefen. Ihre Beine waren lang und durchtrainiert, ihre Oberschenkel muskulös und prall. Und ihr sauber getrimmtes Schamhaar ließ ihm das Wasser im Mund zusammenlaufen.

Ihr Lachen verstummte, als er mit seinen Händen an ihrem Körper hinunterfuhr. Von der Brust über den Bauch bis zu den Schenkeln. Dann ließ er sie wieder nach oben gleiten und genoss das Gefühl ihrer samtigen Haut unter seinen schwieligen Handflächen.

Sie lag jedoch nicht fügsam unter ihm. Während er sie mit seinem Blick und seinen Händen liebkoste, fuhr sie mit ihren eigenen Handflächen auf seiner Brust auf und ab, wobei ihre kurzen Fingernägel leicht kratzten. Als sie eine seiner Brustwarzen berührte, war es, als führe ein Blitz von seinem Brustkorb direkt zu seinem Schwanz.

Sein Schwanz pochte, und von der Spitze seines geschwollenen Schwanzes tropfte ein Lusttropfen und er war mehr als bereit, in sie einzudringen. Obwohl Drew ihre Erregung riechen konnte, war er nicht bereit, etwas zu überstürzen, was sie beide wollten. Er wollte sich Zeit nehmen, jeden Zentimeter ihres Körpers kennenlernen. Ihr geben, was sie verdient hatte. Beweisen, dass sie die schönste Frau der Welt war und dass jeder, der anders dachte, ihm mal den Buckel runterrutschen konnte.

Wenn er mit ihr fertig war, würde sie zweifelsfrei wissen, dass er sie genau so wollte, wie sie war.

Er beugte sich zu ihr hinunter und küsste sie noch einmal, aber dieses Mal langsam. Sinnlich. Erotisch. Er zeigte ihr mit seiner Zunge, was er mit ihrer Muschi vorhatte. Gleichzeitig griff er nach einer ihrer Brüste und knetete sie sanft. Sie wölbte den Rücken unter ihm und drängte sich in seine Berührung. Eines ihrer Knie beugte sich wie von allein nach oben und fiel dann nach außen, um ihm Platz zu machen, als er sich auf sie legte. Er spürte sofort, wie sie ihre Muschi an ihm rieb.

Sein Bauch krampfte sich zusammen und er spürte, wie ein weiterer Lusttropfen die Spitze seines Schwanzes verließ. Er war so kurz davor zu explodieren, aber er wollte unbedingt in ihr sein, wenn er schließlich zum Orgasmus kam. Plötzlich lehnte er sich hoch und sah an ihren Körpern hinunter. Ihr Innenschenkel glänzte von seinem Saft, und das war verdammt sexy.

Er bewegte sich ihren Körper hinunter, und Caryn spreizte eifrig die Beine, um ihm Platz zu schaffen. Drew war buchstäblich sprachlos beim Anblick von all dem schönen Rosa. Er wollte ihr sagen, wie viel ihm dieser Moment bedeutete. Wie sehr er sie bewunderte. Ihr schwören, dass er ihr nie wehtun würde. Aber die Worte wollten nicht kommen. Er konnte nur sein Gesicht zwischen ihren herrlichen Beinen vergraben.

Er atmete tief ein, bevor er durch ihre klatschnassen Schamlippen leckte.

Er war noch nie mit einer Frau zusammen gewesen, die so schnell so bereit für ihn war, und das machte ihn am meisten an. »Mmmmm«, brummte er, während er ihre Klitoris liebkoste.

»Mehr«, befahl Caryn, griff nach unten und packte seinen Kopf mit beiden Händen.

Drew lächelte und hatte kein Problem damit, ihrem Befehl zu folgen. Er legte seine Hände auf ihre Oberschenkel und schob sie noch weiter auseinander. Sie war jetzt weit gespreizt, ihre feuchten Schamlippen riefen nach ihm. Er konnte es kaum erwarten, seinen Schwanz in sie zu stecken, aber zuerst wollte er dafür sorgen, dass sie zum Orgasmus kam.

Das war etwas, das er noch nicht oft gemacht hatte. Seinen früheren Freundinnen hatten seine Hände und sein Schwanz gereicht, und ihm war nicht klar gewesen, worin der Reiz lag, die Muschi einer Frau zu lecken. Aber bei Caryn konnte er nicht genug bekommen. Von ihrem Geschmack. Ihrem Geruch. Ihr tiefes Keuchen und die Art, wie ihre Muskeln sich jedes Mal zusammenzogen, wenn er ihre Klitoris leckte. Früher hatte er vielleicht vor dieser Art von Intimität zurückgeschreckt, aber jetzt war er wie ausgehungert. Er könnte buchstäblich Stunden zwischen den Beinen dieser Frau verbringen.

Er konzentrierte sich auf ihre Klitoris, leckte, saugte und stimulierte das empfindliche Nervenbündel in gleichmäßigem Tempo. Als sie anfing, sich an ihm zu winden, wurde sein Schwanz fast schmerzhaft steif, und er konnte sich nur mit Mühe festhalten und seinen Mund auf ihrer Muschi behalten. Als ihre Schenkel zu zittern begannen, ließ er eines ihrer Beine los und schob einen Finger in ihre enge Muschi.

»Oh mein Gott, ja!«, stöhnte sie. »Mehr! Ich will dich in mir spüren. Jetzt sofort!«

Er wollte das auch. Mehr als sie sich vorstellen konnte. Aber bevor er sich das Vergnügen gönnte, war er entschlossen, sie zum Orgasmus zu bringen.

Er fügte dem ersten Finger einen weiteren hinzu und freute sich darüber, wie feucht und eng und heiß sie war. Sie würde seinen Schwanz fest umschließen, wenn er in sie eindrang – und er konnte es verdammt noch mal kaum erwarten.

Er schob seine Finger in ihren Körper hinein und zog sie wieder heraus, krümmte sie nur leicht und saugte heftig an ihrer Klitoris.

»Oh, verdammt ... Ja, genau da. Ich komme!«, schrie sie.

Sie brauchte es ihm nicht zu sagen. Er spürte, wie ihre Muschi seine Finger umschloss, während ihre Muskeln an seinem Mund bebten. Sie zuckte noch einmal nach oben, dann erstarrte sie an Ort und Stelle, als sie an seinen Fingern kam.

Es war das Erotischste, was Drew je erlebt hatte. Caryn war so sinnlich und entspannt in ihrer Sexualität, dass er dachte, er würde kommen, bevor er überhaupt in ihr war. Er hob den Kopf und sah zu, wie ihre Säfte aus ihr herausliefen, während er es ihr weiter sanft mit den Fingern besorgte.

Sie bebte jetzt, und als er mit seinem Daumen über ihre Klitoris strich, zuckte sie zusammen.

»Zu empfindlich«, stöhnte sie.

Drew wollte den Kopf senken und sie wieder zum Höhepunkt kommen lassen, aber es war ihm wichtiger, in sie einzudringen. Er wusste, dass es viele Männer antörnte, ihre Frauen zum Orgasmus zu bringen, aber er war nie der Typ dafür gewesen, er zog die gegenseitige Befriedigung vor. Jetzt verstand er. Die Macht, die er spürte, als er sah, wie Caryn explodierte, machte ihn süchtig. Er wollte sie wieder und wieder und wieder an seinem Mund und seinen Fingern explodieren sehen. Wollte sie völlig verrückt machen vor Lust. Wollte, dass sie so erschöpft war, dass sie kaum einen zusammenhängenden Satz bilden konnte ... gerade noch genügend Kraft hatte, um nach mehr zu verlangen.

Aber das würde bis zu einem anderen Tag warten müssen. Wenn er jetzt nicht in diese Frau eindrang, würde er es wohl nicht überleben.

Drew wanderte ihren Körper hinauf und griff nach einem Kondom in seinem Nachttisch. Schnell rollte er es über seinen pochenden Schwanz und griff nach dem Ansatz, wobei er versuchte, nicht gleich zu explodieren.

Caryn lag unter ihm, ein leichter Schweißschimmer bedeckte ihr Gesicht. Ihr blondes Haar klebte ihr an der Stirn und ihr Oberkörper war gerötet. Sie lächelte ihn an und streckte ihren langen, atemberaubenden Körper, sie nahm die Arme über ihren Kopf und wölbte den Rücken. Sie erinnerte ihn an eine zufriedene Katze.

Als er einen Moment innehielt, um den Anblick seiner Frau unter ihm zu genießen, sagte sie: »Worauf wartest du noch? Ich will dich, Drew. Jetzt sofort.«

Wie konnte er dieser Einladung widerstehen? Er konnte es nicht.

Er rutschte auf den Knien nach vorn und spreizte dabei ihre Beine weiter. Als wüsste sein Schwanz genau, wo er hinwollte, schob sich die pilzförmige Eichel zwischen ihre feuchten Falten.

Sie stöhnten beide auf. Caryn umklammerte seinen Bizeps fest, als er sich über sie beugte.

»Bist du bereit?«, fragte er, um sicherzugehen, dass sie beide das Gleiche wollten, wenn es darum ging, miteinander zu schlafen.

»Ja«, erwiderte sie fest und sah ihm in die Augen. »Besorg es mir, Drew. Bitte.«

Sie zitterte vor Verlangen und Drew bewegte seine Hüften, bevor er bewusst darüber nachgedacht hatte. Er ließ seinen Schwanz mit einem langen Stoß in sie hineingleiten und hörte nicht auf, bis er so tief wie möglich in ihr war.

Caryn atmete heftig ein, als Drew in sie eindrang. Sein Schwanz war dick. Der Mann war größer als jeder andere, mit dem sie bisher zusammen gewesen war. Einen Moment lang verkrampfte sie sich wegen eines leichten Schmerzes, aber als Drew ganz in ihr war, hielt er inne und gab ihr Zeit, sich an seine Größe zu gewöhnen.

»Verdammt«, murmelte er und ließ den Kopf sinken, als wöge er zu viel, um ihn noch zu halten.

Caryn spürte, wie ihre inneren Muskeln noch immer von dem Orgasmus, den er ihr beschert hatte, zuckten. Sie war schneller zum Höhepunkt gekommen, als sie es tat, wenn sie es sich selbst besorgte. Normalerweise ließ sie von sich ab, wenn sie kurz davor war, um die Lust zu verlängern, aber das war eindeutig nicht Drews Stil. Als ihre Beine zu zittern begannen, saugte er noch fester an ihrer Klitoris und brachte sie zum Explodieren. Sie war jetzt klatschnass, konnte ihre eigene Erregung an ihren Schenkeln und unter ihrem Hintern spüren. Aber sie konnte an nichts anderes *denken* als daran, wie gut sich Drews Schwanz in ihr anfühlte.

Er hob den Kopf, aber anstatt ihr in die Augen zu sehen, schien sein Blick auf die Stelle gerichtet zu sein, an der sie miteinander verbunden waren. Er schob sich näher heran, zog die Knie an und spreizte ihre Beine noch weiter, während er eine Hand unter ihren Hintern legte und sie anhob. Erstaunlicherweise schien er sogar noch tiefer in sie einzudringen.

»Drew«, flüsterte sie, nicht einmal sicher, was sie wollte. Dass er aufhörte? Dass er sich bewegte?

»Gott, das ist das Schönste, was ich je gesehen habe«, sagte er ehrfürchtig. »Mein Schwanz so tief in dir vergraben, deine Beine gespreizt, du nimmst mich ganz in dir auf.«

Caryn hob den Kopf und sah an ihren Körpern hinunter. Sein dunkles Haar bildete einen starken Kontrast zu ihrem blonden, und er hatte nicht unrecht. Es war wunderschön. Sie presste sich an ihn, und er stöhnte auf.

»Verdammt, Caryn, ich kann nicht … ich will …«

Ihm zuzuhören, wie er keine Worte fand, gab ihr ein wunderbares Gefühl von Macht. Er war zwar oben, aber sie liebte es zu wissen, dass sie ihn dazu bringen konnte, die Kontrolle zu verlieren. Sie spannte ihre Muschi erneut an, und als wäre ein Schalter umgelegt worden, begann er, sich zu bewegen.

Er zog sich zurück und stieß wieder in sie hinein – *heftig* – und hielt inne, als sie stöhnte.

»Caryn?«, fragte er.

»Ja, mehr! Bitte … *fester*.«

Mit ihrer Erlaubnis begann Drew, es ihr zu besorgen, als hinge sein Leben davon ab. Sie war so feucht, dass sein

Schwanz leicht in sie hinein- und wieder hinausglitt. Er stützte sich auf seinen Händen ab. Ein fast schmerzhafter Ausdruck glitt über sein Gesicht, als er seine Hüften bewegte und ihnen beiden eine Art von intensivem Vergnügen bereitete, das manche Menschen nie erfahren.

Caryn tat, was sie konnte, um zu helfen, hob ihre Hüften bei jedem seiner Stöße an und spannte ihre inneren Muskeln an, wenn er in ihrem Inneren an sie stieß. Er stöhnte jetzt, seine Atmung war heftig, aber Caryn hörte ihn kaum, sie stöhnte zu laut. Er fühlte sich unglaublich an. Ihr ganzer Körper prickelte, und jedes Mal, wenn seine Haut auf ihre klatschte, rieb sein Schambein über ihre Klitoris.

Ein zweiter Orgasmus war zum Greifen nahe, als er es ihr heftiger und schneller besorgte, seine Stöße gingen immer weiter und brachten sie vor Lust fast um den Verstand.

Als sie glaubte, keinen weiteren Augenblick des Verlangens mehr ertragen zu können, erhöhte er das Tempo noch mehr, seine Stöße wurden kurz und scharf. »Ich werde kommen«, keuchte er.

Sobald die Worte seinen Mund verlassen hatten, stieß er in sie und hielt still. Caryn konnte spüren, wie sein Schwanz zuckte, als er sich in sie ergoss. Er war so schön – und er gehörte ganz ihr.

Blitzschnell ließ sie ihre Hand zwischen ihnen beiden hinuntergleiten. Er war noch immer dabei, sich in sie zu ergießen, aber er holte tief Luft und ließ gerade genügend Platz, damit sie ihre Klitoris erreichen konnte. Sie begann, sie zu reiben, kräftig, wollte gemeinsam mit ihm zum Höhepunkt kommen.

»Gott, ja, besorgs dir, mein Schatz. Jetzt. Tu es!«

Sie hatte keine Ahnung, ob es sein Befehl war oder ob sie einfach nur so scharf war – wahrscheinlich eine Mischung aus beidem –, aber sie begann sofort zu kommen.

»Ja verdammt«, grunzte er, als sie mit ihrer Muschi seinen

Schwanz fest zusammendrückte und schließlich selbst zum Orgasmus kam.

Es war ein anderes Gefühl, mit seinem Schwanz in ihr zum Höhepunkt zu kommen. Sie war so voll, und obwohl sie ihn wie ein Schraubstock zusammenpresste, wippte er mit den Hüften und zwang seinen Schwanz, sich durch die Enge zu bewegen, was ihre Lust verlängerte.

»Du meine Güte«, hauchte sie, als sie sich von ihrem Orgasmus zu erholen begann.

Sie hatte schon Männer gehabt, die sofort nach dem Höhepunkt ihren Schwanz aus ihr herausgezogen hatten, Männer, die sich darüber beschwert hatten, dass sie sich mit einem Kondom herumschlagen mussten, die nach dem Sex auf sie fielen und ihr das Gefühl gaben zu ersticken. Ein oder zwei, die sie unbeholfen im Arm gehalten hatten, weil sie dachten, sie würde das erwarten.

Drew tat nichts von alledem. Er rollte herum und zog sie mit sich. Das überraschte Caryn, und sie stieß ein leises Kreischen aus. Sie landete an seiner verschwitzten Brust. Sein Schwanz war immer noch in ihr und er hielt sie genau dort, wo sie war, mit einer Hand auf ihrem Rücken und der anderen in ihrem Nacken. Sie liebte es, wenn er sie auf diese Weise hielt.

Als sie so dalagen und versuchten, wieder zu Atem zu kommen, glitt sein Schwanz langsam aus ihr heraus. Caryn zuckte bei diesem Gefühl zusammen.

Drew musste ihre Reaktion auf seiner nackten Haut gespürt haben, denn er lachte. »Mir geht es genauso«, versicherte er ihr leise.

Als er sich nicht bewegte, um aufzustehen, und sie nicht losließ, sagte Caryn vorsichtig: »Solltest du dich nicht darum kümmern?«

»Das werde ich. Gleich. Ich genieße diesen Moment zu sehr, um mich zu bewegen.«

»Das Kondom wird auslaufen«, fühlte sie sich gezwungen zu sagen.

Er lachte erneut, und sie konnte das Geräusch in ihrem ganzen Körper spüren. »Das ist mir völlig egal.«

»Du wirst vielleicht auf der nassen Seite schlafen müssen«, erklärte sie und lachte selbst ebenfalls.

»Das ist mir wirklich völlig egal«, versicherte er ihr.

Caryn lächelte ihn an.

Ein paar Minuten vergingen schweigend, aber es fühlte sich nicht im Geringsten unangenehm an. Dann bewegte er die Hand, die er in ihren Nacken gelegt hatte, um ihre Wange in seiner großen Handfläche zu halten.

Caryn hob den Kopf, damit sie ihm in die Augen sehen konnte.

»Das war ... wunderschön«, sagte er zu ihr. »Und ich weiß, dass ich ein Mann bin und wir nicht so rührselig sein sollen, aber im Ernst, so habe ich mich noch nie in meinem Leben gefühlt.«

Seine Worte bohrten sich in ihre Seele, und Caryn war zum Weinen zumute.

»Ich werde alles tun, was ich kann, damit das mit uns funktioniert«, erklärte er leise. »Ich habe keine gute Erfolgsbilanz, wenn es um Freundinnen geht, aber ich *will*, dass es funktioniert. Ich will es mehr, als ich jemals etwas in meinem Leben gewollt habe. Wenn ich Mist baue, sag es mir. Hab keine Angst, mir zu sagen, wenn ich zu viel arbeite. Wenn ich dich erdrücke, lass mich das auch wissen. Ich kann nicht versprechen, dass ich nie etwas vermasseln werde, aber ich schwöre, ich werde mein Bestes tun, um alles wieder in Ordnung zu bringen, was ich getan habe, um dich zu verärgern.«

Die Tränen, die Caryn versucht hatte zurückzuhalten, traten mit aller Macht hervor. »Ich erwarte nicht, dass du perfekt bist«, sagte sie zu ihm, während eine Träne von ihrer Wange auf seine Brust tropfte. »Ich brauche nur dich.«

»Du hast mich«, beruhigte er sie. »Ich habe nie verstanden, warum Rocky, Ethan und Zeke so schnell von ihren Frauen besessen waren. Jetzt verstehe ich es.«

»Okay, du musst aufhören, so nett zu sein«, beschwerte sich Caryn und schloss die Augen.

»Niemals«, flüsterte er.

Sie spürte seine Lippen auf ihrer Wange, wie er ihr die Tränen wegküsste. »Jetzt hör auf zu weinen und setz dich auf.«

Überrascht von diesem Befehl atmete Caryn tief ein und tat, was er verlangte.

Sie spreizte die Beine, setzte sich auf ihn und stützte sich auf seiner Brust ab.

»Verflucht, Mädchen. Du bist so verdammt schön«, erklärte er ehrfürchtig, während er den Blick an ihrem Körper auf und ab wandern ließ.

Zum ersten Mal seit einer Ewigkeit, vielleicht zum allerersten Mal überhaupt, *fühlte* Caryn sich schön.

Drew berührte eine ihrer Brüste. Sie fühle, wie sich ihre Brustwarze bei seiner Berührung verhärtete, während sie gleichzeitig das Zucken seines Schwanzes unter ihr spürte.

»Du bist auf keinen Fall schon wieder so weit«, bemerkte sie überrascht.

Er zuckte mit den Schultern. »Ich bin nicht mehr in meinen Zwanzigern, aber du bist definitiv ein Anreiz. Geh ein bisschen hoch«, befahl er und drückte ihre Hüfte.

Sie erhob sich auf ihre Knie. Er ließ seine Hände zu seinem Schwanz gleiten und sie sah zu, wie er das benutzte Kondom abzog. Sein Schwanz glänzte von seinem Sperma. Er machte einen Knoten in das Kondom und wickelte es in ein Taschentuch, dann griff er nach dem Tisch neben seinem Bett und nahm ein zweites, schob es über seine Erektion und lächelte sie träge an. »Jetzt bist du dran, es *mir* zu besorgen«, erklärte er.

Caryn grinste. Sie hatte so kurz nach dem ersten Mal noch nie ein zweites Mal Sex gehabt, aber sie war bereit, es zu versuchen, wenn er es wollte. Und sie konnte nicht leugnen, dass es seinen Reiz hatte, oben zu sein.

Sie griff nach unten und nahm seinen Schwanz in die Hand, wobei sie das Stöhnen genoss, das seiner Kehle bei ihrer

Berührung entwich. Sie lehnte sich ein wenig zurück und schob ihn zwischen ihre Schamlippen. Sie war immer noch feucht und hatte kein Problem, ihn in einem langen Zug bis zum Ansatz in sich aufzunehmen.

Als er wieder ganz in ihr war, schaute sie an sich herunter und verstand, warum er sie vorhin so gern angesehen hatte. »Wir *sind* wunderschön«, sagte sie leise.

»Fang an, dich zu bewegen, Caryn«, befahl er.

»Ich dachte, Männer halten es beim zweiten Mal länger aus«, neckte sie ihn.

Er griff nach unten und begann, mit seinem Daumen ihre Klitoris zu streicheln, und sie stieß einen kleinen Schrei aus. Sie war empfindlich – *sehr* empfindlich.

»Besorg es mir«, befahl er.

Caryn hatte kein Problem, dies zu tun. Zuerst ritt sie ihn langsam, dann schneller und heftiger. Es machte Spaß, mit Drew zu schlafen. Es war leicht. Sexy. Aufregend. Intim. Und sie fühlte sich nicht im Geringsten befangen.

Als ihr dritter Orgasmus an diesem Abend kam, konnte sie nicht verhindern, dass sie seinen Namen schrie, so wie er ihren schrie, als er erneut den Höhepunkt erreichte.

Dieses Mal, nachdem sie beide wieder zu Atem gekommen waren, legte Drew eine Hand in ihr Haar und küsste sie intensiv. Es fühlte sich noch intimer an, nachdem sie miteinander geschlafen hatten. Noch bedeutungsvoller. Als wäre es ein Versprechen.

Schließlich rollte er sie auf die Seite, küsste sie auf die Stirn und stieg aus dem Bett. Er ging ins Bad und Caryn konnte nur mit Mühe die Augen offen halten. Sie zuckte überrascht zusammen, als die Matratze sich senkte, als er zurückkam.

»Ganz ruhig, Schatz, ich bin's«, sagte er leise. Drew löschte alle Lichter und zog sie sofort an seine Seite. Sie rochen nach Sex. Die Bettwäsche, ihre Haut, die Luft. Und das war anregend und beruhigend zugleich. Drew strich ihr mit der Hand über den Rücken, während er sie an seine Brust drückte. Auf diese

Weise hatten sie noch nie geschlafen. Normalerweise lag er immer in Löffelchenstellung hinter ihr. Aber sie mochte es. Sehr sogar.

»Ich habe es ernst gemeint«, erklärte er ihr nach einem Moment. »Ich werde alles tun, was in meiner Macht steht, um es nicht zu vermasseln. Ich will dich in meinem Leben haben, Caryn. Verdammt, ich *brauche* dich in meinem Leben. Ich weiß, dass du mich nicht brauchst, aber ich werde alles tun, was ich kann, um dir zu beweisen, dass du mir vertrauen kannst, dass du dich auf mich verlassen kannst und dass ich immer für dich da sein werde.«

Sie wusste es zu schätzen, dass er versuchte, ihre Sorgen zu zerstreuen, aber erstaunlicherweise hatte sie nicht viele. Drew war ein guter Mann. Ihm ging es nicht um Prestige, es war ihm egal, dass sie vielleicht mehr wusste als er, wenn es um Brandbekämpfung und medizinische Notfälle ging, er war kein Macho-Trottel. »Du kannst mir auch vertrauen«, entgegnete sie. »Und ich will genauso sehr, dass es funktioniert.«

»Dann wird es das auch«, sagte er schlicht. »Schlaf schön.«

»Ich muss Art Bescheid sagen, dass ich heute Abend nicht nach Hause komme«, murmelte sie und spürte, wie die Verlockungen des Schlafes sie in ihren Bann zogen.

»Ich rufe ihn gleich an«, versicherte er ihr.

Sie hatte ein schlechtes Gewissen, dass er aufstehen und etwas tun musste, was sie selbst hätte tun sollen, aber sie war zu bequem und zu zufrieden, um sich darum zu kümmern. »Danke.«

Sie spürte seine Lippen an ihrer Schläfe, doch dann war sie auch schon eingeschlafen.

KAPITEL ACHTZEHN

Die folgende Woche war eine der besten in Caryns Leben. Ihr Großvater wurde von Tag zu Tag kräftiger und war so ziemlich wieder der Alte. Sie war praktisch bei Drew eingezogen und schlief die meisten Nächte bei ihm, und sie musste zugeben, dass es unglaublich einfach war, mit ihm zusammen zu sein.

Er ließ ihr Freiraum, um ihr eigenes Ding zu machen, und im Gegenzug tat sie das Gleiche und verstand, dass auch er jeden Nachmittag ein paar Stunden brauchte, um die Investitionen seiner Kunden zu überprüfen. Sie war weder Paul noch seinen Freunden begegnet, was für Caryn okay war. Wenn sie sie nie wiedersehen und sich daran erinnern musste, was für eine Närrin sie gewesen war, war das für sie in Ordnung.

Sie verbrachte viel Zeit mit Bristol, Elsie und Lilly. Manchmal trafen sie sich in Finleys Bäckerei oder sie holten sich einen Kaffee im *Grinders*, um ein wenig Abwechslung zu haben. Eines Nachmittags half Caryn Bristol und Rocky, ihre Werkstatt in der Scheune einzurichten. Es war ein echtes Aha-Erlebnis, zu sehen, was alles zur Herstellung von Glasmalerei nötig ist.

Die Schule hatte in der Woche zuvor begonnen und Caryn

bot an, Tony in dieser Woche jeden Tag abzuholen und ihn in die Bibliothek zu fahren oder einfach nur Zeit mit ihm zu verbringen, wenn er das wollte. An einem Tag hatten sie stundenlang im *Caboose Park* gespielt, und an einem anderen Tag, als er sie angefleht hatte, ihm etwas von ihrer Arbeit als Feuerwehrfrau zu zeigen, hatte sie ihn zu Brocks Werkstatt gebracht und mit ihm den Hindernisparcours durchlaufen ... ohne sich am Ende gegenseitig zu tragen. Aber sie hatte einen großen Sack gefunden und ihn mit Erde gefüllt, damit er ihn herumschleppen konnte.

Alles in allem war Caryn so glücklich wie noch nie. Sie musste immer noch irgendwann nach New York zurückkehren und aus ihrer Wohnung ausziehen, aber sie hatte es nicht wirklich eilig, das zu erledigen. Sie hatte ihre Miete für sechs Monate bezahlt, bevor sie abgereist war, weil sie nicht gewusst hatte, wie lange sie bei Art bleiben musste, während er sich erholte.

Ihr Chef in New York klang nicht sonderlich verärgert, als sie ihn angerufen hatte, um ihm mitzuteilen, dass sie kündigen würde. Einen Moment lang schmerzte es sie, dass sie so leicht zu ersetzen war, aber sie versuchte, es zu verdrängen. Sie wollte mit ihrem Leben weitermachen.

Sie und Drew trainierten auch weiterhin jeden Morgen. Meistens nahm er sie mit in den Wald, um ihr mehr über das Suchen und Bergen beizubringen, und Caryn saugte jedes Detail des Wissens auf, das er mit ihr teilte.

Und die Nächte waren das Sahnehäubchen auf dem Kuchen, den ihr Leben im Moment darstellte. Sie liebte es, in Drews Armen zu schlafen, nachdem sie miteinander geschlafen hatten. Er konnte entweder zärtlich oder fordernd sein, und es war aufregend, nicht zu wissen, welchen Mann sie an dem entsprechenden Abend bekommen würde. Seine offensichtliche Freude am Sex und seine Zuneigung zu ihr ließen alle Hemmungen und Vorbehalte, die sie vielleicht hatte, verschwinden. Mit ihm konnte sie im Bett alles tun oder sagen, ohne sich Gedanken darüber machen zu müssen, was er von ihr denken würde.

Ein Teil von Caryn wartete darauf, dass etwas Negatives geschah. Darauf, dass etwas passierte, das ihre kleine, heile Welt ins Wanken brachte. Nichts konnte für lange Zeit so perfekt sein. Aber sie versuchte, diesen negativen Gedanken nicht zu viel Platz in ihrem Kopf einnehmen zu lassen.

Sie war heute Nachmittag mit Lilly zu einem späten Mittagessen verabredet. Ihre Freundin traf sich mit einer neuen Kundin bei ihr zu Hause, um Fotos vom Hund der Frau zu machen. Caryn hatte Lilly gehänselt, weil sie den Job angenommen hatte, aber sie hatte nur gelacht und gesagt, Geld sei Geld. Dann fügte sie hinzu, dass Hunde manchmal einfachere Motive seien als Menschen.

Caryn ging zuerst zu Art nach Hause, um ihm Mittagessen zu machen. Er hatte damit begonnen, seinen Platz vor dem Postamt so lange zu verlassen, dass er nach Hause kommen, zu Mittag essen und ein kurzes Nickerchen machen konnte, bevor er sich nachmittags wieder mit seinen Freunden an ihrem üblichen Platz traf. Er hatte sein Sandwich aufgegessen und war gerade in sein Zimmer gegangen, um sich eine Stunde lang auszuruhen, als Caryns Handy klingelte.

Sie hatte Drew zu Hause gelassen, um zu arbeiten, und freute sich, als sie seinen Namen auf dem Display sah.

»Hi. Vermisst du mich schon?«, neckte sie ihn.

»Es gibt einen Brand«, erklärte Drew ohne Vorrede.

Und schon war Caryns gute Stimmung verflogen. »Was? Wo?«

»Im Haus der Conleys.«

Sie erstarrte. Das war der Nachname der Frau, die Lilly an diesem Morgen beauftragt hatte, Fotos von ihrem Yorkshire Terrier zu machen. »*Was?*«

»Ich bin jetzt auf dem Weg dorthin. Rocky hat angerufen, er und Ethan sind auch auf dem Weg. Wir machen uns Sorgen um Lilly.«

Caryn war schon unterwegs, bevor er zu Ende gesprochen hatte. »Wir sehen uns dort.«

»Pass auf dich auf.« Dann legte er auf.

Caryn verschwendete keine Zeit. Sie weckte ihren Großvater nicht, um ihm zu sagen, was vor sich ging. Er würde sauer auf sie sein – schließlich handelte es sich hier um eine optimale Gelegenheit für Klatsch und Tratsch –, aber sie musste Lilly zu Hilfe kommen. Sie musste sich persönlich davon überzeugen, dass es ihr gut ging.

Sie wusste, wo das Haus der Conleys lag, weil Drew es ihr auf dem Rückweg von einer Wanderung irgendwann mal gezeigt hatte. Es lag ein paar Kilometer außerhalb der Stadt am Ende einer langen Schotterauffahrt. Sie fuhr viel zu schnell und sah den Rauch über den Baumkronen aufsteigen, lange bevor sie das Haus erreicht hatte.

Ihr Magen krampfte sich vor Sorge zusammen, als sie zu scharf in die Einfahrt einbog und ihre Reifen durchdrehten, während hinter ihr Kies aufwirbelte.

Als sie anhielt und sah, wie Rauch und Flammen aus einem Fenster in der ersten Etage auf der rechten Vorderseite des Hauses schlugen, schaltete sie sofort in den Feuerwehrmodus, um sich ein Bild von der Lage zu machen.

Sie stellte ihren Wagen in die Parkposition, nachdem sie sich vergewissert hatte, dass er anderen Einsatzfahrzeugen nicht im Weg war, und eilte in Richtung des Vorgartens. Sie runzelte die Stirn über das Chaos um sie herum und brauchte einen Moment, um zu begreifen, was hier vor sich ging.

Bei der Feuerwehr von Fallport herrschte völlige Verwirrung. Zwei Mitglieder schrien Ethan an, er solle sich zurückhalten, während Rocky, Tal und Drew ihr Bestes taten, um ihn davon abzuhalten, ins Haus zu laufen. Eine Frau stand mit einem Yorkshire Terrier auf dem Arm am Rand und weinte hysterisch, und eine Gruppe von Schaulustigen schrie die Feuerwehrleute an.

Paul stand an der Seite wie ein König, der über seine Untertanen wacht. Ab und zu hob er ein Funkgerät an seine Lippen und sagte etwas. Caryn konnte nur vermuten, dass er als Einsatzleiter fungierte. Aber es schien, als wären die Feuerwehrleute gerade erst eingetroffen, was seltsam war, da sie vor Drew benachrichtigt worden sein mussten.

Drei Männer mühten sich ab, ihre Schutzkleidung anzuziehen, und noch hatte niemand eine Löschleitung gelegt. Und das würde noch ein wenig dauern, denn der Schlauch musste erst ausgelegt werden, damit er nicht abknickte, sobald das Wasser eingeschaltet wurde. Einer der Feuerwehrleute rief jemandem zu, wo denn der Hydrant sei.

Es war das reinste Chaos – und die Feuerwehrfrau in Caryn zuckte entsetzt zusammen. Sie hatten alles falsch gemacht. Es war eine Katastrophe und eine Schande. Die Männer taten so, als wäre dies ihr erster Brand überhaupt, und sie hatten keine Ahnung, was sie zuerst tun sollten. Niemand schien das Kommando zu haben und niemand gab Anweisungen. Bei allen Bränden, bei denen sie gearbeitet hatte, hatte Caryn genau gewusst, was ihre Rolle war, und sie hatte es ohne Fragen oder Zögern getan.

Sie lenkte die Aufmerksamkeit von der Inkompetenz der Feuerwehrleute ab, als einige der umstehenden Leute noch lauter zu schreien begannen. Sie drehte sich zu dem Haus um und erkannte, weswegen sie schrien.

Lilly.

Sie war immer noch da drinnen.

Jeder Muskel in Caryns Körper spannte sich an. Nein! Nicht Lilly!

Sie blickte von Ethan und seinen Freunden zurück zu den Feuerwehrautos, dann zum Haus. Alles, was sie über Feuer und die Wissenschaft dahinter gelernt hatte, ging ihr durch den Kopf, als sie das Gebäude untersuchte. Nach dem zu urteilen, was sie aus den Rufen und Hinweisen der Umstehenden herausgehört hatte, befand Lilly sich im ersten Stock in der linken hinteren Ecke – weit weg von der Stelle, an der die

Flammen aus dem Fenster auf der gegenüberliegenden Seite des Hauses schossen. Es würde keine einfache Rettung werden, aber es war noch Zeit, wenn die Feuerwehrleute jetzt zu löschen anfingen.

Sie ging auf Oscar zu, der sein Bestes tat, um den schweren Schlauch von der Ladefläche des Lastwagens zu ziehen und ihn vorzubereiten. Sie wollte ihn gerade auffordern, seinen Hintern in Bewegung zu setzen, als sie hörte, wie Paul eine der Personen, die ihm in die Quere kamen, anschrie, dass es zu spät sei. Dass sie nicht in das Haus gehen könnten. Dass alte Häuser viel schneller brannten als neuere.

Sie blinzelte schockiert. Dann verwandelte sich ihr Schock innerhalb eines Sekundenbruchteils in Wut.

Es war noch nicht zu spät. Nicht einmal annähernd. Nicht, wenn sie ihre gottverdammten Hintern in Bewegung setzten.

Ethan, der Pauls Entscheidung eindeutig gehört hatte, brüllte los, und Raiden und Zeke mussten schnell ihre Kräfte einsetzen, um ihn zurückzuhalten. Alle seine Freunde hatten ihn jetzt auf dem Boden, und die Geräusche, die von ihm kamen, würden Caryn in ihren Albträumen heimsuchen. Der Schmerz und die Qualen waren unüberhörbar und drangen ihr tief in die Seele.

Sie änderte den Kurs und ging auf das nächste Feuerwehrauto zu, anstatt auf Oscar zuzugehen. Niemand schenkte ihr Beachtung, als sie sich eine Sauerstoffflasche aus dem Wagen holte. Sie konnte nur beten, dass sie voll war. Sie würde es dieser unfähigen Feuerwehr durchaus zutrauen, dass sie leere Sauerstoffflaschen mit sich herumschleppte. Ohne zu zögern, zog sie sich die Flasche auf den Rücken und schnallte sich die Gesichtsmaske um. Sie hatte das schon Tausende Male getan. Es fühlte sich so natürlich an wie das Atmen.

Sie machte sich nicht einmal die Mühe, es heimlich zu tun, und wusste, dass sie in Jeans und T-Shirt und mit dem Atemschutzgerät wahrscheinlich seltsam aussah, aber das war ihr egal, und so ging sie auf die linke Seite des Hauses zu, bis zur Ecke hinten links, wo die Umstehenden Lilly gesehen hatten.

Das war gefährlich, aber sie hatte absolutes Vertrauen in ihre Fähigkeiten als Feuerwehrfrau. Andere waren vielleicht anderer Meinung, aber das war ihr egal. Sie würde tun, was in ihrer Macht stand, und sich später den Konsequenzen stellen.

Niemand hielt sie auf, als sie um das Haus eilte. Es musste eine Hintertür geben. Als sie sich dem brennenden Gebäude näherte, wurde es ruhig um Caryn. Sie glaubte, ihren Namen zu hören, aber ihre ganze Aufmerksamkeit galt der bevorstehenden Aufgabe.

Sie sollte das Gebäude eigentlich nicht allein betreten. Das war eines der ersten Dinge, die ihr auf der Akademie eingebläut worden waren, aber sie wartete nicht darauf, sich mit einem Feuerwehrhauptmann zu streiten, der bereits aufgegeben hatte. Sie musste zu Lilly.

Caryn stieß die Hintertür auf und trat in eine Küche. Die untere Etage füllte sich gerade mit schwarzem Rauch und sie erschauderte bei dem Gedanken, wie die Luft im oberen Stockwerk sein musste. Sie verdrängte den Gedanken aus ihrem Kopf und schaltete auf Feuerwehrmodus. Caryn machte sich auf den Weg in den Hauptteil des Hauses, wo sich wahrscheinlich die Treppe befand. Noch musste sie nicht kriechen, aber es würde nicht mehr lange dauern, bis es zu heiß und voller Rauch war, sodass sie auf Händen und Knien würde weiterkriechen müssen.

Sie fand die Treppe, aber ein Blick genügte, um zu wissen, dass sie sie nicht betreten konnte. Die Flammen leckten bereits am oberen Ende der Treppe. Dann ging ihr etwas durch den Kopf, das sie bei ihrem Rundgang durch das Haus gesehen hatte. Sie drehte sich um und ging auf den Flur zu, der von der Küche wegführte.

Ja! Es gab eine Hintertreppe. Viele alte Häuser hatten sie, Gott sei Dank. Sie bewegte sich zielstrebig, ohne zu laufen, und zählte die Stufen, während sie nach oben stieg. Hier oben war es viel heißer und Caryn spürte, wie ihr die Haare auf den Armen brannten. Sie ließ sich sofort auf Hände und Knie fallen. Sie hatte schon immer einen ausgezeichneten Orientierungssinn gehabt und steuerte zielsicher auf die hintere linke Ecke des Hauses zu, wo Lilly sein sollte.

Die Türen im Flur waren alle offen, bis auf eine.

Caryn betete intensiver, als sie es jemals zuvor in einer Notsituation getan hatte, und stieß die Tür auf. Die Luft in dem Raum war nicht so rauchig, und sie schlug die Tür sofort hinter sich zu, als sie drinnen war.

Sie entdeckte eine Gestalt, die mit dem Gesicht zur Wand unter dem Fenster saß. Caryn stand auf, eilte hinüber und sah, dass es tatsächlich Lilly war. Sie war bewusstlos, ein Schal um ihr Gesicht gebunden, mit der Hand hielt sie sich noch immer am Fensterbrett fest. Sie hatte alles richtig gemacht, war an Ort und Stelle geblieben, in der Nähe der Stelle, an der eine Rettung möglich war, hatte das Fenster geschlossen gehalten und sich Nase und Mund verbunden.

Wut überkam Caryn bei dem Gedanken, dass Paul den Leuten einfach gesagt hatte, dass sie nichts tun könnten, um sie zu retten. Dankbar für ihre Stärke – und für die Tatsache, dass ihre früheren Kollegen ihr in der Ausbildung immer die schwersten Dummys zum Schleppen gegeben hatten – atmete Caryn tief durch und griff nach Lilly.

Ihr Instinkt sagte ihr, dass selbst ein paar zusätzliche Sekunden, um nach Verletzungen zu suchen oder zu versuchen, Lilly zu wecken, für sie beide tödlich enden könnten. Ihr Adrenalinspiegel schoss in die Höhe. Mit Leichtigkeit hob sie ihre Freundin hoch und legte sie sich über die Schulter. Sofort drehte sie sich um und ging auf die Tür zu. Sie hätte das Fenster öffnen und um Hilfe rufen können, aber sie hatte keine Ahnung, wie lange es dauern würde, bis sie gerettet werden würden – oder ob Paul es überhaupt versuchen würde. Und Lilly brauchte Sauerstoff. Und zwar sofort.

Sie öffnete die Tür und die Hitze ließ sie sofort wieder in die Knie gehen.

Es war zu heiß. Sie war zu spät.

Wut und Frustration stiegen in Caryn auf. Nein. Auf keinen Fall. Sie würde hier nicht sterben, und Lilly auch nicht.

Mit dem Klang von Ethans Qualen in ihrem Kopf kroch Caryn auf ihren Knien so schnell sie konnte zur Hintertreppe.

Sie setzte sich auf ihren Hintern und rutschte die ersten paar Stufen hinunter. Es dauerte genau vier Sekunden, bis die Hitze wie durch ein Wunder nachließ. Caryn stand auf und stürmte die restlichen Stufen praktisch hinunter. Lilly bewegte sich nicht auf ihrer Schulter, was sie beunruhigte. Als die Küche in ihr Blickfeld kam, war das ein willkommener Anblick, und sie spürte, wie die Temperatur sank, als sie nach draußen an die frische Luft trat.

Es war fast unwirklich, dass auf der Rückseite des Hauses niemand stand. Sie hörte weitere Schreie von der Vorderseite, aber sie ignorierte sie. Sie erinnerte sich an einen Krankenwagen, der gerade eingetroffen war, als sie das Beatmungsgerät angelegt hatte, und genau dorthin wollte sie.

In dem Moment, in dem sie um die Ecke des Hauses kam, entdeckte Ethan sie.

»Lasst mich los! Sie hat Lilly!«

Die Blicke aller Anwesenden auf dem Grundstück richteten sich auf sie, aber Caryn änderte ihren Kurs nicht.

Ethan stürmte herbei, und einen Moment lang dachte sie, er würde ihr Lilly aus den Armen reißen. Sie schob die Gesichtsmaske weg und sagte: »Krankenwagen!« Ihre Stimme war fest, auch wenn sie als verspätete Reaktion zu zittern begann.

Ethan nickte, seine Lippen zu einer grimmigen Linie zusammengepresst, und ging schnell neben ihr her, eine Hand auf dem Rücken seiner Verlobten.

»Hey! Wir haben sie gefunden!«, rief Tal den Sanitätern zu.

»Holt den Sauerstoff!«, fügte Brock hinzu.

Dann ertönte eine weitere Stimme in der Nähe …

»Was zum Teufel? *Stopp!* Wo wollt ihr hin? Ihr könnt nicht einfach unsere verdammten Atemschutzgeräte klauen!«

Paul. Das war ja klar, dass er sich darüber beschwerte, dass sie tat, was er sich geweigert hatte zu tun.

Als hätten sie es geplant, schlossen sich plötzlich sechs sehr verärgerte Mitglieder des Such- und Bergungsteams um Caryn, Lilly und Ethan. Sie bildeten einen engen Kreis und hielten Paul – und jeden anderen, der es wagen könnte, sie aufzuhalten – davon ab, sich ihnen zu nähern.

Caryn konnte den Feuerwehrhauptmann noch immer schimpfen hören, aber ihre ganze Aufmerksamkeit galt dem hinteren Teil des Krankenwagens. »Legen Sie sie hier hin«, sagte jemand, aber Caryn ignorierte ihn. Sie wollte Lilly nirgendwo anders hinlegen als in den hinteren Teil des Krankenwagens.

Sie spürte eine Hand an ihrem Ellbogen, dann zwei an ihrer Taille, als sie in den hinteren Teil des Wagens stieg. Mit Ethans Hilfe ließ sie Lilly auf die Trage hinunter, dann ergriff sie seinen Arm und zog ihn an das Ende der Trage, während die Sanitäter begannen, sie zu untersuchen.

»Sie kommt wieder in Ordnung«, sagte sie und versuchte, mit ihren Worten nicht nur Ethan, sondern auch sich selbst zu beruhigen.

»Verdammt!«, bemerkte Ethan und sein Blick hing an der Frau auf der Trage, die ziemlich mitgenommen aussah. Lilly hatte schwarze Flecke um Mund und Nase, als einer der Sanitäter das Tuch um ihr Gesicht entfernte.

»Das ist normal«, versicherte sie Ethan. Sie hörte Schreie hinter sich und drehte sich um, um Zeke, Rocky, Brock, Tal und Raid zu sehen, die eine Barriere zwischen ihnen und einer Art von Tumult bildeten. Sie sah Drew nicht, glaubte aber, seine Stimme zu hören. Sie wandte die Aufmerksamkeit wieder Lilly zu und griff nach Ethans Hand.

Es dauerte wahrscheinlich nur dreißig Sekunden oder so,

während der sie alle dastanden und den Atem anhielten, aber endlich, *endlich* hustete Lilly.

Caryn seufzte erleichtert auf. Ihre Freundin würde wieder gesund werden. Sie wusste es.

Lilly hustete weiter, auch als man ihr eine Sauerstoffmaske aufs Gesicht setzte. Ethan hielt es nicht mehr aus und kniete sich zu Lillys Füßen hin. Er legte eine Hand auf ihr nacktes Bein und sagte ihr, dass er da sei. Dass sie wieder in Ordnung kommen würde. Dass sie ruhig und langsam atmen solle. Er sprach immer wieder leise beruhigende Worte, und als Lilly die Augen öffnete und ihn sah, schien sie sich zu entspannen.

»Bitte treten Sie zurück«, sagte einer der Sanitäter zu Caryn und wies auf die offenen Türen des Krankenwagens.

Sie nickte und trat einen Schritt zurück. Es sah so aus, als würden sie Ethan nicht bitten zu gehen, was ein kluger Schachzug von ihnen war. Er würde auf keinen Fall von Lillys Seite weichen. Nicht, nachdem er sie fast verloren hätte.

Caryn wusste, dass es knapp gewesen war. Wäre sie noch später gekommen, wäre der Ausgang vielleicht nicht so positiv gewesen. Sie war immer noch wütend auf Paul und seine Weigerung, auch nur zu *versuchen*, Lilly zu retten, aber plötzlich schien die Erschöpfung sie zu überwältigen.

Sie spürte Hände, die ihr beim Aussteigen aus dem Krankenwagen halfen, dann wurde sie in eine vertraute Umarmung gezogen. Mit den Händen klammerte Caryn sich an die Vorderseite von Drews Hemd, als wollte sie es nie wieder loslassen. Jemand griff nach der Sauerstoffflasche auf ihrem Rücken, und sie musste Drew lange genug loslassen, um sie abzustreifen, aber als sie sie abgelegt hatte, umklammerte sie ihn erneut.

»Nehmt sie fest!«, brüllte Paul von irgendwo hinter Drew.

»Wenn du nicht die Klappe hältst und dich unter Kontrolle bringst, werde ich *dich* verhaften!« Sie erkannte die Stimme des Polizeichefs. »Warum gehst du nicht an deine verdammte Arbeit zurück – nämlich dieses Feuer zu löschen – und überlässt sie mir«, knurrte Simon.

»Sie hat das Schutzgerät gestohlen! Sie hatte kein Recht dazu! Sie hat alle in Gefahr gebracht!«

Das war's. Caryn hatte genug gehört. Doch bevor sie ein Wort sagen konnte, trat Simon dem anderen Mann gegenüber.

»So wie ich das sehe, ist sie eine Heldin. Sie hat Lilly gerettet, als du dich geweigert hast, es überhaupt zu versuchen.«

»Es war zu gefährlich!«, schrie Paul auf.

Es war unfassbar, dass er jetzt hier so herumstritt, wo doch hinter ihm buchstäblich ein Haus brannte.

»Du hast zwei Sekunden, um dich umzudrehen und zu versuchen, das zu retten, was vom Haus der Conleys übrig ist, bevor ich dir Handschellen anlege und dich auf die Wache schleppe«, drohte Simon.

»Die Sache ist noch nicht vorbei«, entgegnete Paul und zeigte mit dem Finger auf Caryn.

Sie verdrehte die Augen, brachte aber ansonsten nicht die Kraft auf, sich weiter darum zu kümmern.

Der Feuerwehrhauptmann drehte sich um und schlenderte zurück zu seinem Trupp, der gerade dabei war, die Schläuche aufzuladen und Wasser auf das Haus zu spritzen.

Caryn vergrub ihr Gesicht an Drews Nacken.

»Ist sie verletzt?«

»Ich habe etwas Wasser geholt.«

»Hier ist ein Handtuch.«

»Schaff sie von hier weg.«

Caryn war fast überwältigt von der Sorge, die sie in den Stimmen ihrer Freunde hörte.

Drew hatte immer noch nichts gesagt, aber er wandte sie vom Feuer ab und ging auf eine Reihe von Fahrzeugen zu, die entlang der Kiesauffahrt geparkt waren.

Caryn wollte protestieren, wollte bleiben und nach Lilly sehen, aber sie fühlte sich so schlaff wie eine Nudel. Sie hatte schon viele Menschen aus Bränden und anderen Katastrophen gerettet, aber dies war das erste Mal, dass sie das Opfer persönlich kannte. Das erste Mal, dass sie eine Freundin retten musste. Es war überwältigend, und sie war so erleichtert, dass sie sie so schnell gefunden hatte.

»Ich fahre«, sagte Brock neben ihnen.

Drew half ihr auf den Rücksitz seines Jeeps, dann stieg er neben ihr ein. Er ließ sie nicht los, und das war Caryn ganz recht. Sie lehnte sich an ihn, während Brock auf den Vordersitz sprang.

Erst als sie in Drews Haus waren und sie Brock versichert hatte, dass es ihr gut ginge, und sie ihm für die Fahrt gedankt hatte, ergriff Drew das Wort. Er hatte die ganze Rückfahrt über kein Wort gesagt und seinem Freund nur zugenickt, als dieser sich verabschiedet hatte.

»*Verdammt*«, fluchte er, während er Caryn wieder in seine Arme zog.

Sie konnte sich ein kleines Lachen nicht verkneifen. »Das ist durchaus eine angemessene Zusammenfassung«, erklärte sie leise.

»Als ich dich um die Ecke des Hauses gehen sah, mit dem Atemschutzgerät und der Entschlossenheit in jedem Schritt, wäre mir fast das Herz stehen geblieben.« Drew lehnte sich ein wenig zurück, legte seine Hände an ihre Wangen und hielt sie fest, während er ihr in die Augen blickte. »Ich war noch nie in meinem Leben gleichzeitig so verängstigt und so stolz.«

Caryn schloss die Augen angesichts der Gefühle, die sie in seinem Blick erkennen konnte. Sie waren zu ... intensiv. Zu groß.

»Ich wusste, dass du es schaffen würdest«, flüsterte er. »Ich wusste, du würdest Lilly finden und sie da rausholen.«

Sein Vertrauen in ihre Fähigkeiten fühlte sich gut an. Wirklich *verdammt* gut. Caryn öffnete die Augen und begegnete seinem Blick. Hatte jemals jemand auf diese Weise an sie geglaubt? Eigentlich nicht. Selbst ihre Kollegen bei der Feuerwehr hatten Zweifel an ihrer Fähigkeit gehabt, sie im Notfall aus einem brennenden Gebäude zu tragen.

»Du bist da in Jeans und einem verdammten T-Shirt reingegangen«, bemerkte er mit einem ungläubigen Kopfschütteln.

»Ich hatte keine Zeit, mir Brandschutzkleidung anzuziehen. Außerdem wäre es noch gefährlicher gewesen, wenn sie nicht gepasst hätte, als ohne sie hineinzugehen«, erklärte sie.

Drew nickte. »Ich habe Ethan noch nie so gesehen. Als er hörte, dass Paul sagte, sie könnten nichts tun, dachte ich, er würde auf der Stelle vor Angst sterben.«

»Ich weiß. Ich habe ihn gehört. Ich wäre selbst nicht hineingegangen, wenn ich wirklich gedacht hätte, dass es zu spät ist«, fühlte sie sich genötigt zu sagen. »Auch wenn Lilly meine Freundin ist, würde ich nicht auf ein Selbstmordkommando gehen.«

Drew nickte. »Ich bin so verdammt stolz auf dich«, sagte er zu ihr und legte seine Stirn an ihre. »Aber das hat mir so verdammt viel Angst gemacht. Ich glaube, ich habe nicht geatmet, während du da drin warst. Jeder Moment, den du weg warst, kam mir wie eine Ewigkeit vor. Ich war so unglaublich erleichtert, als du mit Lilly über der Schulter um die Ecke bogst.«

»Mir geht es gut«, beschwichtigte Caryn ihn. »Lilly geht es gut.«

»Ja«, stimmte er zu. Dann holte er tief Luft und strich ihr mit der Hand über den Kopf. »Dusche«, erklärte er.

»Was?«, fragte Caryn und hatte Mühe, seinem Gedankengang zu folgen.

»Du riechst nach Rauch. Ich kann die versengten Haare auf deinen Armen sehen. Du brauchst eine Dusche. Um dich abzukühlen. Um dich zu waschen.«

Sie brauchte tatsächlich eine Dusche, aber sie wollte Drew noch nicht loslassen.

Er nahm ihr die Entscheidung ab, und da es so aussah, als wollte er sie auch nicht loslassen, war Caryn einverstanden, dass er das Kommando übernahm.

Er führte sie beide durch das große Schlafzimmer ins Bad

und schloss die Tür hinter ihnen. Er stellte das Wasser an, zog sie beide aus und nahm sie in seine Arme, als sie unter der Dusche waren. Eine lange Zeit standen sie so da und erfreuten sich an der Schönheit des Lebens. Dann seifte er seine Hände ein und wusch sie von Kopf bis Fuß. Er wusch ihr die Haare, zweimal, und trocknete sie ab, als sie herauskamen.

Danach landeten sie auf seinem Sofa, Caryn auf seinem Schoß, und beide genossen die Gegenwart des anderen.

»Wir sollten nach Lilly sehen«, bemerkte Caryn nach einer Weile.

Drew nickte, machte aber keine Anstalten aufzustehen.

»Und ich muss wahrscheinlich Bristol und Elsie anrufen. Und Finley.«

»Ja«, stimmte Drew zu.

»Und ich bin sicher, mein Großvater hat von dem Feuer gehört und macht sich Sorgen um mich.«

»Ja.«

Erstaunlicherweise erholte sie sich zusehends, je länger Drew sie festhielt. »Oder vielleicht können wir einfach noch ein bisschen hier sitzen.«

»Ja.«

Und genau das taten sie, eine ganze Weile lang.

Schließlich zwangen sie sich aufzustehen. Ähnlich wie bei dem Vorfall im *The Cellar* wusste sie, dass der heutige Tag ihre Beziehung wieder einmal verändert hatte. Caryn fühlte sich Drew und den Menschen, die sie Freunde nannte, näher als je zuvor. Sie war froh zu wissen, dass ihre Ausbildung und ihre Fähigkeiten sie nicht im Stich gelassen hatten, wenn es darauf ankam. Es spielte keine Rolle, ob sie für das, was sie getan hatte, in Schwierigkeiten geraten würde. Sie würde es nie bereuen. Lilly war am Leben. Das war jedes Nachspiel wert, das auf sie zukommen könnte.

Später an diesem Abend – viel später – ging Paul aufgeregt hin und her.

Wie konnte diese verdammte Schlampe es wagen, ihn vorzuführen! Er hatte beschlossen, dass es zu gefährlich war, das Haus zu betreten, und sie war trotzdem hineingegangen. Dadurch hatte er dumm ausgesehen. Inkompetent. Die Bürger an der Brandstätte hatten ihn mit purem Abscheu angeschaut.

Und kaum war er zurück auf der Wache, rief der Bürgermeister ihn an und sagte, er und der Stadtrat wollten ein Treffen.

Die Feuerwehr war zu klein für einen Kommandanten, und er war der Hauptmann. Im Grunde bedeutete das, dass die Feuerwehr von Fallport *ihm* gehörte, und Paul wusste instinktiv, dass er alles verlieren würde, wofür er so hart gearbeitet hatte.

Er wandelte bereits auf dünnem Eis wegen der Ermittlungen, die Simon wegen des harmlosen Zwischenfalls mit Caryn eingeleitet hatte. Aber jetzt?

Er war erledigt.

Nur weil diese Schlampe die Heldin spielen musste.

Sie würde mit diesem Mist nicht durchkommen. Auf gar keinen Fall, verdammt noch mal.

Er würde zu seinem Treffen mit dem Bürgermeister und dem Stadtrat gehen. Er würde ihnen erklären, wie Brände funktionieren und wie unberechenbar sie sind. Er würde dafür sorgen, dass sie wüssten, wie gefährlich es ist, brennende Gebäude zu betreten – und dass die Schlampe in Virginia nicht für das zugelassen war, was sie getan hatte. Sie hatte sie alle in Gefahr gebracht und gegen das Gesetz verstoßen. Es war ein dummer Schachzug von ihr gewesen.

Und schon war er wieder in seiner Wut versunken und ging in seinem Wohnzimmer wie ein eingesperrtes Tier umher.

Er könnte seinen Job verlieren. Seinen Ruf. Er würde gezwungen sein, in Schande umzuziehen. Und das alles nur wegen einer dummen Schlampe, die gar nicht hier sein sollte!

Dies war seine Stadt. Er war hier aufgewachsen. Sie war es nicht.

Caryn Buckner würde dafür bezahlen, dass sie ihn in Verruf gebracht hatte. Sie war ein *Nichts* in Fallport. Sie würde es bereuen, ihre hochmütige Nase in seine Angelegenheiten gesteckt zu haben. Keine Schlampe würde damit durchkommen, ihm die Schau zu stehlen.

Pauls Hirn sprudelte über vor Plänen. Er wollte sie demütigen. Er war fest entschlossen, dafür zu sorgen, dass sie bereute, was sie heute getan hatte. Dass sie es bereute, jemals wieder einen Fuß nach Fallport gesetzt zu haben. Es wäre besser gewesen, sie wäre einfach in diesem gottverdammten Feuer verbrannt.

Er hielt bei diesem Gedanken inne und nickte ... ein bösartiges Grinsen breitete sich auf seinem Gesicht aus.

Verdammt, ja. Sie musste *brennen*. Es wäre ein passendes Ende für diese Möchtegern-Feuerwehrfrau.

Er würde seine Spuren sorgfältig verwischen müssen. Und er wusste bereits, wohin er sie bringen würde. Er musste sich nur noch das Wann überlegen.

Paul rieb sich voller Vorfreude die Hände. Caryn Buckner wäre ihm niemals einen Schritt voraus. Sie würde in der Hölle schmoren ... und er würde lachen, während sie vor Schmerzen schrie.

KAPITEL NEUNZEHN

Es fiel Drew schwer, Caryn aus den Augen zu lassen. Als er gesehen hatte, wie sie auf das Haus zugelaufen war, das halb in Flammen stand, war ihm das Blut in den Adern gefroren. Er war damit beschäftigt gewesen, Ethan davon abzuhalten, selbst in das Haus zu stürmen, um Lilly zu retten, und hatte nichts anderes tun können, als Caryns Namen zu rufen, als sie vorbeigelaufen war.

Entweder hatte sie ihn nicht gehört oder sie war so sehr darauf konzentriert, Lilly zu helfen, dass sie nicht einmal eine Sekunde Zeit hatte, seinen Ruf zu erwidern. Wie dem auch sei ...

Er liebte sie.

Drew wusste das tief in seinen Knochen. Die wenigen Minuten, in denen sie in dem Haus gewesen war und er nicht gewusst hatte, ob sie jemals wieder herauskommen würde, waren unerträglich gewesen. Er hatte eine völlig neue Perspektive in Bezug auf das bekommen, was Ethan in diesem Moment fühlte. Er wusste ohne Zweifel, dass sein Leben nie mehr dasselbe gewesen wäre, wenn Caryn gestorben wäre. Dass er das wertvollste Geschenk verloren hätte, das ihm je zuteilgeworden war.

Jetzt war es buchstäblich unmöglich für ihn, ihr nicht fast überallhin zu folgen. Sie nahm es gelassen hin, aber es würde nicht lange dauern, bis sie seiner ständigen Anwesenheit überdrüssig wurde. Sein Bedürfnis, sie im Auge zu behalten, sie zu berühren.

An diesem Morgen, dem Tag nach dem Brand, hatte sie schon die Nase voll.

»Drew, ich *weiß*, dass du heute zu tun hast. Du musst nicht mit mir kommen.«

»Ich komme mit«, entgegnete er, kaum dass sie den Satz beendet hatte.

Sie saßen nebeneinander an seinem Tisch und frühstückten. Er hatte eine Hand auf ihrem Oberschenkel, während er aß, die Berührung beruhigte ihn.

»Sieh mich an«, sagte sie sanft.

Drew atmete tief ein und drehte sich zu ihr um.

»Es geht mir gut. Mir war klar, was ich da tat. Sonst wäre ich nie in dieses Gebäude gegangen.«

»Ich weiß.«

Sie legte den Kopf schief und fragte dann: »Tust du das wirklich?«

Er antwortete nicht sofort.

»Wenn wir vor einer Bank stünden und jemand wäre drinnen und würde den Laden überfallen ... würdest du herumstehen und nichts tun? Wenn eine Frau auf dem Parkplatz hinter dem *On the Rocks* überfallen werden würde, würdest du dann warten, bis Simon oder einer seiner Stellvertreter auftaucht? Wenn jemand auf dem Platz ausgeraubt würde, würdest du einfach zusehen und den Notruf wählen? Wenn ...«

»Schon gut, ich habe verstanden«, erwiderte Drew und unterbrach sie.

»Das würdest du nicht«, sagte sie ohne den geringsten Zweifel in ihrem Ton. »Du wärst sofort zur Stelle und würdest tun, was du kannst, um die Situation zu entschärfen und Leben zu retten, weil du für so etwas ausgebildet bist. Du weißt, was du tust, und du hättest eine bessere Chance als der Durchschnittsmensch, die Situation zu entschärfen oder dem Bösewicht das Handwerk zu legen. Du würdest nicht herumstehen und zusehen, wie alles den Bach runtergeht, bis ein Polizist eintrifft.

Als ich am brennenden Haus ankam, wusste ich sofort, dass das Feuer zwar ernst war, dass aber noch Zeit blieb, um alle zu retten, die möglicherweise im Haus gefangen waren. Und als ich Paul sagen hörte, dass es keine Chance gab hineinzugehen, wusste ich – aufgrund meiner Ausbildung und Erfahrung –, dass er sich irrte. Und zu wissen, dass *Lilly* drinnen war? Ja, ich konnte sie auf keinen Fall sterben lassen, da ich mir hundertprozentig sicher war, dass ich sie retten konnte. Es tut mir leid, dass ich dich erschreckt habe«, erklärte sie leise und nahm seine Hand in ihre. »Ich *hasse* das … aber es war keine Zeit, dir oder irgendjemand anderem zu versichern, dass ich Lilly rausholen konnte.«

Drew schluckte und nickte. »Ich habe dich gerade erst gefunden, Caryn. Ich kann dich nicht verlieren.«

»Du wirst mich nicht verlieren.«

Drew drehte sich in seinem Stuhl um und gab den Versuch auf, etwas zu essen. Es schmeckte sowieso alles wie Sägemehl. Ohne Aufforderung stand Caryn auf und setzte sich auf seinen Schoß. Sie hatten am vergangenen Abend nicht miteinander geschlafen, aber Drew hatte sie fast verzweifelt an sich gedrückt, während sie schliefen. »Ich liebe dich«, sagte er sanft. »Und ich habe noch nie so gefühlt, also musst du etwas Nachsicht mit mir haben.«

Sie legte eine Hand auf seine Wange und schaute ihm in die Augen. »Ich liebe dich auch. So sehr, dass es mir Angst macht.«

»Dann werden wir gemeinsam Angst haben«, entgegnete

er. »Und nur damit du es weißt: Ich bin so stolz auf dich, dass ich platzen könnte. Du hast Lilly das Leben gerettet. Das ist etwas Großes, Schatz. Riesig.«

Sie öffnete den Mund, doch bevor sie antworten konnte, sagte Drew: »Wenn du jetzt sagst, dass du nur deinen Job gemacht hast, werde ich Ethan auf dich hetzen.«

Caryn lachte. »Ich bin sicher, wenn die Rollen vertauscht wären, wenn ein Raubüberfall oder so etwas passiert wäre, würdest du das Gleiche sagen.«

»Wahrscheinlich, aber das hier fühlt sich anders an. Persönlicher. Sowohl weil *dein* Leben in Gefahr war, als auch weil du *Lilly* gerettet hast«, erklärte Drew. »Ich habe Lilly vielleicht erst dieses Jahr kennengelernt, aber sie ist wichtig für Ethan, und er ist einer meiner besten Freunde. Was ihn betrifft, betrifft auch den Rest von uns. Du wirst nie wissen, wie stolz ich war, als du mit Lilly über der Schulter um die Ecke des Hauses gekommen bist.«

Daraufhin lehnte Caryn sich an ihn und drückte ihr Gesicht in seine Schulterbeuge.

»Also ... darf ich heute mit dir kommen?«

Sie hatte ein Treffen mit Jonathan Coleman, dem Bürgermeister von Fallport, und dem Stadtrat. Drew war sich sicher, dass sie alle viele Anrufe über die Geschehnisse erhalten hatten, und sie brauchten Informationen aus erster Hand über die wahren Hintergründe des Brandes. Da Fallport so klein war, waren sie im Grunde Pauls Vorgesetzte, die für die Noteinsatzkräfte in der Stadt zuständig waren.

»Ja«, sagte sie mit einem leichten Nicken. »Vielen Dank.«

»Du musst mir nicht dafür danken, dass ich dir Rückendeckung gebe, mein Schatz«, versicherte Drew ihr und küsste sie auf die Schläfe. »Und jetzt iss dein Frühstück auf, damit wir losfahren können. Ich gehe davon aus, dass Jonathan sich nicht gerade freut, wenn du zu spät kommst.«

Caryn stand auf und setzte sich wieder auf ihren eigenen

Stuhl an den Tisch, aber Drew legte sofort wieder seine Hand auf ihren Oberschenkel, als sie sich hingesetzt hatte.

»Ich bin sicher, dass er nicht so schlimm ist, wie du ihn darstellst«, erklärte sie, nachdem sie einen Bissen von dem Kartoffelpuffer genommen hatte, den er ihr zum Frühstück gemacht hatte.

Drew grinste und schüttelte den Kopf. »Du wirst schon sehen«, erwiderte er.

Fast zwei Stunden später musste Caryn Drew zustimmen. Der Bürgermeister war ein ziemlicher Idiot. Aber andererseits musste er sich mit einer Menge politischem Mist herumschlagen, der ihm wahrscheinlich ständig auf die Nerven ging. Sie hatte sich mit ihm und dem fünfköpfigen Stadtrat weit über eine Stunde lang unterhalten. Sie hatten etwas über ihren beruflichen Werdegang wissen wollen, über ihre Referenzen … und warum sie es für in Ordnung gehalten hatte, eine Atemschutzmaske zu stehlen und in ein brennendes Haus zu laufen, obwohl sie kein Mitglied der Feuerwehr von Fallport war.

Caryn hatte sie ruhig über ihre staatlichen und landesweiten Zertifizierungen informiert, über ihre fast zwanzigjährige Erfahrung als Feuerwehrfrau auf verschiedenen Feuerwachen in New York; darüber, dass sie jedes Jahr an Konferenzen teilgenommen hatte, um sich über die neuesten Sicherheits- und Ausbildungstechniken auf dem Laufenden zu halten; und schließlich darüber, wie genau sie Lilly gefunden und sicher aus dem Haus gebracht hatte. Sie ließ sie auch wissen, dass Lilly sich zu Hause von der Rauchvergiftung erholte … und nicht in einem Leichensack im Leichenschauhaus lag.

Sie wollten auch wissen, warum sie selbst in das Haus gegangen war. Warum sie nicht mit der Feuerwehr von Fallport zusammengearbeitet hatte.

Sie hatte erklärt, dass neuere Häuser viel schneller brannten als ältere, weil die Materialien, aus denen sie gebaut waren, brennbarer waren. Ältere Häuser waren in der Regel aus schwererem Holz oder Schlackensteinen gebaut, die länger zum Brennen brauchten als moderne Materialien. Und so wusste sie, dass sie Zeit hatte, Lilly zu finden. Aber sie hatte *keine* Zeit, sich mit Paul darüber zu streiten, vor allem nicht, da er bereits erklärt hatte, dass er nichts tun könne, und seine Feuerwehrleute nicht in das Haus gelassen hätte.

Das hatte zu einem langen und offenen Gespräch über alles geführt, was Caryn an der Brandstätte beobachtet hatte – und als sie die Feuerwache besucht hatte. Sie war brutal ehrlich und sagte, dass die Feuerwehrleute nach allem, was sie beobachtet hatte, bestenfalls unterqualifiziert und schlimmstenfalls fahrlässig waren. Sie erzählte ihnen, dass die Wache verdreckt und eine Schande sei und die Löschfahrzeuge und die Ausrüstung ein einziges Durcheinander waren, was unmittelbar zu dem Chaos am Einsatzort und der Verzögerung bei der Rettung des Hauses der Conleys geführt habe.

Schließlich teilte sie ihnen mit, dass sie, wenn sie mit Lilly verwandt wäre und Lilly bei dem Brand gestorben wäre, die Stadt verklagt – und gewonnen – hätte.

Das hatte den Stadtrat, gelinde gesagt, erschreckt, und die Männer begannen, genauere Fragen zu stellen. Darüber, was hätte passieren müssen und was genau die Feuerwehrleute falsch gemacht hatten.

Sie wurde sogar gebeten, kurz den Vorfall im *The Cellar* zu schildern, worüber zu sprechen ihr schwerer fiel als über ihre erschütternde Erfahrung bei dem Brand, aber sie hatte es trotzdem getan. Ihr war klar geworden, dass sie zwar eine gewisse Schuld an den Geschehnissen trug, dass aber Paul und seine Freunde zu weit gegangen waren.

Als sie gehen durfte, war Caryn erschöpft. Sie hasste es, diejenige zu sein, die Paul und seine Kollegen anschwärzte, aber sie waren kaum besser als einige der freiwilligen Feuerwehren auf dem Land, die sie besucht hatte und die keinerlei Ausbildung hatten. Wenn man ihnen erlaubte, so weiterzumachen wie bisher, würden sie irgendwann den Tod eines Menschen auf dem Gewissen haben, daran hatte sie keinen Zweifel.

Als sie die Besprechung verließ, war Drew genau da, wo sie ihn zurückgelassen hatte. Er saß auf dem unbequemen Metallklappstuhl vor der Tür. Sie war sich bewusst, dass es ihm schwerfiel, mit dem umzugehen, was sie getan hatte, aber da seine Besorgnis aus Liebe herrührte, war das für sie völlig in Ordnung.

Aus Liebe. Es war fast verrückt, wie schnell sich die Dinge zwischen ihnen entwickelt hatten, aber sie konnte nicht sagen, dass es ihr leidtat. Drew war ... einfach unglaublich. Sie hatte gedacht, sobald sie mehr Zeit miteinander verbrachten, würde sie Dinge finden, über die sie sich ärgern konnte, aber das war nicht passiert. Er war ein guter Mitbewohner, ein toller Freund, und die Tatsache, dass er sie so sehr liebte wie sie ihn, war praktisch ein Wunder.

Ihr ganzes Leben lang hatte sie sich einen Partner gewünscht, und hier hatte sie ihn gefunden, ohne sich überhaupt Mühe geben zu müssen. Was sie betraf, war Fallport magisch. Sie hatte ihren Großvater schon immer gern in der kleinen Stadt besucht, aber jetzt liebte sie sie.

»Wie ist es gelaufen?«, fragte Drew, als sie auf dem Weg zu Arts Haus waren. Ihr Großvater wollte alles über das Treffen wissen und war an diesem Morgen sogar zu Hause geblieben, anstatt sich mit Otto und Silas vor dem Postamt zu treffen.

»Es war hart«, erklärte sie ehrlich. »Ich fühle mich schrecklich, weil ich die Jungs von der Feuerwehr kritisiert habe, aber im Ernst, es war peinlich, ihnen bei diesem Feuer zuzusehen. Sie haben nicht zusammengearbeitet. Ganz und gar nicht. Und keiner schien zu wissen, worin seine Aufgabe bestand. Paul hat nicht geholfen, er stand herum, als wäre er ein Oberaufseher oder so.« Sie schüttelte den Kopf. »Aber jemand musste das alles einmal ansprechen. Es gibt vielleicht nicht so viele Hausbrände hier in Fallport, aber ich würde es hassen, wenn beim nächsten Mal jemand stirbt, weil die Leute, die helfen sollen, keine Ahnung haben, was sie machen müssen ... oder Angst haben, das Haus zu betreten.«

»Du glaubst, das war der Grund, warum niemand ins Haus gegangen ist?«

»Zum Teil. Ich habe den Gesichtsausdruck einiger dieser Feuerwehrleute bemerkt. Sie hatten noch nie ein so großes Feuer gesehen. Aber es war auch Inkompetenz bei einfachen Dingen, wie dem Auslegen des Schlauches. Man muss ihn vom Löschfahrzeug nehmen und dafür sorgen, dass er nicht abknickt, wenn das Wasser hindurchläuft, damit er richtig funktioniert – aber um dies schnell und einfach zu tun, muss der Schlauch zunächst einmal richtig gelagert werden. Und sie hätten wissen müssen, wo der Hydrant ist. Verdammt, in New York hatten wir eine lange Liste mit Dingen, die es zu tun gab, und wir wurden immer wieder darauf getestet. Wir mussten in der Lage sein, alle Hydranten in einem Radius von zwei Häuserblocks um eine zufällig gewählte Adresse herum aufzusagen. Wasser ist für einen Feuerwehrmann das Allerwichtigste, und diese Jungs hatten keine Ahnung, wo es war. Das ist völlig inakzeptabel.«

»Du bekommst doch keine Schwierigkeiten, oder?«, fragte Drew und fuhr dann fort, bevor sie antworten konnte. »Denn wenn sie auch nur einen Augenblick daran denken, dich zu bestrafen, werden sie eine Demonstration anzetteln. Jeder in dieser Stadt wird anrufen und Briefe schreiben. Verdammt, es könnte sogar einen richtigen Aufstand geben. Du hast Lilly gerettet, das lässt sich auch nicht einfach wegdiskutieren.«

»Ist schon gut«, entgegnete sie und rieb seinen Arm, während er fuhr. »Sie haben sich für meine Hilfe bedankt und mich gehen lassen.«

Drew runzelte die Stirn. »Mehr nicht?«

Caryn zuckte mit den Schultern. »Es ist ja nicht so, dass ich erwartet hätte, zur Heldin des Jahres ernannt zu werden oder so. Soweit ich weiß hat Tony diesen Titel für dieses Jahr bereits inne«, scherzte sie.

Drew lächelte nicht einmal.

Caryn seufzte innerlich. Es gefiel ihr ganz und gar nicht, ihn so nervös und ängstlich zu sehen.

»Diese ganze Sache ist peinlich für die Feuerwehr«, sagte sie leise. »Ich wollte niemanden in Verlegenheit bringen, aber genau das ist passiert. Die Feuerwehr hat ihre Pflichten völlig vernachlässigt. Die Männer haben heute ein Treffen mit Paul, und dann werden sie entscheiden, wie es weitergeht.«

Sie biss sich auf die Lippe und hielt einen Moment inne. »Sie haben mich allerdings gefragt, ob ich bereit wäre, mit ihnen und der Feuerwehr von Fallport in einer beratenden Funktion zusammenzuarbeiten.«

Drew fuhr in Arts Einfahrt, stellte den Motor ab und drehte sich zu ihr um. »Im Ernst?«

Caryn nickte. »Ja. Sie haben mich jedoch darauf aufmerksam gemacht, dass es sich noch nicht um ein offizielles Angebot handelt. Sie müssen meine Referenzen überprüfen und einige meiner früheren Feuerwehrkommandanten anrufen, aber ich schätze, ich habe sie mit all den Dingen überrascht, die mir aufgefallen sind und die verbessert werden könnten, und sie fanden, ich wäre die Richtige, um den Ball ins Rollen zu bringen.«

»Das ist großartig ... aber ist es etwas, das du tun möchtest?«, fragte Drew.

Caryn atmete tief ein. »Um ehrlich zu sein, weiß ich es nicht genau. Ein Teil von mir hatte sich darüber gefreut, etwas hinter sich zu lassen, das mich so lange frustriert hat. Aber ein anderer Teil ist vor Freude auf und ab gesprungen, als sie gefragt haben. Ich könnte immer noch eine Verbindung zur Brandbekämpfung haben, ohne viele der lästigen Dinge. Und zu wissen, dass ich dazu beitragen kann, Menschen zu schulen, damit sie anderen besser helfen können? Das reizt mich sehr.«

»Das ist großartig, Schatz«, bemerkte Drew.

»Ja. Das Gehalt, das sie erwähnt haben, ist lächerlich niedrig, also müsste ich noch ein bisschen darüber verhandeln, aber ich freue mich vorsichtig darauf. Ich kann als Lektorin arbeiten und trotzdem meine Qualifikationen auf dem neuesten Stand halten.«

»Das Beste aus beiden Welten«, befand Drew leise.

»Theoretisch schon.« Caryn runzelte die Stirn. »Aber Paul wird nicht glücklich sein. Und seine Freunde auch nicht.«

»Die können uns mal den Buckel runterrutschen«, entgegnete Drew sofort.

Caryn lächelte. »Ich liebe dich«, sagte sie zu ihm.

Sein Gesichtsausdruck wurde sanfter. »Und ich liebe dich. Ich bin sicher, dass du die Entscheidung treffen wirst, die am besten für dich ist«, entgegnete Drew.

»Die am besten für uns ist«, erklärte sie etwas schüchtern. »Wie ich mich entscheide, könnte sich auch auf dich auswirken, und ich möchte das tun, was für uns beide das Beste ist.«

»Verdammt«, murmelte Drew.

Caryn musste zugeben, dass sie es liebte, diesen Mann aus der Fassung zu bringen. Normalerweise war er so schwierig aus der Ruhe zu bringen, dass es ein Hochgenuss war zu sehen, wie er versuchte, seine Gefühle unter Kontrolle zu bringen. Zu wissen, dass sie ihn so sehr beeinflussen konnte.

»Du sagst es. Paul wird wütend auf den Bürgermeister sein – aber vor allem auf dich.«

Caryn nickte. »Ich dachte mir, es wäre das Beste, ihm eine Weile um jeden Preis aus dem Weg zu gehen.«

Drew presste die Lippen aufeinander. »Ich werde auch mit Simon reden.«

»Okay.«

»Machst du dir Sorgen seinetwegen?«, fragte Drew.

Caryn konnte nicht lügen. »Ein bisschen.«

»Ich auch«, stimmte er zu. »Also werden wir für eine Weile etwas vorsichtiger sein, okay?«

Caryn warf ihm einen Seitenblick zu. »Was bedeutet ›ein bisschen vorsichtiger‹ für dich? Du wirst doch nicht darauf bestehen, dass ich nirgendwo allein hingehe, zu Hause bleibe und meine Freunde nicht sehe, oder?«

Er lachte leise. »Wäre es dir denn recht, wenn ich *tatsächlich* darauf bestehen würde?«

»Nein«, antwortete sie ihm nachdrücklich.

»Das war mir schon klar, deshalb wollte ich es auch nicht sagen«, erwiderte er grinsend. »Aber ich denke, es wäre nicht schlecht, wenn eine Zeit lang immer jemand wüsste, wo du bist und mit wem du dich triffst.«

Caryn nickte. Das würde gehen. »Das ist kein Problem. Auf diese Dinge achte ich momentan ohnehin schon.«

Drew legte seine Hand in ihren Nacken und zog sie an sich. Die Position war ungünstig, weil die Konsole zwischen ihnen war, aber das war Caryn egal. Er legte seine Stirn an ihre. »Ich liebe dich, mein Schatz. So sehr.«

»Ich liebe dich auch.«

Er zog sich zurück und begegnete ihrem Blick. »Wie wär's, wenn wir reingehen, Art den ganzen Klatsch mitteilen, damit er seinen Kumpeln etwas zu erzählen hat, was sie nicht wissen, und dann fahren wir nach Hause und ich zeige dir genau, wie stolz ich auf dich bin. Wie erleichtert ich bin, dass du in Sicherheit und gesund bist.«

Und schon war Caryn erregt. Sie rutschte ein wenig auf ihrem Sitz herum. »Wir könnten jetzt sofort fahren, und ich könnte Art *anrufen*.«

Als hätte er gespürt, dass sie auch nur eine Sekunde ans Wegfahren gedacht hatten, erschien Art an seiner Haustür. »Wollt ihr den ganzen Tag da draußen rumsitzen oder kommt ihr rein und erzählt mir, was zum Teufel bei dem Treffen passiert ist?«

Sowohl Drew als auch Caryn lachten, und zwar heftig.

»Also, so wie es aussieht, gehen wir rein«, bemerkte Caryn. »Aber sobald wir hier fertig sind, bin ich voll und ganz mit deinen Plänen einverstanden.«

»Ich hätte nie gedacht, dass ich so sein könnte«, erklärte Drew.

»Dass du wie sein könntest?«

»Dass ich so schnell nach einer Krise wieder lachen könnte. Ich bin nach allem, was passiert, immer sehr aufgebracht. Normalerweise würde ich tagelang in meinem Kopf alles wieder und wieder durchgehen, analysieren, was geschehen ist, mich fragen, was ich hätte tun können, um zu helfen, und so weiter. Aber hier bin ich und fühle mich schon weniger paranoid.«

»Ist das gut? Denn ich habe nichts gegen deinen analytischen Verstand, und ein bisschen Paranoia hat noch niemandem geschadet. Ich mag dich genau so, wie du bist, Drew. Deine Erfahrungen haben dich zu dem Mann gemacht, der du heute bist, und dieser Mann ist in meinen Augen verdammt großartig.«

»Das ist gut«, bemerkte er. »Und ich danke dir.«

»Du akzeptierst mich so, wie *ich* bin. Wie könnte ich etwas anderes tun?«

»Ich warte immer noch!«, rief Art von der Treppe seines Hauses aus.

Drew grinste, küsste sie heftig und wandte sich dann seiner Tür zu.

Caryn folgte ihm, und sobald sie um den Jeep herumgegangen war, ergriff er ihre Hand.

»Reg dich nicht auf, Großvater«, bat Caryn. »Du meine Güte.«

»Ihr könnt später miteinander schlafen, aber jetzt will ich wissen, was der Stadtrat gesagt hat und ob ich ein paar Schädel einschlagen muss.«

Caryn brach wieder in Gelächter aus. Sie ließ Drews Hand los und legte einen Arm um Arts Schultern, als er sich umdrehte, um zurück ins Haus zu gehen. »Du musst niemandem den Schädel einschlagen«, erklärte sie. »Komm schon, hast du schon gegessen? Drew kann uns etwas zu essen machen und ich erzähle dir alles, was passiert ist.« Sie zwinkerte Drew zu, als sie das sagte, und war erleichtert, dass er nicht verärgert darüber aussah, in die Küche verbannt zu werden.

Paul war so wütend, dass er rotsah. Er hatte keine Ahnung, wie er es zurück zu seinem Elternhaus geschafft hatte, ohne seinen Wagen zu demolieren. Die letzten zwei Stunden waren die demütigendsten in seinem ganzen Leben gewesen. Alles, was er je als Feuerwehrmann getan hatte, war von den Idioten im Stadtrat und dem Bürgermeister infrage gestellt worden.

Sie wollten die Gründe für jede einzelne seiner Handlungen bei dem Brand am Vortag wissen – und hatten sogar eine Aufzeichnung der Funksprüche, die er mit der Zentrale geführt hatte. Sie hatten jedes winzige Detail auseinandergenommen. Wie konnten sie es *wagen*, seine Entscheidung, nicht in das brennende Haus zu gehen, anzuzweifeln! Er würde diese Entscheidung vor jedem verteidigen. Nichts, was sie sagten, würde seine Meinung ändern.

Und diese *Schlampe* hatte die Frechheit, über ihn und seine Abteilung zu lästern? Zu sagen, dass alles, was sie bei dem Brand getan hatten, falsch gewesen war, und dass sie alle in Gefahr gebracht hatten, und dass die Station und die Ausrüstung und die Fahrzeuge ein gottverdammtes Chaos waren?

Das war verdammt noch mal inakzeptabel.

Das Tüpfelchen auf dem verdammten i war, als sie ihm mitteilten, dass er degradiert wurde, während sie die Ermittlungen fortsetzten und andere Zeugen, die vor Ort gewesen waren, befragten ...

Und sie hatten vor, *Miss Buckner* als Ausbildungsberaterin für die Feuerwehr einzustellen.

Nur über seine Leiche würde er Befehle von einer verdammten Frau annehmen! Von einer, die glaubte, sie sei besser als alle anderen, weil sie in New York gearbeitet hatte.

Es gab nur einen Grund, warum sie gestern in dieses Haus gegangen war. Sie wollte angeben. Sie wollte beweisen, dass sie besser war als Paul und seine Männer. In Wirklichkeit sehnte sie sich verzweifelt nach Anerkennung. Nach jemandem, der ihr auf die Schulter klopfte und ihr sagte, was für ein tolles Mädchen sie war.

Nun, scheiß drauf. Paul würde *niemals* vor ihr kuschen. Seine Feuerwehr war bisher ohne Einmischung von irgendjemandem gut gelaufen. Aber es war klar, dass der Stadtrat entschlossen war, in den Augen der Bürger gut dazustehen. Sie würden die Schlampe einstellen, und nichts, was er sagte, würde sie umstimmen.

Es sei denn, sie war nicht mehr da, um eingestellt zu werden.

Paul musste sie loswerden. Und zwar *sofort*. Bevor sie die Köpfe der Ratsmitglieder mit weiteren Lügen über ihn und seine Feuerwehr füllen konnte. Auf keinen Fall wollte er *seine* Feuerwache einem herablassenden Frauenzimmer überlassen, das glaubte zu wissen, was es bedeutete, bei der Feuerwehr zu sein.

Er musste schnell handeln, bevor sie noch mehr böse Gerüchte über seine Inkompetenz verbreiten konnte. Er musste sie einfach allein erwischen.

Sie dachte, sie sei eine hervorragende Feuerwehrfrau? Gut. Er würde ihr einen hautnahen und persönlichen Einblick in die Macht des Feuers geben.

Danach würde sie nicht mehr in der Lage sein, ihm – oder irgendjemand anderem – zu sagen, wie er seine Arbeit machen sollte.

Wut durchströmte Paul noch immer. Sie würde den Tag

bereuen, an dem sie beschlossen hatte, in Fallport zu bleiben. Sie gehörte nicht hierher, und er würde alles in seiner Macht Stehende tun, um sie dorthin zurückzuschicken, wo sie hergekommen war.

Wenn sie ihren unglücklichen Unfall nicht überlebte ... dann sollte es eben so sein.

KAPITEL ZWANZIG

Eine Woche war seit dem Hausbrand vergangen, und mit jedem Tag, der verging, verliebte Caryn sich mehr in Drew. Es hatte drei Tage gedauert, bis er sie aus den Augen lassen konnte, aber anstatt dass seine Anhänglichkeit sie nervte, fühlte es sich ... gut an.

In der Vergangenheit war sie schon öfter in Gefahr gewesen, aber sie hatte niemanden gehabt, der sich wirklich darum scherte. Andere Feuerwehrleute hatten einfach die Achseln gezuckt und gesagt, das sei der Preis für den Job. Sie hatte jedes Mal wochenlang schlecht geschlafen und war infolgedessen bei der Arbeit viel vorsichtiger geworden. Aber hier in Fallport, in Drews Armen, hatte sie geschlafen wie ein Baby.

Sie war zweimal zusammengebrochen. Beim ersten Mal war Drew da gewesen, um sie zu halten. Sie hatte zugegeben, wie sehr sie sich gefürchtet hatte. Nicht vor dem Feuer, sondern davor, dass sie Lilly nicht finden würde oder dass sie bereits tot wäre. Dass sie im Obergeschoss gefangen sein würden. All die Dinge, die jeder Mensch in einer ähnlichen Situation fühlen würde.

Drew hatte ihr ununterbrochen zugehört, hatte sie ihre Gefühle ausleben lassen und ihr dann noch einmal gesagt, wie stolz er sei. Wie großartig sie als Feuerwehrfrau war. Wie glücklich sie alle seien, sie als Freundin zu haben.

Dann war sie zu Lilly gefahren, und sie hatten *beide* geweint. Lilly hatte sich nicht mehr an ihre Rettung erinnern können, da sie bewusstlos gewesen war, aber natürlich hatte einer der Leute an der Brandstätte aufgenommen, wie Caryn mit Lilly über der Schulter aus dem Haus kam. Praktisch jeder in der Stadt hatte es gesehen – auch Lilly.

Mrs. Conley war nach unten gegangen, um ihren Yorkshire Terrier zum Pinkeln rauszulassen, und während sie weg war, war das Feuer ausgebrochen. Lilly war damit beschäftigt gewesen, die Aufnahmen auf ihrer Kamera zu überprüfen, und hatte erst bemerkt, was passiert war, als es zu spät war, die Treppe hinunterzugehen, und als sie die Schlafzimmertür geöffnet hatte, hatte sie nichts weiter als eine Welle von Rauch gesehen. Sie hatte eine Decke in den Türrahmen gestopft und war am Fenster geblieben, um auf Rettung zu warten. Eine Rettung, die nie gekommen wäre, wenn Caryn nicht da gewesen wäre.

Offenbar war die elektrische Verkabelung im Haus alt und musste ausgetauscht werden. Ein einfacher Kurzschluss in einem Kabel und ein Funke hatten den Brand in einem Schlafzimmer ausgelöst. Es war fast schon ironisch in Anbetracht der Tatsache, dass Ethan Elektriker war. Zurzeit wurde er mit Anfragen von Fallport-Bürgern überhäuft, die ihre eigenen elektrischen Leitungen inspizieren und/oder ersetzen lassen wollten.

Caryn, Bristol, Elsie, Finley und sogar Khloe waren eines Abends zu einer dringend benötigten Übernachtungsparty in Lillys Haus gekommen und bis spät in die Nacht wach geblieben, um zu reden, zu lachen, zu weinen und ihre Freundschaft zu bekräftigen. Die ganze Situation war ihnen viel zu brenzlig gewesen und am nächsten Morgen fühlten sie sich alle etwas erleichtert.

Heute hatte Caryn am Nachmittag ein Treffen mit dem

Stadtrat, um über das Angebot zu sprechen, sie als Ausbildungsberaterin einzusetzen. Sie hatte einige ziemlich weitreichende Ideen für ein Nachwuchsprogramm für Feuerwehrleute, für die Rekrutierung von Männern und Frauen aus der Highschool, die den Beruf des Feuerwehrmanns erlernen wollten, und vielleicht sogar für eine Bürgerfeuerwehrakademie, um den Einwohnern der Stadt beizubringen, was ihre Feuerwehr tat und welche Techniken ihnen in Situationen, in denen es um Leben und Tod ging, helfen könnten.

Sie hatte auch die Idee, vielleicht einige der Fahrzeuge auf Brocks Parkplatz zu benutzen, um den Umgang mit der Rettungsschere zu üben und Menschen aus Autowracks zu befreien.

Heute Morgen war sie in Drews Armen aufgewacht und hatte ihm gezeigt, wie sehr sie ihn liebte, indem sie an seinem Körper hinuntergeglitten war und ihm zum Aufwachen einen geblasen hatte. Er war so dankbar gewesen, dass es noch eine halbe Stunde gedauert hatte, bis sie aus dem Bett kamen.

Caryn hatte sich im *Sweet Tooth* ein paar Zimtschnecken geholt, bevor sie zu Bristols Haus gefahren war. Doc Snow hatte ihr einen Gehgips angelegt, und sie konnte es kaum erwarten, in die Scheune zu gehen und mit der Arbeit an dem speziellen Fenster zu beginnen, das sie für das Restaurant anfertigen wollte.

Der zweite Teil der Folge über paranormale Phänomene war erst kürzlich ausgestrahlt worden, obwohl es dieses Mal keine Fernsehparty gegeben hatte. Lilly hatte nachgegeben und sich die Sendung angesehen, schon allein, um sich darüber klar zu werden, wie der Tod ihres Kollegen gehandhabt worden war. Sie hatte zugegeben, dass er, obwohl sie den Produzenten und alles, wofür er stand, verabscheute, verdammt gute Arbeit bei den Episoden geleistet hatte ... natürlich immer unter der Prämisse, dass »verdammt gut« bedeutete, aus dem Tod eines Crewmitglieds und dem damit verbundenen Drama Kapital zu schlagen. Sie hatte nicht vor, sich die Sendungen jemals wieder anzusehen.

Caryn überquerte die Straße und ging am *On the Rocks* vorbei. Als sie den Parkplatz dahinter erreichte, tauchte plötzlich Paul Downs auf.

Sie blieb sofort stehen und überlegte, ob sie umkehren und zur Bäckerei zurückgehen sollte, aber sie straffte die Schultern und blieb stehen. Wenn sie in Fallport bleiben wollte – und sie wollte bleiben –, dann mussten die beiden lernen, miteinander auszukommen. Oder zumindest höflich sein, unabhängig davon, was er ihr getan hatte. Sie konnte die Vernünftigere sein, vor allem da sie zu dem ersten Schluck Alkohol im *The Cellar* hätte Nein sagen können ... und es nicht getan hatte.

»Können wir reden?«, fragte Paul ohne jede Vorrede.

Ihre erste Reaktion war, Nein zu sagen, aber in diesem Moment blickte der Mann vor ihr sie nicht finster an. Er versuchte nicht, sie mit Blicken zu töten.

»Ich muss mich entschuldigen. Ich habe dir keine faire Chance gegeben, seit du wieder in der Stadt bist.«

Caryn nickte. »In Ordnung.«

Paul sah sich um und zuckte mit den Schultern. »Nicht hier. Kommst du mit zu meinem Wagen?«

Sofort hatte Caryn ein ungutes Gefühl der Vorahnung. Sie schüttelte den Kopf. »Machst du Witze? Nach dem, was letztes Mal passiert ist, als ich mit dir in ein Fahrzeug gestiegen bin? Nein, ich fahre nirgendwo mit dir hin, Paul. Wir können hier reden.«

Und einfach so war es, als wäre ein Schalter umgelegt worden. Der Hass, den Caryn erwartet hatte, zeigte sich auf seinem Gesicht. Seine Lippen kräuselten sich zu einem Knurren. Aber das war ihr egal. Sie war fertig mit dem Versuch, diesen Mann dazu zu bringen, sie zu mögen.

Mit einem schnellen Blick sah Caryn, dass die Gegend menschenleer war. Alle Einheimischen, die sich an diesem Morgen hier getummelt hatten, waren auf dem belebten Platz, betraten oder verließen die Bäckerei, das Restaurant oder die Bibliothek. Sie und Paul waren die Einzigen auf dem Parkplatz hinter dem *On the Rocks*.

Um so schnell wie möglich von ihm wegzukommen, machte Caryn einen großen Bogen um Paul und wollte schnell in ihren Wagen steigen.

Plötzlich wurde sie gegen das Fahrzeug geschleudert – und zwar heftig. Ihr Kopf prallte gegen den Metallrahmen und ihr wurde einen Moment lang schwarz vor Augen.

Mehr Zeit brauchte Paul nicht, um sie zu überwältigen. Er packte ihren Arm und zog sie an sich. Caryn war eine starke Frau, aber im Moment war sie ihm nicht gewachsen, weil ihr Kopf wehtat und sie nur verschwommen sehen konnte. Er stand so nahe, dass es für jeden, der vorbeikam, wie eine innige Umarmung ausgesehen hätte.

Caryn spürte sofort, wie sich etwas Scharfes in ihre Haut bohrte. Sie konnte den kleinen Schrei nicht unterdrücken, der ihren Mund verließ. Dann erstarrte sie, als sie das Messer in Pauls Hand sah, denn sie wollte nicht, dass die Klinge tiefer in ihr Fleisch eindrang.

»Ich wollte es auf die sanfte Tour machen«, erklärte er mit einem leisen Knurren, als wäre alles, was passierte, irgendwie ihre eigene Schuld. »Aber nein, natürlich musstest du auch das versauen. So wie du *alles* in meinem Leben versaut hast. Komm schon, Schlampe. Wir machen eine kleine Spritztour.«

Caryn versuchte, nach ihrem Handy zu greifen, ohne dass Paul es bemerkte.

»Denk nicht einmal daran«, knurrte er und stieß die Spitze des Messers tiefer in ihre Seite.

Der Schmerz war so stark, dass Caryn sich nur mit Mühe aufrecht halten konnte. Wenn sie ihn zu sehr verärgerte, würde er sie, ohne zu zögern, abstechen, daran hatte sie keinen Zweifel. In diesem Moment bestand ihre beste Option – ihre *einzige* Option – darin, sich dem zu fügen, was er von ihr verlangte ...

und darum zu beten, dass er ihr eine Chance bieten würde, ihm zu entkommen.

Er zog sie von ihrem Wagen weg und zu einem anderen, der ein paar Plätze weiter geparkt war. Er schob sie auf die Fahrerseite. »Rutsch rüber«, befahl er und hielt ihr das verdammte Messer ins Gesicht.

Caryn wurde klar, dass sie immer noch die Zimtrollen in der Hand hielt. Sie hätte die Tüte auf dem Parkplatz fallen lassen sollen. Vielleicht hätte der Anblick der Tüte auf dem Boden jemanden dazu gebracht, sich zu fragen, was sie dort zu suchen hatte ... genug, um Finley Bescheid zu sagen. Dann wäre der Alarm ausgelöst worden.

Es war weit hergeholt – und jetzt war es zu spät. Sie saß bereits in Pauls Wagen, und er hatte die Tür zugeschlagen und war dabei, den Parkplatz hinter dem Stadtplatz zu verlassen.

»Paul, können wir ...«

»*Halt die Klappe*, Schlampe!«, schrie er. »Ich will nichts von dem hören, was du zu sagen hast. Ich werde nicht zulassen, dass du mein Leben noch mehr ruinierst, als du es schon getan hast!«

Sie beschloss, dass es das Beste war, dem Mann zuzuhören – Paul war bereits sehr aufgebracht –, biss sich auf die Zunge und presste eine Hand auf ihre Seite. Als sie nach unten blickte, sah sie, dass sie blutete. Sie hatte keine Ahnung, wie stark, aber da sie im Moment buchstäblich nichts dagegen tun konnte, konzentrierte sie sich darauf, wie sie fliehen konnte.

Sie könnte sich aus dem Wagen werfen, aber wahrscheinlich würde Paul versuchen, sie zu überfahren, wenn sie das tat. Und wenn sie sich dabei so schwer verletzte, dass sie nicht mehr weglaufen oder sich verteidigen konnte, wenn er zurückkam, um sie zu holen, würde das die Situation nur noch schlimmer machen.

Sie saß ruhig da, ihr Körper war angespannt, und sie wartete darauf herauszufinden, wohin er sie bringen würde.

Und sie hoffte, dass sie einen klaren Plan haben würde, wenn sie dort ankamen.

Zu ihrer Überraschung bog Paul in den *Fallport Creek Trail* ein. Er lag nur etwa eineinhalb Kilometer von der Stadt entfernt und war immer recht gut besucht. Besonders jetzt, da die Hobby-Bigfoot-Jäger bereits in die Stadt kamen. Es war eine merkwürdige Wahl, jemanden dorthin zu bringen, den man gerade entführt hatte, aber andererseits konnte Paul auch nicht gerade klar denken. Er war zu wütend.

»Raus«, befahl er und richtete das Messer in ihre Richtung. »Hier entlang, zu mir hin. Und keine Mätzchen, oder ich schwöre bei Gott, ich werde dich ausnehmen wie einen verdammten Fisch.«

Caryn rutschte vorsichtig über den Vordersitz zurück, und sobald sie nahe genug war, packte Paul ihren Arm und zog sie heraus. Die Messerspitze drang wieder in ihre Seite ein und schlitzte sie erneut auf, und sie konnte nur mit Mühe verhindern, dass sie zusammenzuckte. Sie blendete ihren Verstand aus und versuchte, den Schmerz zu vergessen, den das Messer verursachte.

Als Paul sie in den Wald schleppte, dachte sie an ihren Großvater. Art war niedergestochen worden, und es schien eine unglaubliche Ironie des Schicksals zu sein, dass sie im Begriff war, dieselbe Erfahrung zu machen. Caryn hatte keinen Zweifel daran, dass Paul mit der Klinge auf sie einstechen würde. Es war ihm offensichtlich egal, ob er sie verletzte, in Anbetracht der Tatsache, dass er ihr Schmerzen zufügen wollte.

Er ging den Weg entlang, aber nicht sonderlich weit, bevor er sich umdrehte und in den Wald hineinsteuerte, weg von allen, die an diesem Morgen auf dem Weg unterwegs waren. Caryn hatte gehofft, sie könnte jemandem signalisieren, dass sie in Schwierigkeiten steckte, aber Paul gab ihr diese Möglichkeit nicht.

Es war mühsam, sich durch die Brombeeren und umgestürzten Bäume zu kämpfen, aber Paul schaffte es irgendwie, nicht nur ihren Arm festzuhalten, sondern auch das verdammte Messer an ihrer Seite zu behalten. Ab und zu stach es wieder in ihre Haut, denn sie gingen nicht gerade auf einem gepflegten Wanderweg, und kleine Blutflecke sprenkelten ihr Hemd an der Taille. Mit jedem Schritt, den sie durch den Wald machten, sanken Caryns Chancen zu entkommen.

Sie versuchte nicht, noch einmal mit Paul zu sprechen. Es war offensichtlich, dass alles, was sie sagte, ihn nur noch wütender machen würde. Je länger sie gingen, desto mehr wurde Caryn klar, dass sie etwas unternehmen musste. Sie konnte nicht warten, bis er dort ankam, wo er sie hinbringen wollte. Was auch immer er vorhatte, es würde nichts Gutes sein.

Caryn machte sich Vorwürfe, dass sie nichts unternommen hatte, als sie noch in der Stadt oder auf dem Weg waren, auch wenn es vielleicht leichtsinnig gewesen wäre, und holte tief Luft, um sich auf den Kampf ihres Lebens vorzubereiten. Sie war nicht bereit zu sterben. Sie und Drew standen sich so nahe wie eh und je, ihr Großvater war endlich wieder der Alte, und sie hatte gerade von einer befreundeten Autorin von Thomas gehört. Sie verhandelten gerade über ihren Preis – und sie war schockiert, als sie erfuhr, dass die Frau bereit war, das *Doppelte* zu zahlen, was Thomas normalerweise bezahlte, um ihren ersten Entwurf zu lesen und Vorschläge zu machen.

Caryn hatte viel, wofür es sich zu leben lohnte, und sie wollte nicht kampflos untergehen.

Sie hatte gerade tief Luft geholt und wollte einen Fluchtversuch unternehmen, als eine kleine, baufällige Holzhütte vor ihnen auftauchte. Es war offensichtlich, dass Paul diesen Ort im Voraus ausgekundschaftet hatte, denn er konnte auf keinen Fall einfach zufällig über diese Hütte gestolpert sein.

Der Anblick des Gebäudes ließ Caryn das Blut in den Adern gefrieren. Wenn er dachte, dass er sie dort vergewaltigen konnte, lag er verdammt falsch. Sie würde nicht zulassen, dass jemand sie sexuell missbrauchte. Auf gar keinen Fall.

Aber das war nicht das, was Paul im Sinn hatte.

Ohne ein Wort zu sagen, drehte er sich um und schlug ihr ins Gesicht.

Die Bewegung überraschte Caryn so sehr und der Schmerz war so stark, dass sie mit einem Grunzen auf den Waldboden sackte.

Dann trat er mit dem Fuß nach ihr. *Heftig.*

Er hörte nicht auf. Sie kämpfte sich auf die Knie und versuchte, sich zu wehren, aber mit jedem Tritt, den Caryn abwehren konnte, gelang es Paul, einen weiteren zu landen. Ein Tritt in die Seite, eine Faust gegen ihre Schulter. Ein Ellbogen ins Gesicht.

Er prügelte auf sie ein, ohne ein einziges Wort zu sagen.

Es war unheimlich. Beängstigend. Abgesehen von einem gelegentlichen Grunzen schlug Paul methodisch auf sie ein, immer und immer wieder.

Caryn rollte sich schließlich zu einem Ball auf dem Boden zusammen, tat ihr Bestes, um ihren Kopf und ihre Seiten zu schützen, und betete, dass er eher früher als später aufhören würde, auf sie einzuschlagen.

Der einzige kleine Trost bestand darin, dass er seine Fäuste und Füße benutzte und nicht das Messer.

Caryn öffnete kurz die Augen und versuchte zu erkennen, wo die Klinge war, weil sie dachte, dass sie sie vielleicht greifen und sich damit verteidigen konnte, aber es war sinnlos. Es kostete sie all ihre Konzentration, sich vor den Schlägen zu schützen, die Paul auf sie niederprasseln ließ.

Sie spürte, wie ihre Kraft schwand. Es wurde immer schwieriger, ihre Arme über ihr Gesicht zu halten. Als der Schmerz ihren Körper überwältigte, fielen Caryn die Augen zu, und ihr letzter Gedanke bestand darin, dass sie sich selbst im Stich gelassen hatte, weil sie nicht stärker, klüger oder in der Lage war, einen Ausweg aus dieser Situation zu finden.

Clyde Thomas war ein Einzelgänger. Er wusste es. Es war ihm egal. Er hatte nie eine Frau getroffen, mit der er seine Tage verbringen wollte oder die seine Liebe zum Schnaps verstand. Er hatte sein Leben am Rande von Fallport verbracht. Alles in allem war es keine schlechte Stadt. Es gab gute Menschen, die dort lebten, genauso wie es schlechte Menschen gab. Und solange sie ihn alle in Ruhe ließen, war Clyde zufrieden.

Er war jedoch nicht glücklich darüber, dass sein Zufluchtsort gestört worden war. Zuerst war es dieser Typ von der Fernsehshow gewesen, der viel zu nahe an seinem Haus gezeltet hatte. Als die Polizei gekommen war und das Zelt des Idioten und die anderen Überreste seines Rastplatzes in Clydes Müll gefunden hatte, hatten die Beamten sich erdreistet, eine Zeit lang zu glauben, dass *er* den Kerl umgebracht hatte.

Er schnaubte, als er nur daran dachte. Wenn er den Mann umgebracht hätte, wäre er nicht so dumm gewesen, seine Sachen in seinen eigenen Müll zu werfen. Nein, wenn Clyde jemanden loswerden wollte, würde er das tun, ohne eine verdammte Spur zu hinterlassen.

Er wusste, dass es einige Leute in der Stadt gab, die immer noch glaubten, dass er mit allem, was passiert war, etwas zu tun hatte, auch wenn der wahre Mörder bereits gefunden worden war. Aber was soll's, es war ihm egal. Hauptsache, er wurde in Ruhe gelassen.

Aber diese verdammte Sendung bedeutete, dass es noch mehr Leute in seinem Wald gab. Sie kamen oft zu nahe an die Hütten heran, in denen er seinen Schnaps herstellte. Er musste einige seiner Betriebe weiter in den Wald hinein verlegen, was ihm sehr zu schaffen machte.

Er nahm an, dass die Leute überrascht sein würden, wenn sie wüssten, wie viel Geld er mit seinem Schnaps verdiente. So viel, dass er nie in der Lage sein würde, sein ganzes Vermögen auf der Bank auszugeben – oder das Bargeld, das er an verschiedenen Stellen im Wald versteckt hatte. Nur für den Fall der Fälle.

Einen Teil des Geldes hatte er für die Installation von Überwachungskameras rund um seine Brennereien verwendet. Die beste Ausrüstung, die man mit Geld kaufen konnte. Er musste dafür sorgen, dass sich niemand an seinem Zeug zu schaffen machte. Jawohl, er hatte mittlerweile ein ziemlich beeindruckendes elektronisches Überwachungssystem im Wald. Er wusste, wenn ein Eichhörnchen zu nahe an seinen Hütten furzte.

Als er also eine Meldung auf seiner schicken neuen Uhr erhielt, dass eine seiner Kameras etwas aufgenommen hatte, das sich in der Nähe seiner nächsten Hütte bewegte, runzelte Clyde die Stirn. Er hoffte, dass das, was die Kamera ausgelöst hatte, ein Tier war. Es war noch zu früh am Tag, als dass Wanderer bereits vom Weg abgekommen sein konnten. Vor allem konnten sie noch nicht bis dahin vorgedrungen sein, wo seine Hütte sich befand.

Clyde nahm sein Tablet in die Hand und klickte auf die App, die ihm alle Live-Übertragungen seiner Kameras anzeigte. Es dauerte einen Moment, bis er die richtige Kamera gefunden hatte, die den Alarm gesendet hatte.

Als die Wiedergabe des Videoclips begann, fiel es Clyde zunächst schwer zu verstehen, was er da sah.

Er kannte Caryn Buckner. Er hatte sie kennengelernt, als sie noch ein kleines Mädchen war, und aus irgendeinem Grund hatte sie nie Angst vor ihm gehabt wie viele andere Kinder. Er hatte sie gefunden, als sie sich im Wald verirrt hatte, und hatte sie wieder auf den Weg zurückgebracht. Danach lächelte sie ihn immer an, wenn ihre Wege sich kreuzten, und hatte kein Problem damit, direkt auf ihn zuzugehen und ihn zu fragen, wie es ihm geht ... und tausend andere Fragen zu stellen. Als Erwachsene machte sie jedes Mal, wenn sie in die Stadt zurückkam, einen Abstecher zu ihm und grüßte ihn, wenn sie sich begegneten.

Erst vor ein paar Wochen war er in der Stadt gewesen, um eine Ladung seines Selbstgebrannten auszuliefern, einen seiner Bestseller, und sie hatte ihn herzlich umarmt und ihm mitgeteilt, dass sie wahrscheinlich für immer in diese Gegend ziehen würde. Dann hatte sie vier Flaschen seines Schnapses gekauft und ihm gesagt, dass sie bald wiederkommen würde, um mehr davon zu holen.

Clyde mochte sie.

Aber sie in seinem Wald zu sehen, wie sie von dem verdammten Paul Downs am Arm mitgeschleift wurde, war seltsam. Er hatte die Gerüchte über diesen Mann gehört und was er Caryn angetan hatte. Und er war nicht glücklich darüber. Er glaubte definitiv nicht, dass Caryn freiwillig mit dem Mann in den Wald gehen würde. Sie waren an einer seiner Kameras vorbei in Richtung seiner Hütte gelaufen, woraufhin die Benachrichtigung an seine Uhr geschickt wurde.

Clyde schaltete auf die Live-Ansicht einer anderen Kamera um, die in der Hütte selbst versteckt war, und runzelte die Stirn, als er sich näher an das Tablet lehnte.

Was er sah, ließ ihm das Blut in den Adern gefrieren.

Er war ein harter Kerl, dem nichts etwas ausmachte, aber zu sehen, wie Paul mit dem Bein ausholte und nach Caryn trat, als sie bereits am Boden lag und sich mit den Armen zu schützen versuchte, war einfach nur *falsch*.

Nach dem Tritt stand Paul da und starrte auf Caryn hinunter, die offensichtlich durch den bösartigen Tritt bewusstlos geworden war. Selbst auf dem Video konnte Clyde all die dunklen Flecke auf Caryns Haut sehen.

Blut. Der Mistkerl hatte sie so sehr verprügelt, dass sie kaum mehr war als ein blutiger Klumpen.

Während er zusah, beugte Paul sich vor, packte Caryn an den Knöcheln und zerrte sie in Richtung Holzhütte. Als er sie durch das Gebüsch zog, zerrte er ihr Hemd hoch, bis der Stoff um ihren Hals hing und ihr BH freilag.

Ein roter Schleier legte sich über Clydes Sicht. Auf keinen

Fall würde dieser Dreckskerl jemanden auf seinem Grundstück vergewaltigen! Und schon gar nicht Caryn. Sie war immer nett zu ihm gewesen. Zu jedem. Und er hatte durch die Gerüchteküche von Fallport gehört, dass sie kürzlich einem Feuer getrotzt hatte, um Lilly zu retten, das Mädchen, das mit in die ganzen Geschehnisse verwickelt gewesen war, die mit diesem verdammten vermissten Fernsehstar zu tun hatten.

Plötzlich machte es in Clydes Kopf klick. Paul war wahrscheinlich sauer, dass jemand ihm den Ruhm weggenommen hatte. Er war die Art von Mann, die dafür lebte, im Rampenlicht zu stehen. Er wollte respektiert werden. Aber diese Art von Respekt musste man sich verdienen, und Paul hatte in all den Jahren definitiv nichts getan, um sich den Respekt von irgendjemandem zu verdienen.

Clyde griff nach seinem Handy. Der Handyempfang war in seiner Hütte und in dem Wald, in dem sich seine Brennereien befanden, miserabel, also hatte er sich vor ein paar Jahren eines dieser schicken Satellitentelefone gekauft. Er hatte es noch nicht oft benutzen müssen, aber jetzt war er verdammt dankbar dafür.

Er rief nicht die Polizei von Fallport an. Nein. Es gab nur einen Menschen, der sofort wissen musste, was los war.

Als die Person am anderen Ende der Leitung abnahm, nahm Clyde kein Blatt vor den Mund. »Paul Downs hat deine Frau in seiner Gewalt. Er hat sie verletzt. Und zwar sehr.«

»Wo?«

Dieses eine Wort drückte gleichzeitig Angst und Wut aus.

Clyde sagte dem Mann, wo er Caryn finden konnte, und fügte dann hinzu: »Ich gehe jetzt selbst dorthin. Ich werde mein Möglichstes tun.« Dann legte er ohne ein weiteres Wort auf.

Er musste zu dieser Hütte gelangen. Er musste alles in seiner Macht Stehende tun, bis die Verstärkung eintraf.

KAPITEL EINUNDZWANZIG

Drew war nicht beunruhigt gewesen, als er die unterdrückte Nummer auf dem Display seines Telefons gesehen hatte. Aber als er Clydes Stimme hörte, die sagte: »Paul Downs hat deine Frau in seiner Gewalt«, gefror ihm sofort das Blut in den Adern.

Noch während Clyde sprach, machte er sich auf den Weg. Caryn hatte sein Bett vor nicht einmal zwei Stunden verlassen, zufrieden und glücklich. Es war fast unmöglich für ihn zu begreifen, wie schnell sich die Umstände geändert hatten.

Allerdings sollte das eigentlich nicht der Fall sein. Er wusste besser als die meisten, dass eine einfache Verkehrskontrolle tödlich enden konnte. Oder wie schnell sich ein häuslicher Zwischenfall ändern konnte.

Drew saß bereits in seinem Jeep, als Clyde ihm erzählte, wo genau Paul Caryn hingebracht hatte. Die Hütte, die Clyde beschrieb, kam Drew tatsächlich bekannt vor. Er und seine Kameraden vom Such- und Bergungsteam hatten sie schon mehr als einmal als Orientierungspunkt benutzt, als sie nach Leuten suchten, die vom *Fallport Creek Trail* abgekommen waren und sich verirrt hatten.

»Ich fahre jetzt dorthin. Ich werde tun, was ich kann«, versicherte Clyde ihm, bevor er auflegte.

Drew klickte sofort auf den ersten Namen in seiner Kontaktliste.

»Hallo, etwas früh für einen Anruf, vor allem da du ja mit Caryn kuscheln musst«, scherzte Brock, als er antwortete.

»Ich brauche deine Hilfe«, erklärte Drew ihm mit fester Stimme. »Paul hat Caryn entführt. Er hat sie zu Clydes Hütte am *Fallport Creek Trail* gebracht. Diejenige, die die größte Brennanlage für seinen Selbstgebrannten hat.«

»*Verdammt*«, fluchte Brock. »Ich bin schon auf dem Weg. Warte nicht auf mich.«

Drew brauchte seinem Freund nicht zu sagen, dass er das nicht tun würde. Brock wusste es sowieso.

»Ich rufe die anderen an.«

»Beeil dich«, sagte Drew zu ihm. Er atmete schwer, fast so, als wäre er einen Marathon gelaufen. Adrenalin strömte durch seine Adern und er fühlte sich zittrig. So hatte er sich noch nie gefühlt. Noch nie. Nicht einmal, als er es mit einem Haufen verrückter und betrunkener Männer und Frauen zu tun gehabt hatte, die von der Freude über den Gewinn einer nationalen Meisterschaft durch ihre Mannschaft überwältigt waren. Selbst als er sich überraschenderweise jemandem gegenüber wiederfand, der eine Waffe auf ihn gerichtet hatte.

Aber hier ging es um *Caryn*. Er konnte sie sich genau so vorstellen, wie sie an diesem Morgen gewesen war. Er war mit seinem Schwanz in ihrem Mund aufgewacht, und sie hatte träge zwischen seinen Beinen zu ihm hoch gelächelt, so zufrieden mit sich selbst. Er war noch nie mit jemandem zusammen gewesen, der so offen und hingebungsvoll war, und der Gedanke, dass dieses Licht erlöschen würde, war unerträglich.

Als Drew auf den Parkplatz am Wanderweg raste, wurde ihm klar, dass Brock irgendwann die Verbindung zu ihm abgebrochen hatte. Er erinnerte sich nicht mehr an die Fahrt zum Wanderweg, konnte sich an nichts erinnern, was Brock ihm gesagt haben könnte. Alles, woran er denken konnte, war Caryns schönes Gesicht.

Entschlossenheit stieg in ihm auf. Sie war nicht tot. Auf keinen Fall konnte jemand mit einer so guten Seele wie sie tot sein. Aber Paul Downs wäre es ganz sicher, wenn Drew ihn in die Finger bekäme.

Als er in den Wald lief, wurde Drew klar, wie sehr er es vermasselt hatte. Er hatte alle Anzeichen übersehen, dass Paul etwas vorhatte. Er hätte es wissen müssen. Trotz all seines Trainings, trotz der Tatsache, dass er sich für besonders aufmerksam hielt ... selbst trotz der Wut, die Paul bei dem Brand im Haus der Conleys empfunden hatte, war Drew die Tatsache entgangen, dass der Mann verdammt verrückt war.

Er und Caryn hatten über ihn gesprochen, darüber, wie wütend Paul sein würde, wenn der Bürgermeister und der Stadtrat ihn zurechtwiesen, wie wütend er wahrscheinlich war, dass er degradiert worden war, und wie sehr er es hassen würde, dass Caryn höchstwahrscheinlich eingestellt werden würde, um die Feuerwehr auf Vordermann zu bringen. Sie hatten sogar mit Simon darüber gesprochen, der ihnen riet, den Mann zu meiden und ihm Bescheid zu sagen, wenn Paul irgendetwas Bedrohliches tat. Aber keiner von ihnen hätte je gedacht, dass er so etwas tatsächlich tun würde.

Wie Caryn zu entführen und sie in den Wald zu bringen, um wer weiß was mit ihr anzustellen.

Ein Ast, der ihm ins Gesicht schlug, brachte Drew zurück in die Gegenwart. Er musste die Gedanken vorläufig beiseiteschieben und sich konzentrieren. Er war bereit und in der Lage, alles zu tun, was nötig war, um Caryn vor Paul zu schützen. Er betete nur, dass er nicht zu spät kam.

Er brauchte viel zu lange, um die Hütte zu erreichen, und als er sich ihr näherte, wurde ihm ein neuer Schrecken bewusst, an den Drew bisher nicht einmal gedacht hatte.

Er roch Rauch.

Er beschleunigte und stürzte in den Bereich um die Hütte –

und sah entsetzt zu, wie Flammen an der rechten Seite des Gebäudes hochkletterten, während Clyde sein Bestes tat, um die Tür hinter ... Brettern zu öffnen?

»Tritt sie ein!«, brüllte Drew, als er sich näherte.

»Ich hab's versucht«, stöhnte Clyde, während er sich an einem der Bretter festkrallte, die quer über die Tür genagelt waren.

»Die Hütte sieht aus, als könnte sie jeden Moment einstürzen«, bemerkte Drew verzweifelt. »Die Tür muss nachgeben, wenn wir beide gleichzeitig zutreten.«

»Sie sieht vielleicht baufällig aus, aber genau das *sollen* die Leute denken. Ich habe das Ding mit so vielen Brettern verstärkt, dass es nicht einfach einstürzen wird«, erklärte Clyde.

»Verdammt!«, fluchte Drew. »Du bist sicher, dass sie da drin ist?«

»Ja«, erwiderte Clyde knapp.

»Wo ist Paul?«

»Ich habe gesehen, wie er durch den Wald gestürmt ist, kurz bevor ich den Rauch bemerkt habe. Der Dreckskerl hat die Bretter und Nägel, die ich drinnen für Reparaturen aufbewahrt habe, benutzt.«

Drew betrachtete die Hütte vor ihm und versuchte, rational und ruhig zu bleiben, anstatt in Panik zu geraten. Caryn war drinnen, wahrscheinlich bewusstlos, sonst würde sie versuchen herauszukommen.

»Noch mehr schlechte Nachrichten«, erklärte Clyde, als er es endlich schaffte, mit bloßen Händen eines der Bretter von der Tür zu reißen. Seine Finger waren blutverschmiert, aber er schien es nicht zu bemerken. »Drinnen ist eine frische Ladung von schwarzgebranntem Schnaps. Ich habe ihn erst neulich fertiggestellt. Wenn das Feuer diesen Alkohol erreicht ...«

Seine Stimme wurde leiser und Drew verstand, was er meinte.

Sie mussten Caryn jetzt *sofort* dort rausholen.

Sie arbeiteten zusammen, um die restlichen Bretter von der Tür zu entfernen. »Ich habe den verdammten Schlüssel vergessen«, erklärte der ältere Mann schroff, als das letzte Brett sich löste. »Was für ein dummer Fehler! Ich hatte es zu eilig, hier rauszukommen.«

Drew konnte ihm das nicht verübeln. Er konnte sich im Moment nicht einmal erinnern, wo er den Schlüssel für seinen Jeep hingelegt hatte. Vielleicht war er in seiner Tasche, lag auf dem Boden neben dem Fahrzeug oder steckte sogar noch im Zündschloss.

Beide Männer machten sich an die Arbeit und versuchten, die täuschend echt baufällig aussehende Tür aufzubrechen. Es gelang ihnen, zwei der senkrechten Bretter zu durchbrechen, aber das Schloss wollte nicht nachgeben.

»Ich werde weiter versuchen, das verdammte Ding aufzubekommen. Du gehst rein und ziehst Caryn hier rüber, dann ziehen wir sie raus«, befahl Clyde.

Drew nickte und steckte Kopf und Schultern durch das Loch, das sie in die Tür gemacht hatten. Als er sich hindurchzwängte, sah er Caryn zum ersten Mal. Sie lag regungslos auf dem Boden. Ihre Arme waren mit Handschellen hinter dem Rücken gefesselt und auf ihrem Gesicht und ihren Armen bildeten sich bereits blaue Flecke.

Purer Hass auf Paul drohte Drew erstarren zu lassen, aber er verdrängte das Gefühl. Er musste Caryn da rausholen. Er konnte bereits spüren, wie die Hitze des Feuers an der nahen Wand an Stärke und Intensität zunahm.

Er zwang den Rest seines Körpers durch die Tür und wich den Hauptkomponenten der Schnapsbrennerei aus. Der Gasbrenner stand untätig unter einem großen Kupfertopf, der wahrscheinlich mit Maische gefüllt war ... mit Malzpulver und Wasser, das erhitzt wurde, um alkoholische Dämpfe zu erzeugen. Es war weder das erste noch das zweite Fass, das seine Aufmerksamkeit erregte – es war das große Fass, das mit dem Kondensator verbunden war. Wenn es umgestoßen wurde und das Feuer es erreichte, würde dieser Ort im Handumdrehen in die Luft fliegen.

Caryn stöhnte auf und streckte ihre Beine, wobei sie nur knapp das große Fass mit frisch gebranntem Schnaps verfehlte.

»Beweg dich nicht«, befahl er, als er zu ihr eilte.

Sie öffnete unsicher die Augen und sah verwirrt zu ihm auf.

Drew packte sie unter den Achseln und begann, sie vom Feuer weg und zur Tür zu ziehen. Als sie vor Schmerz aufschrie, hielt er inne.

»Was? Was ist denn los?«, fragte er.

Erstaunlicherweise starrte sie zu ihm auf und schien genau zu wissen, was um sie herum geschah. »Handschellenschlüssel«, krächzte sie.

Verflucht. Er hatte das Gespräch, das sie neulich geführt hatten, ganz vergessen. Sie hatten sich auf gutmütige Weise über die Berufe des anderen lustig gemacht, und sie hatte von ihm verlangt, seine Brieftasche herauszuholen und ihr den Schlüssel für die Handschellen zu zeigen, von dem sie genau *wusste*, dass er sich darin befand. Er hatte versucht, sie davon zu überzeugen, dass er keinen hatte – obwohl er natürlich einen hatte –, aber sie hatte es geschafft, seine Brieftasche aus der Hose zu ziehen, und hatte triumphierend den kleinen Metallschlüssel zwischen den paar Scheinen, die er darin hatte, hervorgeholt.

»Wusste ich es doch!«, hatte sie gejubelt. Drew war einen Moment lang etwas verlegen gewesen – bis sie zugegeben hatte, dass sie auch überall einen Schlüssel dabeihatte. Dass sie von den Polizeibeamten, denen sie in New York begegnet war, gelernt hatte, paranoid zu sein. Sie zeigte ihm die kleinen Taschen, die sie in den hinteren Bund all ihrer Hosen eingenäht hatte.

Sie hatten schnellen, rauen Sex auf dem Boden seines Wohnzimmers gehabt und den Schlüssel für die Handschellen aus seiner Brieftasche auf dem Boden vergessen, während sie auf Händen und Knien war und er sie von hinten nahm.

Seine eigene Brieftasche lag noch irgendwo zu Hause. Er hatte sie nicht mitgenommen, als er zur Tür hinausgeschossen war, zu verzweifelt, um an etwas anderes zu denken, als zu Caryn zu gelangen. Und in diesem Moment musste er zugeben, dass Caryn durch das Einnähen kleiner Taschen in ihre Hosen zwar noch paranoider war als er, aber auch viel klüger.

Sie setzte sich auf, hustete, als der Rauch dichter wurde, und Drew tastete auf ihrem Rücken nach dem Schlüssel. Es schien viel zu lange zu dauern, aber schließlich hielt er ihn in den Händen. Er brauchte zwei Versuche, um den Schlüssel in das Schloss der Handschellen zu stecken, etwas, das er schon tausendmal in seinem Leben getan hatte, aber nie unter solchen Bedingungen. Niemals, wenn das Leben der Frau, die er liebte, in seinen Händen lag.

Sobald eine der Handschellen zu Boden fiel, drehte Caryn sich ohne Aufforderung auf ihre Hände und Knie und ging auf das Licht zu, das durch den breiten Spalt in der Tür fiel. Drew war ihr dicht auf den Fersen und versuchte, sie vor der Hitze und dem knisternden Feuer hinter ihnen zu schützen. Er wusste nicht, wie schwer sie verletzt war. Ihre oberste Priorität war es, aus dieser Todesfalle zu entkommen. Er war beeindruckt, dass Clyde es geschafft hatte, ein verstärktes und sicheres Gebäude so beschissen aussehen zu lassen, aber ihm wäre es jetzt lieber gewesen, wenn der Ort tatsächlich nur aus ein paar losen Brettern bestanden hätte.

»Clyde!«, schrie er, als sie sich der Tür näherten. Eine große blutige Hand griff hinein und Caryn ergriff sie, ohne zu zögern. Kaum waren ihre Beine verschwunden, schob Drew seinen Kopf und seine Schultern durch den Spalt. Clyde half Caryn von der Hütte weg, als er herauskam.

Drew machte sich auf den Weg zu ihr – und ihm wurde schlecht, als er sie sah. Ihr Haar war voller Schmutz, sie hatte blaue Flecke im Gesicht – vor allem um eines ihrer Augen – und auf jedem sichtbaren Zentimeter ihrer Haut. Ihre Bluse war zerrissen, auf dem Stoff befanden sich mehrere Blutflecke, und es fehlte sogar ein Schuh.

Seine Frau war fast zu Tode geprügelt worden, und doch war sie hier. Lebendig. Erleichterung floss durch seinen Körper und kämpfte mit der glühenden Wut, die er auf Paul verspürte. Er war noch entschlossener als zuvor, den Dreckskerl für seine Taten büßen zu sehen.

»Die Hütte ...«, flüsterte sie entsetzt.

Als Drew sich umdrehte, sah er, dass das Feuer an Größe und Stärke zugenommen hatte.

»Wir müssen das Feuer löschen!«, rief sie.

Drew wollte ihr sagen, dass sie sich darüber jetzt keine Gedanken machen sollte. Er musste sie zu Doc Snow bringen. Aber sie war in Bewegung, bevor er auch nur blinzeln konnte. Sie humpelte, so schnell sie konnte, auf das Feuer zu, während die meisten Menschen in die entgegengesetzte Richtung gelaufen wären.

»Du hast doch einen Wasseranschluss, oder, Clyde?«, fragte sie.

»Es gibt einen schwarzen Schlauch, der auf dem Dach verlegt und mit dem Bach verbunden ist. Er hat ein Absperrventil, das etwa vierzig Meter entfernt ist.«

»Wenn ich daran ziehe, kommt er dann raus?«

»Er ist mit dem Kondensator verbunden, aber er sollte rauskommen«, erklärte Clyde schnell.

»Ich nehme den Schlauch, du drehst das Ventil auf. Wir müssen etwas Wasser auf das Ding bekommen, bevor der Alkohol Feuer fängt. Schließlich wollen wir nicht, dass der ganze Wald in Flammen aufgeht!«

Drew war einen Moment lang fassungslos. Caryn war verletzt und hatte offensichtlich Schmerzen, und dennoch war sie entschlossen, das zu tun, wofür sie jahrelang trainiert hatte ... das Feuer bekämpfen.

Er wollte protestieren. Sie anschreien. Ihr sagen, dass sie

die Rettung des gottverdammten Waldes vergessen sollte; sie musste *sich selbst* in Sicherheit bringen.

Stattdessen vertraute er auf seine Frau und folgte ihr.

Als sie zusammenzuckte, als sie sich streckte, um den Schlauch zu ergreifen, der aus dem Dach der Hütte ragte, schob er sie sanft zur Seite. »Ich kümmere mich darum. Sag mir einfach, was ich tun soll.«

Dankbar trat sie beiseite, ohne sich zu beschweren. Drew riss an dem Schlauch. Er spürte, wie er sich aus der Halterung am Kondensator im Inneren des Gebäudes löste, wohl wissend, dass die Zeit drängte. Wenn Clyde sich schon Sorgen machte, was passieren würde, wenn die Flammen auf den Schnaps im Inneren trafen, dann war er doppelt besorgt.

Ein überraschend starker Wasserstrahl rauschte aus dem Ende des Schlauchs, als Drew und Caryn um die Seite der Hütte herum in Richtung der Flammen eilten. Als er nahe genug dran war, richtete Drew das Wasser instinktiv auf den oberen Teil des Gebäudes.

»Nein, ziele auf den unteren Teil des Feuers«, wies Caryn an. »Genau so. Und jetzt beweg den Schlauch von einer Seite zur anderen. So ist es gut.«

Mit Caryn im Rücken tat Drew sein Bestes, um die Flammen zu löschen. Die Hitze war unangenehm, seine Hände wurden schnell taub von dem eiskalten Wasser, das durch den Schlauch in seinem Griff floss, und seine Lunge brannte vom Einatmen des Rauchs, der aus der brennenden Hütte drang. Er zitterte vor Adrenalin und Stress, aber Caryn half ihm und gab ihm Tipps und Hinweise, während er sich bemühte, das Feuer zu löschen.

Er konzentrierte sich so sehr auf das, was er tat, dass er Paul weder sah noch hörte, bis der Mann praktisch direkt bei ihnen war. Er stürmte auf sie zu, einen dicken Ast in der Hand, und schwang ihn, so fest er konnte.

Noch während Drew durch den extrem harten Stoß, den

Caryn ihm verpasste, nach rechts stolperte, kam ihm der absurde Gedanke, dass es *völlig verrückt* von Paul war, irgendwo in der Nähe zu bleiben, um Caryn im Feuer sterben zu sehen. In diesem Zusammenhang fragte er sich, warum der Mann nicht versucht hatte, ihn oder Clyde davon abzuhalten, sie zu retten. Vielleicht wollte er es nicht mit zwei Männern aufnehmen. Vielleicht war er so eingebildet, dass er dachte, es würde ihnen nicht gelingen, sie zu retten, und erst als er merkte, dass sie Erfolg hatten, sah er sich gezwungen, etwas zu unternehmen.

All das ging Drew im Bruchteil einer Sekunde durch den Kopf, bevor er auf dem Boden landete, das Wasser spritzte überall hin und sein Ellbogen schlug auf dem Boden auf. Caryn hatte ihn vor Pauls Schlag zur Seite geschoben – und jetzt kämpfte sie mit dem Mann, rang mit ihm um den Ast.

Im Nu war Drew wieder auf den Beinen. Da Pauls Hände beschäftigt waren, war es nicht schwer, ihm ins Gesicht zu schlagen. Er stöhnte und ließ den Ast los.

Drew schlug ihn wieder. Und dann noch einmal. Wieder und wieder.

Er hörte nicht auf, als der Mann zu Boden fiel, sondern setzte sich auf ihn und schlug weiter zu, bis seine Knöchel bluteten. Sein einziger Gedanke war, diesen Dreckskerl zu überwältigen, damit er Caryn nie wieder etwas antun konnte.

»Er ist am Boden!«, schrie Caryn.

Drew hörte sie kaum. Er musste Paul dafür bezahlen lassen, was er getan hatte.

»Ich kümmere mich um ihn«, hörte er undeutlich.

Dann zog Clyde Drew mit einer starken Hand an seinem Arm zurück. Und mit einem Mal war er wieder in der Gegenwart. Caryn starrte ihn mit besorgter Miene an.

Er wich von Paul zurück, der sich vor Schmerzen stöhnend auf dem Boden krümmte. Drew spuckte neben dem Mann auf den Boden und knurrte: »Wie fühlt sich das an, du Drecksack?«

»Drew, das Feuer«, drängte Caryn. »Es breitet sich im Gras aus!«

Clyde zerrte Paul von der Hütte weg, und danach war alles nur noch verschwommen.

Brock traf ein. Es wäre schön gewesen, wenn er rechtzeitig da gewesen wäre, um Pauls Angriff zu verhindern, aber Drew war auch jetzt noch dankbar für seine Hilfe. Und weniger als eine Minute, nachdem er vor Ort erschienen war, traf auch der Rest des Such- und Bergungsteams vom Eagle Point ein. Auf Caryns Anweisung hin arbeiteten sie zusammen, um das Feuer zu löschen. Sie und Raiden streuten Erde auf das Gras rund um die Hütte. Zeke behielt ein Auge auf den immer noch stöhnenden Paul. Rocky, Tal, Ethan und Clyde brachen die Tür auf – und riskierten eine Menge, um ins Innere zu gelangen und nicht nur das Fass mit dem Selbstgebrannten herauszuholen, sondern auch die Propangasflasche, die an der Wand gegenüber dem Feuer stand und die Drew nicht einmal bemerkt hatte. Sie schleppten auch den Kupfertopf mit den Resten der Maische heraus, die Clyde bei der letzten Charge verwendet hatte, dann den Verdoppler und den Kondensator.

Es war ein gefährlicher Job und Clyde sah buchstäblich so aus, als würde er aus Dankbarkeit für ihre Hilfe weinen, als das letzte Stück seiner Brennerei in Sicherheit gebracht wurde. Das Material war nicht billig, und es bedeutete ihm offensichtlich viel, dass das Team alles getan hatte, was es konnte, um alles zu retten.

Raiden nahm Drew den Schlauch ab, sodass er sich endlich zu Caryn gesellen konnte.

Sie stand etwas abseits, den Blick auf das Feuer gerichtet, das größtenteils gelöscht worden war. Sie schwankte auf ihren Füßen, und Drew zog sie schnell in seine Arme. Sie ließ sich bereitwillig fallen, und Drew hob sie rasch auf.

»Was machst du da?«, fragte sie.

Er ignorierte die Frage, trug sie zu einem Baumstamm weit weg von der Hütte und setzte sie auf seinen Schoß. Er vergrub seine Nase an ihrem Hals und hielt sie so fest, wie er sich traute, während sein eigener Körper vor Adrenalin zitterte. Er spürte, wie sie ihren Arm um seinen Rücken legte und mit der anderen Hand seinen Bizeps fest umklammerte.

»Mir geht es gut«, beruhigte sie ihn.

»Das stimmt nicht«, erwiderte er und hob den Kopf. »Du hast überall in deinem schönen Gesicht Blutergüsse. Und du blutest. Und er hat dir verdammte Handschellen angelegt.«

»Um ehrlich zu sein, daran erinnere ich mich nicht«, gab sie zu.

»Soll ich mich jetzt besser fühlen?«, fragte Drew. »Ich habe keine Ahnung, was zum Teufel er sich dabei gedacht hat. Ich meine, wenn er es wie einen Unfall aussehen lassen wollte, war das Anlegen von *Handschellen* das Idiotischste, was er hätte tun können.« Er schüttelte den Kopf. »Andererseits hat er das Gebiet nicht verlassen. Vielleicht wollte er nur sichergehen, dass du nicht entkommen kannst, und wenn das Feuer aus war, wäre er zurückgegangen und hätte sie abgenommen.« Allein bei der Vorstellung dieser völlig kaltblütigen Tat wurde Drew richtiggehend schlecht. »Aber hat er wirklich geglaubt, dass niemand ein verdammtes Feuer melden würde oder dass es sich nicht ausbreiten würde?« Er wusste, dass er Fragen stellte, auf die er wahrscheinlich nie eine Antwort bekommen würde, aber er konnte nicht anders, als sie auszusprechen.

»Ich weiß auch nicht, was er sich dabei gedacht hat«, erklärte Caryn leise.

Drew holte tief Luft und versuchte, seine Gedanken von diesem Mistkerl abzulenken. »Du hast mir Rückendeckung gegeben.«

Sie runzelte die Stirn. »Was?«

»Ich habe ihn nicht einmal kommen sehen. Du hast nicht gezögert, mich zu decken und mich aus dem Weg zu schieben.«

»Natürlich habe ich das. Dachtest du, ich würde zulassen, dass er dich schlägt?«, fragte sie.

»Erinnerst du dich an unser Gespräch darüber, dass wir uns einen echten Partner wünschen?«

Sie nickte.

»Du gehörst mir, Caryn. Du bist meine einzig wahre Partnerin. Im wahrsten Sinne des Wortes. Als Clyde mich anrief und mir sagte, dass Paul dich in seiner Gewalt hat, konnte ich nicht mehr klar denken. Trotz meines Trainings hatte ich das Gefühl, mich wie eine Schnecke vorwärtszubewegen, um zu dir zu gelangen. Mir war nur klar, dass ich nicht zulassen würde, dass dir etwas zustößt, nicht wenn ich es verhindern könnte.«

Sie nahm einen tiefen Atemzug. »Ich habe nie gewusst, wie es ist, einen echten Partner zu haben, bis ich dich kennengelernt habe«, entgegnete sie.

»Wenn ihr euch in die Hand spucken und dann die Hände schütteln wollt, um eure Vereinbarung zu besiegeln, prima, aber ich denke, wir müssen Caryn von hier weg und zu Doc Snow bringen. Mir gefallen die Blutflecke auf ihrer Bluse nicht.«

Drew wurde von Brocks Stimme aufgeschreckt und blickte sofort auf Caryns Taille hinunter, wo er erneut die Stirn über das Blut runzelte. Es war ihm schon früher aufgefallen, aber bei allem, was sonst vorgefallen war, hatte er es nicht wirklich registriert. »Was zum Teufel?«, fragte er und griff nach dem Saum ihres T-Shirts.

»Mir geht es gut«, beruhigte sie ihn, das hielt ihn aber nicht davon ab, ihre Verletzungen zu betrachten.

Als er die offensichtlichen Messerschnitte auf ihrer Haut sah, wurde sein Verstand für den Bruchteil einer Sekunde völlig leer ... dann stand er langsam auf. Er stellte Caryn auf die Beine, vergewisserte sich, dass sie stabil war, und drehte sich zu Paul um, der immer noch am Boden lag.

Er kam keine zwei Schritte weit, bevor Caryns Hand auf seinem Arm ihn stoppte. »Du kannst nicht mein Partner sein, wenn du hinter Gittern sitzt«, erklärte sie leise.

Drew blieb stehen, aber er wandte den Blick nicht von Paul ab.

Caryn trat vor ihn und legte ihm eine Hand an die Wange. »Mir geht es gut. Er hat nicht gewonnen.«

Es kostete Drew all seine Selbstbeherrschung, um sein Verlangen, Paul Downs zu töten, zu unterdrücken. Der Mann hatte den wichtigsten Menschen in seinem Leben verletzt. Ohne Caryn wäre Drew immer noch der paranoide Einsiedler, der er früher gewesen war. Sie hatte Liebe und Freude in sein Leben gebracht, und er sollte verdammt sein, wenn er sich das von irgendjemandem wegnehmen ließe – sich selbst eingeschlossen. Und wegen Mordes verhaftet zu werden würde Caryn definitiv schaden.

Er konzentrierte sich auf sie und nicht auf den Mann am Boden. »Du hast verdammt recht, er hat nicht gewonnen«, erklärte Drew.

Sie seufzte erleichtert, als ihr klar wurde, dass er Paul nicht töten würde. »Woher wusstest du, wo ich bin?«, fragte sie.

»Wie ich schon sagte, Clyde hat mich angerufen. Ich habe keine Ahnung, woher *er* es wusste«, fügte Drew hinzu.

»Wildkameras«, sagte Clyde, der neben Paul stand und dafür sorgte, dass der Mann nicht so bald aufstand. »Und zwar ziemlich teure.«

»Sag mir, dass du Aufnahmen gemacht hast«, flehte Rocky.

»Und ob ich das habe«, versicherte Clyde ihm.

»Meinst du, du kannst Simon diese SD-Karten bringen?«, fragte Tal.

»Wie wäre es, wenn ich ihm die Videos einfach per E-Mail schicke?«, fragte Clyde.

»Du hast eine E-Mail-Adresse?«, entgegnete Zeke, sichtlich überrascht von dieser Tatsache.

Clyde sah ihn an, als hätte er nicht mehr alle Tassen im Schrank. »Natürlich habe ich das. Und ich habe ein Satellitentelefon. Was meinst du, wie ich Drew sonst hätte anrufen können? Und eine Webseite für meinen Schwarzgebrannten ... und einen Abschluss in Computertechnik, den ich online erworben habe.«

»Du meine Güte.« Ethan lachte leise vor sich hin.

»Ich weiß, dass alle mich für einen Hinterwäldler halten,

aber das ist mir verdammt egal. Ich musste lernen, meinen Lebensunterhalt zu verdienen, und das ist mir gut gelungen.«

»Das kann man wohl sagen«, stimmte Tal zu.

»Du hast es wahrscheinlich nicht nötig, und das würde mich jetzt nicht überraschen, aber wenn du jemals Hilfe von einem Steuerberater oder Vermögensverwalter brauchst, stehen dir meine Dienste kostenlos zur Verfügung. Für immer«, erklärte Drew dem älteren Mann mit Respekt und Dankbarkeit in der Stimme.

Clyde nickte einmal.

»Also ... Drew, du musst Caryn zu Doc Snow bringen. Wir rufen ihn an und sagen ihm, dass du auf dem Weg zu ihm bist«, sagte Ethan.

»Ich werde mitfahren«, meldete sich Brock. »Ich kann fahren, während du dich um Caryn kümmerst.«

»Was ist mit dem Feuer?«, fragte Caryn und blickte auf die noch immer schwelende Hütte. »Ihr könnt es nicht verlassen, es könnte wieder aufflammen.«

»Wir bleiben hier und behalten es im Auge«, beruhigte Zeke sie.

»Wir müssen sowieso bleiben, bis Simon oder einer seiner Polizisten hier ist. Jemand muss helfen, den Müll aus dem Wald zu schaffen«, erklärte Tal und sah Paul eindringlich an.

»Und wenn das Feuer gelöscht ist, müssen wir Clyde helfen, seine Brennerei wieder zusammenzubauen«, fügte Raid hinzu.

Drew war noch nie so dankbar gewesen, so gute Männer in seinem Leben zu haben, wie in diesem Moment. Er konnte sich auf Caryn konzentrieren und musste sich um nichts anderes Sorgen machen.

Caryn ging auf Clyde zu. Drew wollte sie zurückziehen, weil er sie nicht in Pauls Nähe haben wollte, falls er die Kraft aufbringen würde aufzustehen, aber er hätte sich keine Sorgen machen müssen. Zeke und Ethan traten zwischen sie und Paul, als Clyde auf sie zutrat.

»Danke«, sagte Caryn, während sie den großen Mann umarmte. Er trug seinen typischen Jeans-Overall und ein weißes T-Shirt. Sein dicker Bauch hinderte sie fast daran, die Arme um ihn zu legen, aber sie schaffte es. Sein ziemlich zerzauster schwarzer Bart, der reichlich mit Grau gespickt war, bildete einen starken Kontrast zu ihrem blonden Haar, als er sie festhielt.

Aber es war offensichtlich, dass die beiden jetzt eine Bindung hatten, die nie wieder gelöst werden konnte. Caryn hatte bereits eine hohe Meinung von dem Einsiedler, und er hatte das Gefühl, dass dank ihr und ihrem Großvater die ganze Stadt Fallport ihn in einem neuen Licht sehen würde. Clyde war vielleicht nicht begeistert von der Tatsache, dass er in den Augen vieler Leute ein Held sein würde, aber er würde sich damit abfinden müssen.

Drew stellte sich hinter Caryn und legte ihr eine Hand auf den Rücken. Er hasste es, die Blutflecke auf ihrem Hemd zu sehen. Sie machten ihn noch ungeduldiger, sie von da wegzuschaffen.

»Auch ich bin dir dankbar«, entgegnete Drew und hielt ihm die Hand hin. »Ich weiß es zu schätzen, dass du mich angerufen hast.«

Clyde schüttelte sie und nickte ihm zu, bevor er einen Schritt zurücktrat. »Da du ihr Mann bist, wusste ich, dass du schneller hier sein würdest als die Polizei.«

Es schien, als wäre Clyde, obwohl er ein Einsiedler war, immer noch in das Geschehen in Fallport eingeweiht. Das hätte Drew angesichts der anderen Enthüllungen des Mannes nicht überraschen sollen, aber irgendwie tat es das trotzdem.

»Wenn du jemals jemanden brauchst, der dein IT-System aufrüstet – du weißt schon, um dafür zu sorgen, dass es bei all den Geldtransaktionen, die du für die Leute durchführst, sicher ist –, sag mir Bescheid«, erklärte Clyde.

Drew lachte leise. »Vielleicht komme ich darauf zurück«,

sagte er zu dem älteren Mann. Dann sah er Caryn an. »Bist du bereit, von hier zu verschwinden?«

»Mehr als bereit«, erwiderte sie.

»Ich kann dich tragen, wenn du zu große Schmerzen hast, um zu gehen«, sagte Drew und ließ besorgt die Augenbrauen sinken, als er sah, wie sie zusammenzuckte, als sie sich umdrehte.

»Denk nicht einmal daran«, entgegnete sie mit einem finsteren Blick.

Drew hörte Gelächter um sich herum, aber er ignorierte es. »Mir geht es nur darum, dass du nicht noch mehr verletzt wirst, als du es ohnehin schon bist.«

»Ich bin hart im Nehmen«, informierte Caryn ihn.

»Allerdings, verdammt, das bist du«, erwiderte Drew sofort.

Tal näherte sich mit Caryns fehlendem Schuh. »Wenn sie hier rauskommen soll, wird sie den hier brauchen.«

Drew kniete sich sofort zu Caryns Füßen und half ihr, ihn anzuziehen, indem er ihn zuband, damit sie sich nicht bücken und die kleinen Wunden an ihren Seiten verschlimmern musste.

Sie begannen, durch den Wald zurück in Richtung des Weges zu gehen, wobei Drew und Brock ihr Fragen über ihre Entführung stellten. Was sie ihnen erzählte, ließ Drews Wut auf Paul noch einmal auflodern.

Dann, nach einem kurzen Schweigen, seufzte Caryn. »Ich weiß nicht, was mit meinen Zimtrollen passiert ist«, bemerkte sie in einem Tonfall, der andeutete, dass sie über den Verlust der süßen Leckerei traurig war.

Einen Moment lang dachte Drew, er hätte sich verhört. Sie hatte ihm und Brock ganz sachlich alles erzählt, was passiert war, wie Paul sie in den Wald gebracht hatte, ohne zusammenzubrechen. Sie schien die ganze Situation sogar erstaunlich gut zu meistern. So gut, dass Drew annahm, sie müsse unter Schock stehen.

Dass sie sich jetzt ausgerechnet über Zimtschnecken beschwerte, machte ihm klar, dass es ihr wirklich gut ging.

»Wir besorgen dir neue«, tröstete er sie.

»Ich sollte auch eine zu Bristol bringen«, fügte sie hinzu.

»Ich werde zu Finley gehen und ihr erklären, was passiert ist, und dir und Bristol frische besorgen«, bot Brock an.

Drew sah Caryn an, während sie gingen … und er sah, wie sich ein kleines Lächeln auf ihren Lippen ausbreitete. Er widerstand dem Drang, die Augen zu verdrehen. Er wusste, dass Caryn der Meinung war, dass Brock Finley mochte, und dass die Bäckerin zu schüchtern war, etwas deswegen zu unternehmen. Es würde ihn nicht wundern, wenn sie und die anderen Frauen einen Plan ausgeheckt hätten, um die beiden zusammenzubringen. Sie war sichtlich erfreut über Brocks Angebot.

»Super, danke«, sagte sie zu ihm. »Bitte sorge dafür, dass Finley nicht ausflippt, wenn sie erfährt, was passiert ist. Sie ist ziemlich empfindlich und ich möchte nicht, dass sie sich Sorgen macht.«

»Ich werde es ihr schonend beibringen«, versprach Brock.

Drew schüttelte gedanklich den Kopf. Brock war erledigt. Er wusste es nur noch nicht.

Zwei Wochen waren seit dem Vorfall im Wald vergangen und Caryn ging es gut. Die ersten paar Tage danach waren hart gewesen. Jeder Muskel in ihrem Körper hatte wehgetan und sie hatte überall blaue Flecke ... im Gesicht, an den Armen, Beinen, am Rücken, am Oberkörper ... jedes Mal, wenn Drew sie sah, biss er die Zähne zusammen und ein Muskel in seinem Kiefer begann zu zucken.

Er war immer noch wütend. Überaus wütend. Aber es gab niemanden, an dem er seine Wut auslassen konnte, außer an sich selbst, was für Caryn nicht akzeptabel war. Deswegen hatten sie ihren ersten Streit gehabt.

Caryn hatte ihn an dem Abend zur Rede gestellt, als sie ein Bad genommen hatte, um ihre Muskeln zu lockern, und Hilfe brauchte, um aus der Wanne zu kommen. Er hatte einen finsteren Ausdruck auf dem Gesicht gehabt und sie hatte ihn gefragt, was los sei. Er war zusammengebrochen. Er hatte sich entschuldigt, weil er sie im Stich gelassen hatte. Dafür, dass er zugelassen hatte, dass Paul sie entführen konnte. Dass er die Zeichen nicht erkannt hatte.

Aber Caryn wollte ihn nicht glauben lassen, dass alles, was passiert war, seine Schuld war. Sie hatten beide geschrien –

ziemlich heftig. Aber am Ende hatte er ihr zugestimmt, dass sie erwachsen war, und keiner von ihnen hätte ahnen können, dass Paul so völlig aus dem Gleichgewicht geraten war.

Caryn war sich nicht hundertprozentig sicher, ob Drew nicht doch noch eine Art Restschuld spürte, aber er schien entspannter – oder vielleicht hatte er auch resigniert – mit dem, was passiert war. Es half, dass die blauen Flecke in ihrem Gesicht fast verschwunden waren, sie waren nur noch ein blasses Gelb, und Caryn selbst ihr Leben einfach weiterlebte.

Paul war von der Feuerwehr in Fallport entlassen worden, ebenso wie Dennis, George und Lou. Offenbar hatte Paul ihnen etwas von seinen Plänen erzählt – sie zu entführen, zu schlagen und im Wald auszusetzen. Sie behaupteten, nichts von dem Feuer gewusst zu haben, aber da keiner von ihnen versucht hatte, Paul aufzuhalten oder die Polizei zu rufen, um sie über die Pläne ihres Freundes zu informieren, wurden sie als mitschuldig angesehen.

Paul befand sich derzeit im Bezirksgefängnis, wo er wegen Entführung, Brandstiftung, versuchten Mordes und einiger anderer Anklagepunkte einsaß. Er wurde ohne Kaution festgehalten, wofür Caryn mehr als dankbar war. Sie wollte nicht befürchten müssen, dass er wieder hinter ihr her sein würde, um zu beenden, was er angefangen hatte.

Überraschenderweise war Oscar bei der Feuerwehr zum Hauptmann befördert worden. Drew und seine Freunde vom Such- und Bergungsteam waren darüber wütend gewesen, aber Caryn hielt ihn für eine gute Wahl. Ja, er war im *The Cellar* gewesen, aber am Ende hatte er die richtige Entscheidung getroffen, Drew in jener Nacht anzurufen. Außerdem schien ihm die Feuerwehrwache wirklich am Herzen zu liegen.

Caryn war offiziell von der Stadt eingestellt worden, um die Ausbildung für die Feuerwehr zu leiten, und hatte sich bereits mit Oscar über die nächsten Schritte beratschlagt. Sie hatten einige vorläufige Pläne gemacht, und Caryn freute sich über seinen Eifer und die offensichtliche Zusammenarbeit mit den übrigen Feuerwehrleuten. Es gab jetzt fünf offene Stellen zu besetzen und Caryn ermutigte den Stadtrat, viel stärker zu werben, um geeignete und vielfältige Kandidaten zu finden.

Alles in allem liefen die Dinge in Caryns Leben sehr gut. Sie hatte sogar das erste Manuskript von einer von Thomas' Bekannten erhalten, ihrer zweiten Kundin als Lektorin überhaupt. Manchmal musste sie sich selbst kneifen, dass sie für das erste Durchlesen von Werken so berühmter Autoren verantwortlich war. Sie hatte die Frau gewarnt, dass sie bei ihrer Kritik des Manuskripts nicht zimperlich sein würde, aber diese hatte Caryn versichert, dass das völlig in Ordnung sei.

Caryn hoffte, dass sie es ernst meinte.

Ethan und Lilly waren in den letzten Zügen der Planung ihrer Hochzeit, die an Halloween in Rockys und Bristols Scheune stattfinden sollte. Es sollte eine lockere Veranstaltung werden, und Lilly hatte gesagt, wenn jemand in Anzug und Krawatte oder in einem schicken Kleid auftauchte, würde sie ihn rausschmeißen. Es sollte eine Jeans-und-T-Shirt-Angelegenheit werden – oder sie konnten in einem Kostüm kommen, falls jemand eins tragen wollte – und Caryn freute sich schon sehr darauf.

Die Sonne begann gerade aufzugehen und Caryn kam sich extrem faul vor. Während der letzten zwei Wochen hatte sie dank Drews Ermutigung jeden Tag ausgeschlafen. Sie hatte darauf bestanden zu trainieren und seine Proteste ignoriert, aber sie hatten bis zum späten Vormittag gewartet, um sich nach draußen zu wagen, und sich meist auf leichte Wanderungen beschränkt. Die frühen Morgenstunden dienten der Entspannung, dem Nachdenken über alles, was geschehen war, und der Dankbarkeit dafür, wie sich die Dinge entwickelt hatten.

»Guten Morgen«, sagte Drew leise, als er sich auf die Seite drehte und sie mit einem Arm um ihren Bauch und einem Bein über einen ihrer Oberschenkel auf die Matratze drückte.

»Guten Morgen«, erwiderte sie.

»Hast du gut geschlafen?«, fragte er.

»Wie ein Stein.«

Es war interessant, dass es *Drew* war, der Albträume gehabt hatte, und nicht sie, obwohl sie diejenige war, die zusammengeschlagen und in der Hütte zurückgelassen worden war, um zu verbrennen. Caryn vermutete, es lag daran, dass sie bewusstlos gewesen war und keine Ahnung hatte, was Paul geplant hatte. Ja, verprügelt zu werden war nicht lustig gewesen, aber sie hatte gehofft, dass er sie, sobald er genug hatte, gehen lassen würde, so wie er es zuvor auch getan hatte. Mord war ihr nicht in den Sinn gekommen ... obwohl sie daran vielleicht hätte denken sollen.

»Was ist mit dir?«, fragte sie Drew. »Hattest du Albträume?«

»Nein.«

»Gut. Was steht heute auf dem Programm?« Sie wusste genau, was sie geplant hatten, aber sie wollte ihn von dem ablenken, was mit ihr passiert war.

Drew stützte sich auf einen Ellbogen und fuhr mit den Fingern der anderen Hand über einen besonders hässlichen Bluterguss an ihrer Seite. Derjenige, der am längsten brauchte, um zu heilen. »Was hältst du von der Ehe?«

Caryn stockte der Atem, dann begann ihr Herz, in ihrer Brust zu hämmern. Sie starrte ihn eine ganze Weile an, bevor sie fragte: »Du meinst generell?«

Drew zuckte mit den Schultern. »Ja.«

»Ähm, also ... ich habe nichts dagegen.«

»Und konkret? Bist du dagegen, wieder zu heiraten?«

Caryn hatte keine Ahnung, worauf das Gespräch hinauslaufen sollte. War das seine Art, sie zu fragen, ob sie ihn heiraten wollte? Oder wollte er ihr schonend beibringen, dass er nie den Bund der Ehe schließen wollte? Sie atmete tief durch und beschloss, ehrlich zu sein.

»Nein. Ich meine, ich war nach dem Ende meiner ersten Ehe ziemlich verbittert. Ich dachte, dass eine zweite Ehe für mich nicht infrage käme. Dass ich irgendwie zu verkorkst war, um mit jemandem eine erfolgreiche Partnerschaft zu führen, auch wenn ich es mir verzweifelt gewünscht hatte. Meine Mutter war furchtbar, und sie war kein gutes Vorbild, wenn es um Beziehungen ging, aber ich glaube, das hat dazu geführt, dass ich mir die liebevollen Eltern, die andere Kinder hatten, noch mehr gewünscht habe. Und dann war da noch die Beziehung zwischen meinem Großvater und meiner Großmutter. Art liebte seine Frau so sehr, dass er bei ihrem Tod am Boden zerstört war. Ich war wirklich noch zu jung, um mich detailliert an sie zu erinnern, aber ich habe viele Geschichten gehört.«

Drew nickte. »Ich habe nie den Wunsch verspürt, verheiratet zu sein«, erklärte er ihr. »Ich habe im Laufe der Jahre zu viele Ehen nicht nur scheitern, sondern spektakulär scheitern sehen. Ich dachte, ich könnte keine Beziehung führen. Ich war zu sehr auf meinen Job konzentriert. Zu egoistisch. Ich wollte tun, was ich wollte und wann ich es wollte, auch wenn das meistens nur bedeutete, zu Hause zu sitzen oder meinen Kollegen bei der Steuererklärung zu helfen.«

Caryn schluckte schwer. Wollte er ihr etwa sagen, dass sie nicht heiraten würden? Dass er sich freute, dass sie zusammen waren, aber dass nie mehr daraus werden würde?

»Aber bei dir ... habe ich festgestellt, dass mein Denken eine komplette Kehrtwendung gemacht hat. Ich will das Recht, dich mein zu nennen, Caryn, legal und offiziell. Ich will, dass du meinen Ring trägst, damit jeder weiß, dass du tabu bist. Und ich will der Welt zeigen, wie stolz ich bin, dass ich auch dir gehöre. Nicht dass mir die Frauen die Tür einrennen würden, um mit mir zusammen zu sein, aber ich möchte beweisen können, dass ich komplett vom Markt und vergeben bin.«

Die Muskeln in Caryns Körper, die sich bei seinen vorherigen Worten angespannt hatten, entspannten sich plötzlich. »Du bist definitiv vom Markt«, beruhigte sie ihn. »Und ich möchte offiziell dir gehören, genauso wie ich möchte, dass du mir gehörst.«

»Ich *gehöre* dir«, entgegnete er, ohne zu zögern. »Aber ...« Er verstummte.

»Aber was?«, wollte Caryn wissen.

»Zu heiraten macht mir auch eine Heidenangst. Ich habe gesehen, wie sich vollkommen glückliche Paare gegeneinander wenden, sobald sie den Ring am Finger haben. Ich will keine andere. Niemals. Der einzige Mensch, mit dem ich aufwachen und ins Bett gehen möchte, bist du ...«

»Aber du bist noch nicht bereit zu heiraten«, beendete Caryn den Satz für ihn.

»Ändert das etwas an deinen Gefühlen für mich?«, fragte Drew.

»Auf keinen Fall«, entgegnete Caryn nachdrücklich. »Um ehrlich zu sein, bin ich auch noch nicht bereit zu heiraten. Bei uns ging alles sehr schnell – nicht dass mich das stören würde, aber ich glaube, ich möchte mich erst einmal an unsere Beziehung gewöhnen, bevor wir darüber nachdenken zu heiraten.«

Drew seufzte erleichtert. »Wenn wir beide so weit sind, werde ich dich auf jeden Fall heiraten«, versicherte er ihr.

»Großartig«, erklärte sie mit einem Lächeln. Sie war irgendwie erleichtert, dass der Druck, sich zu fragen, ob und wann er die Frage stellen würde, für den Moment vom Tisch war. Sie wechselte das Thema und sagte: »Es ist schon zwei Wochen her.«

Drew war völlig bei ihr, denn er musste nicht einmal fragen, wovon sie sprach. »Es ist noch zu früh. Du hast immer noch blaue Flecke und glaub ja nicht, dass mir nicht aufgefallen ist, wie vorsichtig du dich bei unseren Spaziergängen bewegt hast.«

Ihr Training war nicht im Geringsten anstrengend gewesen, aber sie hatten jeden Tag das Haus verlassen und waren spazieren gegangen oder gewandert.

»Mir geht es gut«, versicherte sie ihm. »Ich werde nicht kaputtgehen, wenn du mit mir schläfst«, sagte sie.

»Wenn ich dir wehtue ...« Drew schloss die Augen und holte tief Luft.

»Du würdest mir nie wehtun«, entgegnete Caryn und legte eine Hand an seine Wange. Dann drückte sie gegen seine Brust, bis Drew auf dem Rücken lag. Sie setzte sich auf ihn und griff nach dem Saum des T-Shirts, das sie im Bett getragen hatte. Sie zog es sich über den Kopf und stützte sich auf seinen Brustmuskeln ab, während sie ihn anlächelte.

»Verdammt«, hauchte er und hob die Hände, um sanft ihre Seiten zu umfassen. Mit dem Daumen streichelte er die Haut direkt unter ihren Brüsten und seine Pupillen weiteten sich, als er zu ihr aufblickte.

»Ich brauche dich«, bemerkte Caryn, während sie sich nach hinten bewegte, bis seine Erektion zwischen ihren Beinen war.

»Du gibst das Tempo vor«, sagte Drew mit Nachdruck. »Und du wirst die ganze Zeit oben sein. Ich werde nichts riskieren, was Druck auf die blauen Flecke ausüben könnte.«

Für Caryn war das völlig in Ordnung. Sie fühlte sich gut – besser als gut – und es war kein Problem, Drew unter ihr zu haben. Ganz und gar nicht.

Daraufhin stieg sie von ihm herunter und entledigte sich schnell ihrer kurzen Pyjamahose. Während sie das tat, zog Drew seine Boxershorts aus. Sie kniete sich zwischen seine Beine, nahm seinen Schwanz in die Hand und streichelte ihn von der Spitze bis zu den Hoden und dann wieder nach oben, wobei sie sich an dem Stöhnen erfreute, das ihm über die Lippen kam.

»Verdammt, ich werde nicht sehr lange durchhalten«, murmelte er, mehr zu sich selbst als zu ihr.

Caryn lächelte nur.

Ihr Liebesspiel war schnell und heftig, und obwohl Drew versuchte, sich zurückzuhalten und sanft zu sein, ließ Caryn das nicht zu. Sie blies ihm mit großer Begeisterung einen, und gerade als sie sicher war, dass er zum Orgasmus kommen würde, zog er sie hoch und über sich, bis sie auf seinem

Gesicht saß. Er leckte sie, bis *sie* in einem Orgasmus explodierte, dann drückte er sie wieder nach unten und sie ergriff seinen steinharten Schwanz und ließ sich langsam darauf sinken.

Danach war alles verschwommen, aber irgendwann hielt Drew sie über sich fest und besorgte es ihr heftig von unten. Dann zog er sie nach unten, sodass er bis zum Anschlag in ihr steckte, und kam zum Höhepunkt. Noch während er kam, rieb er mit dem Daumen ihre Klitoris, sodass ihr eigener Orgasmus nicht mehr weit entfernt war.

Caryns Schmerzen von ihrer Tortur wurden durch ihr Liebesspiel noch ein wenig verschlimmert, aber sie wäre lieber gestorben, als das Drew gegenüber zuzugeben. Was er nicht wusste, würde ihn nicht verletzen. Und sie war keine Mimose. Sie war niemand, der mit Verletzungen hausieren ging. Das hatte sie nie getan und würde sie nie tun.

»Verdammt noch mal, mein Schatz«, sagte Drew, als er sich erholt hatte. Sein Schwanz steckte immer noch in ihr. »Das ist aus dem Ruder gelaufen.«

Sie lachte. »Das ist deine Schuld. Du hättest nicht so lange warten sollen.«

Er schaute ihr in die Augen und sagte: »Falsch. Lieber hacke ich mir den Arm ab, als dir wehzutun. Ich werde immer tun, was das Beste für dich ist, auch wenn es keinem von uns gefällt.«

»Ich liebe dich«, erklärte Caryn.

»Und ich liebe dich auch. Also ... was steht heute auf dem Programm?«, fragte er.

Caryn konnte sich ein Lachen nicht verkneifen, als er ihre Frage von vorhin wiederholte, und zu ihrem Bedauern führte die Bewegung dazu, dass sein weicher werdender Schwanz aus ihrem Körper glitt. »Ach Mist«, beschwerte sie sich.

Drew grinste. »Ich nehme an, es ist zu spät, um über Verhütung zu reden?«

Erst in diesem Moment fiel ihr auf, dass sie kein Kondom

benutzt hatten. »Wir haben über die Ehe gesprochen ... aber was hältst du von Babys?«, fragte sie.

Drew sah leicht beunruhigt aus. »Verdammt. Was hältst *du* von ihnen?«

Sie hätte sich darüber aufregen sollen, dass er den Spieß umgedreht hatte und zuerst ihre Antwort wollte. »Ich bin einundvierzig«, erklärte sie ihm. »Wenn ich heute schwanger werden würde, wäre ich zweiundvierzig, bevor ein Baby geboren wird. Wenn ich nachrechne, wäre ich sechzig, wenn das Kind die Highschool abschließt. Ich weiß nicht so recht, ob ich so eine Uralt-Mutter sein will.«

»Ich wäre dreiundsechzig«, bemerkte Drew. »Und du wärst die schärfste Uralt-Mutter der Welt.«

»Also ... wie stehst du zu Kindern?«, fragte sie.

»Ich habe nichts dagegen, dich die nächsten sechzig Jahre für mich allein zu haben.«

Ja, dieser Gedanke gefiel ihr selbst sehr gut. »Aber ... *falls* es dazu kommt, hätte ich nichts dagegen, einen Sohn zu haben, der genauso aussieht wie du«, sagte Caryn mit einem sanften Lächeln zu Drew. Sie war sich nicht sicher, ob Kinder für sie infrage kämen, aber diesen Mann als Partner an ihrer Seite zu haben war schon ein wahr gewordener Traum. Sie konnte immer die Kinder ihrer neuen Freunde verwöhnen.

»Finde ich auch. Müssen wir uns Sorgen darüber machen, was hier gerade passiert ist?«, fragte Drew und strich ihr mit einer schwieligen Handfläche über den Rücken.

Caryn schüttelte den Kopf. »Ich nehme die Pille. Und das schon seit Jahren.«

Drew nickte, dann drängte er sie, sich ganz auf ihn zu legen. Nach einer Weile sagte er: »Wenn du Kinder willst, würde ich alles tun, um sie dir zu schenken. Aber ich habe kein Problem damit, kinderlos zu bleiben. Außerdem bin ich sicher, dass unsere Freunde mehr als genug davon haben werden, und wir können die lästigen Tanten und Onkel sein, die sie mit Süßigkeiten vollstopfen und dann nach Hause schicken.«

Caryn war nicht überrascht, dass sie auch hier derselben Meinung waren. Ihr gefiel der Gedanke, dass sie die Kinder ihrer Freunde zu Besuch haben und Partys mit ihnen feiern würden. »Klingt perfekt. Meinst du, Elsie würde uns erlauben, Tony ab und zu auszuleihen und ihn mit Art zu teilen? Er hat vor ein paar Wochen mit mir darüber gesprochen, ihm Urenkel zu schenken.«

»Auf jeden Fall. Ich glaube sogar, wenn wir nicht aufpassen, werden wir viel öfter auf ihn aufpassen müssen, als uns lieb ist.«

»Damit habe ich kein Problem.«

»Ich auch nicht. Also ... das heißt, wir können die Kondome weglassen, oder?«, grinste Caryn. »Genau. Ich bin gesund, du bist gesund, ich bin geschützt ... bei uns ist alles im grünen Bereich.«

»Gott sei Dank. Denn der Gedanke, sie wieder zu benutzen, nachdem wir ohne Kondom miteinander geschlafen haben«, er tat so, als würde er unter ihr erschaudern, »gefällt mir nicht.«

Caryn rollte mit den Augen. »Was bist du doch dramatisch.«

»Allerdings.«

»Also ... zurück zu unseren Plänen für den heutigen Tag?«, fragte sie, etwas amüsiert darüber, dass sie immer wieder abgelenkt wurden.

»Ich glaube, hier im Bett zu bleiben klingt nach dem perfekten Plan«, erklärte Drew träge.

Caryn richtete sich auf und schüttelte den Kopf. »Wir müssen zu Clyde gehen. Er will, dass ich den neuen Karamel-lapfel-Selbstgebrannten probiere, den er für Ethans und Lillys Hochzeit macht. Da es um Halloween herum ist und so. Dann habe ich diese Videobesprechung mit dem Staatsanwalt, der für Pauls Fall zuständig ist. Oscar und ich treffen uns mit Brock, um zu besprechen, wie wir einige der Autowracks auf seinem Grundstück für die Ausbildung der Feuerwehrleute nutzen können, und dann lädt Finley uns Mädchen zu einer Kuchenparty ein. Sie war begeistert, als sie gebeten wurde, Lillys Hochzeitstorte zu machen, aber jetzt stresst sie sich deswegen und wir müssen ihr versichern, dass alles, was sie macht, fantastisch sein wird.

Und *du* musst arbeiten, und dann essen wir heute Abend mit meinem Großvater. Übrigens erzähle ich ihm nicht, dass ich eine Zeit lang mit dir in Sünde leben werde ... das musst du ihm schon klarmachen.«

Drew lachte leise, und das Geräusch hallte in Caryns Körper wider. »Ich kümmere mich um Art ... und warum fragen wir überhaupt nach unseren Plänen für den Tag, wenn sie schon feststehen?«

Caryn lächelte und zuckte mit den Schultern. »Ich weiß es nicht. Hast du die Schlüssel für die Handschellen schon in deine Hose genäht?« An dem Tag, nachdem sie aus dem Wald nach Hause gekommen waren, hatte Drew zwei Dutzend der kleinen Schlüssel online bestellt und war fest entschlossen gewesen, sie in jede seiner Hosen einnähen zu lassen – nur für den Fall der Fälle.

»Du wirst mir doch *deswegen* keinen Ärger machen, oder?«, fragte er mit einem kleinen Lächeln.

»Nein. Du bist der große böse Polizist, und *ich* war diejenige, die den Schlüssel in der Hose hatte.«

»Damit das klar ist: Ich habe kein Problem damit, dass du dich über mich lustig machst, denn du hattest ja so recht.«

Sie lächelten einander an. »Ich liebe dich, Drew. Ich hatte keine Ahnung, dass ich meinen Seelenverwandten finden würde, als ich nach Fallport kam, um mich um Art zu kümmern.«

Er schloss für einen Moment die Augen, öffnete sie dann und nickte. »Ich würde nie behaupten, dankbar dafür zu sein, dass dein Großvater verletzt wurde, denn das würde mich zu einem Idioten machen, aber ich bin dankbar dafür, dass die Dinge sich so entwickelt haben, wie sie sich entwickelt haben.«

»Geht mir genauso«, stimmte sie zu. »Ich schätze, wir sollten duschen, bevor wir spazieren gehen.«

»Ja«, erwiderte er mit einem Nicken. »Und danach. Und dann vielleicht auch, bevor wir ins Bett gehen.«

Caryn verdrehte die Augen. »Manchmal bist du so ein komischer Kauz.«

»Nein. Es gefällt mir einfach, wenn du mit mir unter der Dusche stehst.«

Ihr gefiel es auch, also konnte sie sich nicht wirklich darüber beschweren. Caryn beugte sich hinunter und küsste ihn sanft. Natürlich dauerte diese Sanftheit nur ein paar Augenblicke, bevor der Kuss intensiver wurde.

Ihr Spaziergang fiel kürzer aus, weil sie erst viel später als geplant unter die Dusche gekommen waren. Aber das war Caryn egal. Sie war lebendig, gesund und glücklicher als je zuvor in ihrem Leben.

Brock holte tief Luft, als er vor dem *Sweet Tooth* innehielt. Er hatte wirklich geglaubt, er hätte bei Finley Fortschritte gemacht und die Mauer der Schüchternheit durchbrochen, die sie ihm gegenüber immer zu haben schien, aber in letzter Zeit verfiel sie wieder in ihre alten Gewohnheiten.

Als er in der Bäckerei vorbeigeschaut hatte, um ihr mitzuteilen, was mit Caryn passiert war, und um ihr zu versichern, dass es ihrer Freundin gut ginge, hatte er eine Seite von Finley gesehen, von der er nicht einmal gewusst hatte, dass es sie gab. Sie hatte sofort vergessen, dass sie schüchtern war. Sie hatte von ihm verlangt, dass er ihr alles erzählte, was er über den Vorfall wusste, und ihn dann praktisch am Arm aus dem Laden gezerrt, die Tür hinter sich geschlossen und darauf bestanden, dass sie sofort zu Caryn fuhren.

Jetzt sah sie ihm wieder wie gewohnt nicht in die Augen,

erfand Ausreden, um ihn aus der Tür zu scheuchen, und sprach generell nicht mehr als nötig mit ihm.

Aber Brock hatte die wahre Frau hinter ihrem Schutzschild gesehen, den sie errichtet hatte, um den größten Teil der Welt fernzuhalten. Die loyale, kämpferische und anspruchsvolle Frau, die sich tief in ihrem Inneren verbarg. Und er mochte diese Frau – sehr sogar. Sogar noch mehr, als er sie bisher gemocht hatte.

Und sie war definitiv nicht unansehnlich.

Sein ganzes Leben lang hatte Brock sich zu Frauen hingezogen gefühlt, die ein bisschen mehr Speck auf den Hüften hatten. Er wollte jemanden, der das komplette Gegenteil von ihm selbst war. Er war rau und ungehobelt, das war er schon immer gewesen. Er hatte nie Angst, sich die Hände schmutzig zu machen. Als Zoll- und Grenzschutzbeamter hatte er viel Zeit im Außendienst verbracht, um Menschen aufzuspüren, die versuchten, illegal in die Vereinigten Staaten zu gelangen. Sowohl in den Wüsten des Südwestens als auch in den Wäldern an der Nordgrenze.

Das bedeutete, dass er viel trainierte, um in Form zu bleiben, und das tat er immer noch. Das machte seinen Körper durchtrainiert und hart. Trotzdem hatte er sich nie zu den athletischeren Frauen hingezogen gefühlt, die ihn im Fitnessstudio ansprachen.

Nein ... er mochte Kurven. Jede Menge davon. Und Finley Norris hatte sie in Hülle und Fülle. Als sie ihn vor zwei Wochen gepackt und aus dem Laden gezerrt hatte, hatte seine Haut bei der sanften Berührung fast gebrutzelt. Und als sie sich umdrehte, um die Tür abzuschließen, hatte sie ihn mit ihrem Hintern gestreift, und mehr hatte es nicht gebraucht, um Brocks Schwanz komplett steif zu machen und für sie strammzustehen.

Sie roch nach Mehl, Vanille und Zimt, und sie war so weich ... am ganzen Körper.

Er wollte sie mehr denn je.

Aber wenn er sie nicht dazu überreden konnte, ihn auch nur anzusehen, würde er sie niemals zu einer Verabredung überreden können. Brock hatte keine Ahnung, wohin er sie in Fallport ausführen sollte, aber er würde sich schon etwas einfallen lassen ... wenn er sie dazu bringen konnte, sich lange genug in seiner Nähe zu entspannen.

Das war also sein Ziel. So viel Zeit wie möglich mit Finley zu verbringen, damit sie merkte, dass er ein guter Kerl war. Dass er sie genau so mochte, wie sie war. Natürlich hatte er das Gefühl, dass das leichter gesagt als getan sein würde. Sie war schon eine Weile in der Stadt, und es war nicht so, als wären sie Fremde, vor allem jetzt, da sie regelmäßig mit Lilly, Elsie, Bristol und Caryn zusammen war. Die fünf Frauen trafen sich ständig, und das bedeutete, dass sie auch ihn und die anderen Jungs vom Eagle Point Such- und Bergungsteam häufiger sah.

Die Hochzeit von Lilly und Ethan stand kurz bevor, und Brock wollte Finley als seine Begleiterin mitnehmen. Sie würde sowieso dort sein, genau wie er, aber er wollte das Recht haben, neben ihr zu sitzen. Um mit ihr zu plaudern, während sie aßen. Um mit ihr zu tanzen. Aber wenn das geschehen sollte, musste er sich mehr Mühe geben, um ihr nahe-zukommen.

Brock griff nach dem Türknauf des *Sweet Tooth* und beschloss, dies wie einen seiner Einsätze zu behandeln. Er war ein hartnäckiger Mann, der niemals aufgab, bis er seine Ziele erreicht hatte. In der Vergangenheit war das das Aufspüren von Leuten, die illegal die Grenze überschritten hatten, oder die Suche nach einem Ersatzteil für einen Oldtimer.

Heute ging es darum, Finley dazu zu bringen, ihm zu vertrauen und schließlich zuzustimmen, mit ihm auszugehen.

Lächelnd betrat er die Bäckerei – und fing sofort Finleys Blick auf. Ihre Wangen wurden rot, als sie ihn sah, und sie wandte umgehend den Blick ab.

Ja, die Frau war nicht immun gegen seine Reize, und das gab Brock die Gewissheit, die er brauchte. Er hatte keine

Ahnung, was die Zukunft für sie als Paar bereithielt, aber er hatte das Gefühl, dass sie voller Höhen und Tiefen sein würde. Seine Finley trug mehr Leidenschaft in sich, als ihr bewusst war ... und er wollte derjenige sein, der das aus ihr herauslockte.

*

Ich habe das Gefühl, dass Finley nicht so recht weiß, was ihr bevorsteht ... und wie dickköpfig Brock sein kann, wenn es um etwas geht, das er haben will ... und er will Finley. Laden Sie hier das nächste Buch der Reihe *»Ein Retter für Finley«* herunter.

BÜCHER VON SUSAN STOKER

Das Bergungsteam vom Eagle Point
Ein Retter für Lilly
Ein Retter für Elsie
Ein Retter für Bristol
Ein Retter für Caryn (3 Oct)
Ein Retter für Finley
Ein Retter für Heather
Ein Retter für Khloe

Die SEALs von Hawaii:
Die Suche nach Elodie
Die Suche nach Lexie
Die Suche nach Kenna
Die Suche nach Monica
Die Suche nach Carly
Die Suche nach Ashlyn
Die Suche nach Jodelle (11 July)

Die Zuflucht in den Bergen
Zuflucht für Alaska

Zuflucht für Henley
Zuflucht für Reese (30 May)
Zuflucht für Cora
Zuflucht für Lara
Zuflucht für Maisy
Zuflucht für Ryleigh

SEALs of Protection: Legacy
Ein Beschützer für Caite (1 May)
Ein Beschützer für Brenae (7 May)
Ein Beschützer für Sidney (1 July)
Ein Beschützer für Piper (1 Aug)
Ein Beschützer für Zoey (1 Sept)
Ein Beschützer für Avery (1 Dec)
Ein Beschützer für Kalee
Ein Beschützer für Jane

Mountain Mercenaries:
Die Befreiung von Allye
Die Befreiung von Chloe
Die Befreiung von Morgan
Die Befreiung von Harlow
Die Befreiung von Everly
Die Befreiung von Zara
Die Befreiung von Raven

Ace Security Reihe:
Anspruch auf Grace
Anspruch auf Alexis
Anspruch auf Bailey
Anspruch auf Felicity
Anspruch auf Sarah

Die Delta Force Heroes:

Die Rettung von Rayne
Die Rettung von Emily
Die Rettung von Harley
Die Hochzeit von Emily
Die Rettung von Kassie
Die Rettung von Bryn
Die Rettung von Casey
Die Rettung von Wendy
Die Rettung von Sadie
Die Rettung von Mary
Die Rettung von Macie
Die Rettung von Annie

Delta Team Zwei
Ein Held für Gillian
Ein Held für Kinley
Ein Held für Aspen
Ein Held für Jayme
Ein Held für Riley
Ein Held für Devyn
Ein Held für Ember
Ein Held für Sierra

SEALs of Protection:
Schutz für Caroline
Schutz für Alabama
Schutz für Fiona
Die Hochzeit von Caroline
Schutz für Summer
Schutz für Cheyenne
Schutz für Jessyka
Schutz für Julie
Schutz für Melody
Schutz für die Zukunft

BIOGRAFIE

Susan Stoker ist die New York Times, USA Today und Wall Street Journal Bestsellerautorin der Buchreihen »Badge of Honor: Texas Heroes«, »SEAL of Protection«, »Die Delta Force Heroes« und einigen mehr. Stoker ist mit einem pensionierten Unteroffizier der US-Armee verheiratet und hat in ihrem Leben schon überall in den Vereinigten Staaten gelebt – von Missouri über Kalifornien bis hin zu Colorado. Zurzeit nennt sie die Region unter dem großen Himmel von Tennessee ihr Zuhause. Sie glaubt ganz und gar an Happy Ends und hat großen Spaß daran, Geschichten zu schreiben, in denen Romantik zu Liebe wird.

Besuchen Sie Susan im Netz!
www.stokeraces.com
facebook.com/authorsusanstoker
twitter.com/Susan_Stoker
bookbub.com/authors/susan-stoker
instagram.com/authorsusanstoker
Email: Susan@StokerAces.com